Fabio Genovesi

Wo man im Meer nicht mehr stehen kann

FABIO GENOVESI

Wo man im *Meer* nicht mehr stehen kann

Roman

Aus dem Italienischen von
Mirjam Bitter

C. Bertelsmann

Die Originalausgabe erschien 2017 unter dem Titel
Il mare dove non si tocca bei Mondadori, Mailand

FSC www.fsc.org
MIX
Papier aus verantwortungsvollen Quellen
FSC® C014496

Verlagsgruppe Random House FSC® N001967

1. Auflage

Umschlaggestaltung: www.buerosued.de, München, unter Verwendung
eines Motivs von © GettyImages/Robin Skjoldborg/146671709
Satz: Greiner & Reichel, Köln
Druck und Bindung: GGP Media GmbH, Pößneck
ISBN 978-3-570-10349-4

www.cbertelsmann.de

Meinen seltsamen Lehrmeistern

Einige (wenige) Dinge in diesem Roman habe ich erfunden, aber das sind die glaubhaftesten.

Im Dorf gab es auch noch Ettore, Lea, Alessandra, Luca und andere großartige Menschen. Sie kommen in diesem Buch nicht vor, in meinem Leben zum Glück aber sehr wohl.

Erster Teil

Gott segne den kaputten Kahn,
der uns zurückbringt.

JASON ISBELL

1

Der Fluch

Wie es angefangen hat, weiß niemand. Vielleicht hat einer unserer Vorfahren das Grab eines Pharaos entweiht, vielleicht hat er eine Hexe geärgert oder das heilige Tier eines rachsüchtigen Gottes umgelegt, sicher ist nur, dass auf unserer Familie seitdem ein schrecklicher Fluch lastet.

Das ist schlimm, ist aber so, es war das Erste, was ich in der Schule gelernt habe.

Ach nein, als Erstes lernte ich gleich beim Betreten der Klasse, dass es auf der Welt noch andere Kinder in meinem Alter gab und dass die nur drei oder vier Großeltern pro Kopf hatten. Ich dagegen um die zehn.

Denn mein Opa mütterlicherseits hatte einen Haufen alleinstehender Brüder, die nie geheiratet, ja, nicht mal einer Frau die Hand geschüttelt hatten, sodass aus dieser riesigen Familie nur ich hervorgegangen war, und daher war ich der Enkel von allen.

Sie stritten sich immer darum, wer etwas mit mir unternehmen durfte, und als Opa starb, wurde es noch schlimmer, deshalb hängte Oma Giuseppina einen Zettel an die Platane oben an der Straße, auf dem der Schichtplan der Woche stand: Montag Fischen mit Opa Aldo, Dienstag Jagen mit Opa Athos, Mittwoch Eisessen mit Opa Adelmo, Donnerstag nach Vögeln Ausschauhalten mit Opa Aramis und so weiter, bis alle zufrieden waren. Das Einzige, was der Kalender nie vorsah, war ein freier Tag, den ich mit Kindern in meinem Alter hätte verbringen können. Die sich sehr wohl untereinander trafen und einen Haufen verrückter Spiele kannten, von denen ich an jenem Morgen in der Schule zum ersten Mal hörte: Verstecken, Himmel und Hölle, Blindekuh, sie brauchten nur eines zu nennen, und schon rannten oder hüpften alle los, nach Spielregeln, die mir absurd, ihnen aber völlig normal erschienen, dafür guckten sie komisch, wenn ich sie fragte, wie viele Karpfen sie diesen Sommer gefangen oder ob sie eine Fasanenfeder zum Tauschen hätten.

Einen Fasan hatten sie noch nie gesehen, und beim Karpfen wussten sie nicht einmal, was das überhaupt ist, deshalb beobachtete ich sie am ersten Tag nur von Weitem, diese geheimnisvollen Wesen, die so viele Spiele, aber so wenige Opas hatten, als wäre ich auf dem Mars gelandet, in einer Klasse Außerirdischer.

Als ich am Ende meines ersten Schultags hinter Mama nach Hause radelte, fühlte ich mich wirklich wie ein Raumfahrer, der von einer Weltraummission zurückkehrt, von einem so weit entfernten und unmöglichen Ort, dass ich trotz der altbekannten Straßen Angst hatte, den Weg in meine Welt nicht mehr zu finden. Die aus einer kurzen Sackgasse bestand, in der sich jeder Opa ein Häuschen gebaut hatte und wo nur wir wohnten; am Anfang der Gasse hing sogar ein Holzschild, auf dem von Hand geschrieben stand:

WILLKOMMEN IM DORF MANCINI
BETRETEN VERBOTEN

Und wie bei der Rückkehr eines Raumfahrers wartete auf der Gasse eine große Menschenmenge auf mich: nämlich meine Verwandten, die mich nicht einmal absteigen ließen, sondern gleich umringten und wissen wollten, wie es war, wie es mir ging, ob mir jemand etwas angetan hatte.

Ich sagte ihnen aber nicht, wie es mir ging, denn ich wusste es selbst nicht. Ich sah meine vielen Opas nur einen nach dem anderen an, und es kam mir vor, als sähe ich sie zum ersten Mal. Dann fragte ich, ob ich sie ab sofort Onkel nennen dürfe.

»Da hast du es!«, riefen sie Mama zu. »Siehst du? Wir hätten ihn nicht zur Schule schicken sollen!«

Und ich war ihrer Meinung, eigentlich wollte ich da nie wieder hin. Doch Mama sagte, dass dann die Carabinieri kämen und mich ins Gefängnis stecken würden. Ich ließ mir erklären, wie es im Gefängnis war, und im Grunde war das ziemlich ähnlich wie in der Schule, nur dass man bis nach Lucca fahren musste. Also ging ich doch weiter zur Schule, die kleinen Außerirdischen wurden meine Klassenkameraden, und meine vielen Opas wurden zu Onkel Aldo, Onkel Athos, Aramis, Adelmo, Arno und so weiter. Alle trugen Namen, die mit A anfingen, wie ihre Eltern, die Arturo und Archilda geheißen hatten, bis auf den Letztgeborenen, der mein echter Opa gewesen ist und der unbedingt Rolando heißen sollte. Sie hatten alles Mögliche erwogen, neun Monate lang deswegen gestritten und ihn schließlich Arolando genannt.

Ich schwör's, Arolando. Und warum er unbedingt Rolando heißen sollte, weiß keiner. So ist das in meiner Familie, hinter jedem Unsinn gibt es eine unendliche Geschichte, Millionen Erzählungen, die bei jedem Millimeter unseres schiefen und krummen Wegs hervorschießen, mit tonnenweise genauestens ausgeführten Einzelheiten. Aber von den wirklich wichtigen Dingen war nie etwas bekannt. Niemand sprach davon, und weil niemand davon sprach, wusste man nichts mehr darüber, so wurden aus Geheimnissen Rätsel.

Wie eben der Grund für den Namen Rolando-Arolando, aber vor allem diese Geschichte mit dem Fluch, der auf uns lastet, von dem niemand weiß, wann das angefangen hat und warum. Ich wusste nicht einmal, dass es ihn überhaupt gab, bis zu jenem Nachmittag des Jahres 1980, als ich sechs Jahre alt war und in die erste Klasse ging.

Ich stand in Signora Teresas Laden und packte ein Wassereis mit Zitronengeschmack aus, während Mama sich mit ihr über die Theke hinweg unterhielt.

Der Laden lag ganz in der Nähe des Mancini-Dorfs, und ich war dort groß geworden. Im wahrsten Sinne des Wortes, als Neugeborener legte Teresa mich nämlich jede Woche auf ihre Waage für Schinken und Mortadella und sagte Mama, wie viel ich zugenommen hatte.

Offensichtlich war ich an dem Tag aber noch nicht groß genug geworden, denn Mama und sie sprachen in Andeutungen miteinander, damit ich nichts verstand, damit jenes Geheimnis mir nicht zu nahe kam, das mich sonst schlagartig hätte altern lassen.

Kurze und seltsame Sätze, Wispern und Blicke, Worte, die hier und da abprallten, wie bei einem Tennismatch, wo ich das Netz war und jede Information über mich hinwegzufliegen hatte, ohne mich je zu berühren. Aber wie im Tennis kam immer mal eine Aussage etwas zu kurz heraus und landete auf mir, also schnappte ich kleine Stücke Sinn auf wie etwa: *Vor der ganzen Klasse, Teresa*, oder: *Was für eine Schande, die Lehrerin wird mindestens Anzeige erstatten, was für eine Schande!*

Ich lutschte mein Zitroneneis, schaute in die Luft und versuchte die Teile zusammenzusetzen, und ein bisschen ärgerte ich mich darüber, dass Mama und Teresa mich ihre Gespräche nicht verstehen lassen wollten. Aber gleichzeitig musste ich lachen, denn die Geschichte, die die beiden Tennisspielerinnen vor mir geheim zu halten versuchten, kannte ich viel besser als sie beide und besser als die ganze Welt.

Denn ich war es ja leider gewesen, der morgens im Unterricht gesessen hatte.

Die Lehrerin hatte gerade die Urgeschichte erklärt und war bei den Höhlenmenschen angelangt, die gekrümmt herumliefen und so behaart waren wie Affen, aber ich zeichnete dabei einen riesigen Dinosaurier in mein Heft. Es tat mir einfach zu leid, dass die Dinosaurier irgendwann alle ausgestorben waren, deshalb machte ich den hier superstark, mit Kiemen, damit er unter Wasser atmen konnte, und mit Flügeln, damit er vor Gefahren davonfliegen konnte, so würde er sich retten, wenn die Sintflut oder ein anderes Unglück kam, und wenn das schrecklichste Unglück von allen auf Erden erschien, nämlich die Menschen, konnte er sie sofort von der Welt wegmampfen.

Aber ausgerechnet, als ich die vielen, vielen langen Zähne in seinem aufgerissenen Maul zeichnete, was besonders schwierig war und wobei man sehr genau sein musste, ging plötzlich die Tür auf, schlug wie eine Bombe gegen die Wand, und durch den Ruck rutschte mir die Hand weg, und so malte ich einen Strich über das Blatt, der die Arbeit eines ganzen Vormittags zunichtemachte.

Normalerweise ist es aber ja so, dass dir bei einem Ruck zwar kurz das Herz stehen bleibt, doch dann beruhigst du dich, und alles ist wieder in Ordnung. Aber diesmal schaute ich nach dem Ruck hoch, und da wurde die Angst hundertmal schlimmer. Denn dort, mitten in der halb aus den Angeln gerissenen Tür stand Onkel Aldo mit Zigarette im Mund und diesen zusammengekniffenen Augen, die er immer bekam, wenn ihn etwas ärgerte, zum Beispiel wenn der Wein zu Essig oder eine Ampel rot wurde.

Und vielleicht kannte auch die Lehrerin diesen Blick, denn erst war sie aufgesprungen und hatte gefragt: *Darf ich fragen, wer Sie sind?*, doch dann hat mein Onkel auf die Bänke gezeigt, und sie hat sich mit gesenktem Kopf zu uns in die erste Reihe gesetzt.

»Also Kinder, hört gut zu«, sagt mein Onkel mit einer Stimme, die klingt, als schlage jemand einen Aschenbecher aus Marmor gegen eine Wand aus Schmirgelpapier. »Heute Morgen vergesst ihr mal den ganzen Scheiß, den sie euch hier sonst beibringen. Heute reden wir mal über etwas Ernsthaftes. Seid still und nervt nicht rum, dann lernt ihr das sofort und richtig, verstanden?«

Wir nicken alle, sogar die Lehrerin.

»Gut. Dann fangen wir an. Gebt mir den Maschendraht.«

Aber Maschendraht ist keiner da.

»Ruhe, na gut, von mir aus auch normalen Draht.«

Doch auch davon haben wir keinen im Klassenzimmer.

»Was? In dieser Schule gibt es aber auch gar nichts! Also gut, hört zu, dann erkläre ich halt nur mit Worten, wie man das macht, aber seid still und rührt euch nicht, sonst werde ich wütend und alles geht drunter und drüber.«

Er presst die Zigarette zwischen zwei Fingern zusammen, nimmt einen so starken Zug, dass das Ende erst funkelt und dann aufflammt, anschließend reißt er sie sich aus dem Mund und schnippt sie Richtung Fenster. Nur dass das Fenster geschlossen ist, weshalb die Zigarette von der Scheibe abprallt und auf den Boden unter Mirko Turinis Bank rollt. Mirko will sie wegschubsen, aber mein Onkel brüllt: »Stillhalten habe ich gesagt!«, also rührt er sich nicht, verharrt so starr, wie er nur kann, und versucht möglichst geräuschlos zu ersticken.

Unterdessen fängt mein Onkel an, über den geeigneten Ort für einen Hühnerstall zu räsonieren, der weit genug vom Haus entfernt sein muss, weil die Hühnerkacke stinkt, aber auch nicht zu weit entfernt sein darf, weil man sonst nicht mitkriegt, wenn Füchse oder Marder kommen.

Und alle hören ihm aufmerksam zu, auch wenn sie kein Wort verstehen. Alle außer mir, der ich es nur zu gut verstehe. Denn darüber, wie man einen Hühnerstall baut, haben wir erst gestern gesprochen, als mein Onkel mich mitnehmen wollte, um Kakis in Onkel Arnos Obstgarten zu klauen. Der Garten liegt am Ende unserer Gasse, und wenn Arno seinen Bruder Aldo sieht, schießt er auf ihn, mit einem Gewehr, das mit Salz geladen ist, doch wenn ich mitkomme, dann nicht. Wenn ich dabei bin, geht zwar ein Schuss los, aber Onkel Aldo ruft schnell: *Der Junge ist bei mir, der Junge!*, also schießt Arno nur in die Luft, ruft: *Dieb, verfluchter Dieb!*, und während er nach einem Stock sucht, hauen wir ab.

Aber gestern konnte ich nicht mitkommen, ich musste noch meine Hausaufgaben fertig machen.

»Deine was?«

»Meine Hausaufgaben.«

»Was sind denn das für neue Sitten?«

»Ich gehe doch jetzt in die Schule, Onkel, und die Lehrerin gibt uns Aufgaben für zu Hause.«

»Und wie viel bezahlt dir die Lehrerin für die Hausaufgaben?«

»Nichts, glaube ich. Ich mache sie gratis.«

»Siehst du, wenn du sie gratis machst, kannst du sie machen, wann es dir passt, also auch einfach gar nicht.«

»Aber dann wird die Lehrerin wütend.«

»Und mit welchem Recht? Wenn sie dich nicht dafür bezahlt, kann sie nichts von dir verlangen. Hör zu, sie kommt nämlich auch nicht gratis in die Schule, weißt du, sie wird dafür bezahlt.«

»Echt?«

»Klar, sonst würde sie ihren Arsch nie im Leben da hinbewegen. Eigentlich müsste *sie* die Hausaufgaben machen, hat aber keine Lust und wälzt sie auf dich ab. Lass dich nicht verarschen, vergiss den Quatsch und komm mit.«

»Aber ich kann nicht, Onkel, das lässt mir dann keine Ruhe. Mir fehlt nur noch diese Matheaufgabe hier, wenn ich die gemacht habe, können wir los.«

»So ein Scheiß! Na gut, gib her, lass mal sehen, wir machen das eben zusammen. Ich habe dir Schreiben beigebracht, da kann ich dir auch Rechnen beibringen.«

Das mit dem Schreiben stimmte. Als ich noch ganz klein war, verbrachte ich die Abende mit ihm, den anderen Onkeln und Opa Arolando, der damals noch lebte und mit uns viele Buchstaben aus einer großen gelben Papierrolle ausschnitt, große Buchstaben, die wir anschließend auf ein rotes Tuch klebten, sodass daraus Wörter wurden, und die dienten dann als Transparent bei den Umzügen der Kommunistischen Partei. So habe ich Schreiben gelernt, sie zeigten mir, wie ein A aussieht, und ich schnitt einen Haufen As aus, dann ein B, dann C und so weiter. Als ich in die Schule kam und die Lehrerin uns das Alphabet erklärte, konnte ich es wirklich schon richtig gut. Auch wenn ich anfangs verwirrt war, weil meiner Meinung nach zwei Buchstaben fehlten. Sie sagte Nein, es seien alle da, von A bis Z, und da verstand ich, dass Hammer und Sichel nicht zum Alphabet gehören, obwohl meine Onkel mich viele davon ausschneiden ließen. Von da an hatte ich dann keine Probleme mehr im Italienischunterricht.

In Mathe aber schon, und nicht zu knapp. Es ist nicht nur so, dass ich Mathe nicht verstehe, Mathematik macht mich sogar richtig traurig, ich brauche nur daran zu denken, dass sie existiert, schon habe ich einen bitteren Geschmack im Mund, wie wenn mir ein Foto von Opa Arolando in die Hände fällt, auf dem er lächelt, wo ich ihn doch so lieb hatte und es mir ungerecht erscheint, dass er, wie die Dinosaurier, ausgestorben ist und nicht mehr wiederkommt. Und was im Fall der Mathematik nie wiederkommt, ist die Lebenszeit, die man vergeudet, während man ihre absurden Probleme zu lösen versucht, wie eben das von gestern:

Der Bauer Pino besitzt 20 Hühner, die jeden Tag 10 frische Eier legen. Eines Morgens jedoch wacht Pino auf und bemerkt, dass 5 Hühner aus dem Hühnerstall abgehauen sind und weitere 5 Hühner der Fuchs gestohlen hat. Armer Pino, wie viele Eier kann er an diesem Tag zum Markt tragen?

Ich las es laut vor und hoffte einen Moment lang wirklich, dass mein Onkel mir die Lösung sagen würde. Ohne Erklärungen, ohne mich durch Nachdenken selbst darauf kommen zu lassen, einfach nur die Anzahl der Eier und tschüss, Hausaufgaben. Dann schaute ich hoch und sah seine ins Leere starrenden, aufgerissenen Augen, und da war klar, dass es nicht so laufen würde. Er schüttelte langsam den Kopf, verzog angewidert den Mund, riss mir das Heft aus der Hand und rollte es so fest zusammen, als wollte er es erwürgen.

»Was soll das denn? Wie schafft man es, dass einem gleich fünf Hühner in einer einzigen Nacht entwischen, wie schafft ein Fuchs das, dir gleich fünf auf einmal zu klauen! Dieser Pino ist ein Idiot, was bringen sie euch in der Schule denn da bei?«

»Das weiß ich nicht. Aber weißt du die Lösung?«

»Klar weiß ich die! Die Lösung ist *Null*! Dieser Idiot Pino verkauft kein einziges Ei, bescheuert wie er ist, verfährt er sich bestimmt und kommt gar nicht erst beim Markt an!«

Darauf nahm er den Stift und malte eine Null auf die Seite, so groß wie mein Kopf. Er fuhr sie so oft und so stark nach, dass es aussah wie ein durchdrehendes Rad, dann wie ein Strudel, der voller Wut herumwirbelte, mein Onkel hörte erst auf, als er das Blatt und mehrere Blätter darunter durchlöchert hatte. Dann packte er mich am Arm und zog mich fort, raus an die frische Luft und zu den vielen Vögeln, die, schlau wie sie waren, gleich davonflogen, weit weg von ihm, und er ließ mich erst los, als wir am Ende der Straße angekommen waren, damit wir uns auf den Boden legen und unter Onkel Arnos Zaun durchschlüpfen konnten.

Onkel Aldo brütete aber immer noch darüber, denn während wir wie Schlangen durch den Mais krochen, zischelte er weiter vor sich hin: *Zehn Hühner auf einen Schlag … was für ein Depp … arme Kinder, was bringen sie euch da nur bei, arme Kinder …*

Dann ging der Tag zu Ende und die Nacht begann, und in meiner Familie bringt es nie etwas, eine Nacht darüber zu schlafen. Im Gegenteil, das macht alles nur schlimmer. Wenn dich bei uns im Dorf etwas wütend macht und du im ersten Moment etwas Schlimmes tun würdest, mach es also besser gleich, ohne darüber nachzudenken, denn wenn die Nacht kommt, kochst du noch mehr vor Wut, und am Morgen danach ist es noch hundertmal schlimmer. Und der Morgen danach war eben genau heute Morgen, als mein Onkel in die Schule gekommen ist und die Klasse in Beschlag genommen hat. Und jetzt erklärt er uns gerade, wie man einen anständigen Hühnerstall baut.

»Oben bringt ihr rundum ordentlich Stacheldraht an. Am besten zweimal rum. Oder auch dreimal, Stacheldraht kann man nie genug haben. Wenn dann nämlich ein Huhn aus Versehen abzuhauen versucht oder irgendein wildes Biest eindringen will, findet ihr sie am Morgen danach erhängt da oben baumeln, und so habt ihr auch gleich das Problem gelöst, was es zum Abendessen gibt. Verstanden, Kinder? Na, habt ihr das verstanden oder nicht?!«

Und alle nicken mehrfach, auch die Lehrerin, während ich bloß versuche, mich hinter dem Rücken der Mitschülerin vor mir zu verstecken. Was schon mit einem normalen Kopf schwierig wäre, doch mit meinem Lockenkopf, bei dem die Haare in alle Richtungen abstehen, erst recht. Aber ich muss es schaffen, denn wenn Onkel Aldo mich sieht und mich anspricht, kommt heraus, dass ich sein Großneffe bin, und ich glaube, das ist nicht schön. Im Allgemeinen nicht, aber heute Morgen ganz besonders.

»Gut, also mit dem Hühnerstall sind wir durch, machen wir mit dem Gemüsegarten weiter. Wie sät man ordentlich aus? Fangen wir mit den Tomaten an, ihr nehmt …«

»Was ist denn hier los?« Von der Tür kommt eine andere Stimme, die ihm das Wort abschneidet. Sie ist so kräftig wie seine, und kräftig ist auch Mauro, der Hausmeister, der mit offenem Kittel in die Klasse kommt, weil die Knöpfe über seinem Bauch nicht zugehen.

Mein Onkel dreht sich ruckartig um, und genauso ruckartig springt die Lehrerin von ihrer Bank auf: »Mauro, endlich! Ich bitte Sie, entfernen Sie diese Person, sie ist mit Gewalt eingedrungen und hat uns in Geiselhaft genommen.«

Mauro schaut sie an, schaut meinen Onkel ganz ernst an, hebt dann die Hände, läuft auf ihn zu und brüllt: »Mensch Aldo, altes Haus! Was machst du denn hier?!« Sie umarmen sich und klopfen sich kräftig auf die Schultern.

»Nichts, Mauro, ich bringe den Kindern hier ein paar nützliche Sachen bei.«

»Ah, sehr gut, das wurde auch Zeit!«

»Wie, das wurde auch Zeit!?«, sagt die Lehrerin. »Mauro, sind Sie jetzt auch noch verrückt geworden?«

»Nein«, antwortet mein Onkel mit weit aufgerissenen Augen, »verrückt seid ihr! Was bringt ihr den Kindern denn da bei? Bescheuerte Bauern, die nicht wissen, wie sie ihre Arbeit richtig machen, mit nutzlosen Problemen vergeudete Nachmittage. Statt Fortschritt gibt es hier nichts als Rückschritte, früher wusste man ganz viel, jetzt weiß man gar nichts mehr. Bald fängt das zwanzigste Jahrhundert an, und so entlassen wir die Kinder ins neue Jahrhundert.«

»Hören Sie, im zwanzigsten Jahrhundert sind wir schon seit einer Weile.«

»Ach so, na dann umso schlimmer! Deshalb habe ich heute Morgen zu mir gesagt, es reicht, bin hierhergekommen und bringe den Kindern etwas bei, was ihnen wirklich nützt.«

»Amen«, sagt Mauro. »Du sprichst mir aus dem Herzen! Klar, aber warum ausgerechnet heute?«

»Wieso, was ist denn heute?«

»Na, heute ist doch Schlachtfest bei Oreste, oder? Ich muss noch bis Mittag hierbleiben, aber danach nehme ich die Beine in die Hand.«

Mein Onkel starrt ihn einen Augenblick lang nur an, dann schlägt er sich eine Hand vor den Mund. Aber hinter der Hand kommen trotzdem massenweise Flüche hervor, Beleidigungen des HERRN und der Madonna und aller um sie herum auf den Kirchenbildern.

»Das hatte ich ganz vergessen, Mauro, verdammte Sch…, das hatte ich ja ganz vergessen. Schlachtfest bei Oreste, und ich bin hier und verplempere meine Zeit mit diesen Trotteln!«

Darauf stürzt er zur Tür und verschwindet, ohne sich zu verabschieden. Na ja, schön wär's gewesen. Stattdessen hält er inne, dreht sich noch einmal zur Klasse um und zeigt mit dem Finger auf mich. »Ach, Mauro, siehst du den Hässlichen da mit den vielen Locken? Das ist mein Enkel, behalt ihn für mich im Auge.«

Erst nach diesen Worten haut Onkel Aldo ab, und alle drehen sich zu mir um, auch die Lehrerin. Ich starre auf das abgenutzte Holz der Schulbank und würde am liebsten wie ein Holzwurm hineinschlüpfen, mir einen kleinen Tunnel graben und für immer in Frieden dort drinnen leben. Denn Holzwürmer sieht man nie, ein Holzwurm hat nicht so viele Locken auf dem Kopf, sondern gar keine Haare, und vor allem hat er keine Verwandten. Ein Holzwurm verschwindet, wann er will, und hinterlässt keine Spuren, abgesehen von einem klitzekleinen Loch.

Hier dagegen verschwindet nur mein Onkel, mit Mauro, der ihm hinterherruft: *Okay, ich behalte ihn im Auge, aber leg du mir ein paar Würste beiseite!* Während die Lehrerin ans Pult zurückgeht und sagt, dass er nicht herumschreien soll, dann sagt sie das auch zu uns, denn alle in der Klasse wiederholen jetzt die Schimpfwörter, die sie von meinem Onkel gehört haben, vor allem die Flüche, die ihnen besser im Gedächtnis geblieben sind als die Anleitungen, wie man einen perfekten Hühnerstall baut, und die sie nie mehr vergessen werden.

Und auch wenn es wahrscheinlich nicht genau das ist, was Onkel Aldo im Sinn hatte, kann man doch sagen, dass er uns heute Morgen wirklich etwas beigebracht hat.

Mehr noch: Seine Lektion hatte so großen Erfolg, dass sie sogar das Mäuerchen um die Schule überwunden hat und sich im Ort verbreitete, schließlich hörte ich sie gerade häppchenweise in dem Tennismatch zwischen Mama und Signora Teresa. Und je hitziger ihr Gespräch wurde, desto weniger achteten sie darauf, über mich hinweg zu zielen, ihre Worte flogen nah an meinem Kopf vorbei, streiften mich sogar, und am Ende kam dann der erschütternde Moment, in dem ich diesen Satz verstand, der vollständig und klar und zugleich so schreckenerregend war. Als Mama sagte: *Zum Glück haben sie nicht die Polizei gerufen, ich weiß echt nicht mehr weiter*, hob Teresa die Hände zum

Himmel und seufzte: *Da kann man nichts machen, Rita, du weißt doch, der Fluch ist schuld.*

Das hat sie gesagt, ich schwör's, und ich hörte auf, an meinem Zitroneneis zu lecken, ich hörte auf zu atmen, dann fragte ich mit der letzten Luft, die mir geblieben war: »Welcher Fluch?«

Schlagartig unterbrachen die beiden Tennisspielerinnen ihr Match, schauten zu mir herunter, und Teresa hielt sich den Mund zu. Doch was sie gesagt hatte, war gesagt, ich hatte es gehört, und das Eis lief mir langsam in vielen klebrigen Streifen über die Finger wie die Tentakel eines Kraken, die die Hand umschlangen, das Handgelenk, den Arm und langsam weiter bis zum Herzen drangen. Und Kraken sind superschlaue Tiere, Onkel Aramis sagte immer, dass alle Fische im Meer, sogar der Seebarsch, der am schlausten ist, im Vergleich mit Kraken Idioten sind. Aber man brauchte gar nicht so klug wie die Kraken zu sein, sogar ich begriff, dass das mit dem Fluch schwerwiegend war und ich mehr darüber wissen musste.

»Mama, welcher Fluch?«

»Hä? Was redest du denn da, welcher Fluch?«

»Onkel Aldos Fluch, hat Teresa gesagt.«

»Ach was, da hast du dich verhört.«

»Ist Onkel Aldo verflucht?«

»Ach was, das ist Unsinn, der vor langer Zeit im Ort über unsere Familie verbreitet wurde. Das kann dir doch wurst sein.«

»Das ist mir überhaupt nicht wurst! Wenn es um unsere Familie geht, betrifft es viele Menschen, die ich lieb habe. Auch dich, Mama.«

»Ja, ich gehöre zwar zur Familie, aber mich betrifft es nicht, mach dir keine Sorgen.«

»Ah, zum Glück. Dann betrifft es mich also auch nicht«, sagte ich. Und das sind so Sachen, bei denen die anderen, wenn man das so dahinsagt, sofort antworten sollten: *Aber nein, wo denkst du hin, dich betrifft es am wenigsten von allen, du hast wirklich gar nichts damit zu tun!*

Stattdessen blieb Mama aber kurz still. Sie schaute mich an, dann Teresa, dann wieder mich: »Das ist Unsinn, Fabio, das ist nur ein Märchen.«

»Gut, wenn es ein Märchen ist, dann erzähle es mir.«

»Nein, das ist ein blödes und dummes Märchen.«

»Und Onkel Aldo, der hat etwas damit zu tun, stimmt's?«, frage ich. Aber ich brauche gar keine Antwort, es reicht schon, den beiden Tennisspielerinnen ins Gesicht zu sehen, um zu begreifen, dass Onkel Aldo so viel damit zu tun hat, dass er fast nichts anderes mehr tun kann. »Aha, dann lass ich es mir von ihm erzählen, wenn wir wieder zu Hause sind!«

Und ich schwöre, dass ich dabei gar keine Hintergedanken hatte, ich hatte das nicht aus strategischen Gründen oder aus Berechnung gesagt, ich wollte einfach nur wirklich wissen, worum es geht, wenn die anderen es mir also nicht sagen wollten, würde ich eben meinen Onkel fragen. Der es mir sofort gesagt hätte, und zwar auf die entsetzlichste Art. Also holte Mama tief Luft, steckte das Brot und die Milch und die letzten Reste des Einkaufs in eine Tüte und gab sie mir, der ich sie mit eisverklebten Händen entgegennahm. Zu Teresa sagte sie, sie solle alles auf die Rechnung setzen, und zu mir: »Ach nichts, Fabio, das ist eine dumme Geschichte über die Männer unserer Familie. Es heißt, wenn sie nicht spätestens mit vierzig heiraten, werden sie verrückt. Das ist alles.«

Dann lief sie zu ihrem Fahrrad, stieg auf und sah sich um, ob ich nachkomme. Aber ich stand stocksteif, wie angewurzelt vor dem Laden.

Ich hatte diese Geschichte von den Männern, die verrückt werden, zwar nicht wirklich verstanden, aber verrückt zu werden war nicht schön, und unter den Männern meiner Familie waren viele Menschen, die ich lieb hatte. Verdammt, sogar ich selbst gehörte zu diesen Männern! Und wenn es eine absurde Art und Weise gab, diese furchtbare Enthüllung abzuschließen, war es genau dieses *Das ist alles*, das Mama mit dem Versuch eines Lächelns ans Ende gesetzt hatte.

»Ja, Mama, aber … aber vierzig Jahre sind ganz arg lang, oder? Ich meine, mit vierzig ist man richtig alt, und wenn man da verrückt wird, merkt das gar keiner, stimmt's? Es ist ja schon schwer, überhaupt so alt zu werden. Auch bei dir, Mama, bei dir dauert es noch ganz lange, bis du vierzig wirst, oder?«

Sie sah mich eine ganze Weile nur an, dann meinte sie: »Lassen wir's gut sein!«, und fuhr los.

Und ich hinterher, die Tüte an den Lenker gehängt, ganz klebrig und mit Zitronengeschmack. Ein Tritt in die Pedale, zwei, der Laden entfernte sich in meinem Rücken, und ich hoffte, dass auch diese Geschichte mit dem Fluch dort bliebe, weit weg von mir, immer weiter weg.

Aber Geschichten sind wie der unbesiegbare Dinosaurier, den ich morgens in der Schule malen wollte, bevor Onkel Aldo gekommen war und alles durcheinandergebracht hatte. Geschichten kommen von weit her, können aber unter Wasser atmen und haben riesige Flügel, um dich überall einzuholen.

Wie der verzweifelte Schrei, der mich von hinten anfiel, so laut, dass ich mich so oder so umgedreht hätte, auch wenn sie nicht meinen Namen geschrien hätte. Es war Signora Teresa, auf der Schwelle ihres Ladens, die Hände zum Himmel gereckt:

»Heirate, Fabio! Es reicht, wenn du heiratest, dann wird alles gut! Heirate, Fabio, um Gottes willen!«

2

Mein Papa ist Little Tony

Auf dem Gipfel des Berges, im Dunkel des Waldes, ein stilles Licht. Es ist ein gerade entfachtes Feuer, die ersten Flammen zittern wie ein erschrockenes Herz, dicht bei den Bäumen, bis zu den krummen Ästen da oben, knotige Adern, die unter der schwarzen Haut der Nacht anschwellen, dem weißen Auge des Mondes entgegen, der auf das Grauen blickt, das sich zusammen mit diesem markerschütternden Schrei ausbreitet.

Denn das Feuer kommt von einem Holzhaufen, auf dem eine Frau an einen Pfahl gebunden ist. Sie ist ganz schwarz gekleidet, tiefschwarz sind auch ihre Haare und Augen, mit denen sie zum Himmel aufblickt, während sie schreit und die Flammen schon ihre Beine verschlingen. Dann kehrt ihr Blick hierher zurück und bohrt sich ins Gesicht der zehn aufrecht stehenden, dunklen Männer vor ihr, die sie gerade verbrennen. Sie umklammern Sensen und Heugabeln, tragen ein Kreuz um den Hals und sind gekleidet wie die Leute beim Palio von Siena. Doch es sind meine Onkel.

Und als das Feuer aufsteigt und die Brust der Hexe verzehrt, hebt sie einen Arm, um ihn noch einen Moment vor dem Scheiterhaufen zu retten, und zeigt auf sie, einen nach dem anderen:

»Ich verfluche euch, ihr Gebrüder Mancini! Ich fahre zur Hölle, aber ich nehme euch mit in die Hölle des Wahnsinns!« Ihr Mund verzieht sich in einem unheilvollen Gelächter. »Dieser Fluch wird euch und eure Söhne befallen. Und die Söhne eurer Söhne. Und die Söhne der Söhne eurer Söhne. Und die Söhne der Söhne der Söhne eurer Söhne. Und die Söhne der Söhne der …«

»Ja, wir haben es kapiert!«, sagt der Mann, der dem Scheiterhaufen am nächsten steht und bei genauerem Hinsehen aussieht wie Onkel Aldo. Er wirft noch mehr Stroh ins Feuer, und eine Stichflamme verschlingt die Hexe, aber einen Augenblick lang bleibt noch das Echo ihres Schreis *Seid verflucht! Seid verflucht!*, er steigt in die Luft und verfängt sich in den trockenen Zweigen dort oben, die sich wie die Hände eines Skeletts in einer tödlichen Umarmung um die Nacht und die Onkel und alles andere schließen.

Sogar um mich, der ich im Traum gar nicht anwesend war, der Hexe aber trotzdem zu sagen versuchte, dass das nicht gerecht ist, dass ich zwar der Sohn der Söhne wer weiß wie vieler Söhne bin, von dieser Geschichte mit dem Scheiterhaufen aber nicht mal etwas wusste. Das einzige Mal, dass meine Onkel eine Kirche betreten haben, war aus Versehen, in einer Silvesternacht, als ihr Lastwagen ins Schleudern geraten und gegen die Kirche geprallt war, da konnte ich mir wirklich nicht vorstellen, dass irgendwelche Vorfahren von mir so religiös gewesen waren, Hexen zu verbrennen. Das war nicht meine Schuld, zu der Zeit war ich noch nicht auf der Welt und würde auch noch für eine geraume Weile nicht auf die Welt kommen, mit diesem Fluch hatte ich nichts zu tun. Im Gegenteil, erst heute Nachmittag hatte ich überhaupt davon erfahren, ganz zufällig in Teresas Laden, als ich das Wassereis lutschte, was eine moderne und supergute Erfindung ist, von der ich der Hexe gerne einen Bissen abgegeben hätte, um Frieden zu schließen, aber ich glaube, es ist nicht so einfach, ein Wassereis zu essen, wenn man gerade Feuer fängt.

Aber das war ja echt nicht meine Schuld. Ich rief es den Flammen zu, dem Wald, dem Vollmond da oben, der mich anstarrte, ohne zu antworten. Und er wurde immer weißer, immer breiter und flacher, bis er sich in meine Zimmerdecke verwandelte. Und statt der Zweige im Wald, die sich schüttelten, spürte ich, wie etwas mich schüttelte, zwei Hände, leibhaftig und stark, die mich aufweckten und aus diesem Albtraum rissen. Verschwitzt und außer Atem setzte ich mich auf, schaute meinem Retter ins Gesicht und umarmte Little Tony ganz fest. Wenn ich das so sage, klingt es, als wäre ich aus einem absurden Traum erwacht, nur um mich in den nächsten noch irrsinnigeren zu stürzen, ich weiß, aber ich schwöre, dass es wirklich so war: Mein Papa war der berühmte Sänger Little Tony, der italienische Elvis Presley.

Jedenfalls glaubte ich ganz fest daran. Denn Mama tat alles, um mir Kummer und Enttäuschungen zu ersparen. Sie sagte, das Leben würde sich noch gründlich genug darum kümmern, mir welche zu verschaffen, und solange sie sich dazwischenstellen konnte, wollte sie dafür sorgen, dass ich glücklich bliebe.

Und eines Tages kam im Fernsehen eine Sendung für alte Leute, wo sie noch mal die alten Sänger zeigten, die vor langer Zeit gesungen haben, als noch niemand alt war. Irgendwann betrat ein junger Mann mit riesiger Tolle und einer fantastischen Jacke voller Sterne die Bühne, und die jungen Frauen flippten aus und riefen seinen Namen, eben Little Tony. Und Little Tony sah haargenau so aus wie mein Papa.

Der wunderschön war, der Schönste im Ort und an der ganzen Küste, von der Magra bis runter zum Arno. Papa war für seine Schönheit berühmt. Und was ihn noch unwiderstehlicher machte, war, dass es ihm egal war. Er fuhr mit der Ape herum und ging Wasserhähne, Duschen und Heizkessel reparieren, ohne die jungen Frauen zu bemerken, die ihn vorbeikommen sahen und sich so sehr wünschten, dass er auch sie in Ordnung brächte. Sie drückten ihre Hände gegen die Brust und hauchten seinen Namen, *Giorgio, oh, Giorgio*, was der perfekte Name war, weil man, um ihn auszusprechen, einen Kussmund machen muss. Nur dass Giorgio keine küsste. Und mit keiner redete, nicht mal einer zulächelte, denn um jemandem zuzulächeln, muss man erst einmal bemerken, dass er existiert, für Papa dagegen existierte nur seine Arbeit. Doch eines Tages, als sich alle langsam damit abgefunden hatten, heiratete Papa aus dem Nichts heraus meine Mama, und von da an grüßten die Frauen des Orts sie nicht mehr. Die Schönen hassten sie, weil sie fanden, dass sie es nicht verdient hatte, und die Hässlichen, weil sie es zwar verstanden hätten, wenn Giorgio mit einer Schönen gegangen wäre, das war eben der Lauf der Welt, aber wenn die Welt einmal eine Ausnahme ihrer erbarmungslosen Regeln zugelassen hatte, dann hätten ja statt Rita auch sie diesen herrlichen Mann heiraten können, der aussah wie der berühmte Sänger Little Tony. So haargenau gleich, dass ich, kaum hatte ich ihn im Fernsehen gesehen, meine Augen aufriss und Mama und Oma ansah:

»Aber … aber das ist ja Papa!«

Und sie, kurz darauf: »Das ist Little Tony«.

Da riss ich die Augen noch weiter auf, sodass es richtig wehtat. »Wirklich? Papa ist Little Tony?«

Sie schauten mich an und müssen in meinem Blick ein zu strahlendes Glück gesehen haben, zu funkelnd, um es mit diesem Eimer eiskaltes Wasser auszulöschen, den die Leute Wahrheit nennen. Mama drehte sich zu Oma um, dann wieder zu mir, und antwortete: »Ja.«

Mir blieb eine Luftblase im Hals stecken. Mein Papa war ein Star, ein berühmter Sänger, was an sich schon etwas Unglaubliches ist, aber erst recht bei meinem Papa, der im normalen Leben praktisch stumm war.

Er machte Zeichen, deutete mit seinen Fingern auf etwas, nur ab und zu kam ein Wort aus seinem Mund, aber immer vereinzelt und verloren, und um ihm einen Sinn zu geben, brauchte man Fantasie: Er sagte *spät*, und vielleicht wollte er damit sagen, dass ich spät dran war für die Schule oder den Katechismus. Er sagte *Hunger*, und das sollte heißen, dass es Zeit fürs Mittag- oder Abendessen war. Er sagte *Wasser*, und es konnte sein, dass er Durst hatte oder dass er dir etwas zu trinken anbot oder dass es anfing zu regnen. So war Papa halt, aber nicht aus Bosheit. Im Gegenteil, während er dir mit Zeichen antwortete, sah er dich mit diesen Augen an, die so grün waren wie glänzende Flaschen mitten im Meer und dich mit Güte überschwemmten. Er verstand sich mit allen gut, außer mit den Wörtern. Er drückte sich durch Taten aus, ließ seine Hände sprechen. *Mit Worten schlägt man keine Nägel in die Wand*, sagte er. Vielmehr sagte Opa das, aber Papa zeigte dabei auf ihn und nickte mit dem Kopf.

Jetzt dagegen, auf dieser Bühne im Fernsehen, tanzte er wie wild und füllte das Mikrofon ununterbrochen mit einer fantastischen Stimme. »Wieso sagt er hier zu Hause denn nie was?«

»Na, kein Wunder«, sagte Mama. »Das hat einen einfachen Grund, einen ganz einfachen«, aber statt ihn mir zu sagen, sah sie Oma an. Und die: »Weil er seine Stimme schont, nicht? Behalt es für dich, Fabio, aber dein Papa organisiert gerade ein großes Comeback, ein letztes Abschiedskonzert, dafür schont er seine Stimme. Aber vergiss nicht, das ist ein Geheimnis, erzähl niemandem davon.«

Ich nickte erst, schüttelte dann den Kopf, presste meinen Mund zusammen und hielt die Hand davor. Um dieses sensationelle Geheimnis wie auch die ganze Aufregung und den

Stolz auf meinen Papa darin verschlossen zu halten. Und von da an kümmerte ich mich darum, ihn als ein Meter zehn großer Bodyguard zu beschützen. Wenn wir in eine Bar, zum Fischladen oder in die Eisenwarenhandlung gingen und es eine Schlange gab, versuchte ich die Leute beiseitezuschieben und sagte: *Platz da, lasst Little Tony durch.* Aber er schüttelte den Kopf, denn er war zwar berühmt, aber auch bescheiden und wollte sich in die Schlange stellen wie alle anderen auch, und an der Kasse angekommen, bezahlte er wie ein normaler Mensch, obwohl er ein großer Star war. Mehr noch, der größte Star von allen, denn viele Sänger mochten auf der Bühne ihr Publikum zum Ausflippen bringen, das schon, aber welcher andere ging anschließend in die Häuser seiner Fans und reparierte ihre Waschbecken und Klos? Nur mein Papa, der ein vollkommener Künstler war. Ein großer Sänger und ein großartiger Mensch, der heute Nacht sogar Zeit gefunden hatte, hier ins Zimmer seines Sohns zu kommen, um ihn aus einem schrecklichen Albtraum voller Hexen und Flüche aufzuwecken.

»Danke, Papa, danke, danke, danke!«, ich umarmte ihn fest, »ich habe nichts damit zu tun, ich habe sie nicht verbrannt, mich gab es da ja noch gar nicht, im Mittelalter!«

Er nickte und sagte »schlaf«.

Aber ich konnte nicht mehr schlafen. Denn es war nicht nur ein schlimmer Traum gewesen, seit jenem Nachmittag wusste ich schließlich, dass es eine echte, schreckliche Verdammnis war, von der ich für immer verfolgt würde, ob ich nun schlief oder wach war. Deshalb war an Schlafen jetzt nicht zu denken.

Also nahm Papa meine Arme, zog mich aus dem Bett und sagte »komm mit«. Und da erst merkte ich, dass er nicht im Schlafanzug war, sondern in Jacke, Hosen und Arbeitsschuhen. Ich fragte, wohin wir gingen, er drehte den Kopf zur anderen Seite und antwortete »raus«.

»Wohin denn raus, wie spät ist es?«

Er hob zwei Finger.

»Zwei Uhr? Und wo gehen wir um zwei Uhr nachts hin?«

Er nahm meine Socken von der Heizung, machte den Schrank auf und gab mir Hosen und eine dicke Jacke. »Brrr«, sagte er und legte fröstelnd die Arme um sich, er half mir, die Sachen über den Schlafanzug anzuziehen, und dann los, in jene Kälte, von der er sprach.

So sieht's also aus, eben war ich noch im Bett, gewärmt von den Decken und einem Scheiterhaufen, der mitten im Mittelalter brannte, und jetzt plötzlich hier, in der Kälte einer Oktobernacht irgendwo im zwanzigsten Jahrhundert im Dorf Mancini.

Auf den ersten Blick, von der Hauptstraße aus, wo die Autos und der Rest der Welt im Licht der Straßenlaternen vorbeifuhren, mochtest du es bloß für eine Einbahnstraße halten. Aber es reichte ein Schritt, der erste Schritt ins Dunkle, und dir wurde klar, dass du einen eigenen Ort betreten hattest, ein echtes Dorf, das auf den Landkarten zwar nicht eingezeichnet war, aber doch existierte, samt Schild, das dich willkommen hieß und dir gleichzeitig befahl, dich fernzuhalten.

Als Erstes kamst du zum Haus von Oma Giuseppina, gegenüber war dann das, in dem ich mit Mama und Papa wohnte. Und wenn du mutig warst und bis ganz nach unten gingst, kamen hinter unseren Häusern nacheinander die meiner Onkel, immer weiter entfernt von der öffentlichen Beleuchtung und vom Licht der Vernunft. Das von Onkel Aurelio, das allerdings leer stand, weil er inzwischen im Jenseits lebte, und das von Onkel Adamo, das auch leer stand, weil er nach Mantua gezogen war und nie vorbeikam und nie anrief, nur an Weihnachten schickte er eine Salami per Post, ohne Karte oder sonst was, weshalb diese Salami für uns der einzige Unterschied war zwischen In-Mantua-Sein und Tot-Sein. Noch weiter hinten, verloren in der Finsternis, waren dann die Häuser von Onkel Aldo, von Athos, Aramis, Adelmo und so weiter, bis zum Ende der Straße beim Garten von Onkel Arno, der immer dort blieb, mit seinem Hund namens Sturm in einem ganz kaputten Wohnwagen, dem er die Räder abgenommen hatte, um sicherzugehen, dass er nicht wegfuhr.

Und jetzt liefen wir in diese Richtung, bei Vollmond, der sich über dem Dorf ausbreitete, genau wie vorhin in meinem Traum. Er ließ mich wieder an den dunklen Wald und die Flammen, an die Augen und die Worte der Hexe denken. Da verlängerte ich meine Schritte, um mich an Papa zu hängen, von dem ich zwar nicht wusste, was er um zwei Uhr nachts draußen zu suchen hatte, aber bei ihm gab es für alles immer nur einen Grund: seine Arbeit. Vielleicht hatten sie ihn wegen eines Notfalls gerufen, wie die Ärzte, nur dass es statt eines Menschen, der sich schlecht fühlte, ein undichtes Rohr gab oder einen Heizkörper, der nicht heiß wurde, und schon eilte er zu Hilfe. Auch wenn es nachts um zwei war, auch wenn heute Nacht sein Geburtstag war. Denn er reparierte alles, sofort und immer, das war Papas Mission.

Und zugleich Mamas Verdammnis. Tatsächlich habe ich sie nur ein einziges Mal streiten hören, und zwar an einem Abend, als wir bei einer Frau aus dem Kirchenchor zum Abendessen eingeladen waren und Mama ihn, bevor wir das Haus verließen, auf der Schwelle anhielt und sagte: »Giorgio, bitte, was hast du da drunter?«

Papa schaute runter auf seine Jacke, die auf einer Seite etwas ausgebeult war, aber nur ganz leicht, und schüttelte den Kopf.

»Giorgio, tu mir den Gefallen, heute Abend nicht, wenigstens heute Abend nicht.«

Er sah sie an, sah mich an, hob dann seine grünen Augen

zum Himmel, der direkt da hinter der Haustür anfing, machte seine Jacke auf und zog eine Plastiktüte mit Schraubenziehern, Schraubenschlüsseln, Dichtungsmasse, Kombizange und Kneifzangen hervor. Er legte sie auf den Küchentisch, Mama grummelte irgendetwas und machte dann Anstalten rauszugehen, doch er griff in die hintere Hosentasche seiner Jeans und zog auch noch zwei Batterien, Kabel und eine kleine, mit verschiedenen Schrauben gefüllte Schachtel heraus. Und Mama sah ihn ganz ernst an, hielt aber nur einen Moment stand, dann musste sie doch lachen, drehte sich zur Gasse um, und endlich brachen wir zu dem Abendessen auf.

Aber ob jetzt mit oder ohne Werkzeug, es lief sowieso immer darauf hinaus: dass bei Tisch alle aßen und plauderten, bis auf Papa, der nichts sagte, sondern nur zuhörte. Irgendwann hörte er dann nicht mal mehr zu, weil er den verzweifelten Ruf eines hustenden Abflusses hörte, einen weinenden Wasserhahn oder Rasensprenger im Garten, die nicht gut spritzten. Und diesem Ruf musste Papa einfach folgen.

Er fragte nach der Toilette, ging aus dem Zimmer und kam nicht mehr zurück. Anfangs fiel es nur Mama auf, mit einer Mischung aus Wut und Scham, dann sagte jemand: *Hm, ob Giorgio wohl ins Klo gefallen ist?* Und alle lachten, auch Mama, aber etwas weniger und nur zum Schein. Denn sie wusste, dass er zwar wahrscheinlich nicht ins Klo gefallen war, man ihn aber, wenn jemand nachschauen ginge, darunter ausgestreckt fände, zwischen auseinandergenommenen Rohrleitungen und mit lauter Fettflecken auf dem guten Hemd. Kurz, mit ihm zu Essenseinladungen zu gehen, war, als ginge sie allein hin, am Ende des Abends bat sie die Gastgeber beim Abschied um Verzeihung, und die antworteten: *Aber wofür denn, Rita, er hat unser Haus wieder auf Vordermann gebracht, ganz herzlichen Dank!* Und Papa lächelte und ging, Mama ging und nichts weiter.

So wie jetzt er und ich die kleine Gasse unseres Dorfs entlanggingen, still in tiefer Nacht, bis hinter Onkel Aldos Haus, wo leere Plastikstühle um ein brennendes Feuer standen.

Und es wird wohl der Vollmond gewesen sein oder die zitternden Flammen, dicht bei den Oleandern, den Bambusrohren und auch bei uns, jedenfalls kam es mir jetzt wirklich vor, als wäre ich wieder in meinem Albtraum. Nur dass da anstelle des Scheiterhaufens ein Gaskocher stand, und statt der Hexe brannte darauf eine große Stahlflasche voller Grappa.

Das heißt, die Flasche war voll mit Obstschalen oder Trester oder so was, und vom Kochen wurde daraus Dampf, der durch ein langes, gewundenes Röhrchen strömte, er drehte sich und drehte sich da drinnen, kühlte so ab und fiel am Ende des Röhrchens durch irgendein Wunder Tropfen für Tropfen in einen Eimer darunter, wie brennende Tränen aus Grappa, die im Dunkel der Nacht *Plop Plop* machten.

Papa setzte sich ans Feuer, holte eine Fernbedienung hervor, und für einen kurzen Moment dachte ich, dass Onkel Aldo vielleicht einen Fernseher in den Garten gestellt hatte. Aber natürlich wollte Papa die Fernbedienung nicht benutzen, er wollte sie in Ordnung bringen: Wie andere Menschen Zigaretten oder etwas zum Knabbern dabeihaben, hatte er immer etwas zum Reparieren in der Tasche. Er öffnete das Plastikgehäuse und zeigte mir die Fernbedienung, um mir beizubringen, wie man das macht, aber ich glaube, ich habe sein Talent nicht geerbt, denn ich verstand gar nichts, außerdem war mir so kalt, dass ich lieber näher ans Feuer rücken wollte. Nur dass die Stahlflasche rumorte und schnaubte und ich Angst hatte, dass sie gleich explodieren würde, also blieb ich sitzen, auf halber Strecke zwischen Tod durch Erfrieren und Tod durch Explosion.

Und etwas Bauchweh hatte ich auch, aber daran war das ganze Eis schuld, das ich zum Abendessen gegessen hatte. Es war

Papas Geburtstag, und er wurde genau vierzig Jahre alt, kam also ins Fluch-Alter, nur dass er schon verheiratet war und außerdem nicht das vermaledeite Blut der Mancinis hatte, also war er gleich doppelt außer Gefahr. Tatsächlich hatte er ganz ruhig und ohne Verrücktheiten zu Abend gegessen, Spaghetti mit Muscheln und Sardellen aus der Pfanne und am Ende die Geburtstagstorte, die wie jedes Jahr keine Torte war, sondern eine riesige Packung Vanilleeis. Was absurd war, weil die Geburtstagskerzen immer umfielen und es Mama und ihm noch nicht einmal schmeckte. In der Tat hatte nur ich davon gegessen, eine halbe Packung war komplett in meinem Bauch verschwunden, während Papa mir zuschaute und lächelnd die Pfanne auskratzte.

Das fiel mir jetzt vor der Stahlflasche für den Grappa wieder ein, und ich hätte ihn so gerne gefragt, warum er jedes Jahr so viel Vanilleeis kaufte, obwohl es nur mir schmeckte. Aber mein Papa war Little Tony und schonte seine wunderschöne Stimme für ein großes Abschiedskonzert, deshalb fragte ich ihn nichts. Ich sagte bloß: »Papa, Vanille schmeckt gut, aber Haselnuss ist noch besser, und Sahneeis auch. Ich finde, nächstes Jahr könnte man auch mal verschiedene Sorten nehmen, wo doch sowieso nur ich davon esse.«

Aber ich hatte das nur so dahingesagt, ohne eine Antwort zu erwarten, einfach, um ein wenig Klang in den Dampf zu bringen, der mir beim Atmen aus dem Mund kam. Aber, ob es nun am Weißwein lag, den es zum Abendessen gegeben hatte, ob am Grappadunst, der die Luft schwängerte, ob es daran lag, dass er an diesem Tag vierzig wurde und ihm das Eindruck machte, jedenfalls legte Papa kurz darauf die Fernbedienung auf den Boden, schaute auf und sah mir für einen Moment in die Augen, der so lange andauerte, dass er alle Uhren und Kalender der Welt durcheinanderbrachte. Und dann, das schwöre ich mit vor dem Herzen gekreuzten Fingern, ging sein Mund auf und daraus entwischte ein Wort, dann noch eines, und dann noch eins und noch eins.

Sechs … Jahre … war … ich …

Wie die ersten Tropfen eines plötzlichen Unwetters, und wirklich schaute ich Papa an und klammerte mich unwillkürlich an meinem Stuhl fest, während seinen Lippen ein Orkan entfuhr, der mich, den Stuhl und den Garten ringsum mitriss und uns fortwehte, in eine andere Welt, eine andere Zeit.

»Sechs Jahre war ich alt. So wie du jetzt. Und auch an jenem Tag damals war mein Geburtstag. Ich half meinen Großeltern auf dem Feld, was mir Spaß machte. Aber abends um sechs machte es mir keinen Spaß mehr, denn von Weitem hörte ich die Klingel des Parisers, der mit einer ganz weißen Ape vorbeikam und Eis verkaufte. Er verkaufte es in der Innenstadt an die Kinder, die aus der Schule kamen und sich welches leisten konnten, bei uns kam er dagegen nur vorbei, weil die Straße auf seinem Heimweg lag. Es war eine schmale Schotterpiste, die sich zwischen den Olivenbäumen entlangschlängelte, und auch hier gab es viele Kinder, aber nicht viel Geld, und ein Eis konnte sich hier niemand leisten. Nur hin und wieder, wenn zu Hause mal ein Ei mehr abfiel und Mama es mir gab, gab ich es dem Pariser, der mir im Tausch eine kleine Waffel mit Vanilleeis machte. Aber das passierte eigentlich nie. Wenn ich also diese Klingel hörte, krampfte sich mein Magen vor Lust auf Eis zusammen, ich streckte mich auf dem Feld aus und hielt mir ganz fest die Ohren zu. Vor allem im Sommer, wenn es so heiß war, dass die Felder aufbrachen, die Erde sich öffnete und man darin von der Sonne geröstete tote Ameisen, Würmer und andere Tierchen sah. Aber das Ei für ein Eis hatte ich nie. Nicht einmal an jenem Tag, als der Sommer zwar vorbei, aber dafür mein Geburtstag war. Es gab auch kein Geld für Geschenke, stattdessen hatte Mama, also deine Oma, in einer Schublade ein rotes Geschenkband gefunden, es mir um die Stirn gebunden und gesagt: *Herzlichen Glückwunsch, Giorgio.* Und das gefiel mir sogar als Geschenk! Ich tat so, als sei ich Tex, als er in die Siedlung der Navajo geht, weißt du, wo er seine Cowboy-Kleider ablegt, sich wie ein Indianer anzieht und sich dieses Stirnband umbindet. Doch dann hörte ich die Klingel des Parisers, und das Spiel war vorbei, denn es war klar, dass ich nicht Tex war. Der echte Tex hätte mindestens auf die Reifen der Ape geschossen und sie zum Umkippen gebracht, sodass alle Kinder der Straße hätten herbeirennen und sich ein Eis nehmen können. Weil das gerecht war, weil es gut war und weil mein Geburtstag war, verdammt noch mal! Stattdessen stand ich da am Straßenrand und konnte mich bloß auf den Boden legen und an eklige Sachen denken, etwa, dass der Pariser, wenn er das Eis machte, sich nicht die Hände wusch, hineinspuckte oder sogar -pinkelte. Aber das half alles nichts, ich wollte trotzdem welches, ich war verrückt danach. Und auch mit zugehaltenen Ohren ließ der Motor der Ape meine Knochen erbeben, ich spürte, wie sie sich immer mehr näherte, bei mir ankam und anhielt. Ich machte die Augen auf, und da war der Pariser und sah mich an, mit aus dem Fenster hängendem Ellbogen.

›Junge, was ist los, geht's dir nicht gut?‹

Ich schüttelte den Kopf, ohne ihn anzusehen.

›Sicher?‹

Ich nickte.

›Und was hast du da auf dem Kopf?‹

Im ersten Augenblick verstand ich ihn nicht, dann erinnerte ich mich an das rote Band. Ich sagte, dass es ein Geschenk sei, zu meinem Geburtstag.

›Ach, heute ist dein Geburtstag?‹

Ich nickte.

›Na, dann herzlichen Glückwunsch! Wie alt wirst du denn?‹

›Sechs‹, sagte ich. Und ich zeigte die Zahl auch mit den Fingern.

›Sehr gut. Das ist ein besonderer Tag. Und weißt du, wie man einen besonderen Tag feiert? Mit einem leckeren Eis. Hast du noch ein bisschen Platz im Bauch?‹

Ich nickte, so heftig, dass sich mein Kopf fast vom Hals löste und bis zur Ape rollte, um auf der Stelle das Eis zu verschlingen. Und ob ich Platz im Bauch hatte, und eine unendliche Lust auf Eis!

›Sehr gut, Junge. Und hast du auch ein Ei für mich?‹

Nein, das Ei nicht, das war das Einzige, was ich nicht hatte. Ich hörte auf, ununterbrochen zu nicken, und schüttelte nur einmal, kaum wahrnehmbar, den Kopf.

Und der Pariser: ›Ach je, wie schade! Tschüss, Junge, und alles Gute noch!‹

Mit einem Lächeln, das sein ganzes Gesicht ausfüllte, während er sich schon entfernte, zusammen mit dem Motorenlärm und dieser verfluchten Klingel. Die Ape verschwand am Ende des Wegs im Staub, der aufwirbelte und zu einer Wolke wurde, und ich weiß nicht, wie lange ich in dieser Wolke aufrecht und unbeweglich stehen blieb, mindestens ein, zwei Stunden. Und ich schwöre, dass ich die ganze Zeit geweint habe. Ich weinte so viel und so heftig, dass ich an diesem Tag vielleicht alle Tränen aufbrauchte, die ich als Vorrat für mein ganzes Leben hatte, jedenfalls habe ich seitdem nie mehr geweint. Und auch Vanilleeis habe ich seitdem nicht mehr gegessen, ich brauche es nur zu riechen, schon wird mir übel. Allerdings fing ich an diesem Tag an, viel zu arbeiten, so richtig viel, ohne je aufzuhören. Bis heute, wo ich vierzig werde. Vierzig Jahre, verdammt noch mal, dabei kommt es mir vor wie ein Augenblick, weißt du? Ich war genauso alt wie du, ich habe die Augen zugemacht, wegen des Staubs, den der Pariser aufgewirbelt hatte, und *bumm*, schon bin ich hier. Und Vanilleeis finde ich zwar widerlich, aber wenn ich Geburtstag habe, will ich welches auf dem Tisch stehen haben, eine ganze Packung. Denn weißt du, was ich daran so mag, Fabio? Ich mag es, so wie heute Abend am Tisch zu sitzen, gemütlich mit einem schönen Glas frischem Wein, und meinem Sohn dabei zuzusehen, wie er so viel Eis isst, wie er will. Das gefällt mir wirklich sehr. Ich bin bescheuert, ich weiß, aber ich bin auch glücklich, also ist das in Ordnung so.«

All das erzählte mir Papa von der anderen Seite des Feuers in jener unglaublichen Nacht. Er sah mich für einen weiteren seiner unendlichen Augenblicke an, dann schaute er runter auf seine Hände und wunderte sich, dass er sie leer und unbewegt vorfand, ohne mit irgendetwas zu hantieren.

Und unbewegt war auch ich geblieben, während ich ihm atemlos zuhörte, so als wäre Zuhören Trinken, als schluckte ich seine volle Stimme, die ich praktisch zum ersten Mal hörte, gierig hinunter. Ich wollte, dass er nicht aufhörte, dass es noch ewig so weiterging. Nur dass es so nicht läuft. Du schaust nicht zufällig genau in dem Moment zum Himmel auf, wenn der Halleysche Komet vorbeikommt, und sagst dann zu ihm: *Sehr schön, gratuliere, jetzt dreh dich um und komm noch mal vorbei.* Nein, es ist ein Wunder, das einem besonderen Augenblick innewohnt, und du hattest das Glück, diesen Augenblick mitzuerleben, der so kurz und so sensationell war, dass du dich fragst, ob du ihn nur geträumt hast, während Papa schon wieder in sein Schweigen und zu seiner Fernbedienung zurückgekehrt war.

Er brachte die Plastikteilchen da drinnen in Ordnung, von denen niemand auf der Welt wusste, was sie da sollten, außer ihm. Und bestimmt würde die Fernbedienung in wenigen Minuten wieder so funktionieren wie früher, ja besser noch als früher, wahrscheinlich würde sie zu einer Superfernbedienung, die selbst dann auf das Programm schaltete, das du eigentlich sehen wolltest, wenn du aus Versehen die falsche Taste gedrückt hattest.

Doch um dieses Wunderwerk zu vollenden, fehlte ihm ein Schraubenzieher. Er stand auf und tastete die tausend Taschen seiner Hosen und seiner Jacke ab, aber er hatte wirklich keinen dabei, also sagte er zu mir, dass er kurz zu uns nach Hause ginge, um einen zu holen. Das heißt, in Wirklichkeit sagte er nur »ich hole den Schraubenzieher«, zeigte auf unser Haus, und weg war er.

Und ich wäre ihm so gerne hinterher, denn es tat mir leid, ihn allein zu lassen, nach der schlimmen Geschichte, die ihm passiert ist, als er in meinem Alter war. Seit der zwar viele Jahre vergangen waren, aber zugleich nur ein Augenblick. Und es tat mir noch mehr leid, dass ich nur die halbe Packung Eis aufgegessen und die andere Hälfte für die nächsten Tage ins Kühlfach gestellt hatte. Aber mir war kalt, und am Feuer war es zu kuschelig warm, außerdem hatte er mir mit der Hand zu verstehen gegeben, dass ich dableiben solle und er gleich zurückkomme. Ich nickte, machte es mir gemütlich und fragte, ob er mir das übrig gebliebene Eis mitbringen könne. Denn plötzlich hatte ich Lust darauf, große Lust.

Papa sah mich an, lächelte und nickte, dann verschwand er aus dem Feuerschein und hinter den Oleandern. Und ich blieb allein, in der Wärme der Flammen unter der Stahlflasche, im Widerhall seiner wunderbaren Stimme. Und ich verstand die Millionen Menschen, die die Stadien füllten, um ihm zuzuhören, und schätzte mich glücklich, sein Sohn zu sein und dass er an seinem Geburtstag *mir* etwas geschenkt hatte: eine ganze Packung Eis und ein Sonderkonzert nur für uns.

Etwas so Schönes, dass mir Zweifel kamen, ob ich vielleicht immer noch träumte: erst der Albtraum mit der brennenden Hexe, jetzt ein wunderschöner Traum mit meinem Papa, der spricht und mir von der Zeit erzählt, als er in meinem Alter war.

Aber das war schon in Ordnung, wenn etwas Wunderschönes passiert, ist das immer gut, auch wenn es nur ein Traum ist. Es reicht, nie aufzuwachen.

3

Zehn Finger sind zu viele

Papa war einen Schraubenzieher holen gegangen, aber das war jetzt schon eine ganze Weile her, und er war immer noch nicht zurück. Vielleicht fand er nicht den passenden, oder er hatte von seiner Werkstatt aus die Stimme eines Wasserhahns oder Rohrs gehört, die ihn von wer weiß wo um Hilfe baten. Oder er war erst eine Minute weg, und es kam mir nur so lange vor, weil die Angst in mir aufstieg, war ich doch so allein hier in der Dunkelheit und schließlich derjenige, der seine Hilfe in dieser Nacht am allermeisten brauchte.

Die Flamme tanzte unter der großen Stahlflasche für den Grappa und erfüllte die Welt mit schaurig flackernden schwarzen Schatten. Besonders schreckenerregend waren die stacheligen Schatten der Oleander. Sie bewegten sich auf der Wand von Onkel Aldos Haus auf und ab wie viele spitze Zähne, die an den Dingen nagen, bis sie unter der Haut auf deren Geheimnisse stoßen.

Zu den Schatten kam noch dieser Geruch, der von der Stahlflasche aufstieg und mich ganz schwindelig im Kopf machte, und jeden Moment rechnete ich damit, dass die Hexe aus meinem Traum auftauchte, um sich an meinen Onkeln zu rächen. Weil sie die aber nicht fand, legte sie sich mit mir an, der ich ja ihr Neffe war, und auch wenn es noch ziemlich lange dauerte, bis ich vierzig war, hatte es keinen Sinn, so lange zu warten, schließlich würde ich genauso enden wie sie: Ich würde weiter mit meinen Onkeln aufwachsen, ihnen immer ähnlicher und schließlich verrückt werden.

Und zwar so richtig verrückt, nicht wie wenn jemand sagt: *Ach, bin ich verrückt, ich esse auch im Winter Eis*, oder: *Ich trage ein kariertes Jackett zu gestreiften Hosen*. Nein, das sind die normalsten Leute der Welt, so normal, dass sie davon träumen, sonderbar zu sein, und wenn man sagt, dass sie verrückt sind, ist es das größte Kompliment, das man ihnen machen kann. Ich spreche dagegen von Leuten, die im Winter in den Bergen übernachten, mitten im Schnee, weil sie sich so länger halten, wie Essen im Kühlschrank. Ich spreche von erwachsenen Männern, die sich als Cowboy verkleiden, mit Cowboyhut und Stiefeln, und sich den ganzen Tag hinter der Autobahnüberführung verstecken, um auf den Angriff der Mohikaner zu warten. Und wenn du solchen Leuten sagst, dass sie verrückt sind, schmeichelt ihnen das ganz und gar nicht. Im Gegenteil, sie halten sich die Ohren zu, schütteln immer heftiger den Kopf, rennen schließlich weg und rufen dabei: *Das ist nicht wahr, ich bin nicht verrückt, ich bin nicht verrückt!*

Solche Leute kenne ich gut, ich kenne jeden Einzelnen davon beim Namen: Sie fangen alle mit A an, denn es handelt sich um meine Opas oder meine Onkel oder was die Welt halt beschließt, wie ich sie nennen soll.

Und ich hatte sie ja wirklich lieb, aber ich verstand nicht, warum sie immer so sonderbar sein mussten. Sie und genauso ihre Freunde, zum Beispiel die drei Binelli-Brüder, die Mars, Uranus und Gino hießen. Einmal habe ich Gino gefragt, warum seine Eltern nicht mit dem Sonnensystem weitergemacht und ihn zum Beispiel Jupiter oder Saturn genannt haben statt einfach nur Gino. Da hat er mich angeschaut, als hätte er darüber noch nie nachgedacht, hat mit den Schultern gezuckt und geantwortet: »Hm, das musst du meinen Papa und meine

Mama fragen. Nur ist es dafür zu spät, sind beide schon unter der Erde. Oder es ist noch zu früh: Du kannst sie erst fragen, wenn auch du unter die Erde kommst.«

Und ich habe genickt, aber nur, weil ich ihn nicht kränken wollte, denn wenn ich sterbe, gibt es im Jenseits bestimmt so viel zu entdecken, so viele Orte zu besichtigen und Menschen aller Zeiten kennenzulernen, dass ich, selbst wenn ich die ganze Ewigkeit dort bleiben sollte, keine Zeit haben werde, zu seinen Eltern zu gehen und zu fragen, warum sie ihn Gino genannt haben.

Jedenfalls hatten die Freunde meiner Onkel sonderbare Namen und waren auch selbst sonderbar, wenn auch nie so krass wie meine Onkel. Die früher schon seltsam waren, was aber noch schlimmer wurde, als mein Opa starb. Denn der hatte ja meine Oma geheiratet und sich so vor dem Fluch gerettet, und auch wenn er der Jüngste war, hielt er seine Brüder doch im Zaum und gab ihnen immer Ratschläge, und jetzt fehlte er allen ganz arg. Meinen Onkeln, aber noch mehr meiner Oma, die zum Mittag- und Abendessen immer noch an seinem Lieblingsplatz für ihn deckte, und auch mir fehlte er sehr, der ich mich an sein Gesicht zwar nur von Fotos erinnern konnte, ihn aber trotzdem richtig gern hatte. Besser gesagt, hätte ich ihn gerne hier gehabt, damit meine Onkel sich zusammenrissen, schließlich sagten Mama und Oma tagaus, tagein: *Wenn ihr so weitermacht, landet ihr am Ende in Maggiano!*

Und jedes Mal, wenn ich diesen Namen hörte, stieg mir ein Frösteln vom Steiß bis zum Hals auf, auch jetzt im Dunkeln vor der Stahlflasche. Denn Maggiano war ein Ort in den Bergen, wo man die Verrückten einsperrte, im Wald, mit dunklen, ganz schwarzen Mauern. Ich war zwar noch nie dort, aber wie meine Onkel mir erzählt hatten, passierten dort so schreckliche Sachen, dass man selbst verrückt wurde, wenn man sie nur sah, und tatsächlich waren die Hälfte der Kranken da drin ehemalige Pfleger, die, nachdem sie eine Weile dort gearbeitet hatten, nach und nach selbst in den Zellen gelandet waren. Klar, wenn man dauernd mit Verrückten zusammen ist, erwischt es einen irgendwann selber, also war auch ich geliefert, der ich ja jede Sekunde mit meinen Onkeln verbrachte.

Deshalb sprang ich glücklich auf, als ich von der Straße hinter dem Haus endlich Schritte hörte, und wollte Papa entgegenlaufen und ihn ganz fest in den Arm nehmen.

Doch die Schritte wurden zu viele und zu laut und polternd, vermischt mit verschrobenem Gerede, kehligen Lauten und Geschrei, das die nächtliche Stille zertrampelte. Denn das war nicht Papa, sondern ausgerechnet meine Onkel, die da alle gemeinsam aus der Finsternis auftauchten, einen unbekannten kleinen Jungen im Arm.

Sie traten ins Licht der Flamme, und es war gar kein kleiner Junge, sondern eine gigantische Flasche, halb voll mit Grappa. Da meine Onkel sie trugen, besser gesagt: halb leer.

»Ach, schaut mal, wer da ist!«, nuschelte Onkel Aldo und drückte mich so fest, dass meine Augen ein wenig aus ihren Höhlen hervortraten. »Super, dass du aufpasst! Und wo hast du deinen Papa gelassen?«

Neben ihm kam Onkel Athos und hinter ihnen Aramis, der Onkel Adelmo in seinem Rolli schob.

»Papa kommt gleich wieder«, sagte ich und hoffte dabei inständig, dass dem so war.

Aber sie hörten mir gar nicht zu, Athos war schon über das Ende des Schlauchs gebeugt, wo der Grappa in den Eimer tropfte, hielt die Finger der rechten Hand darunter und leckte sie sich dann alle viere ab. Alle viere, weil er den Mittelfinger in einem Rasenmäher verloren hatte.

»Köstlich! O Gott, ist der gut, ein Wunderwerk!«

Aber sein Urteil zählte nicht viel: Für Onkel Athos war alles ein Wunderwerk, ausnahmslos und immer. Das heißt, früher nicht, früher war er das genaue Gegenteil, immer nervös und sauertöpfisch, nichts war ihm recht, und nie war er mit irgendjemandem einer Meinung, nicht einmal, wenn der ihm recht gab. Dann schnitt er eines Tages zusammen mit Onkel Aramis bei einer Villa die Hecken, sagte plötzlich ein sonderbares Wort, das Aramis nicht richtig verstand, fiel zu Boden, und gute Nacht. Er wurde ins Krankenhaus gebracht, und die Ärzte sagten, dass er einen Schlaganfall hatte, aber es ist gut für ihn ausgegangen. Onkel Athos ist nämlich auf eigenen Beinen nach Hause gekommen, haargenau wie vorher, nur dass eine Augenbraue höher war als die andere, sein Mund eine Grimasse zog, die ihm ein ewiges Lächeln ins Gesicht malte, und vor allem hatte er einen ganz neuen Charakter: immer glücklich und fröhlich, alles war wunderbar und interessant und bewegend, und er hielt es nicht eine Minute lang aus, ohne dir zu sagen, dass er dich lieb hatte, dass er froh war, dich zu kennen, dass er froh war über diesen Schlag, der ihm einen Dachschaden verpasst hatte, denn ihm zufolge war das das Geheimnis eines glücklichen, wunderbaren Lebens.

Und nun wiederholte er also »wunderbar!«, während er sich den Grappa von den Fingern leckte. »Hier, probier mal, Aramis, probier mal!«, und er streckte die Finger seinem Zwillingsbruder hin, der ihm allerdings kein bisschen ähnlich sah. Aramis schaute sie kurz an, dann ging er lieber selbst zum Schlauch, um direkt von dort zu probieren.

»K… k-köstlich! Echt sp… echt sp-sp-sp, der ist echt schschsch…«, denn wenn Aramis redete, brauchte man Geduld: Wörter waren für ihn ein Hindernislauf, er begann seine Sätze ganz überzeugt, doch dann stolperte er über einen schwierigen Buchstaben, schaffte es schließlich, darüberzuklettern, stieß jedoch gleich gegen den nächsten, er versuchte voranzukommen, rutschte aber hier und da aus, und am Ende blieb ihm nur eine Möglichkeit auszudrücken, was er sagen wollte, nämlich Luft zu holen und loszusingen:

Der ist echt speziell, göttlich, außergewöööhnlich
Dieser Grappa ist ein Grappa für den Kööönig.

Mit einer Hand auf dem Herzen und einer Stimme, die zwar nicht mit meinem Little-Tony-Papa mithalten konnte, aber alles in allem nicht schlecht war.

»Bravo, Aramis, was für ein wunderbares Lied«, meinte Athos und klatschte sogar Beifall, während Onkel Adelmo aus seinem Rollstuhl sagte, er singe wie ein erwürgter Hahn. Adelmo verlangte nach der Flasche, kippte sich den Grappa hinter die Binde, wischte sich mit dem Handrücken die Lippen ab und reichte sie den anderen weiter. Besser gesagt, mir. »Probier mal, Junge, probier mal, was der Mancini-Grappa für ein Wunderwerk ist.«

Doch ich presste die Lippen zusammen und schüttelte den Kopf, denn ich brauchte Grappa nur einzuatmen und hatte schon das Gefühl, ich würde mir ein brennendes Streichholz in den Rachen werfen. Außerdem ist selbst gebrannter Grappa gefährlich: Was als Erstes rauskommt, ist sogar richtiges Gift, ein Freund meiner Onkel hatte einmal zu viel Durst, um abzuwarten, hatte das runtergekippt und war daran gestorben. Ich dagegen wollte möglichst nicht sterben, ich wollte größer werden und einen Haufen Sachen machen, um die Welt reisen und Amerika und die Indianer und die Bisons sehen und die Chinesen da unten auf der Rückseite, die mit dem Kopf nach unten leben. Aber als Erstes wollte ich augenblicklich meinen Papa wiedersehen, der hierherkommen und mich retten sollte.

»Ach, Fabio!«, rief Onkel Adelmo und trank noch einen Schluck. »Warum probierst du denn nicht, hast du etwa Angst? Schau, die Angst ist unsere einzige Feindin, weißt du. Angst ist schlimmer als Monster, schlimmer als Schlangen. Denn die töten dich wenigstens sofort, während die Angst dich das Leben nicht leben lässt. Und noch dazu ist sie zu nichts nütze. Schau beispielsweise mich in meiner Lage an. Weißt du, wie ich hier gelandet bin?« Er berührte seine dürren, unbeweglichen Beine im Rollstuhl, die aussahen, als seien sie nicht echt, wie von einem Hampelmann. Er genehmigte sich noch etwas mehr aus der Flasche, dann: »An einem Septembertag war ich gerade in Querceta, um Holz aufzuladen, und ich passte höllisch auf, ob zwischen dem Holz Spinnen waren. Tja, da kann ich nichts machen, frotzelt nur über mich, aber Spinnen finde ich wirklich eklig, diese vielen haarigen Beinchen und die ruckartigen Bewegungen, da weiß man nie, wo sie gleich wieder sind! Na, jedenfalls war ich gerade dabei, ganz langsam und aufmerksam das Holz zu verladen, mit dieser Angst vor Spinnen im Kopf, und währenddessen goss da oben im fünften Stock eine alte Frau ihre Pflanzen, und ihr fiel eine Geranie samt Blumentopf runter, genau auf meinen Kopf, und hier sitze ich nun. Kapiert? Weil einer Angst hat vor Spinnen, braucht er eine Stunde, um ein bisschen Holz aufzuladen, sodass eine bescheuerte Alte alle Zeit der Welt hat, einen bescheuerten Blumentopf runterzuwerfen, und gute Nacht. Hast du kapiert, wie die Angst funktioniert, Fabio? Angst hat keinen Sinn, sie ist ein Scheißdreck. Angst ist eine kleine Spinne, die dich ablenkt, während das Leben dich bescheißt.«

Nach dieser Moral von der Geschicht' stürzte Onkel Adelmo einen weiteren Schluck Grappa hinunter. Und ich nickte, weil ich möglicherweise kapiert hatte, aber vor allem, weil er mir leidtat wegen dieser unglücklichen Geschichte von der

Spinne und der Geranie auf dem Kopf. Wie er mir auch wegen der tausend anderen Geschichten leidtat, warum er im Rollstuhl gelandet war, erzählte er doch jeden Tag eine andere. Am liebsten mochte ich diejenigen, die am Meer spielten, als er noch Bademeister war, etwa von dem einen Mal, als er gerade eine Deutsche rettete und ihn ein Hai in den Rücken biss, oder als eine Wasserhose kam und einen Sonnenschirm an seinem Hals zerschellen ließ. Mit all diesen Geschichten wollte er mir zwar erklären, dass es keinen Sinn hatte, Angst zu haben, aber die endlose Liste der ihm widerfahrenen Unglücksfälle bezeugte das genaue Gegenteil, nämlich dass die Welt eine heimtückische Hölle war, wo dir jeden Moment irgendetwas Schreckliches zustoßen konnte, und tschüss, also haben wir recht damit, so viel Angst zu haben, wie wir nur können.

Und deshalb: Nein, danke, der Mancini-Grappa war bestimmt köstlich, aber ich trank ihn nicht. Ich kniff den Mund zu und schüttelte den Kopf, als Onkel Adelmo seine Finger benetzte und sie meinem Gesicht näherte. »Na los, komm schon!«, drängte er, und ich starrte auf seine riesige raue Hand, spürte, dass das Irrenhaus von Maggiano zwar weit weg in den Wäldern war, aber zugleich immer näher kam, wie seine krummen Finger.

Von denen er nur vier hatte, wie Athos. Und Onkel Aldo auch, und wo ich gerade darüber nachdachte, Onkel Aramis hatte an der linken Hand nur drei.

Sobald es mir gelungen war, Adelmos Hand auszuweichen, fragte ich ihn daher, wie es zu diesem Fingermassaker gekommen sei.

»Wieso?«, fragte Aldo. »Was ist daran so komisch, wie viele Finger sollte ein Mensch denn haben?«

»Zehn!«

Und sie lachten lauthals. »Das ist übertrieben! Zehn Finger

sind zu viele! Zehn hat man am Anfang. Bei all den Arbeiten, all den Mühen und Zwischenfällen verliert man dann mindestens einen oder zwei. Aber das ist ganz normal, deshalb sind es ja zehn, weil schon klar ist, dass man den ein oder anderen verliert. Wenn ein Mensch stirbt, braucht man nur seine Hände anzuschauen, und schon weiß man, ob er wirklich gelebt hat. Der heilige Petrus kontrolliert sie dir, und wenn noch alle Finger dran sind, sagt er: *Was hast du bloß aus dem Leben gemacht, das wir dir geschenkt haben? Nichts hast du gemacht, du hast es einfach weggeworfen. Also, runter mit dir in die Hölle.* Denn wenn es eine schlimme Sünde gibt, dann die, nicht gelebt zu haben.«

Ich nickte und schaute ihre Hände an und meine, die so viel kleiner und weißer waren, mit allen Fingern an ihrem Platz und noch ganz neu. Ich fragte mich, welche ich über die Jahre verlieren würde und wie. Und mir kam das absurd vor, aber meinen Onkeln nicht. Für sie war es genauso wie dass einem irgendwann die Haare ausfallen, was mir auch schon unmöglich erschien. Ich hatte so viele und dichte Locken, dass ich meine Finger nicht mehr herausbekam, wenn ich mir durch die Haare fuhr. Aber eines Tages würde ich sie vielleicht verlieren, und die Finger zum Durch-die-Haare-Fahren ebenfalls. Und auch wenn das kein schöner Moment sein würde, wollte ich ihn trotzdem erleben, ich wollte leben, deshalb rückte ich ab und wiederholte, dass ich den Grappa nicht trinke, Schluss, aus.

»Eieiei!«, meinte Adelmo. »Keine Ahnung, nach wem du kommst. Du musst mehr Zeit mit uns verbringen, Junge, verbring mehr Zeit mit deinen Opas!«

Denn sie nannten sich hartnäckig weiter Opas und mahnten mich ständig, mehr Zeit mit ihnen zu verbringen. Dabei verbrachte ich schon meine gesamte Zeit mit ihnen, ich konnte mir nicht einmal vorstellen, wie ich noch mehr Zeit mit ihnen verbringen könnte.

Da nahm mich etwa Onkel Aldo mit zur Jagd, und wenn wir zurückkamen, stand Athos ganz aufgeregt oben an der Straße, weil es schon spät war und wir zusammen fischen gehen sollten, und Aramis schärfte mir ein, dort nicht zu lange zu bleiben, denn anschließend mussten wir beide noch im Pinienwald Zapfen klauen. Und an diesen vollen und abenteuerlichen Tagen lernte ich immer eine Million Sachen, nie kam Langeweile auf, selbst wenn ich mir welche gewünscht hätte. Na ja, jetzt ging ich jedenfalls zur Schule und hatte herausgefunden, dass es noch andere Kinder in meinem Alter gab und dass die sich untereinander trafen und zusammen spielten. Und vor allem wusste ich jetzt von dem Fluch, der über meinem Kopf baumelte.

Und der machte mir mehr Angst als der Killer-Grappa, denn mein vierzigster Geburtstag war zwar noch lange hin, aber schon jetzt war mein Leben ganz anders als das meiner Klassenkameraden. Die zeigten mir Spiele, die mit Batterien funktionierten und bei denen du ein Stäbchen warst, von dem eine kleine Kugel abprallte, oder eine Kugel, die kleinere Kugeln fraß, oder eine Schlange in einem Labyrinth, und sie fragten mich, bis zu welchem Level ich bei Pac-Man käme, und wenn ich fragte, was Pac-Man sei, guckten sie komisch und fragten: *Wie alt bist du denn?* Ich hielt den Mund oder sagte: *So alt wie ihr*, aber vielleicht war die richtige Antwort: *Fast vierzig.*

Statt also zu grübeln, wie ich noch mehr Zeit mit meinen verfluchten Onkeln verbringen könnte, musste ich vielmehr einen Weg finden, etwas weniger Zeit mit ihnen zu verbringen.

»Ja, Jungs«, sagte Onkel Aldo zu den anderen, »es stimmt, der Kleine ist verblödet, aber wenn er so schlecht gedeiht, ist das nicht seine Schuld, das liegt an dieser bescheuerten Schule!«

»Bäh!«, machte Onkel Adelmo, als hätte er plötzlich einen extrem bitteren Geschmack im Mund, »Schule!«

»Eben, ihr wisst gar nicht, was die den Kindern da für einen Mist beibringen. Zum Glück bin ich heute Morgen hin und hab ihnen ein bisschen was erklärt. Mit meinen Ausführungen über Tomaten bin ich nicht ganz fertig geworden, aber okay.«

»Tomaten?«, fragte Adelmo. »Was weißt du denn über Tomaten?«

»Ich weiß, wie man sie pflanzt und züchtet.«

»Du weißt höchstens, wie man in Arnos Garten welche klaut.«

»Okay, was soll's, der hat eh mehr als genug, das ist reinste Verschwendung.«

»Ja, schon, aber die Gärtner unter uns sind doch Athos und Aramis. Du bist Lkw-Fahrer, du könntest ihnen etwas Automechanik erklären. Fahr doch nächstes Mal mit dem Lastwagen zur Schule und zeig ihnen den, dann lernen sie mal was.«

Und bei dieser Idee von Onkel Adelmo blieb mir die Luft weg. Denn, nein, ein nächstes Mal durfte es auf keinen Fall geben. »Schönen Dank euch allen«, sagte ich, »aber so was unterrichtet man nicht in der Schule.«

»Eben, das ist ja genau das Problem! Und was macht ihr, wenn ihr eines Nachts auf einer verlassenen Straße eine Reifenpanne habt?«

»Wir können doch eh noch nicht Auto fahren.«

»Was?«, fragte Onkel Athos und schlug sich die Hand vor den Mund. »Oje, die bringen euch ja wirklich gar nichts bei!« Dann sagte er durch sein mit ganzer Kraft festgezurrtes Lächeln: »Wisst ihr was? Morgen früh komme ich auch zur Schule!«

»Na dann k… k… omm…« Weiter kam Onkel Aramis nicht, aber leider hatte ich auch so verstanden, dass er ebenfalls morgen in die Schule kommen wollte.

»Ja, dann müsst ihr mich aber auch mitnehmen!«, sagte Adelmo.

»Und was unterrichtest du?«

»Ich? Alles Mögliche, ihr Dummköpfe! Nach dreißig Jahren als Bademeister kann ich Millionen Einzelheiten über das Meer erzählen. Und über die Natur im Allgemeinen. Zum Beispiel über Spinnen. Wusstet ihr, dass es eine Spinne gibt, die Bananenspinne heißt, und wenn sie dich beißt, stirbst du, aber vorher hast du stundenlang einen Steifen? So steif, dass es wehtut, und dann stirbst du in diesem Zustand.«

»Das glaube ich nicht!«, meinte Athos und lachte laut.

»Ich schwör's! Da siehst du mal, dass du das nicht gewusst hast, und die Kinder wissen das genauso wenig. Morgen komme ich in die Schule und bringe es ihnen bei!«

Meine Onkel redeten weiter durcheinander, um zu verstehen, warum der Pimmel steif wird und ob er auch beim Toten noch aufrecht stehen bleibt und wie man es anstellt, ihn unter diesen Umständen in den Sarg zu bekommen.

Und ich saß da, hörte zu und verstand gar nichts mehr. Aber das war nicht meine Schuld, es ist das Leben, das sich dreht und dreht und windet und das man einfach nicht verstehen kann: Gerade ist es noch so und so, und nur einen Augenblick später ist alles ganz anders. Wie heute Morgen, als Onkel Aldo in die Schule gekommen war, um über Hühnerställe zu sprechen, und mir das ganz schrecklich vorkam, aber jetzt war das plötzlich ein Fliegenschiss, nichts im Vergleich zu dem, was mich morgen früh erwartete, wenn alle meine Onkel versammelt vor meiner Klasse über geklaute Tomaten, zerlöcherte Reifen und steife Pimmel verstorbener Menschen grübeln und streiten würden.

Einen Vorgeschmack darauf hatte ich ja gerade schon, wie sie tranken und sich um die Flasche stritten und Onkel Adelmo sie nicht losließ, sondern so festhielt, dass sein Rollstuhl umkippte und er auf dem Boden landete. Die anderen prusteten los, während er *Ihr Bastarde* schrie, dann aber auch aus vollem Halse lachte, im Feuerschein, der mir nun stärker vorkam und die Stahlflasche zu verbrennen schien, wie die Hexe im Wald in meinem Albtraum. Dieselben Flammen spien ein wild gewordenes Licht auf die Oleander, die halb kaputten Stühle, die verzerrten, roten Gesichter meiner Onkel, die lachten und lachten, und man brauchte sie nur in diesem Moment anzusehen, um zu begreifen, dass der Fluch wahr und mächtig war und sie fest im Griff hatte, sie umhüllte wie das Licht der Flammen, das sie alle verbrannte und das immer mehr in meine Richtung sprang, mir immer näher kam.

Als ich Papa hinter dem Haus auftauchen sah, der seelenruhig den Schraubenzieher in der einen und die Packung Vanilleeis in der anderen Hand trug, rannte ich daher gleich zu ihm und drückte ihn, so fest ich konnte, meinen Alles-Reparierer-Papa, meinen schweigsamen Papa, meinen Berühmter-Sänger-Papa, meinen wunderschönen Papa, meinen normalen Papa.

Jedenfalls ein bisschen normaler, aber das ist ja schon viel. Denn mir scheint, im Dorf Mancini und in dieser ganzen sich drehenden und durchs All taumelnden Welt ist Normalität die größte Merkwürdigkeit, die es gibt.

4

Jetzt kannst du schwimmen

Zwei Jahre waren vergangen, der Sommer 1982 begann und mit ihm die Fußballweltmeisterschaft. Und vielleicht erinnert sich Giancarlo Antognoni gar nicht mehr an sein Tor gegen Brasilien, das nicht gegeben wurde, aber mein Leben und das meiner Familie hat es verändert.

Wobei ich dieses legendäre Fußballspiel nicht mal schaute. Die Großen waren alle in dem kleinen Häuschen des Bademeisters und grölten vor dem Fernseher, während wir Kinder auf dem verlassenen Strand Fangen spielten, und jetzt, wo ich acht Jahre alt war und die zweite Klasse hinter mir lag, hatte wenigstens dieses Spiel sogar ich gelernt.

Dann geben sie dieses vollkommen reguläre Tor von Antognoni nicht, und in eine schwarze Wolke aus Flüchen gehüllt stürmt der Bademeister Renato nach draußen, die Hände zu Fäusten geballt und den Hals vor Wut so angeschwollen, dass er gleich platzt, wenn er sich nicht sofort irgendwie abreagiert. Er sieht uns fröhlich spielen, als wäre uns die Ungerechtigkeit, die dem Kapitän der Fiorentina gerade widerfahren ist, scheißegal, da kommt er mit den Augen eines Wahnsinnigen auf uns zu und streckt seine riesigen Hände nach uns aus. Doch zuerst hält er kurz inne und mustert uns: Er ist zwar stinkwütend, aber diese Kleinen hier sind unantastbar, Kinder von Industriellen, Richtern, Adligen, Politikern, Bankern. Und dann bin da noch ich, der ich ins Strandbad komme, weil meine Oma hier putzt. Also ist klar, was jetzt passiert, ich brauche nicht mal weiter hinzuschauen. Ich senke den Kopf, schließe die Augen und spüre, wie Renato mich am Arm packt, mich hochhebt und mich in den Himmel schleudert wie die Quallen, wenn er sie zu Hunderten in den Netzen findet, und dabei brüllt er: *Scheißschiedsrichter!!!*

Der Schrei steigt mit mir auf und umhüllt mich, und einen Moment lang denke ich, dass wir jetzt zusammen wegfliegen. Doch dann folgt jeder seiner Natur, er fliegt weiter ins weite Blau und ich runter Richtung Sand, und wenn es immer heißt, der sei aus Steinen, die über die Jahrtausende zu kleinen Körnchen geworden sind, dann glaubt man das ja normalerweise nicht so wirklich, aber wenn man drauffällt, versteht man, dass das stimmt, denn es tut genauso weh, wie auf Steine zu fallen, und man bricht sich was. Das Schlüsselbein, sagt der Doktor, und macht mir einen Gips um den Arm, der sich anfühlt wie eine Rüstung. Der Bademeister Renato bittet meine Oma um Entschuldigung (sie, nicht mich), und ich schwöre, dass Oma ihm antwortet: *Ach, kein Ding, Rena', so was passiert halt, außerdem war das ein reguläres Tor.*

Und während Italien dieses sensationelle Spiel auch ohne Antognonis Tor gewann und in jenem unvergesslichen Sommer Weltmeister wurde, wurde mein Sommer die reinste Hölle.

Es war, als würde ich meinen Arm starr in einen Ofen halten und könnte ihn nicht rausziehen, ganz und gar nichts konnte ich tun. Nicht baden gehen, nicht am Strand spielen, keine Abenteuer mit meinen Onkeln erleben, die mir doch tatsächlich Lebewohl sagten und mich zu Hause ließen, wo ich bloß vor Omas Fernseher versauern oder mit dem Vergrößerungsglas Ameisen verbrennen konnte, was mit der linken Hand schwierig war, weshalb alle entkamen und ich traurig und sogar von einer Handvoll Ameisen geschlagen zurückblieb.

Aber noch schlechter ging es meinem Papa, der abends von der Arbeit nach Hause kam, mich in diesem Zustand vorfand und sich riesige Sorgen machte. Denn man weiß ja, als Erwachsener wirst du das, was dir als Kind zugestoßen ist: Wenn du als Kind zu viel weinst, wirst du ein trauriger Mensch, wenn du zu viel liest, wirst du unsympathisch, wenn du den Sommer ganz allein damit verbringst, Ameisen zu verbrennen, wirst du mindestens zum Triebtäter. Um die Zukunft seines einzigen Sohns zu retten, tat mein Papa in jenem Sommer deshalb etwas, was für ihn reinste Science-Fiction war: Er machte Urlaub.

Was es in einem Ort am Meer nicht gibt, im Sommer Urlaub zu machen. Das wäre, als würden an Weihnachten diejenigen Urlaub machen, die Panettone herstellen, oder die Ärzte in der Notaufnahme am Abend des 21. September, wenn meine Onkel und ihre Freunde immer das Winzerfest organisierten. Allerdings hieß Urlaub bei meinem Papa, dass er wie immer im Morgengrauen zur Arbeit ging, aber gleich nach dem Mittagessen die Fliege machte. Er und ein anderer namens Antonio arbeiteten für einen älteren Klempner, der sich in jenem Sommer aber nicht gut fühlte und nie da war, weshalb es leicht war, die Fliege zu machen. Doch es wäre so oder so leicht gewesen, denn niemandem wäre es je in den Sinn gekommen zu kontrollieren, ob Papa arbeitete: Wenn man ihn morgens in eine Villa schickte, um die tröpfelnde Dusche zu reparieren, musste man höchstens nachsehen, ob er nicht in tiefster Nacht immer noch dort war, um jeden Abfluss, jede Steckdose und jede lockere Fliese wieder in Ordnung zu bringen. Denn Papa hatte keinen Beruf, sondern eine Berufung, und seine Mission war, alles zu reparieren, was nicht funktionierte. Genau deshalb sprang er in jenem Sommer jeden Tag nach dem Mittagessen auf seine

Ape und verschwand, um zu mir zu kommen: Es gab nämlich etwas, das verstopfter als jeder Abfluss, defekter als jede Steckdose und wackeliger als jede Bodenfliese war, und zwar mich.

Mich wieder in Ordnung zu bringen war aber gar nicht so leicht: Mit meinem eingegipsten Arm konnte ich so gut wie nichts machen, weder fischen noch jagen noch sonst eine dieser interessanten Tätigkeiten ausüben, die die Menschheit tut, seit der erste Affe aufrecht zu laufen begann und seine Hände erfand. Also dachte Papa kurz nach und schlug mit der Ape dann den Weg zur großen Allee ein, fuhr die bis zum Pinienwald der Versiliana durch, holte einen Korb raus, und wir gingen Pilze sammeln.

Dafür braucht man nämlich keine Arme, es reichen zwei Beine und ein Paar funktionierende Augen, und selbst wenn man nichts findet, hat man einen schönen Spaziergang gemacht. Aber nach zwei, drei Schritten durchs Dickicht entdeckten wir etwas Sensationelles, einen so riesigen Fund, dass alle Körbe der Welt nicht ausreichten, ihn nach Hause zu tragen, nämlich die Erkenntnis, dass ich ein Superheld war.

Ganz genau, ein Superheld mit eigener Superkraft, denn Spider-Man heftete sich an Wände, Superman flog durchs All, und die Unsichtbare aus dem Film *La donna invisibile* war eben unsichtbar. Ich dagegen sah Pilze.

Und zwar auf absurde Art, sie funkelten vor meinen Augen wie ein Feuerwerk mitten im Wald. An jenem ersten Tag erklärte Papa mir nämlich, wo sie wachsen und wo man sie am besten sucht, etwa unter Pappeln, im heruntergefallenen Laub oder auf den Stümpfen toter Bäume, und ich ganz ruhig: »Alles klar, so wie der Pilz da oder die da drüben oder die ganzen Pilze da hinten.«

Papa guckte mich schief an, dann schaute er zu den Stellen,

die ich ihm genannt hatte, aber da war nichts. Er kniff die Augen zusammen und ging trotzdem nachsehen, und bei jedem Pilz, den er vom Boden löste, guckte er mich noch schiefer an, während ich den Korb musterte und dachte, dass er für all die Pilze um uns herum niemals reichen würde, sah ich doch so viele, dicke und glänzende, und vor allem sah nur ich sie.

Vermutlich liegt es daran, dass ich farbenblind bin und Farben eher zufällig sehe. Das ist was Erbliches und kommt von Mamas Seite her, aber nur Männer können farbenblind sein, weshalb sie es nicht ist, dafür aber alle meine Onkel. Das hat etwas mit den Chromosomen zu tun, irgendwas Naturwissenschaftliches, was ich nicht verstanden habe und die anderen Leute vielleicht auch nicht, und nur weil die Wissenschaft es sagt, glauben eben alle daran. Aber der Mancini-Fluch ist genauso, haargenau gleich, er vererbt sich in der Familie und trifft nur die Männer, mit dem einzigen Unterschied, dass die Wissenschaft ihn noch nicht entdeckt hat. Also brachte es nichts, mich damit zu trösten, dass ich mit Nachnamen nicht Mancini hieß und mein Vorname nicht mit A anfing: Namen denken wir uns aus, Namen sind Schall und Rauch, sie dienen bloß dazu, in der Klasse aufgerufen zu werden und dass die Postboten uns die Post bringen können, was aber als Einziges wirklich zählt, ist das Blut, und mein Blut war das Gleiche wie das meiner Onkel. Dieses Blut war schuld daran, dass ich keine Farben unterscheiden konnte, und wenn wir vierzig werden, ohne vorher zu heiraten, können wir nicht einmal mehr einen normalen Gedanken von einem verrückten unterscheiden. Die Wissenschaft irrt sich nicht, Blut vergibt nicht, ich war zweifach verurteilt.

Doch jeder von uns hatte seine eigenen Verrücktheiten und sah die Farben auf seine eigene Art falsch, und diese Pilzfindegabe hatte nur ich. Ich entdeckte sie an jenem ersten Ferientag mit Papa, als wir innerhalb einer Stunde den ganzen Korb und dazu noch eine Plastiktüte und sein Army-Hemd füllten. Wir suchten extra die am stärksten frequentierten Stellen aus, wo gerade erst tausend erfahrene Pilzsammler vorbeigekommen waren, ich lief über dieselben Wege, und mir sprangen all die Gottesgaben entgegen, die ihnen entgangen waren. Papa lachte, lachte und sammelte, aber am Ende des Tages schaute er mich ganz ernst an und sagte: »Kein Wort zu deinen Onkeln.«

»Kein Wort worüber, Papa?«

»Über dein Glück.«

Und ich, ein wenig gekränkt: »Das ist kein Glück, Papa, das ist eine Superkraft.«

Denn es gefiel mir so gut, ein Superheld zu sein. Ich hatte mir sogar schon einen Namen ausgedacht, erst konnte ich mich nicht zwischen Super-Schüppling, Steinpilzmann und anderen nicht weniger faszinierenden Namen entscheiden, wählte aber schließlich Mushroom-Man, das war internationaler. Wenn ich Papa lieber gefragt hätte, warum ich meinen Onkeln nichts davon erzählen sollte, statt Zeit mit solchem Unsinn zu verplempern, hätte er es mir hoffentlich erklärt, und ich hätte ihm recht gegeben und mich nicht selbst ruiniert, indem ich mich vom Superhelden in eine Art Sklaven verwandelte.

Denn sobald sie davon erfuhren, kamen meine Onkel mit uns Pilze sammeln und behandelten mich wie einen Trüffelhund. Sie zogen mich von der Ape runter, gaben mir einen Klaps auf den Po und sagten: *Lauf, Bello, lauf!*, und bei jedem Pilz wuschelten sie meine Locken durch, um mich dann wieder loszuschicken, bis ich ganz außer Atem war. Abends in der Bar La Gazzella prahlten sie dann wie wild vor ihren Freunden, und manche Leute boten ihnen große Korbflaschen Wein und sogar Geld an, um mich einen halben Tag ausleihen zu können. Anfangs sagten meine Onkel noch Nein, dann fingen sie an zu handeln, worauf Papa beschloss, dass wir die Pilze, den Pinienwald und das Festland im Allgemeinen besser so schnell wie möglich hinter uns lassen. Also brachte er mich jeden Nachmittag aufs Meer, er setzte mich in ein Tretboot, und wir flohen in die Einsamkeit auf dem Wasser.

Auch das Tretboot war perfekt: Um es in Bewegung zu setzen, brauchte ich keine Arme, und darüber hinaus ließ Renato, der Bademeister, es uns kostenlos ausleihen, denn – sagte er – *in gewissem Sinne ist es meine Schuld, dass der Junge sich wehgetan hat.* Und ich hätte ihn wirklich gern gefragt, in welchem Sinne es eigentlich nicht seine Schuld war, aber das Tretbootfahren gefiel mir zu gut, also hielt ich den Mund und trat in die Pedale.

So heftig, dass das Meer zu Schaum wurde, wenn wir es zerteilten, und die Geräusche am Strand hinter uns wurden zu einem einzigen Klangball, der immer weiter entfernt abprallte, bis er ganz verschwand. Und mit ihm verschwanden auch der Sand, die Sonnenschirme und Strandhütten, so blieben bloß die Berge da oben, die in der hitzeflimmernden Luft alle blau waren. Oder vielleicht war ich es, der sie so sah, und eigentlich waren sie grün oder braun oder welche Farbe Berge eben haben, wichtig war nur, dass aus dieser Entfernung nicht einmal ich auf ihnen Pilze glänzen sehen konnte, also hatte ich meine Ruhe.

Konnte in Ruhe die Quallen mustern, die seitlich vorbeiglitten, vereinzelte Sardellen, Zweige und Plastiktüten, die auf dem Meer trieben. Dann wurde das Wasser dunkel und glatt, und wir hielten an, denn das hieß, dass es hier tief war und es mehr Fische gab, weshalb wir zu angeln begannen. Besser gesagt, kümmerte sich Papa darum, er baute zwei Angeln zusammen, befestigte die Köder und warf sie aus, aber sollte ein Fisch an der Angelschnur anbeißen, die näher bei mir war, würden wir so tun, als hätte ich ihn gefangen. Also starrte ich auf den Schwimmer, kniff die Augen zusammen und versuchte ihn mit Gedankenkraft im dunklen, tiefen Wasser verschwinden zu lassen, dabei drückte ich mich aber fest in den Sitz, denn wo man nicht mehr stehen kann, machte mir das Meer ziemliche Angst.

Manchmal schaute ich wie von selbst zu den Fischkuttern hinten am Horizont auf, die das Meer mit ihren Schleppnetzen durchharkten und leerten und bestimmt tonnenweise Fische an Bord hatten, während wir nichts fingen. Aber Papa lachte und antwortete, ich solle mir keine Sorgen machen und ruhig bleiben, denn: *Weißt du, Fabio, deinen Fisch fängt dir keiner weg.*

Das sagte er immer, und ich war keineswegs sicher, ob ich das richtig verstand, doch ich dachte an diesen Fisch dort unten, der nur für mich bestimmt war, und war froh, dass er zu mir kommen würde. Auch wenn es mir schien, als käme er nie.

Jedenfalls hatten wir in der Zwischenzeit trotzdem Spaß, ganz viel Spaß. Wir fütterten die Möwen, Papa zerteilte Quallen mit den Rudern, und wir aßen zwischendurch Wassermelone, die wir im Wasser gekühlt hatten. Dann legten wir uns hin, um die Vögel zu betrachten, die am Himmel flogen, und weiter oben die Kondensstreifen der Flugzeuge und noch weiter oben vielleicht das Paradies, das sich im ruhigen Wasser und in uns spiegelte, und um besser davon träumen zu können, schliefen wir irgendwann ein, und tschüss, Fischfang. Aber das war kein Problem, denn es war Sommer und das Meer war ruhig und die Sonne ging nie unter, wir hatten alle Zeit der Welt.

Aber heimlich, still und leise verging die Zeit doch. Der September nahte, und mein Knochen war wieder heil, sie nahmen mir den Gips ab, und im ersten Moment kam es mir so vor, als hätte ich anstelle des Arms eine Feder, federleicht und schneeweiß wie von einer Möwe. Zur gleichen Zeit wurde außerdem

Papa zusammen mit seinem Freund Antonio zu ihrem Chef gerufen. Der erklärte ihnen, dass es ihm nicht gut gehe, dass er aufhören werde und sie also selbst die Chefs würden. Auf diesen Moment hatten sie schon ewig gewartet, seit Papa mit zwölf Jahren angefangen hatte, für ihn zu arbeiten. Einen Haufen superreicher Kunden mit Villen voller Bäder und Brunnen, die jede Minute kaputtgehen konnten, in einer Zeit, in der sie dich mit Geld wie mit Konfetti überschütteten. Es würde also viel Arbeit und viel Verdienst auf sie zukommen, ein neues Leben würde beginnen.

Nachts konnte Papa nicht schlafen.

Ich hörte ihn leise mit Mama diskutieren, dann wurden die Stimmen immer lauter, und schließlich hörte ich sie schreien: »Schluss jetzt, mach das so, Giorgio, mach es so und denk nicht weiter drüber nach, sonst drehst du noch durch! Wir sind ja sowieso nicht daran gewöhnt, reich zu sein, vielleicht bekommt uns das gar nicht. Mach es so, Giorgio, mach es so.«

Und Papa machte es wirklich so. Er verabschiedete sich von seinem Chef und seinem Kollegen, bewarb sich auf eine öffentliche Ausschreibung für Arbeiter bei der Gemeinde und gewann in allen Fachgebieten: Elektriker, Straßenkehrer, Gärtner, in allen. Aber er entschied sich dafür, Installateur beim Wasserwerk zu werden, weil es dem, was er vorher gemacht hatte, am nächsten kam. Das Gehalt dagegen war sehr viel niedriger als vorher, aber dafür hatte er auch kürzere Arbeitszeiten und nun den ganzen Nachmittag frei, sodass er ihn nach Lust und Laune verbringen konnte. Und Papa wollte ihn auch in Zukunft mit mir verbringen.

So hatten wir weiterhin unsere Nachmittage auf dem Meer, den ganzen September und bis zu dem Tag, bevor die Schule wieder losging, als auf dem Wasser ein seltsamer, nervöser Wind wehte und man nur zu gut verstand, dass dies der letzte Hauch des Sommers war, und wenn man den nicht in vollen Zügen auskostete, war man es nicht wert, auf der Welt zu sein.

Diesmal waren wir allerdings nicht mit dem Tretboot unterwegs, sondern mit einem kleinen H-förmigen Ruderboot rausgefahren, einem deutlich seriöseren Transportmittel, das Tretboot überließen wir den Touristen, die nicht rudern konnten. Meinem Arm ging es wieder gut, und auch ich konnte jetzt wirklich angeln, mein Schwimmer tanzte leicht auf dem dunklen Meer, und ich dachte darüber nach, wie tief es da unten war, wie viele riesige und sonderbare Wesen dort leben mochten, ohne gesehen zu werden, und sicherheitshalber rückte ich mit meinen Füßen vom Wasser ab.

Deshalb blieb ich so stocksteif wie das Ruderboot, als Papa einfach so aus dem Nichts heraus sagte: »So, jetzt springen wir ins Wasser.«

Was? Hier reinspringen, in die Tiefe des Abgrunds? Mit dem wenigen Atem, der mir geblieben war, antwortete ich, dass wir das vielleicht besser lassen sollten. Er fragte, warum, und ich sagte, dass das Wasser kalt sei.

Papa stieß einen Lacher aus, also fügte ich hinzu, dass ich vielleicht auch ein bisschen Angst hätte. »Nur ganz wenig, aber ein bisschen halt schon.«

»Angst wovor?«

»Vor dem, was da unten alles ist. Haie, Orcas, Kraken, Wale, Riesenkalmare …«, und während ich all diese Meerestiere aufzählte, fragte Papa mich, warum bei dem ganzen Zeugs, das da unten herumschwamm, an unseren Angeln nie etwas anbiss. Und ich wusste es nicht, aber ich spürte, wie sie näher kamen, mich umzingelten und mich zusammen mit einer glitschigen, klebrigen Algenbank in die Tiefe zogen, und ich schwöre, dass ich gerade die Ruder packen und so schnell wie möglich an den

Strand zurückrudern wollte. Nur dass sich genau in dem Moment mein Schwimmer bewegte.

Ein Zucken, ein kleiner Wasserkreis drum herum, und vielleicht war das tatsächlich der Moment. Vielleicht war nach einem ganzen Sommer mein Fisch endlich bei mir angekommen, und wer weiß, wie groß er war und mit welch fürchterlicher Kraft ausgestattet. Aber das war gut so, denn mein Arm war wieder gesund und ich zum Kämpfen bereit. Ich hielt den Atem an, legte meine Hand auf die Angelrute und wartete, dass der Schwimmer unter Wasser verschwinden würde.

Und wie immer, wenn man auf etwas wartet, passiert etwas ganz anderes.

Die fürchterliche Kraft kam wirklich, aber sie packte mich an den Schultern, hob mich hoch und ließ mich in den Himmel fliegen. Ich drehte mich und drehte mich und konnte mich nirgends festhalten, kein Halt und keine Hoffnung, nur die Luft um mich und das Meer unter mir, und ein verrückt gewordenes Herz, das mein schreckliches Geheimnis nicht mehr verbergen konnte: Ich war acht Jahre alt und konnte noch nicht schwimmen.

Das heißt, ein bisschen schon, aber schlecht und nur im niedrigen Wasser, und das ist eben nicht wirklich schwimmen. Das ist, als würde man Fahrrad mit Stützrädern fahren, das ist, wie wenn man in den Augen seiner Mutter schön ist. Nur wo man nicht mehr stehen kann, schwimmt man wirklich. Und ich konnte kein bisschen schwimmen.

Mehr noch, ich hatte sogar beschlossen, dass es mittlerweile zu spät war, es zu lernen, und ich wäre für immer in diesem Stadium geblieben. Selbst wenn ich Schiffskapitän würde, wenn ich groß war, was der Traumberuf Nummer eins auf meiner Hitliste war. Ich hatte sogar schon eine passende Antwort parat, wenn jemand zu mir auf die Brücke käme und mich fragen würde: *Herr Kapitän, wie ist es eigentlich möglich, dass Sie ein Schiff steuern und nicht schwimmen können?* Und ich, mit breitem, selbstsicherem Kapitänslächeln: *Wieso, wenn ich fragen darf? Können diejenigen, die Flugzeuge steuern, etwa fliegen?*

Ja, genau so, perfekt, schlicht und vollkommen, kein Problem in Sicht. Das heißt, nur eins: dass es noch eine ganze Weile dauerte, bis ich Kapitän würde, und solange wollte ich nicht, dass Papa mein Geheimnis aufdeckte. Er konnte alles supergut, und es durfte ihm nicht einmal in den Sinn kommen, dass sein Sohn vielleicht nicht schwimmen konnte, das durfte er niemals erfahren.

Aber Papa wusste es längst, er wusste es genau, und ich verstand das erst jetzt, als ich ins Nichts flog und mich mit einem braun gebrannten und einem weißen Arm am Himmel festzuhalten versuchte. Wie damals, als der Bademeister mich bei Antognonis nicht gegebenem Tor hochgeschleudert hatte, nur dass mich dort am Ende die Erde erwartet hatte, hier dagegen das Meer, was hundertmal schlimmer ist, weil die Erde dich zwar schlägt, das Wasser dich aber verschlingt.

Ich berühre es und gehe unter, tauche hinab in den schwarzen, bodenlosen Abgrund voller Haie und Killerwale und Riesenkalmare, die mich mit ihren Tentakeln packen und mich mit dieser Art Papageienschnabel beißen, der mitten zwischen ihren unheilvollen Fangzotteln sitzt. Das ist das schlimmste Gefühl der Welt, mit den Beinen strampeln und mit den Füßen einen Halt suchen, den es nicht gibt, untergehen und Wasser schlucken und vielleicht sterben. Aber ab und zu, wenn ich gerade denke, jetzt ist es aus, komme ich irgendwie wieder über Wasser, atme und sehe Papa auf dem Boot, der mir zuschaut und raucht. Und er sagt irgendetwas, was ich aber nicht verstehe, weil ich schon wieder untergehe, schon wieder Wasser schlucke. Ich muss gleich kotzen, und kotzend sterben ist wirklich ein scheußliches Ende, denke ich. Wenn ich aber noch denken kann, dann weil ich noch atme, weil ich aus irgendeinem Grund nicht ertrinke. Unter meinen Füßen habe ich nichts, und doch gehe ich nicht unter. Der Kopf bleibt über Wasser, der Körper kämpft, ich treibe auf dem Wasser, und wie man sieht, bin ich immer noch hier und betrachte das Leben, das sich weiter an mich klammert, ganz nass und erregt und lebendiger denn je.

Papa rauchte seine Zigarette fertig, streckte eine Hand aus, lächelte und zog mich mit einem Ruck wieder hoch.

»Jetzt kannst du schwimmen, freust du dich?«

Ich antwortete nicht, weil ich statt Luft nur Wasser in der Kehle hatte, außerdem wusste ich es nicht. Gar nichts wusste ich in diesem Moment, ich war ja nicht einmal sicher, ob ich noch am Leben war, wie sollte ich da wissen, ob ich mich freute?

Aber später, als wir in der Enge der Ape und der Unendlichkeit des Sonnenuntergangs, der alles mit Orange überschwemmte, nach Hause fuhren, glaubte ich, dass dem tatsächlich so war. Und das sagte ich ihm, und Papa lächelte, denn er freute sich auch, als er seinen Sohn ansah: noch halb nass und mit ganz platt gedrückten Locken, aber endlich in Ordnung gebracht.

Und wenige Kurven vor unserem Haus trafen wir seinen ehemaligen Kollegen Antonio, der die Firma allein übernommen hatte und einen gigantischen neuen Kastenwagen fuhr mit seinem Namen als noch gigantischerem Schriftzug auf der Seite. Papa und er stiegen aus, umarmten sich, klopften sich auf die Schultern und riefen: *Du Glücklicher! Nein, du Glücklicher! Nein, nein, du Glücklicher …*, so oft, dass ich letztlich nicht verstand, wer wirklich der Glückliche war.

Dann stieg Papa wieder ein, und wir nahmen unseren in tiefes Orange getauchten Weg wieder auf, von dem niemand weiß, wohin er führt, der aber in jenem Sommer des Jahres 1982 begonnen hat. Als Italiens Tore uns zu Weltmeistern machten, aber das nicht gegebene Tor von Antognoni meinem Vater eine andere Arbeit verschaffte, mir Schwimmen beibrachte und in den toskanischen Wäldern die Legende eines Superhelden namens Mushroom-Man entstehen ließ.

Denn deinen Fisch fängt dir keiner weg.

Er schwimmt komisch, aufs Geratewohl, aber du wirst sehen, er kommt bei dir an.

5

Ein Schinken für das Christkind

Die Heiligenstatuen zitterten im Licht ihrer Kerzen, die aus Plastik waren, mit aufgemalten Wachstropfen und einem schwach brutzelnden Glühbirnchen statt der Flämmchen, aber der Effekt war quasi derselbe. Du suchtest dir den Heiligen aus, der dich am besten erhörte, warfst hundert Lire in den Schlitz zu seinen Füßen, schon ging eine Kerze an und erleuchtete ihn bis zum Gesicht und den Augen, die zum Himmel gerichtet waren, als wollte er sagen: *HERR, sieh nur, was sie mir antun, ich bin wirklich heilig!* Denn gleichzeitig schlug oder peitschte ihn jemand oder bohrte ihm ein Schwert in die Brust. Und im Flackern der unechten Kerzen wirkten die Heiligen richtig lebendig, sogar Johannes der Täufer, der nur bis zum Hals reichte, weil ihm der Kopf fehlte.

Aber noch lebendiger waren die Männer, die darunter in nächtlicher Stille arbeiteten. Sie trugen Sandsäcke, Mehlsäckchen, Holzbretter, Ziegelsteine und Elektrokabel und Lichter und Kartons voller Schimmelflecken, auf denen SCHAFE UND TIERE, HIRTEN, HÄUSER UND MÜHLEN stand. Und während sie einander dieses Zeug weiterreichten, redeten sie leise miteinander, was von der Bank, auf der ich saß, nicht wie Gespräche klang, sondern wie ein langes Gemurmel, wie die klagenden und immer gleichen Mönchsgesänge, die wirklich das Letzte sind, was man anhören sollte, wenn man versucht, nicht einzuschlafen.

Denn theoretisch hätten ganz viele Kinder in meinem Alter hier sein und Spaß daran haben sollen, den Großen zu helfen, die hier eine Krippe bauten. Stattdessen war aber nur ich gekommen, und ich konnte nicht einmal mithelfen, weil es der erste Abend war und die groben Arbeiten gemacht werden mussten: Bretter zurechtsägen und festnageln und das Fundament mauern, auf dem Bethlehem hochgezogen werden sollte. Also konnte ich bloß rumsitzen und zuschauen, mir vor lauter Gähnen die Kiefer brechen und warten.

Aber so ist Weihnachten halt, ein einziges Warten: Du wartest auf den letzten Schultag und dass die Ferien anfangen, dann auf die Nacht, in der der Weihnachtsmann kommt und dir Geschenke bringt, dann auf den Morgen danach, an dem du sie auspacken darfst. Und auch wenn ich mittlerweile neuneinhalb Jahre alt war und in die vierte Klasse ging, glaubte ich nicht nur immer noch an den Weihnachtsmann, ich hatte ihn auch noch verdammt lieb.

Ja, ich machte mir Sorgen um ihn, diesen alten Mann, der auf der ganzen Welt so viel arbeiten musste. Damit er nicht allzu viel Mühe hatte, wünschte ich mir sogar immer Sachen, die leicht zu besorgen und nicht so schwer zu tragen waren, auch wenn ich am Ende immer enttäuscht wurde. Wie das eine Mal, als ich wahnsinnig gerne so eine Playmobil-Galeone haben wollte, ein fantastisches Piratenschiff mit vielen Segeln und kleinen Kanonen, die überall herausschauten, und mit Säbeln bewaffneten Freibeutern. Aber statt der Galeone brachte er mir ein Playmobil-Schlauchboot, eine gelbe Schaluppe, in die gerade mal zwei Playmobilfiguren passten, wenn sie sich hineinzwängten: Ich träumte davon, ein enternder Pirat auf den Meeren des Pazifiks zu sein, und fand mich als abdriftender Schiffbrüchiger im Ozean des Trübsinns wieder.

Und eigentlich war ich mir nach vielen Enttäuschungen dieser Art gar nicht mehr so sicher, ob es den Weihnachtsmann wirklich gab. In der Schule hatte ich grässliche Geschichten über ihn gehört, aber meine Klassenkameraden konnte ich nicht fragen, weil ich in ihren Augen ohnehin schon äußerst sonderbar war und meine Lage nicht noch verschlimmern wollte. Die Einzige, die mir die Wahrheit sagen konnte, war Mama, nur dass die sich mit der Wahrheit schon als kleines Kind zerstritten hatte und alles dafür tat, sie auch von mir fernzuhalten.

Das letzte Mal genau in jenen Tagen gut einen Monat vor Weihnachten, als ich oben im Schrank meiner Eltern nach meinen Wollhandschuhen suchte. Um dranzukommen, war ich auf das Bett gestiegen, ich wühlte in den Schichten alter Pullis und Decken, die ganz muffig und nach Mottenkugeln rochen, und fand dazwischen T-Shirts und einzelne Socken, verloren wie Forscher im Dunkel einer Höhle. Besonders um die T-Shirts tat es mir leid, die doch auf der Welt waren, um zwischen Sonne und Meer an der frischen Luft zu leben, eines nach dem anderen zog ich sie hervor und schwor, dass ich sie alle anziehen würde, sobald es warm wurde. Dann aber fühlte ich unter den weichen Woll- und Baumwollsachen etwas Hartes, Kantiges, ich wühlte weiter, um zu sehen, was es war, und auf einen Schlag vergaß ich die T-Shirts, die Handschuhe und den Rest der Welt. Denn im Schrank meiner Eltern, eingewickelt, glitzernd und unmöglich, fand ich Weihnachtsgeschenke, die schon verpackt und dort hinten versteckt waren.

Ich pflückte die letzten daran hängenden Lumpen ab, aber ganz vorsichtig, mit nur zwei Fingern, damit ich die Päckchen nicht berührte. Als ob es ein Sakrileg wäre, als ob ich, wenn ich das Papier berührte, Weihnachten für immer zunichtemachen könnte. Und vielleicht geschah ja gerade genau das. Ich weiß nicht, wie lange ich dort blieb, mit dem Oberkörper im Schrank, jedenfalls war ich vom vielen Mottenkugeln-Schnupfen schon kurz davor, in Ohnmacht zu fallen. Doch dann kam Mama dazu beziehungsweise ihre Stimme in meinem Rücken, die mich fragte, was ich da mache.

»Mama, hier … hier sind schon die Weihnachtsgeschenke!«

Sie sagte nichts, sondern stieg neben mir aufs Bett, und wir schauten sie uns gemeinsam an.

»Warum sind die denn hier? Habt ihr die dahin getan?«

Immer noch schweigend starrte sie weiter die Geschenke an. Sie glitzerten so arg, dass es aussah, als ob es im Schrank brennen würde.

»Mama, hör mal … den Weihnachtsmann gibt es gar nicht, stimmt's?«

Als ich das gesagt hatte, erschien mir plötzlich alles so klar, die Erkenntnis glitzerte unter der Sonne der Wahrheit noch mehr als die Geschenke im Schrank.

Doch kurz darauf stieg Mamas Stimme auf und verdeckte diese Sonne, langsam, aber total, wie eine Sonnenfinsternis, wie ein weicher, duftender Schatten guter, ruhiger Dinge, der alles einhüllte: »Aber klar gibt es den Weihnachtsmann, Fabio, und wie. Frag so was lieber gar nicht erst, sonst ist er noch gekränkt.«

»Aber die Geschenke sind schon hier, siehst du sie? Wer hat die da versteckt?«

»Na, ist doch klar, dass die schon hier sind, sonnenklar. Die hat bestimmt … die hat bestimmt er selbst da versteckt, oder nicht?«

»Hä?«

»Denk doch mal nach, Fabio. Der Weihnachtsmann muss allen Kindern der Welt Geschenke bringen, in einer einzigen Nacht. Kannst du dir vorstellen, wie anstrengend das ist? Noch dazu ist er schon alt, der Arme, und wie soll er sie alle gleichzeitig auf einem einzigen Schlitten transportieren? Und die armen Rentiere, wie sollen die das ganze Gewicht ziehen? Also fängt der Weihnachtsmann frühzeitig mit der Arbeit an und erledigt schon einiges vorher. Etwa einen Monat vor Weihnachten dreht er schon eine Runde und versteckt Geschenke in den Häusern der Kinder, und dann macht er sich an Heiligabend unbeschwert auf den Weg, schlüpft durch den Schornstein ins Haus, öffnet die Schränke, holt die Geschenke raus und legt sie unter den Weihnachtsbaum. Klaro?«

Ich antwortete nicht. Ich hätte so gerne zustimmend genickt, aber es kam nur eine irgendwie schiefe, diagonal verlaufende Kopfbewegung dabei heraus, die nichts bedeutete.

»Außerdem, vergiss nicht, dass der Weihnachtsmann Schwede ist, ein gewissenhafter Typ.«

»Ist er nicht aus Lappland?«

»Okay, das kommt aufs Gleiche raus. Leute aus dem Norden, bestens organisiert. Meinst du, so einer lässt sich dazu herab, wie wir alles auf den letzten Drücker zu machen?«

Nein. Ja. Ich wusste es nicht. Wie sollte man bei irgendetwas sicher sein, in dieser Welt, die so gerammelt voll war mit Absurditäten und einer Enttäuschung nach der anderen? Erst kürzlich hatte ich herausgefunden, dass mein Papa gar nicht wirklich Little Tony war: Sie ähnelten sich zwar, als wären sie Zwillinge, aber der eine sang und der andere brachte Bäder wieder in Ordnung, ohne dass sie sich gegenseitig in die Quere kamen. Und einige Monate später wurde mir auch noch erklärt, wie Kinder zur Welt kommen und dass weder der Klapperstorch noch sonst irgendein Tier etwas damit zu tun haben, sondern vielmehr klitzekleine Tierchen, so eine Art Kaulquappen, die im Pimmel von Männern leben, sich von dort dann in eine Frau aufmachen und denen wie bei echten Kaulquappen Arme und Beine wachsen, und nach neun Monaten wird schließlich ein Kind geboren. Wie sollte man da also bei irgendetwas sicher sein, wie sollte man in dieser verrückten Welt unbeschwert leben?

Vor allem jetzt, wo Weihnachten vor der Tür stand, was der Geburtstag des Christkinds ist, aber gleichzeitig das Volksfest der Absurdität.

Die Krippe zum Beispiel, das ist wirklich ein undurchdringliches Rätsel. Ich stand nun nämlich von der Kirchenbank auf, umrundete meine Onkel, meinen Papa und die anderen Männer, die dabei waren, die Krippe aufzubauen, und betrachtete sie eingehend. Ich musterte die Schachteln voller Palmen, Hirtenknaben und Bauern, und bei jedem Schritt sagte ich *Hm* oder *Hmm*. Aber die Männer waren zu beschäftigt und beachteten mich nicht. Also sagte ich es noch mal lauter, *Hm! Hm, Hm* und *Hmm!*, bis endlich Signor Uranus meinte: »Was hmmst du denn da, mein Junge?«

»Ach nichts. Aber schon seltsam.«

»Was ist seltsam?«

»Die Krippe.«

»Was soll an einer Krippe denn seltsam sein?«

»Das ist ein echt seltsamer Ort. Da wachsen Palmen, und gleichzeitig liegt Schnee; da ist Wüste und gleich daneben ein Wald mit Wasserfall und kleinem See, und die Kamele leben mit Kühen, Schafen und Schwänen zusammen. Kurz, wo zum Kuckuck wurde das Christkind eigentlich geboren?«

»Ja, genau!«, meinte Onkel Athos mit seinem immerwährenden Lächeln, »es stimmt, das ist wirklich ein seltsamer Ort, seltsam und wunderbar!«

Onkel Adelmo hingegen lächelte nie, er transportierte im Rolli Sandsäcke auf seinem Schoß wie eine menschliche Schubkarre und sagte im Vorbeifahren: »Das Christkind wurde geboren, wo es ihm passt, und die Leute kommen es anschauen und bringen ihm viele Geschenke.«

»Eben«, warf ich ein, »also, auch diese Geschenke … hm!«

»Was hmmst du denn da?«, wieder Uranus.

»Na, schaut doch mal, was sie ihm für Zeug mitbringen. Rohen Fisch, Käse, Würste, Korbflaschen mit Wein, ganze Schinken … sind das etwa passende Geschenke für ein Neugeborenes?«

»Na ja, was sollten sie ihm denn sonst schenken?«

»Keine Ahnung, warme Klamotten, am besten eine Wolldecke. Er muss sich am Atem des Ochsen und des Esels wärmen, meiner Meinung nach wäre eine Decke besser als ein Schinken.«

»Ein Sch… ein Sch…«, setzte Onkel Aramis zu sprechen an. Dann legte er sich eine Hand aufs Herz und entschied sich fürs Singen: »Ein Schinken ist für miiich als Geschenk höchst erfreuliiich.«

»Ihr habt ja recht«, sagte ich, »aber …«

»Nichts aber!«, mischte sich Onkel Aldo ein. »Der Schinken und der Wein sind nicht für das Christkind, sondern für Josef, den Armen. Er hat sie verdient, wie er da leiden muss für eine Ehefrau, die noch Jungfrau ist, und ein Kind, das nicht einmal seins ist, lass ihn wenigstens so viel essen und trinken, wie er will! Außerdem sind Krippen seit einer Million Jahren so, da kommst du und willst das ändern?«

»Eigentlich sind es nicht einmal zweitausend Jahre, Onkel.«

»Egal, Krippen sind so, also machen wir sie auch so, Schluss, aus. Es reicht schon, dass wir hier Zeit verplempern, was juckt uns das?«

Damit beendete Onkel Aldo das Gespräch. Denn es stimmte, dass es ihn kein bisschen juckte, im Gegenteil, von allen Dingen auf der Welt lag ihnen das hier am fernsten, und in der Tat war es sehr viel absurder, sie heute Abend hier in der

Kirche zu sehen, als im Wald auf Kamele und in der Wüste auf Wasserfälle zu treffen.

Denn in meiner Familie, wie auch im gesamten Ort, war es so: Wenn du eine Frau warst, branntest du für die Gemeinde und ranntest jeden Tag in die Kirche, die Männer dagegen setzten keinen Fuß hinein und wurden alle glühende Kommunisten.

Und ich, der ich zu klein war, um irgendetwas Genaues zu sein, hätte eigentlich die Füße still halten können, in Wirklichkeit plagte ich mich aber doppelt, weil sie mich sowohl hierhin als auch dorthin zerrten, meine Tage machten seekrank.

Ich verbrachte etwa den Nachmittag im Kirchhof und pflückte Rosenblätter, um damit *Viva Maria* auf die Straße zu schreiben, sobald die Prozession vorbeilief. Dann kam irgendein Onkel ganz verärgert an und sagte zu den Frauen, er habe nur einen einzigen Enkel und könne nicht riskieren, dass der Priester würde. Er packte mich, schleuderte mich auf die Pritsche der Ape zu den Harken und Spaten, und fünf Minuten später war ich schon auf der Festa dell'Unità und räumte beim Stand WODKA UND WURST die Tische ab, wobei der Wodka der Grappa war, den meine Onkel im Mancini-Dorf brannten, die Würste aber tatsächlich Würste, begleitet von der Musik dreier Jungs aus dem Ort, die mit Poncho und Sombrero unter dem Namen Finti-Illimani spielten.

Und all das vermischte sich nicht nur an meinen Tagen, sondern auch in meinem Hirn, wo Kirche und Kommunismus eins waren. Denn die Geschichte war ja immer die gleiche, auf der einen Seite Heilige, auf der anderen Helden und auf beiden ein Haufen Ideale und Märtyrer und eine glänzende Zukunft, die nicht mehr fern ist und auf uns wartet. Nur dass diese Zukunft für die Frauen erst begann, wenn du tot warst, die Männer dagegen waren ungeduldig und wollten sie gleich. Und für mich war das okay so: Bei der Festa dell'Unità arbeitete man daran, uns hier und jetzt zu retten, in der Kirche daran, uns im Jenseits zu retten, ein gut abgestimmter Staffellauf mit Lenin und der Madonna als Liebespaar, weshalb ich nicht verstand, warum ihre Fans sich nicht liebten, sondern sich vielmehr tunlichst aus dem Weg gingen.

Bis auf heute Abend eben, einen Monat vor Weihnachten, wo die Männer des Orts, unglaublich, aber wahr, hier unter dem Dach der Kirche weilten. Man hätte es vielleicht für ein Weihnachtswunder halten können, wie in diesen Filmen, in denen die Leute böse sind und sich hassen, dann aber ein Engel ein Glöckchen erklingen lässt und sich plötzlich alle umarmen und beglückwünschen und Schneeflocken fallen, die aussehen wie Zuckerwatte. Aber nein, diese neue, sensationelle Lage hatte ganz andere Gründe, sie beruhte auf einer Mischung aus Ärger, Groll und brennendem Rachedurst.

Alles hatte voriges Jahr angefangen, und zwar wegen der Innenstadtgemeinde, die die reichste war, weil die lokalen Größen sie besuchten und die Urlauber, die im Sommer ans Meer kamen. Der Innenstadtpfarrer hatte den anderen Gemeinden des Orts eine kleine Krippenausstellung vorgeschlagen, jede Gemeinde sollte ihre eigene Krippe bauen, sodass die Gläubigen an Heiligabend eine Runde durch die vier Viertel drehen und sie bewundern konnten.

»Ganz schlicht, versteht sich«, hatte Don Sirio gesagt, »um Himmels willen nichts Prunkvolles. Eine kleine Aufmerksamkeit zu Ehren unseres Jesuskinds und zugleich eine Gelegenheit, die Stadtbevölkerung zusammenzubringen. Was haltet ihr davon, meine Brüder?«

Die Gemeinden von Caranna und Vaiana hatten zugestimmt, und auch unsere Gemeinde Vittoria Apuana. Padre Domenico hatte den Küster Stelio, seine Haushälterin und die beiden

Ordensbrüder des Klosters um Hilfe gebeten. Allerdings war einer der beiden, Padre Emidio, mindestens neunzig, und niemand wusste, wie alt Padre Mauro war, aber Emidio nannte ihn »den Alten«. Deshalb musste die Haushälterin, statt zu helfen, den beiden hinterher sein, und der Küster konnte zwar mit Hand anlegen, aber wirklich nur eine Hand, da er die andere als junger Mann im Marmorbruch verloren hatte.

Trotzdem hatten sie nicht den Mut verloren und einige Nachmittage lang eine Krippe aufgebaut, ohne Ansprüche, bescheiden, wie die Gemeinden der anderen Ortsteile. Außer der Innenstadtgemeinde.

Denn in Wirklichkeit hatten Don Sirio und seine Baumannschaft schon Ende des Sommers eine Baustelle eingerichtet und mit finanzieller Unterstützung der reichen Touristen an einem äußerst prunkvollen Entwurf gearbeitet. So war der Heiligabendspaziergang zu den vier Krippen eine extreme und verwirrende Erfahrung gewesen, als würde man die märchenhaften Alleen von Paris besuchen und sich gleich danach zwischen den Baracken brasilianischer Favelas wiederfinden oder im Staub Biafras, wo die Kinder an Hunger sterben, statt Weihnachten zu feiern. Genau so fühlte es sich an. Vor der herrlichen Krippe in der Innenstadt umarmten sich die Leute, boten sich Pralinen an, fanden ihre verwandte Seele. Vor unserer dagegen, die letztlich die verlassenste der verlassenen war, hielten sie sich eine Hand vor den Mund, um sich keine Krankheiten einzufangen, die andere an die Hosentasche, um sich nicht das Portemonnaie klauen zu lassen.

Kurz: Demütigung, totale, schwarze Demütigung durch diese scheinbar freundschaftliche Initiative, die sich als absolut unfairer Wettkampf erwiesen hatte, vor den Augen des Bischofs höchstpersönlich, den Don Sirio überraschend als Richter und Verleiher des ersten Preises eingeladen hatte.

Bei uns war der Monsignore in abgrundtiefem Schweigen verharrt, den Blick auf das Plastikhüttchen mit dem oben angeklebten Papierstern gerichtet, auf die fünf Hirten und ein paar Spielzeugsoldaten zur Verstärkung und das Grüppchen Schafe mit den Beinen in der Luft, von vertrocknetem Moos umhüllt wie von einer fleischfressenden Pflanze, die sie langsam verschlang.

Ein so erstickendes Schauspiel des Elends, dass Padre Domenico, als er das Schweigen des Bischofs nicht mehr aushielt, selbst gesagt hatte: »Wir haben sie extra so gestaltet, Eure Eminenz, unter Beachtung franziskanischer Demut sowie der Entscheidung unseres HERRN, als Armer unter den Armen zur Welt zu kommen. Wir haben das Christkind in seine Wirklichkeit entlassen, wir haben es freigelassen.«

»Nein, Padre, nein«, hatte der Bischof zischend erwidert. »Ihr habt das Christkind nicht freigelassen. Ihr habt es allein gelassen.«

Dann hatte er einen Finger gehoben, sein Assistent war herbeigeeilt, um ihm den schwarzen Mantel um die Schultern zu legen, und gemeinsam waren sie von dannen gegangen, durch ein Spalier beschämter Gläubiger, und der Mantel verhüllte auch die Kerzen in der Kirche und die Lichter entlang der Straße, in jener Nacht, die zur schwärzesten in Vittoria Apuanas Geschichte geworden war.

Um sich von diesem schrecklichen Weihnachten zu erholen, brauchte es dieses Jahr also eine alles überstrahlende Antwort. Eine Riesenkrippe, so wunderbar, dass sie Don Sirio und seine Freunde überwältigen und sie mit derselben Scham bedecken würde, die Padre Domenico noch immer als deutlichen Schmerz in seiner Brust spürte. Deshalb hatte er alle Gläubigen auf den Plan gerufen, indem er sie von anderen Tätigkeiten befreite, etwa die Kirche zu putzen, die Bildstöcke zu pflegen oder Alte und Kranke zu betreuen, auf dass sie mit vereinten Kräften die schönste Krippe der Welt bauen würden.

Nur dass die Gläubigen der Gemeinde nicht gerade praktisch veranlagt waren: Frauen, Kinder, ein paar gealterte ehemalige Atheisten, die sich nach einem Leben als Gotteslästerer durch Bekreuzigen auf den letzten Drücker zu retten versuchten. Und es war wirklich unerträglich, dass die Baumannschaft von Vittoria Apuana so schwach war, in einem Viertel, das vor Maurern, Elektrikern, Hilfsarbeitern und Gärtnern nur so überquoll: Leuten, die praktisch das ganze Jahr über fantastische Krippen bauten und pflegten, nur dass sie statt des Christkinds reiche Urlauber zum Schlafen hineinlegten.

Aber mit diesen Männern zu sprechen war Padre Domenico nicht möglich, das waren entgegengesetzte Welten, verschiedene Dimensionen, als wollte man mit den Toten im Jenseits kommunizieren. Um mit diesen kostbaren, aber unerreichbaren Wesen Kontakt aufzunehmen, bedurfte es eines Mediums, weshalb der Padre sich an ihre Ehefrauen gewandt hatte.

So hatte ich überhaupt von dieser ganzen Geschichte erfahren, einige Tage zuvor auf der Straße bei uns im Dorf. Mama und Oma Giuseppina hatten Papa und meine Onkel mitten auf der Gasse zusammengerufen und ihnen von der Demütigung des Vorjahrs erzählt, von Don Sirios Falle und der Blamage vor dem Bischof, sie erklärten, dass es dieses Jahr also darum ging, sich mit einer wunderschönen Krippe zu revanchieren, was nur sie auf die Beine stellen könnten. Sie sollten die Ärmel hochkrempeln, in die Kirche kommen und eine neue Krippe bauen.

Und die Antwort, trocken und im Chor, als hätten sie sich abgesprochen, Papa und meine Onkel auf der Straße und auch alle anderen Ehemänner in den anderen Straßen des Viertels, lautete: *Einen Scheiß werden wir tun.*

Aber für die Frauen war das nicht die richtige Antwort, deshalb hatten sie erwidert: »Nein, ohne Scheiß«, um dann ruhig fortzufahren: »Entschuldigt, es ist unsere Schuld, wir haben uns nicht klar genug ausgedrückt. Es ist nicht so, dass wir euch darum bitten, ihr müsst das einfach machen, keine Widerrede. Verstanden?« Und sie erzählten weiter von der fürchterlichen Blamage, von den Worten des Bischofs, der unglaublichen Krippe, die die aus der Innenstadt gebaut hatten.

»Ja, aber wie haben die aus der Innenstadt das eigentlich hingekriegt, eine so große Krippe zu bauen?«

»Mit dem ganzen Geld, das die reichen Urlauber spenden.«

»Okay, aber wer hat sie aufgebaut, die Urlauber?«, hatten meine Onkel gefragt, aber unter Gelächter. Denn in den Villen dieser Geldsäcke arbeiteten sie ja, und diese Leute konnten nichts selber machen, sie riefen sie sogar, um eine Glühbirne zu wechseln.

»Nein«, hatte Oma geantwortet. »Don Sirio hat sich von seinem Bruder helfen lassen, der aus Lucca kommt und Vermessungstechniker ist. Er ist mit einer Gruppe Kollegen gekommen, die eine Leidenschaft für Krippen haben.«

Als sie das so sagte, war das für mich ein nichtiges Detail, was kümmerte mich der Beruf dieser Männer und woher sie kamen? Aber den anderen war das wichtig, und wie, denn plötzlich hatten sie aufgehört nachzufragen, sie hatten sogar aufgehört, Mama und Oma anzuschauen, sondern musterten sich gegenseitig, und am Ende hatten sie *Ah* gesagt.

Nur das, *Ah*, aber der Klang der beiden Buchstaben reichte aus, um zu verstehen, dass jetzt alles anders war. Sogar die Luft war anders, wie wenn jemand ein Zimmer betritt und das Fenster öffnet. Mehr noch, wie wenn jemand ein Zimmer betritt und gleich die Wand einreißt.

»Vermessungstechniker aus Lucca, was?«, hatte Onkel Adelmo aus seinem Rollstuhl gesagt.

»Spießbürger mit einer Leidenschaft für Krippen.« Onkel Aldo mit zusammengebissenen Zähnen.

Und alle hatten sich weiter angeschaut und einander zugenickt. Aber vor allem hatten sie ihre Hände aus den Taschen genommen, was in meiner Familie nie ein gutes Zeichen war.

Und schon wurde diese Geschichte, die sie kein bisschen betraf, die vielmehr in völligem Gegensatz zu ihnen stand, zu einer gerechtfertigten, pflichtgemäßen Aktion. Gegen die Priester, gegen die aus Lucca, die Einzigen in der Toskana, die mit Priestern ins Bett gingen, gegen die Buchhalter und die Vermessungstechniker und alle diese Nichtstuer, die als Hobby und zum Spaß Krippen bauten und sich dann für handwerklich geschickt hielten.

Es ging nun, kurz gesagt, um Klassenkampf. Und nur deshalb, aus kommunistischem Groll und Kampfgeist, hatten sich heute Abend meine Onkel, mein Papa und die Männer des Viertels in der Kirche zusammengefunden, das Herz angefüllt mit einem ganz besonderen Geist der Weihnacht:

»Padre«, hatte Onkel Aldo zu Padre Domenico gesagt, als er die erste Schachtel Hirten entgegennahm, »dieses Weihnachten reißen wir denen aus der Innenstadt so den Arsch auf, dass sie bereuen, geboren worden zu sein.«

6

Der Marienkäfer

Der Sand hier reicht nicht für eine schöne Wüüüste,
für eine schöne Wüste brauchen wir mehr Saaand.

So sang Onkel Aramis, und bestimmt hatte er schon eine Weile probiert, es normal zu sagen, aber ich hörte ihn erst jetzt, wo er sang, weil sein Gesang und dessen Widerhall zwischen den Wänden und Säulen der Kirche mich geweckt hatten.

Ich fand mich ausgestreckt in der ersten Reihe der hölzernen Kirchenbänke wieder, die nicht zum Schlafen gedacht waren, ja nicht mal, um gemütlich darauf zu sitzen, waren sie doch extra hart und kantig, damit die Gläubigen aufmerksam der Messe folgten. Aber wegen der Krippe kamen wir jeden Abend hierher, so hatte ich schließlich gelernt, trotzdem darauf zu schlafen, weil sie mich nie mithelfen ließen und meine einzige Begleitung die Langeweile war. Dazu kamen noch diese Kinderchöre aus den Lautsprechern, die sich mir wie spitze Scherben ins Hirn bohrten, weshalb es sich ausschaltete, um nicht verrückt zu werden, und gute Nacht.

Obwohl ich ihn schon darum gebeten hatte, machte Padre Domenico die Musik nicht aus. Im Gegenteil, er legte sie gerade unseretwegen auf: Wenn er uns kommen sah, rannte er in die Sakristei und drückte auf PLAY. Jedes Mal, seit ihm die Vorstellungsrunde mit meinen Onkeln am ersten Abend solche Sorgen gemacht hatte:

»Salve, Padre. Also, um das Baumaterial kümmern wir uns. Sie brauchen uns nur die Figuren und die Schäfchen zu geben.«

»Sehr schön«, hatte Padre Domenico geantwortet. »Und Salami und Pecorino.«

»Gut. Und Wein.«

»Und Wein, ja, aber in Maßen.«

»Und Zigaretten«, hatte Onkel Adelmo aus seinem Rollstuhl gesagt.

»Nein, im Haus des HERRN wird nicht geraucht.«

Da hatten die Männer leise untereinander diskutiert, dass es klang wie Hornissen, die in einem Glas hin und her fliegen, teils verärgert, teils verwirrt. Dann: »Na gut, dann aber Wein ohne Maßen.«

»Einverstanden. Aber keine Zigaretten. Und keine Flüche, klar?«

»Was? Ach nein, Padre, das können Sie nicht verlangen. Bei einer so großen und schweren Arbeit wird uns der ein oder andere Fluch herausrutschen.«

»Ihr werdet ihn einfach nicht herausrutschen lassen.«

»Unmöglich. Wir werden ja schon nervös sein, weil wir nicht rauchen dürfen, da rutscht ganz bestimmt der ein oder andere Fluch heraus.«

»Flüche will ich in der Kirche nicht hören«, hatte Padre Domenico das Gespräch beendet.

Und eben deshalb, um keine Flüche in der Kirche zu hören, legte der Padre vom ersten Abend an diese Weihnachtsliedchen auf, die Jesus, Maria und Josef mit Lobpreis von all den Beleidigungen abzulenken versuchten, die sie jede Nacht im eigenen Haus einstecken mussten.

Aber während die Beleidigungen die Münder beschäftigt hielten, arbeiteten Hände und Arme hart daran, diese sensationelle Krippe hochzuziehen, die jedes Mal, wenn ich hinsah, noch größer und reicher bestückt war. Bevor ich an jenem Abend eingeschlafen war, hatte in der Ecke nur eine etwas erhöhte Fläche aus Holz und Ziegelsteinen gestanden, jetzt erwachte ich vor einem Hügel voller klitzekleiner Pinien, die aus echten, einzeln eingepflanzten Pinienzweiglein gemacht waren, und Papa stand oben auf einer Leiter, um einen kleinen Motor anzubringen, der Wasser über diesen Hügel hochpumpen sollte, um daraus dann irgendein Wunderwerk wie beispielsweise einen Bach, einen Wasserfall oder einen Wunderregen zu erschaffen.

Aber vielleicht war das hier gar nicht die Realität, vielleicht dachte ich nur, ich wäre aufgewacht, und schlief eigentlich noch, denn als ich mich umsah, war außer den Männern dort hinten, außer den Heiligen, die sie aus ihren Nischen musterten, da auf der anderen Seite der Kirche bei der Eingangstür ein riesiger Marienkäfer, so groß wie ein Mensch, der mich grüßte.

Ich sprang auf, öffnete den Mund und war kurz davor, laut *Achtung, ein riesiger Marienkäfer!* zu rufen. Wie in diesen wunderbaren Filmen, wo es eine atomare Explosion gibt und die Insekten riesengroß werden und eine Plage von Skorpionen oder Wespen oder Spinnen oder auch Pilzen ausbricht und die Menschen bereuen, dass sie Atomkraftwerke gebaut haben, es dafür aber jetzt zu spät ist und sie nur noch Zeit haben zu sterben.

Na gut, Atomkraftwerke gab es bei uns zwar nicht, aber im Nachbarort gab es ein Werk namens Farmoplant, bei dem man nie so recht verstanden hat, was da drin eigentlich produziert wurde, aber im Vorjahr hatte es dort einen Unfall gegeben, bei dem weißer Rauch in den Himmel gestiegen war und der es sogar in die Fernsehnachrichten geschafft hatte. Mama hatte sich die Haare gerauft und zu mir gesagt, dass das etwas Schwerwiegendes sei und wir uns auf das Schlimmste gefasst machen müssten, und ich dachte, wir würden uns jetzt in der Garage einschließen, wo Onkel Aldo seinen Lkw stehen hat, würden dort wer weiß wie viele Jahre lang leben, uns von Dosenfraß ernähren und unser eigenes Pipi trinken. Stattdessen sagte Mama, dass wir für einige Monate auf Salat verzichten müssten. Da fing ich wieder an zu atmen, und plötzlich war mir dieses Farmoplant fast sympathisch, wie alles, was mich von Salat, Radicchio und all diesem Unkraut fernhalten konnte, das nur dazu gut ist, niedergemäht und aus dieser Welt gerupft zu werden.

Aber ich hatte mich getäuscht, ja, ich lag vollkommen daneben, denn in Wirklichkeit hatte die weiße Wolke einen fürchterlichen Effekt gehabt, den ich erst jetzt bemerkte, hier in der Kirche, vor dem riesigen Marienkäfer, der uns gleich alle auffressen würde.

Doch statt den Mund aufzureißen und mich anzufallen, hob er nur ein Bein und wedelte damit durch die Luft, als wollte er mich grüßen. Bevor ich losschrie, fasste ich also Mut und ging einige Schritte auf ihn zu, im schummrigen Licht der Kirche, das eher eine schüchterne Spielart der Dunkelheit war. Und es war gar kein Marienkäfer. Das heißt, schon, aber es handelte sich um ein Faschingskostüm, und darin steckte ein Mädchen, das ungefähr in meinem Alter gewesen sein wird.

Auf dem Kopf ein Haarreif mit zwei wippenden Plastikantennen, der Körper vorne schwarz und hinten rot mit schwarzen Punkten, doch daraus schauten zwei normale Menschenbeine und -arme hervor. Und auch aus dem Mund kam eine normale Stimme, die allerdings etwas Seltsames sagte:

»Hallo, Fabio.«

Ich schaute den Marienkäfer an, schaute ihn noch einmal an. »Woher weißt du, wie ich heiße?«

»Deine Freunde haben es mir gesagt«, antwortete sie, und das kam mir noch seltsamer vor. Denn wenn hier irgendwo Freunde von mir waren, kannte ich sie nicht. Ich war sogar kurz davor, sie zu fragen, wer das sein sollte und ob sie sie mir vielleicht vorstellen könnte. Doch dann zeigte sie mit einem Beinchen hinter mich, da hinten zur Krippe, also machte ich Anstalten, ihr zu erklären, dass das nicht meine Freunde seien, sondern meine Verwandten und Freunde meiner Verwandten. Aber am Ende hielt ich einfach den Mund, schließlich ist es immer noch besser, alte und etwas absurde Freunde zu haben, als gar keine, denke ich.

Aber irgendetwas musste ich sagen, stand sie doch da vor mir und sah mich mit schief gelegtem Kopf und den wippenden Antennen darauf an und mit einem ganz schmalen Lächeln auf den Lippen, wie eine Schnittwunde, die aber nicht wehtut. Also fragte ich sie, warum sie als Marienkäfer verkleidet sei.

»Einfach so, weil es mir gefällt. Was stört dich daran?«

»Nichts. Ist halt komisch.«

»Findest du?«

»Ja. Also, an Fasching nicht, aber an Weihnachten schon.«

»Hm, für mich nicht. Ich ziehe mich immer so an, das ganze Jahr über, außer an Fasching. Fasching ist das Einzige auf der Welt, was ich nicht ausstehen kann.«

Und mir ging es genauso, haargenau gleich. Trotzdem schleifte Mama mich jedes Jahr hin, weil sie sagte, dass ich noch klein sei und hingehen solle, sonst würde ich ihr, wenn ich groß bin, vorwerfen, dass sie mir das vorenthalten habe. Und sie fragte mich, als was ich mich verkleiden wolle, aber ich wollte mich gar nicht verkleiden, also traf sie die Entscheidung und zog mich als Pierrot an, was unter allen traurigen Kostümen wirklich der Gipfel der Traurigkeit ist. Eine Art Kasperle, nur deutlich depressiver, mit einem schlafanzugähnlichen, weißen Gewand, einer großen Schlafmütze auf dem Kopf und ebenfalls weiß geschminktem Gesicht, allerdings mit einer aufgemalten schwarzen Träne unter dem Auge, für die Mama eine halbe Stunde brauchte, groß und sorgfältig und dabei so nutzlos, denn ich weinte ja ohnehin die ganze Zeit über in echt.

Kurz, Fasching konnte ich auch nicht leiden, und das sagte ich dem Marienkäfer. Doch dann fiel mir nichts mehr ein, denn ich war gerade erst aufgewacht, und Aufwachen ist an sich schon etwas Seltsames, in einer Kirche aufzuwachen aber erst recht. Außerdem war es für mich etwas Neues, mit einem weiblichen Wesen zu sprechen, das nicht meine Mama oder meine Oma war. Frauen waren anders als wir, von Anfang an, und je weiter wir voranschritten, desto mehr entfernten sie sich von uns: was sie taten und sagten, wie sie sich kleideten und in allem anderen auch. Und ich wusste zwar, wie man mit einem dürren Zweig und einem Schnürsenkel ein Feuer anzündet, ich konnte mit einem Wollfaden Frösche fangen und kannte alle Vögel und Fische und Eidechsen und Gottesanbeterinnen, ja, ich wusste sogar alles über Marienkäfer. Aber sie war kein Marienkäfer, sie war zwar als Marienkäfer verkleidet, doch darunter steckte ein Mädchen, das mich mit echten Mädchenaugen anstarrte, deshalb hatte ich keine Ahnung, was ich sagen sollte, was ich fragen könnte, keine Ahnung von nichts.

»Wie auch immer«, sagte sie schließlich, »freut mich, ich heiße Martina.«

Ach ja! Das wäre doch eine gute Frage gewesen: Wie heißt du? Schade, dass die jetzt schon verbraucht war, weshalb ich, einfach um etwas mit einem Fragezeichen am Ende zu sagen, fragte: »Wirklich?«

»Ja, wirklich. Warum, findest du das etwa auch komisch?«

»Nein, nein, im Gegenteil, das ist ein schöner Name. Aber

ich dachte … hm, ich dachte, du würdest Marienkäfer heißen.«

»Ja, klar, als ich geboren wurde, hat sich meine Mama gesagt: *Wie soll ich die Kleine denn nennen? Aber ja, warum nicht, nennen wir sie Marienkäfer.*«

Ich dachte kurz darüber nach, und es klang seltsam, das schon, aber die Großen machen jeden Tag noch viel seltsamere Dinge. Das sagte ich, und Martina lachte. Und ich lachte auch, beruhigte mich einen Moment, und so kam mir in den Sinn, was mir Onkel Aramis einmal beigebracht hatte, als wir Insekten sammelten, um sie den Buchfinken und Gimpeln zu fressen zu geben, die er bei sich zu Hause in Käfigen hielt. Ich hatte einen Marienkäfer gefunden, und er hatte mir erklärt, dass der nicht geeignet sei, weil Marienkäfer giftig sind.

Das erzählte ich Martina, und sie: »Was?«

»Ja, ja, deshalb sind sie auf dem Rücken so leuchtend rot, um die Vögel zu warnen. *Sei vorsichtig, du siehst mich hier im Gras zwar gut, aber wenn du mich frisst, bist du geliefert.*«

Und dabei musste ich daran denken, dass ich die leuchtende Farbe auf dem Rücken gar nicht so gut sah; wäre ich ein Vogel, würde ich welche fressen und sofort sterben. Und Onkel Aramis auch, und genauso meine anderen Onkel. Keiner von uns verstand etwas von Farben, und genauso wenig von Frauen. Sie waren große Meister im Fischen und Jagen und hatten mir beigebracht, jegliches Geschöpf auf der Erde, unter Wasser oder im Himmel zu fangen, nur keine Frau; zu so vielen sie auch waren, es war ihnen nicht gelungen, eine zu finden. Und den einzigen Ratschlag zu diesem Thema gaben sie mir, wenn sie tranken: *Frauen sind Gift, Fabio, merk dir das gut, Gift!* Und weil sie immer tranken, sagten sie mir das ständig. *Nimm dich vor ihnen in Acht, wirklich, sonst wird es dir übel ergehen.*

Daher machten Frauen mir ein wenig Angst. Aber gleichzeitig machte mir auch die Vorstellung Angst, so zu enden wie meine Onkel, mit viel Wein intus, ohne Frau an meiner Seite und ganz von ihrem Fluch erfasst. Eigentlich ist genau das das Problem: Sobald man etwas länger darüber nachdenkt, macht einem alles ein wenig Angst. Und wenn wir so intelligent wären, über alles gründlich nachzudenken, würden wir vielleicht bei allem sofort die Fehler und die schlimmen Folgen erkennen und überhaupt nichts mehr tun, und das wäre das Ende der Welt. Also nicht die Atombombe oder die Unfälle bei Farmoplant. Nein, die Welt würde genau an dem Tag enden, für immer ausgelöscht durch zu viel Intelligenz.

Zum Glück hatte ich wirklich kaum Intelligenz abbekommen.

»Woran denkst du?«, fragte mich der Marienkäfer, weil ich ein dummes Gesicht machte, was ich auch ohne Spiegel wusste, ja, auf der Haut spürte.

»Ich? Ich an nichts, nie.«

»Doch, du denkst über einen Haufen Zeug nach, das sehe ich in deinen Augen. Worüber?«

Sie hatte tatsächlich recht. Ich sah: Riesenskorpione, Frösche, Gift, Flüche, Atombomben, das Ende der Welt. Deshalb antwortete ich: »Nichts.«

»Also gut. Das mit dem Gift wusste ich jedenfalls noch nicht. Ich weiß nur, dass Marienkäfer Glück bringen.«

»Ja, das stimmt«, sagte ich auf Anhieb, »aber nur die mit sieben Punkten, die anderen nicht.«

Ich schwör's, genau so habe ich das gesagt, und ich dachte dabei auch noch, ich hätte etwas Interessantes gesagt. Weil ich dumm war, nein, weil ich so verrückt war wie meine Onkel. Diese Geschichte mit den sieben Punkten hatte mir nämlich auch Onkel Aramis erzählt, und sie kam von den Babyloniern. Ihnen zufolge gab es sieben Planeten im Universum, deshalb brachten Marienkäfer mit sieben Punkten Glück. Und wer weiß, woher Aramis das wusste, oder ob er mir das bloß in betrunkenem Zustand erzählt hatte, klar war nur, dass ich es in diesem Moment Martina lieber nicht hätte sagen sollen. Machte ihr Blick doch klar, dass sie, obwohl sie das Kostüm täglich trug, gar nicht wusste, wie viele Punkte sie auf dem Rücken hatte.

Sie biss sich auf die Unterlippe, drehte sich schlagartig um und kehrte mir den Rücken zu, und ich fing an laut zu zählen, wobei mir die Beklemmung den Atem abschnürte.

»Eins, zwei, drei, vier … fünf … sechs … sieben! Es sind sieben!«, sagte ich. Mehr noch: Ich schrie es förmlich, aber die Männer da hinten hämmerten gerade irgendetwas und hörten es ohnehin nicht.

Martina drehte sich mit einem Satz wieder um, hob die Beinchen zum Himmel und schrie »Juchuu!«. Und dann, etwas leiser: »Dann bringe ich also Glück?« Ich nickte, und sie: »Na, siehst du, Fabio, ich bin gar nicht giftig.«

Und ich hörte auf zu nicken und tat gar nichts mehr. Denn eigentlich sind alle Marienkäfer giftig, ob sie nun Glück bringen oder nicht. Aber wenigstens diesen Unsinn konnte ich für mich behalten, ich lächelte nur und sie auch, und ihr Lächeln gefiel mir. Auf sonderbare, neue Weise, die ich erst noch verstehen musste, aber es gefiel mir ziemlich. Viel weniger gefiel mir dagegen, dass der Marienkäfer mir jetzt zuwinkte und zur Tür ging.

»Gehst du?«, fragte ich und hätte gern selbst mit Nein geantwortet. Aber Antworten auf wichtige Fragen haben diesen großen Defekt, dass du sie dir nicht selbst geben kannst, wie es dir passt, du kannst nur auf die tatsächliche Antwort warten und dich auf die Enttäuschung vorbereiten.

Und wirklich sagte Martina Ja, es sei schon spät, sie müsse noch in der Gemeinde vorbei, ihre Mutter abholen und dann mit ihr nach Hause gehen.

Sie wedelte mit beiden Händen und brach auf, doch dann hielt sie inne, halb drinnen, halb draußen, wo das Dunkel der Kirche das kältere Dunkel der Nacht traf. »Du, hör zu, ich sag's dir lieber gleich, bevor du es von den anderen hörst. Ich habe keinen Vater.«

»Ach, das tut mir leid«, antwortete ich.

»Warum tut dir das leid?«

»Ich weiß nicht. Na ja, wenn er gestorben ist, dachte ich.«

»Er ist nicht gestorben, er ist einfach nicht da. Ich kenne ihn nicht einmal. Kennst du ihn?«

»Ich weiß nicht, aber ich glaube eher nicht, ich kenne kaum Leute. Wie heißt er?«

»Doch nicht meinen Papa, deinen, meine ich! Hast du einen?«

»Ja, ja, wenn du so willst, habe ich um die zehn.«

»Was?«

»Ja, teils Papas, teils Opas und teils Onkel.«

»Aha, verstanden. Ich dagegen habe nicht mal einen, ist das ein Problem?«

Ich schwieg.

»Warum antwortest du nicht? Es ist ein Problem, stimmt's? Wenn es ein Problem ist, kannst du das ruhig sagen!«

»Nein.«

»Ach nein? Und warum hast du dann nicht geantwortet?«

»'tschuldige, ich dachte noch darüber nach, inwiefern das ein Problem sein könnte, aber mir ist nichts eingefallen.«

Als ich das sagte, war ich ganz ernst. Martina dagegen lachte. Anfangs war auch sie ernst, aber ihr Mund zitterte immer mehr, und am Ende brach sie in Lachen aus. Und sagte: »Weißt du was, Fabio? Du bist ein sympathischer Typ. Komisch, dass du keine Freunde hast.«

Und ich wollte antworten, dass ich sehr wohl welche hätte, ich hätte ganz viele Freunde, die mich ebenfalls sympathisch fänden. Nur dass das nicht stimmte, und Martina verschwand schon hinter der Tür, und in der Kirche zu lügen ist schlimm, und wenn man dabei schreit, ist es noch schlimmer.

Also sah ich schweigend zu, wie sie forteilte, und das letzte Strahlen im Gebrutzel der Weihnachtslichter da draußen kam von den schwarzen Punkten auf dem Rücken des Marienkäfers. Sieben glänzenden Punkten.

Ich starrte sie weiter an, bis sie verschwunden waren, und als ich mich anschließend umdrehte, waren sie in meine Augen eingebrannt, lagen über allem, was ich in der Kirche vorfand, wie die Erinnerung an ihre Stimme über den Kinderstimmen vom Band lag, die jetzt *Weiße Weihnacht* sangen. Was ein schönes Lied ist, das ich wirklich gerne hörte, und rund um mich herum fühlte es sich nun so an, wie eine weiche, sanfte und sogar süße Musik.

Aber es dauerte nur einen Augenblick, da wurde diese Süße schon von einem dröhnenden Gebrüll voller Hustenschleim und Tabak zertrampelt, das aus der Ecke der Männer da hinten kam und auf mir landete:

»Du musst sie flachleeegen!«

Und gleich darauf Flutwellen anderer Stimmen, die sich vermischten und gegenseitig überschlugen, um Erster zu sein.

»Lass sie deinen Schwengel spüren!«

»Zeig ihr die Rute!«

»Leg ihn ihr in die Hand!«

Und noch mehr solcher Ratschläge verschiedenster Art, die zugleich alle auf dasselbe hinausliefen, so laut gebrüllt, dass sie nicht nur die Kirche bis zum Dach ausfüllten, sondern bis an Gottes Ohr aufsteigen konnten. Aber meine Angst war eher, dass dieses Geschrei die Tür finden, hinausschlüpfen und Martina einholen könnte, die ja dank der Antennen auf ihrem Kopf womöglich ein Supergehör hatte.

Also eilte ich zu ihnen zurück und bat sie, leiser zu sein, dabei starrte ich auf den Marmorfußboden, der ein Schachbrettmuster hatte, irgendwann aber zu einem großen weißen Rechteck mit einem Kreuz und einem Namen darauf wurde, weil darunter ein alter Mönch begraben lag, der vor langer Zeit das Oberhaupt der hiesigen Kirche gewesen war. Und diesen Mönch hätte ich gerne gefragt, ob bei ihm noch Platz wäre und ich mich neben ihm begraben könnte.

»Hey!«, brüllte Onkel Aldo, »wie heißt deine Verlobte denn?«

»Das ist nicht meine Verlobte, ich kenne sie nicht einmal!«

»Ach, welch Wunderwerk, die Liebe«, seufzte Onkel Athos, der sich, in die Luft blickend, einen Schraubenschlüssel an die Brust drückte. »So süß und so überwältigend.«

»Von welcher Liebe redest du denn, Onkel, ich kenne sie gar nicht!«

»Nicht? Weißt du, was du dann das nächste Mal machen musst?«, ging Adelmo dazwischen. »Du nimmst ihre Hand, legst sie zwischen deine Beine und sagst: *Hallo, schön dich kennenzulernen!*«

Anzügliches Gelächter von allen Seiten, gemischt mit kräftigem Schulterklopfen. Von allen außer Papa, der nur ans Arbeiten dachte, da oben auf der Leiter, wo er vermutlich nicht einmal etwas mitgekriegt hatte.

Die anderen dagegen lachten, zeigten auf mich und riefen mir immer noch Sätze zu, die ich Martina nächstes Mal sagen sollte. Aber letztlich war es immer derselbe Ratschlag, ich sollte meinen Pimmel in ihre Hand legen, und von da an würde alles andere von allein passieren. Darum würde sich die Natur ganz von selbst kümmern, wie das Herz von selbst schlägt und die Lungen Luft holen und sie wieder rauslassen, ohne dich um Erlaubnis zu fragen.

Und ich verstand ja ohnehin schon nichts mehr, aber diese

Ratschläge verwirrten mich nur noch mehr: Meine Onkel hatten mich immer vor Frauen gewarnt, ich solle mich bloß fernhalten, weil sie gefährlich und giftig seien, und jetzt wollten sie auf einmal, dass ich ihnen nahe genug komme, um meinen Pimmel in ihre Hand zu legen. Das war absurd, das war unmöglich, und klar war eigentlich nur, dass ich von meinen Onkeln zu diesem Thema nichts lernen konnte.

Und auch nicht von Papa, der seine Zärtlichkeiten nur weinenden Rohrleitungen und Wasserhähnen zukommen ließ. Der einzige Experte in unserer Familie war Opa Arolando gewesen.

Der hatte viel Charme, weshalb Oma nicht wollte, dass er mit anderen Frauen sprach, denn die schauten ihn dann auf eine Art an, als schliefen sie gerade mit ihm. Statt mir also meine Onkel zum Vorbild zu nehmen, sollte ich lieber in die Fußstapfen meines großartigen Opas treten. Der zwar schon tot war, ja, aber das war kein wirkliches Problem, denn Menschen mögen sterben, aber wenn ihre Geschichten schön sind, leben sie ewig. Und die Geschichten von Opa Arolando waren wunderbar und gleichzeitig große Lektionen fürs Leben. Vor allem eine, die passiert ist, als ich noch nicht auf der Welt war und nicht mal Mama, genauer gesagt hätte es uns beide ohne diese Geschichte nie gegeben.

Doch obwohl es mich damals noch nicht gegeben hatte, kannte ich diese Geschichte gut, ich hatte sie schon so oft erzählt, dass ich sie vielleicht besser kannte als Opa selbst, und wenn ich nur daran dachte, fühlte ich in mir eine kochend heiße Flut von der Brust bis zum Hals aufsteigen und mir den Mund ausfüllen, sie wollte heraus, um die eiskalte Welt da draußen zu erwärmen.

Also, da kann man nichts machen, ich muss sie wohl noch einmal erzählen.

7

Der Fernseher bin ich

Wie alle Geschichten, wie alles im Leben, nimmt die Geschichte meines Opas Arolando ihren Anfang zufällig in einer anderen, die nichts damit zu tun hat. Nämlich wie einmal Omas Fernseher kaputtging.

Sie besaß den einzigen schicken Fernseher im Dorf Mancini, richtig groß und sogar in Farbe, und es war nur gerecht, dass sie ihn besaß, denn zum Abendessen waren wir immer bei ihr, also kamen wir alle in den Genuss.

Ihn zu finden, war gar nicht so einfach gewesen, wo wir doch nur Sachen benutzten, die jenseits des Eisernen Vorhangs hergestellt wurden. Fernseher, Radios, Kühlschränke, alles, was man in die Steckdose steckte, hatte sonderbare Markennamen, die für mich nur nach Gekritzel aussahen, bis ich herausfand, dass es die Buchstaben des verrückten Alphabets waren, das sie dort drüben benutzen. Denn was die Sowjets herstellten, war hundertmal besser, auch die Fernseher, quadratisch und sauschwer, wie ernsthafte Dinge eben sein sollten, und sie taten ihre Arbeit ohne nutzlosen Schnickschnack wie beispielsweise eine Fernbedienung, die nur für die Leute aus dem Westen erfunden wurde, verblödet, wie sie waren, vom Luxus des Kapitalismus, und zu verweichlicht, um sich gegen ihre Herren zu erheben oder auch nur vom Stuhl aufzustehen und aus eigenen Kräften den Sender zu wechseln. Oder wie eben farbige Bilder, die die Augen nur verwirrten und zu nichts nütze waren, vor allem in einem Dorf voller Farbenblinder.

Omas Fernseher war jedenfalls genau so einer, mit allem Drum und Dran, vielleicht für irgendeinen Kommandanten der Roten Armee angefertigt, aber aus Versehen bei uns gelandet, die wir uns jeden Abend und zu besonderen Anlässen davor versammelten. Wie im Mai, wenn der Giro d'Italia stattfand und wir jeden Tag das Wohnzimmer füllten, teils auf der Couch, teils auf dem Teppich, und in der ersten Reihe Onkel Adelmo in seinem Rolli.

Und sofort zeigte sich die schädliche Wirkung der farbigen Bilder, nämlich in langen Streitereien darüber, wer in der Gruppe das Rosa Trikot trug, denn jeder von uns sah es an einem anderen Rennfahrer.

»Da ist es!«

»Was erzählst du denn da? Da, da, bei dem, der gerade lossprintet!«

»Von wegen, seht ihr nicht, dass es da hinten ist, bei dem, der gerade eine Krise hat?«

Am Ende fragten wir Mama oder Oma, die ins Wohnzimmer kamen und mit dem Finger auf einen Rennfahrer tippten, und jeder Onkel sagte: »Na, seht ihr, dass ich recht hatte?«

Jedes Mal ging das so, Etappe für Etappe, unter begeistertem oder zänkischem Geschrei. Bis zu einem besonders heißen Samstag, als die Rennfahrer die ganz kurvige Straße des Stilfser Jochs hochradelten, eine giftige Schlange, die sich bis hoch auf diesen spitzen Berg da wand. Es gab Attacken und Gegenattacken, und wir kapierten nichts, aber nicht einmal Mama und Oma wussten noch, auf wen sie zeigen sollten. Denn der Fernseher hatte angefangen zu flimmern, und die Farben wechselten sekündlich wie die eines Kraken, wenn er dich auf dem Meeresgrund erschrecken will. Also rannte ich ans Fenster und rief laut nach Papa, von dem ich zwar nicht wusste, wo er war, der aber mit seinem besonderen Sinn für zu reparierende Dinge sicher schon zu uns eilte, um uns zu retten.

Aber schneller als er, schneller als der gesamte Rest der Welt, war der großartige Radchampion Francesco Moser. Dessen Fan wir im Mancini-Dorf alle waren, weil er groß und kräftig war, mit Beinen wie Pinienstämme, und während sein Gegner – unser Gegner – Giuseppe Saronni äußerst clever war und immer die letzte Minute abwartete, um loszusprinten, die Gruppe zu verlassen und den Siegestreffer zu platzieren, war Moser kein bisschen clever, seine einzige Taktik bestand darin, die Zähne zusammenzubeißen und die ganze Zeit zu treten bis zum Umfallen. Wie in diesem Moment, als er gerade zu einem weiteren Ausreißversuch ansetzte und wir es nur durch die Stimme des Fernsehreporters mitbekamen, denn inzwischen sah man auf dem Bildschirm gar nichts mehr, und alles wackelte, als gäbe es oben auf dem Stilfser Joch ein Erdbeben, das Bäume, Körper und Fahrräder zu einem einzigen Knäuel durcheinanderwirbelte. Da sprang Onkel Aldo mit hervortretenden Augen auf den Fernseher zu und haute mit der Faust darauf, damit dieser begriff, dass er entweder wieder zu funktionieren anfing oder es ordentlich Hiebe setzte. Doch der Fernseher war sowjetisch und genauso hart wie Onkel Aldo, also wurde das Erdbeben auf dem Bildschirm zu einem durchgedrehten Mixer, während die Stimme des Fernsehreporters schrie, wie unglaublich dieser Spurt von Moser, was für ein ungeheurer Champion er sei, wie spektakulär diese Aktion, so etwas Sensationelles habe man auf den Straßen dieser Etappe noch nie zuvor gesehen!

Aber wir bei uns zu Hause sahen sie nicht einmal jetzt, also verpasste Onkel Aldo dem Fernseher ein paar weitere Faustschläge, diesmal auf die Seiten, dann wieder oben drauf, aber kräftiger, und dieser gab ein Geräusch von sich, das klang wie das *kracks!* in Comics, wenn etwas zerbricht. Ich spürte es regelrecht in mir drin, als ob irgendwo ein Knochen geknackst wäre.

Stattdessen war der Fernscher geknackst.

Mit einem schon ganz schwachen letzten Zischen, wie bei einem Luftballon, der Luft ablässt, wurde er still und schwarz, und tschüss, Giro d'Italia.

Ein Drama für unser ganzes Dorf, für uns, die wir das Rennen verpassten, für Mama und Oma und ihre Romanverfilmungen, aber vor allem für Papa. Der wegen dieser großen und äußerst wichtigen Reparatur ganz aufgeregt hereingekommen war, uns weggeschickt hatte und den restlichen Tag damit verbracht hatte, den Fernseher Teil für Teil auseinanderzunehmen. Immer weiter bis zum Abend, bis in die Nacht hinein. Aber im Morgengrauen, als ihn seine richtige Arbeit im Wasserwerk rief, hatte Papa Omas Haus mit gesenktem Blick und tief in den Taschen seines Jeansoveralls vergrabenen Händen verlassen, als hielte er sie zur Strafe gefangen, und seinem Mund waren drei trockene Wörter entwischt: *Nichts zu machen.*

Denn den Schaden hatte er zwar gefunden, ein Teil war durchgebrannt, und er hielt es unter dem Arm, wie ein Schiffbrüchiger sich an ein Stück Holz klammert, um sich im unendlichen Meer nicht zu verlieren, aber das Ersatzteil ließ sich nicht im Laden von Signora Valeria besorgen, die Radios und Lampen verkaufte. Es war schlicht unmöglich, es überhaupt irgendwo in Italien aufzutreiben, man musste es sich von den Genossen jenseits des Eisernen Vorhangs schicken lassen. Und das war alles andere als einfach, denn die Leute dort waren zwar gut darin, dich mit dem zu überschütten, was *sie* wollten, ja, sie schickten es dir aus Stahl und tonnenschwer, aber was du von ihnen wolltest, interessierte sie nicht wirklich.

In der Zwischenzeit gingen wir den Giro d'Italia in der Bar

La Gazzella anschauen, wo auch die Freunde meiner Onkel Moser anfeuerten und Saronni mit Beleidigungen überschütteten. Aber ein echtes Problem hatte meine Oma: Sie blieb allein zu Hause, ohne ihre Fernsehfilme, lief durch die Zimmer und schaute sich die tausend Fotos von Opa an, hinter denen sich jeweils eine Geschichte, wenn nicht zehn oder gar tausend verbargen, und wenn ich sie besuchen ging, erzählte sie mir alle.

Sie waren fantastisch und sonderbar, denn Opa hatte nichts mit seinen Brüdern gemein. Er war so elegant und freundlich und charmant, und er arbeitete als Friseur, aber zu Hause war er ein leidenschaftlicher Maler; obwohl farbenblind wie wir, erriet er alle Farben, wenn er den Strand malte und das Meer und die Boote, bereit ins Blaue hinauszurudern.

Oma hatte mir von damals erzählt, als das belgische Königshaus hier im Ort war und genau hier ihre Tochter Paola geboren wurde, die einst Königin werden würde. Opa hatte in einer Zeitung ein Foto der Kleinen gesehen, hatte ein wunderschönes Porträt gemalt und es zum Grand Hotel gebracht, aber sie hatten ihn nicht empfangen, sondern ihm von einer Art Butler ausrichten lassen, dass sie nicht an einem Kauf interessiert seien. Opa war gekränkt, schließlich wollte er es gar nicht verkaufen, es war ein Geschenk. Er war mit dem eingepackten Bild unter dem Arm nach Hause zurückgekommen, den Mund vor Kummer so verzerrt, dass auch sein feiner Schnurrbart ganz traurig herunterhing, er hatte es Oma erzählt, und sie war noch gekränkter als er.

»Nicht zu glauben, Arolando, diese Adligen sind wirklich schlechte Menschen!«

Opa hatte sein bestes Jackett und den guten Hut abgelegt, dann hatte er geantwortet: »Nein, Giuseppina, das ist nicht ihre Schuld, sie sind halt nicht sonderlich intelligent, wo sie doch immer ihre Cousins und Cousinen heiraten.«

Das hatte Opa Arolando gesagt, mein großartiger Opa, der immer wusste, was zu sagen und was zu tun war. Und als ich den Geschichten über ihn lauschte, verliebte ich mich in ihn, mein Atem schwoll an, weil ich so bewegt war und zugleich so traurig, dass er gestorben ist, als ich erst fünf Jahre alt war, und ich mich kaum an ihn erinnern konnte, und die wenigen Erinnerungen waren vielleicht auch nur Träume aufgrund irgendeiner Erzählung, die ich gehört hatte. Ich hätte ihn so gern hier gehabt und viel Zeit mit ihm verbracht, und das Gleiche hätte Oma gerne gehabt, die ohne Fernseher durch die Zimmer lief und todunglücklich war, teils weil sie an ihn dachte, teils weil sie so viele Folgen ihrer liebsten Telenovela verpasste, die *Auch die Reichen weinen* hieß.

Sie war da stehen geblieben, wo die arme Signora Mariana in den Armen eines Mannes in Ohnmacht fällt und ihr Ehemann sie sieht und denkt, sie wären ein Liebespaar, also kam Oma hin und wieder zu uns, um sie in Schwarz-Weiß zu sehen. Aber irgendwann stand sie immer auf und sagte, dass sie zu Hause noch etwas erledigen müsse, und man sah ihr förmlich an, dass sie es nicht mehr aushielt. Vielleicht weil ihr die farbigen Bilder zu sehr fehlten, oder weil Opa ihr fehlte, und der war bei ihr zu Hause zwar auch nicht da, aber na ja, in gewissem Sinne schon, oder auch nicht, ich weiß es nicht.

Ich weiß aber, dass sich eines Abends alles änderte, als wir bei ihr zum Abendessen waren, und zwar zu einem besonderen, denn es war der Hochzeitstag von Opa und ihr, und als wir den Nachtisch aufgegessen und den Sekt entkorkt hatten, prosteten wir dem leeren Platz zu, an dem für ihn gedeckt war. Dann drehten wir uns aus Gewohnheit dem Fernsehschränkchen zu, aber auch das war leer. Und da kam Oma so aus dem Nichts heraus zu mir, zog mich hoch und setzte mich genau da auf das Schränkchen, ging zum Sofa, machte es sich dort bequem, ohne fertig abzuräumen, und sagte: »Komm, Fabio, los, erzähl uns was.«

»Hä?«

»Erzähl uns eine Geschichte, komm schon, heute Abend bist du der Fernseher.«

Und ich verstand nicht, was sie von mir wollte und warum sie sich ausgerechnet mich ausgesucht hatte. Vielleicht waren meine Onkel zu schwer, um sie auf den Arm zu nehmen, und bestimmt wäre das Fernsehschränkchen unter ihnen zusammengebrochen. Doch die Idee gefiel allen sofort, sogar Papa und Mama, und Onkel Athos riss die Arme hoch und rief: »Ja! Wunderbar! Was für eine gute Idee, Giuseppina, wie glücklich mich das macht, wie gut mir das gefällt!«

Na gut, er war ja immer zufrieden, aber auch die anderen sagten Ja und drehten ihre Stühle zu mir um, bereit für die Vorstellung.

»Was soll ich euch denn erzählen? Ich weiß keine Geschichte.«

»Aber natürlich, wir erzählen dir doch ständig welche. Erzähl uns etwas von uns, etwas Schönes.«

»Aber was denn, ich …«

»Los, mach schon!«, sagte Onkel Adelmo aus seinem Rolli. »Erzähl uns eine schöne Liebesgeschichte, verdammt noch mal!«, und er versetzte der Armlehne seines Rollis einen Fausthieb wie Onkel Aldo, als er den Fernseher umgebracht hatte.

Also sah ich sie nicht weiter an, sondern in mich hinein, auf der Suche nach der richtigen Geschichte. Und teils weil ich an Opa dachte, teils weil eine Liebesgeschichte verlangt worden war, fand ich diese hier, die mir so arg gefiel, weil sie wunderschön war und mir außerdem die Hoffnung gab, so zu werden wie er und dem Fluch meiner Onkel zu entgehen, die keine Ahnung von Liebe hatten und nur gut darin waren, allem Fausthiebe zu verpassen.

»Okay«, sagte ich, »dann versuche ich also davon zu erzählen, wie Opa mit Oma zusammengekommen ist.«

Und Oma Giuseppinas Blick schnellte runter zum Teppich, während sich auf ihrem Mund ein Lächeln ausbreitete. Sie hüstelte, um es zu verscheuchen, aber es blieb dort, als sie antwortete: »Aber nein, das nicht, du Dummchen!« Doch man sah ihr richtig an, dass es ihr gefiel. Und meinen Onkeln gefiel es auch, und Mama noch mehr, und sogar Papa nickte aus der Ecke des Wohnzimmers, wo er sich daran gemacht hatte, einen Bilderrahmen zu richten.

Also holte ich Luft, hielt mich mit den Händen am Fernsehschränkchen fest und schloss die Augen, meine Beine baumelten in der Luft, und meine Gedanken flatterten in die Vergangenheit, wo mich Opa Arolando erwartete, jung und lächelnd und gut gekleidet.

Er betrat das Geschäft, in dem Oma arbeitete und wo Teller, Gläser, Postkarten, Briefmarken, Zigaretten und Seifen, kurz einfach alles verkauft wurde. Sie war sechzehn, schön und sehr schüchtern, und wenn man sie nach etwas fragte, fand sie es auf den Regalen sofort, sah den Kunden dabei aber nie in die Augen. Vor allem diesem einen da, der in der Straße nebenan als Friseur arbeitete, immer gut frisiert war und einen schmalen, akkuraten Schnurrbart trug, der sich gemeinsam mit dem Mund verbog, wenn er nach irgendeinem Gegenstand fragte, in einem Italienisch wie die Schauspieler im Kino, ohne auch nur ein Fitzelchen Dialekt.

Kurz gesagt, Oma gefiel der Mann ganz arg, und es gefiel ihr, dass er jeden Tag zu ihr kam, um irgendetwas zu kaufen, was er gar nicht brauchte.

Vorher hatte sie als Dienstmädchen bei einer Familie gearbeitet und sich dort wohlgefühlt, bis sie eines Morgens gerade den Boden im Bad schrubbte und der Hausherr ihr eine Hand auf den Hintern gelegt und sie zum Waschbecken geschoben hatte, sie hatte ihm einen Tritt zwischen die Beine verpasst, und tschüss, Arbeit. Also hatte sie da in dem Laden angefangen, und in die riesige Villa war sie nie mehr zurückgekehrt, sie hatte nicht einmal jemandem von dieser Geschichte erzählt. Außer Opa, aber erst, als sie schon verlobt waren, und da hatte er sie in den Arm genommen und gesagt, dass sie nicht mehr daran denken solle, denn die beste Rache sei es, zu lächeln und zu vergessen. Noch in derselben Nacht verschwand dann allerdings das Auto jenes Herrn auf rätselhafte Weise aus dem Park der Villa, passierte das Gittertor, das ebenso rätselhaft kurz vorher umgefallen war, und man fand das Auto am nächsten Morgen auf der Piazza, wo es sich überschlagen hatte. Aber das hatte nichts mit Opa und Oma zu tun, jedenfalls nach Meinung der Carabinieri, also spielt es keine Rolle. Wichtig ist nur, dass Opa anfangs jeden Tag in den Laden ging und aufs Geratewohl irgendetwas einkaufte, sie hielt den Blick auf die Theke gesenkt, gab es ihm, sie verabschiedeten sich, und tschüss, bis morgen.

Und dann, an einem bereits heißen Aprilnachmittag, kommt Opa herein, tritt an die Theke und fragt sie: ›Signorina, verzeihen Sie, könnte ich Sie um einen persönlichen Gefallen bitten?‹

Und sie antwortet, mit der wenigen Luft, die ihr in der Brust verblieben ist, das könne er.

»Sehen Sie, ich bräuchte Briefpapier, und einen Umschlag.«

»Aber ja, sicher doch«, und sie bückt sich, um es unter der Theke hervorzuholen. Fünf oder sechs verschiedene Sorten, mit Blumen, Vögelchen, mit ganz feinen akkuraten Linien und auch ohne alles.

»Danke, sehr freundlich. Wenn das nicht zu viel verlangt ist, müsste ich Sie mit Ihrem weiblichen Empfindungsvermögen allerdings noch um einen Rat bitten. Welches ist Ihrer Meinung nach am besten?«

»Hm, das kommt darauf an.«

»Worauf?«

»Ob es ein geschäftlicher Brief ist oder ein freundschaftlicher oder bedauerlicherweise ein Beileidsbrief«, bringt Oma heraus, während ihr Herz bei jedem Wort bebt und alle etwas verzerrt.

»Ach, nein, nein, zum Glück gibt es einen sehr angenehmen Anlass«, Opa lächelt, und auch Oma lächelt. Aber ihr Lächeln erstirbt schlagartig, als er fortfährt: »Wissen Sie, ich möchte meiner Verlobten einen Liebesbrief schreiben.«

So sagt er das, Worte wie Bomben. Jedes zerstört einen Teil der Welt, und jetzt hat Oma nichts mehr unter ihren Füßen, und das Herz weiß nicht mehr, wo es schlagen soll, noch eine Sekunde dort in der Schwebe, bevor auch es ins Nichts fallen und auf dem steinharten Boden der Tatsachen zerschellen wird.

»Daher brauche ich eine weibliche Meinung, Signorina. Welches Briefpapier gefällt Ihnen denn am besten?«

Oma bleibt wie erstarrt und schweigt, sie schluckt trocken, dann bewegt sie mit einer Anstrengung, die sie gleich zerreißen wird, ihre Finger und nimmt die Briefpapiere, mustert sie und wählt schließlich das mit den Vögelchen. Das rau und alt und von der Feuchtigkeit schon etwas aufgeweicht ist, und die Vögelchen sind schlecht gedruckt und aufgeplustert wie kranke Vögel, die Federn verlieren, und es ist nicht nur das hässlichste Briefpapier im ganzen Laden – auch im restlichen Universum wäre es schwierig, ein so grässliches Briefpapier zu finden: perfekt für das Flittchen, das diesen Liebesbrief erhalten wird.

Opa kauft es mit einem Umschlag und einer Briefmarke und dankt ihr auch noch für die Freundlichkeit. »Sehr gut, Signorina, jetzt entschuldigen Sie mich, aber ich werde jetzt den Brief schreiben.«

Und sie antwortet nicht, nur ein unbeholfener Ruck in den Schultern, kurz und ohne Sinn, in Erwartung, dass Opa geht und sie inmitten von tausend nutzlosen Produkten und sehr viel Trübsinn allein lässt. Doch er geht gar nicht, er bleibt da aufrecht vor ihr stehen, in seiner eleganten Kleidung, mit nach oben gebogenem Schnurrbart und einem Lächeln, das nicht aufhört, sondern im Gegenteil immer breiter wird. Und Oma würde ihren Blick gerne weiter auf der Theke ruhen lassen, sie hebt ihn nur kurz, um »Brauchen Sie noch etwas?« zu fragen, dann bohrt sie ihn wieder in das harte Holz, das sie voneinander trennt.

»Na klar brauche ich noch etwas«, antwortet Opa. »Ich brauche Ihre Adresse, Signorina, wie soll ich Ihnen diesen Brief sonst schicken?«

Das sagt er zu ihr. Da fragen Omas Augen nicht mehr um Erlaubnis, ob sie sich bewegen dürfen, sondern schnellen zu ihm hoch, und ihr Herz wirft sich so heftig auf die Rutschbahn der Seele, dass bei jedem Herzschlag alles im Laden wackelt und von den Regalen zu fallen beginnt. Und auch das Hirn, das ja der dümmste Teil von uns ist und alles immer als Letztes versteht, realisiert endlich diese unglaubliche und wunderbare Wahrheit, während Oma kurz davor ist, über die Theke zu springen und Opa in die Arme zu fallen. Doch ihr wurde beigebracht, dass man bestimmte Dinge nicht tut, auch wenn alles dir zuruft, es zu tun, dich geradezu antreibt, dich an der Haut zupft. Also legt sie nur die Hände aufs Holz, um sich festzuhalten, während ihre Beine zittern, und sie bleibt so, solange sie kann, ans Glück geklammert.

Aber wie man sieht, hat sie sich irgendwann doch bewegt, oder er hat sich für beide bewegt, denn tatsächlich ist sie die

Oma und er der Opa geworden, und wir sind hier am Leben und können davon erzählen.

Zum ersten Mal habe ich es eben an dem Abend da erzählt, in Omas Wohnzimmer, auf dem Fernsehschränkchen, während meine Füße vor Aufregung in die Luft traten.

Anfangs war es allerdings gar nicht so leicht:

»Also, es fängt damit an, dass Opa den Laden betritt und nach Briefpapier fragt.«

»Oh, immer mit der Ruhe«, meinte Oma, »nicht so schnell. Weißt du, wie oft er gekommen ist, um andere Sachen zu kaufen, vor dem Briefpapier?«

»Ach, ja, entschuldige. Opa ging schon seit einer Weile in den Laden, er war elegant, Oma dagegen war schüchtern, doch an jenem Tag fragte er nach Briefpapier und …«

»Nein, nein«, Mama verzog den Mund, »das ist zu trocken, das wirkt nicht, es berührt mich kein bisschen.«

»Hey, Kleiner«, sagte Onkel Aldo, »die Leidenschaft, die Romantik, wo zum Teufel ist die Romantik?«

Also schloss ich die Augen, ich presste sie förmlich zusammen und fing an, Opas Schnurrbart zu beschreiben, seine glänzenden Schuhe, die wunderschöne Schachbrettmuster-Weste, die er trug, auch wenn er in Wirklichkeit gar keine besaß, oder wenn er doch eine besaß, war es Zufall, denn ich hatte sie mir gerade ausgedacht, wie auch die Margerite in seiner Westentasche, weil es Omas Lieblingsblume war.

Und da nickte sie, und Mama ebenfalls. Meine Onkel dagegen folgten weniger aufmerksam, also ging ich dazu über, von der Nacht zu erzählen, in der das Auto des reichen Herrn sich auf rätselhafte Weise überschlagen hatte und auf der Piazza gelandet war, denn an diesem Rätsel waren auch sie beteiligt. Und ich fügte Einzelheiten hinzu, wie sie in den Park der Villa eingedrungen waren und zehn Hovawarts sie angesprungen hatten, und wie Onkel Aldo den ersten mit einem Faustschlag niedergestreckt hatte und die anderen Onkel Äste genommen und angefangen hatten zu kämpfen, doch einer der Hunde hatte Onkel Athos angesprungen und ihn gebissen, und tatsächlich hatte der Onkel noch immer eine lange, ganz krumme Narbe auf seinem Arm ... Und sie hörten mir zu und nickten heftig mit dem Kopf, immer heftiger, und ich schwöre, dass sie selbst total gespannt waren, wie es ausgehen würde, ob sie sich retten würden oder nicht. Und es ging so aus, dass das letzte Untier ausgerechnet Onkel Adelmo zur Strecke brachte, der damals noch nicht im Rollstuhl saß, sondern es wie beim Karate im Sprung mit einer Reihe von Fußtritten kaltmachte. Onkel Adelmo sagte »Ja, genau so, genau so war's!«, und bei jedem Tritt, von dem ich erzählte, schlug er sich mit der Faust aufs Bein, dann klammerte er sich so fest an die Armlehnen seines Rollis, dass er kurz davor war, aufzustehen, zu mir zu rennen und mich zu umarmen, ich schwör's.

Und obwohl er es nicht getan hat, ist trotzdem etwas Unglaubliches passiert: Papa hörte kurz auf, den Bilderrahmen zu richten, und rief: »Großartig, Adelmo, du bist klasse!« Und er nickte, und alle wiederholten es, und Onkel Athos legte sich eine Hand aufs Herz und sagte: »O Gott, wie bewegend, welch ein Wunder, o Gott, was für eine wunderbare Geschichte, Madonna, was sind wir für eine wunderbare Familie!«

Und auch ich wurde ganz gerührt, als ich weitererzählte, denn ich dachte an Opas Klasse, seinen Charme, seine Weltgewandtheit und wie gut er sich an meiner Stelle neulich in der Kirche geschlagen hätte, als ich den Marienkäfer kennengelernt hatte, an die vollkommenen Worte, die er gewählt hätte und die ich mir nicht einmal vorstellen konnte, der ich dagegen von giftigen Insekten, schwarzen Punkten und Unglück erzählt hatte.

Aber das war nicht meine Schuld, es ist ja so, dass Opa von uns gegangen ist, als ich noch zu klein war, um von ihm zu lernen, und jetzt, wo ich es könnte, war er schon tot. Und das ist überhaupt nicht gerecht, dass Menschen sterben müssen. Warum eigentlich? Was hat das für einen Sinn? Meiner Meinung nach müsste das nicht sein, mit Sterben sollte Schluss sein, und alle sollten für immer hier bei uns bleiben.

Aber so lange blieben mir die großartigen Geschichten von der Zeit, als Opa noch lebte, sein Beispiel, sein Stil. Und diese Idee mit dem Liebesbrief, die wirklich klasse war. Nur dass ich vom vielen Erzählen nicht mehr wusste, welche Teile der Geschichte wahr waren und welche ich hinzugefügt hatte, um das Publikum im Wohnzimmer zu begeistern. Das jedes Mal ins Schwärmen kam, wie auch ich ins Schwärmen kam, und von jenem Abend an fingen alle an, mir ihre Heldentaten zu erzählen, und die Tausender toter Verwandter, für einen nie endenden Vorrat an Geschichten.

So konnte ich vom Fernsehschränkchen aus für immer die wunderbaren Abenteuer meiner wunderbaren Familie erzählen. Die so im Vergleich mit der restlichen Welt vielleicht verworren und zu laut und voller Verrückter schien, aber wenn man die Welt da draußen einmal wegließ, wenn die Leute uns nicht von außen betrachten und den Kopf schütteln würden, war sie meiner Meinung nach wirklich fabelhaft und voller Wunder.

Wie das eine Mal, als Uropa Arturo seine Pension bekam und er einen Brief mit der Mitteilung schrieb, danke, aber er wolle sie nicht, er bestelle seinen Boden und habe zu essen, das Geld nütze dem Staat mehr. Oder als Onkel Adelmo mit einer Eisenbahn-Firma nach Argentinien ging und die Alleen von Buenos Aires so breit waren, dass man beim Überqueren auf halber Strecke Restaurants und Hotels vorfand, sodass man zu Abend aß, ein wenig schlief und die Straße erst am nächsten Morgen, in neuer Frische, zu Ende überquerte. Oder der Abend, als Mama gerade ihren Führerschein gemacht hatte und zum Tanken bei der Tankstelle von Beppe, genannt Kneifzange, angehalten hatte, der sie schon als kleines Kind gekannt hatte. Und Beppe hatte ihr Benzin in den Tank gefüllt und ihr gezeigt, wie man das macht, er hatte es ihr sorgfältig erklärt und zu ihr gesagt, dass es wichtig sei, das alleine zu können, sie hatte sich bedankt und war nach Hause gefahren, aber dann hatte sie erfahren, dass Beppe Kneifzange genau an dem Tag gestorben war, nach dem Mittagessen, ein Herzschlag, und gute Nacht, also hatte ihr gerade ein Gespenst den Wagen vollgetankt.

Wunderbare Geschichten, die sich wasserfallartig über mich ergossen, sich ineinander verschlangen, sich vermischten und so zu noch anderen Geschichten wurden, jeden Abend gigantischer und reicher ausgeschmückt füllten sie das Wohnzimmer und unsere Herzen und verdeckten alles andere. Sogar den Fernseher da auf dem Fußboden in Erwartung des sowjetischen Ersatzteils, das wer weiß wann ankommen würde.

Aber es wartete ohnehin niemand mehr darauf.

8

Die Nacht der Krippen

Du verbringst die Tage mit Nachdenken, machst Pläne, bemisst umsichtig jeden Schritt, aber dann landet das Leben sowieso wie eine Lawine auf dir und schleudert dich, wohin es ihm passt, tief in dein verworrenes Schicksal. So ist es, und wir wissen es nur zu gut, und doch tun wir so, als wüssten wir es nicht, stehen jeden Morgen auf und fangen mit unserer ernsthaften und gründlichen Arbeit an, wie Dirigenten eines Orchesters, die elegant, mit Notenständer, Partitur und Taktstock in der Hand die Bühne betreten, und mit diesem stolzen, überzeugten Gesichtsausdruck, der sie zu den unsympathischsten Personen im Universum macht.

Und wir dirigieren hartnäckig weiter unser Konzert, während das Leben Unwetter und Stürme auf uns loslässt, Donnerschläge, die das Trommelfell platzen lassen, und einen Wind, der uns peitscht, die Blätter vom Notenständer wegfegt und dann sogar den Notenständer selbst, uns das Jackett und die Hosen zerfetzt und uns in Unterwäsche zurücklässt. Und dabei bewegen wir weiter ganz konzentriert unseren Taktstock im Orkan, bis ihn uns ein weiterer Windstoß aus der Hand reißt, und der nächste ist dann der letzte, weil er auch uns mit fortreißt, und tschüss.

So läuft es, und so lief es auch in jener Nacht, an jenem Heiligabend mit dem heiß ersehnten Krippenwettbewerb.

Die Großen hatten über einen Monat lang jeden Abend daran gearbeitet, alles war millimetergenau berechnet, unser Lied war klar und präzise in der Partitur notiert. Und wenn es draußen vor der Kirche nicht den Empfang der Gebirgsjäger-Veteranen gegeben hätte, hätten wir es vielleicht im großen Stil aufgeführt, und alles wäre gut ausgegangen. Oder wenigstens besser als so. Denn schlechter konnte es gar nicht ausgehen.

Weil nämlich, wie gesagt, die Gebirgsjäger-Veteranen da waren, dort auf den Stufen vor der Eingangstür, und den Gläubigen vor der Mitternachtsmesse zum frohen Fest ein kleines Erfrischungsgetränk anboten. Nur dass eine Erfrischung das Letzte ist, was man in einer eisigen Nacht Ende Dezember braucht, deshalb hatten sie es Erwärmung genannt, das stand sogar auf einem Stück Pappe vor zwei großen, brodelnden Kesseln, die so hoch und so dick wie zwei Christenmenschen und voller Punsch und Glühwein waren. Und in der Hitliste der tausend Dinge, die nichts mit dir zu tun haben, aber von einem Moment auf den anderen das Lied deines Lebens umschreiben können, stehen oben auf den ersten Plätzen mit Sicherheit ein Paar große Kessel voll mit Alkohol, in der Obhut ehemaliger Gebirgsjäger, die sich während der Vorbereitung schon einige Liter davon hinter die Binde gekippt haben, und zum Ausschenken an Gläubige gedacht, die alle bereits wahllos mit Wein, Sekt und Grappa überschwemmte Weihnachtsessen hinter sich haben.

Alle außer uns: Im Dorf Mancini gab es dieses Jahr kein Festmahl zu Heiligabend, galt es doch, die letzten Feinarbeiten an der Krippe zu machen, also tschüss, Feierlichkeiten. Sonst aßen wir immer bei Oma, wo der Platz neben ihr für Opa gedeckt war, mit Teller und Besteck und einem Glas Wein, das meine Onkel reihum einschenkten und reihum leerten, um es erneut zu füllen. Wir hatten sogar schon eine Geschichte ausgesucht, die ich vom Fernsehschränkchen aus erzählen sollte, zwischen dem Hauptgang und dem Panettone, und ich fand es schade, dass unser Heiligabendessen ausgefallen war, weil ich großen Hunger hatte, aber vor allem, weil die Geschichte für diesen Abend eine meiner Lieblingsgeschichten war, nämlich, wie die Mancini-Brüder unsere Ortschaft vor den Nazis gerettet hatten.

Denn gegen Ende des Kriegs, als die Nazis inzwischen kapiert hatten, dass sie verlieren würden, und sich nach und nach in Richtung Deutschland verabschiedeten, machten sie irgendwann genau hier Station, nervös, verwirrt und stinkwütend. Sie setzten die Leute des Orts für anstrengende und nutzlose Arbeiten ein, und jeden Morgen beim Verlassen des Hauses schautest du dir dein Bett, deine Tür und dein Stück Land da draußen genau an, denn es war keineswegs sicher, dass du am Abend noch am Leben warst, um alles wiederzusehen.

Die schwerste Arbeit, die sie verrichten ließen, war, ein Loch zu graben. Ein sehr tiefes Loch nahe beim Fluss, so absurd und sinnlos, dass die einzige Erklärung dafür dir beim Graben in den Sinn kam, nämlich, dass sie dich anschließend umbringen und hineinwerfen würden. Tatsächlich grub und schwitzte und lachte Onkel Athos, auch wenn er damals noch nicht den Schlag bekommen hatte, der ihn für immer glücklich machte, er lachte lauthals, und Aldo fragte ihn, was es da zu lachen gebe, und er antwortete: *Na, die Grube lassen sie uns selbst ausheben, diese Faulpelze, aber wenn wir dann tot sind, will ich sehen, wer sie über uns wieder zuschaufelt!* Und weiteres Gelächter, bis der Nazi-Wachposten rief, dass sie still sein sollten, und die Pistole auf sie alle richtete.

Auf alle außer Opa Arolando, der nicht einmal grub. Ja, eine Schaufel berührte er nie. Er war nämlich der beste Friseur der Gegend, und gegen fünf Uhr setzte sich der Nazi-Wachposten auf einen Sessel vor der Grube, die Pistole im Schoß, Opa legte ihm ein warmes Handtuch aufs Gesicht und rasierte ihm mit Bewegungen den Bart, die einem Tanz glichen. Seine Hand war so sanft, so leicht, dass der Deutsche die Augen schloss und einschlief. Wie sich schon vor dem Krieg die Kunden in Signor Lietos Laden hingesetzt, Opa ihnen das Gesicht eingeschäumt und sie dabei die Taschenkalender mit den nackten Frauen angeschaut hatten, bis sie die Augen mit den Worten schlossen: *Hoffentlich kommen die alle in meinem Traum vor, Arolando, gute Nacht.* Wovon der Nazi träumte, ist dagegen nicht bekannt, aber er schlief jeden Tag ein, und solange konnten die Männer langsamer graben oder ganz aufhören. Deshalb ließ Opa den Tanz mit dem Rasiermesser eine Stunde dauern und schenkte seinen Brüdern und Freunden so eine ausgedehnte Erholungspause.

Bis die Deutschen eines Nachmittags unruhiger waren als sonst, sie würden den Standort verlassen und weiter nach Norden ziehen, und die Arbeiter sollten sich im Morgengrauen dort einfinden, sie nähmen sie mit für bessere und gut bezahlte Arbeiten. Doch am Ende jenes Tages hatte der Nazi Opa die Hand gegeben und gesagt, dass er in seinem Leben von niemandem mehr eine so wunderbare Rasur bekommen werde. Opa hatte geantwortet, dass er ihn weiter rasieren könne, wenn sie ihn mitnähmen, aber der Nazi hatte zu ihm gesagt: *Nein, Arolando, du morgen nicht kommen.* Opa war gekränkt, er war sogar hartnäckig geblieben: Hier sei doch alles kaputt, nichts mehr da, woraus sich etwas Neues aufbauen ließe, wenn es anderswo Arbeit gäbe, sei er bereit aufzubrechen … doch der Nazi hatte den Kopf geschüttelt, hatte ihm erneut die Hand gegeben, und Opa hatte eingeschlagen, ohne zu lächeln.

Auch meine Onkel waren gekränkt, denn wenn Arolando nicht mitkam, war es nicht dasselbe, und vielleicht würden auch sie auf diese große Gelegenheit verzichten, die die Deutschen ihnen boten. Ja, je mehr sie in jener langen Nacht darüber nachdachten, desto seltsamer kam es ihnen vor, sehr seltsam, zu seltsam. Also waren sie über die Felder ausgeschwärmt und hatten an jede Tür geklopft, um allen zu sagen, dass sie sich im Morgengrauen lieber verstecken sollten, statt mit den Deutschen aufzubrechen. Einige hatten geantwortet, dass sie schon selbst auf diese Idee gekommen seien, andere konnten sie überzeugen, wieder andere meinten, nie im Leben würden sie einem so vielversprechenden Angebot ins Gesicht spucken, und die fanden sich am nächsten Morgen noch vor Sonnenaufgang am Treffpunkt ein. So hatten die Deutschen sie in Lastwagen und anschließend in dunklen Eisenbahnwaggons mit vergitterten Fenstern in die Konzentrationslager da oben in Deutschland verfrachtet, wo es in der Tat sehr viel Arbeit gab.

Und die wenigen, die es letztlich geschafft hatten, nach Hause zurückzukehren, sagten jedes Mal, wenn sie Opa oder meine Onkel auf der Straße trafen: *Ihr Glücklichen, ihr wart schlau genug.* Und sie, bescheiden: *Nein, so schlau waren wir gar nicht, du warst halt dumm.* Und die Männer sagten, dass das wirklich stimmte, schüttelten den Kopf und lachten darüber.

Und auch wir hätten gelacht und geweint, wenn ich diese Geschichte beim Abendessen an Heiligabend erzählt hätte, alle zusammen bei Tisch, mit einem für Opa gedeckten Platz. Aber stattdessen gab es weder Nazi-Geschichte noch Abendessen, nur die letzten Nachbesserungen an der Krippe in der Kirche von Vittoria Apuana.

Kleine Details, die aber einen Unterschied machten und die nicht im Vorhinein hatten vorbereitet werden können. Wie die echten Goldfische in dem kleinen See unter dem Wasserfall, denn das Wasser war zu kalt, und der Wasserfall fiel mit spritzenden Strudeln von oben hinein, und wenn man die Fische zu früh hineingesetzt hätte, hätte die Jury sie mit dem Bauch nach oben auf der Strömung tanzend vorgefunden. Außerdem mussten die Lichter jedes einzelnen Häuschens getestet werden, und es gab tausend Häuschen, und die Musik, die an der richtigen Stelle einsetzen musste und zusammen mit der Sternschnuppe vom Himmel kommen sollte, und lauter anderes Zeug, das die Mancini-Dorf-Bewohner also schon seit dem Nachmittag in die Kirche geführt hatte, hinter das weiße Bettlaken, das die Arbeit vor den Augen der Welt verbarg.

Denn in den vorigen Jahren war die Krippe zwar sehr viel bescheidener gewesen, aber wenigstens hatte man sie sich schon ab dem Fest der Unbefleckten Empfängnis anschauen können. Dieses Jahr dagegen wurde jede Krippe verhüllt und geheim gehalten, aus Angst, dass wir Kinder sie kaputt machen könnten oder die anderen Viertel vorbeikämen, um zu spionieren oder sie zu sabotieren. Die einzige, die man sofort bewundern konnte, war die in Vaiana, dem ländlichsten Viertel des Orts, aber dort gab es wenig zu bewundern: Sie hatten sich die Krippe so ausgedacht, als wäre Jesus bei ihnen geboren, mit Feldern ringsum, zwischen Bauern und Olivenbäumen und Hühnern auf der Tenne. Etwas auf der Hand Liegendes also, ohne Ansprüche, das sie »Ländliche Krippe« genannt hatten. Aber Onkel Aldo war sie anschauen gegangen und hatte sie uns einfach als *einen Scheiß* beschrieben.

Dafür ließ sich dieser Scheiß aber seit fast einem Monat würdigen, während bei uns die halbe Kirche hinter Bettlaken versteckt und durch eine Absperrung und zwei echte Straßenschilder abgetrennt war. Auf einem stand BAUSTELLE, und auf dem anderen waren ein Totenkopf und das Wort LEBENSGEFAHR. Und nur Padre Domenicos trockenes *Nein* hatte verhindert, dass meine Onkel rundherum eine Rolle Stacheldraht auslegten.

»Kein Stacheldraht! Jesus wurde in einer Höhle geboren, nicht in einem Lager!«

»Aber so sind wir sicherer«, hatte Onkel Adelmo gesagt, der die Stacheldrahtrolle im Rolli auf seinem Schoß hielt, sodass die Stacheln sein Kinn streiften. »Außerdem passt Stacheldraht hier gut rein, er ähnelt der Dornenkrone von der Kreuzigung.«

»Eben! Das ist der Tod unseres HERRN, an Weihnachten feiern wir seine Geburt!«

»Nun, mein lieber Padre, so ist das Leben, heute wird man geboren, morgen stirbt man. Sehen Sie, worauf ich hier sitze? Und stellen Sie sich vor: Ausgerechnet an Weihnachten bin ich darin gelandet. Da gab es nämlich einen großen Tannenbaum, der …«

»Tut mir leid für Sie, aber Stacheldraht kommt mir nicht in meine Kirche«, hatte Padre Domenico ihn unterbrochen und dabei die neuste Geschichte, wie mein Onkel im Rollstuhl gelandet war, im Keim erstickt, und sie hatten sich wieder an die Arbeit gemacht.

Auch wenn Papa und Uranus die Einzigen waren, die wirklich arbeiteten, die schraubten und montierten und bauten, statt zu schwatzen. Auch in jenen letzten Momenten, bevor die Jury vorbeikommen würde, in denen meine Onkel nur rumstanden, zuschauten, sich furchtbar langweilten und nicht weiter den Punsch der Gebirgsjäger-Veteranen runterkippen konnten, weil die Schlange vor den Kesseln zu lang geworden war. Also hoben Athos und Aramis mich hoch, luden mich auf die Ape und los ging's, die anderen Krippen anschauen.

Als Erstes kam die in der Innenstadt dran, weil dort der Bischof zusammen mit Don Sirio am Ende die Messe halten würde; daher hatte Padre Domenico, um diesen Vorteil auszugleichen, darauf bestanden, dass wenigstens der Besuch der Krippen bei uns enden würde.

Wir kamen gerade rechtzeitig an, um Don Sirio am geschmückten Altar seiner Kirche zu sehen, wie er mit einem Ruck den großen Vorhang abnahm und der Küster die Lichter über ihrem Werk anschaltete, in einer Welle aus *Ooooooob*, angetrieben vom Atem aller Gläubigen wie auch der Jury. Meine Onkel und ich dagegen blieben still.

Gar nicht mal aus Bosheit, also bei mir jedenfalls. Die Krippe war schön, mit Bergen dahinter, die echt aussahen, und vor einer Stadt mit sorgfältig aus kleinen Ziegelsteinen gebauten Gebäuden, vielen Fensterchen, von denen jedes seine eigenen kleinen Fensterläden hatte und sogar einige Balkone, und darunter ein Sträßchen mit Bürgersteig und Arkaden und unter den Arkaden Schaufensterchen klitzekleiner Läden. Und am Ende des Städtchens, wo keine Läden mehr waren, praktisch am Stadtrand, die Hütte mit dem Jesuskind.

Schön, alles in allem, schön und gut gemacht, nur dass wir seit einem Monat unser Meisterwerk vor Augen hatten, und im Vergleich dazu war diese Krippe hier eine saubere und präzise Arbeit, ein Projekt tüchtiger Buchhalter eben, aber mehr auch nicht. Deshalb hätte ich den Herrschaften von der Jury gerne gesagt, dass sie sich ihre *Ooohs* und *Aaahs* lieber aufsparen sollten, denn für unsere Krippe würden sie noch alle Buchstaben des Alphabets brauchen.

Als wir zur Ape zurückgingen, schlugen unsere Herzen ungeduldig und siegessicher, und wir übersprangen die »ländliche Krippe« von Vaiana, denn die Zeit war knapp und die Lust zu groß, in unsere Gemeinde zurückzukehren, es uns gemütlich zu machen und das Staunen, die Bewunderung und den absoluten und überwältigenden Sieg zu genießen. Ich starrte auf die Uhr, die Onkel Athos auf dem Armaturenbrett montiert hatte, und es schien mir, als vergingen die Sekunden nie, teils weil das Leben am Horizont vor lauter Wundern glänzte und mein Herz mit freudigen Funken füllte, teils weil die Uhr kaputt war und der Zeiger gegen sechs Uhr wirklich nur zitterte, ohne vor oder zurück zu gehen.

Dann aber warfen wir, bevor wir zu unserer Krippe zurückkehrten, doch erst noch einen Blick auf die von Caranna, und da wurde alles schwarz.

Vielmehr wäre schwarz besser gewesen. Schwarz war es am Anfang, als die Jury die Kirche betrat und wir hinter ihr, dann schaltete der Pfarrer die einzelne Glühbirne an, die nackt über der Krippe hing, und während er das tat, sagte er: *Ich bitte um Entschuldigung*. Und meine Onkel und ich wussten zwar schon, dass sie hässlich sein würde, aber hässlich sein ist ja erlaubt, das ist eines der wenigen Rechte, die wir auf der Welt haben, doch das hier war etwas anderes. Der Anblick erzeugte in dir eine dichte, erstickende Traurigkeit, die auch gefährlich für den Glauben war, denn die Krippe sollte ja die Geburt Gottes unter den Menschen feiern, doch vor dieser hier schlich sich die Gewissheit ein, dass es Gott nicht gab, sonst hätte er ein solches Unglück niemals zugelassen.

Und derselbe Gedanke lähmte vielleicht die Mitglieder der Jury. Die bestand aus dem Bischof, dem Bürgermeister, der Frau des Bürgermeisters, zwei Referenten und einer Dame mit strohblondem Haar, die mit Don Sirio Wohltätigkeitsabende für Reiche zugunsten der Armen organisierte. Sie brauchten eine Weile, um zu begreifen, dass das hier die Krippe sein sollte, denn im ersten Moment wirkte es eher wie eine kaputte Schulbank, auf der zufällig zwei oder drei Schubladen mit Zeugs ausgekippt worden waren, und zwar Schubladen eines alten, modrigen Möbelstücks aus den Tiefen eines seit Jahrhunderten verlassenen, von Gespenstern heimgesuchten Hauses.

Unter diesem Erdrutsch aus Müll zappelten einige Hirten in dem Versuch, sich von den Knäueln aus trockenem, stinkendem Moos zu befreien, die aussahen wie die Wollmäuse, die man unter Möbeln und Betten findet und von denen niemand weiß, woraus sie bestehen und wie sie da unten entstehen, aber wie man hier erkennen konnte, hatte sie irgendjemand eingesammelt und eine nach der anderen auf die Schulbank gelegt, um die Hirten aufzufressen, wie auch einen Indianer mit Federschmuck, einen Radrennfahrer mit hochgerissenen Armen, einige hinkende Schafe und zwei Dinosaurier, während mitten in diesem Horrorszenario mutig das Jesuskind zur Welt kam. Und wenn es ihm gelang, die erste Nacht durchzustehen, dann war das gleich sein erstes Wunder.

»Nun«, sagte der Pfarrer von Caranna ganz leise, »wir wissen, dass es kein pompöses Werk ist.«

Und die Frau des Bürgermeisters, atemlos: »Nein, pompös unzweifelhaft nicht.«

»Wir wissen es. Doch hier in Caranna haben wir etwas, worauf wir stolz sind, und das ist unser Integratives Zentrum. Familien können ihre Kinder bei uns lassen, sie verbringen hier den Nachmittag, und wir binden sie in vielfältige Aktivitäten ein. Es sind Kinder mit Problemen, Eure Eminenz. Down-Syndrom, Autismus, aber wir nennen diese Kinder mit besonderen Bedürfnissen lieber *besondere Kinder*. Und sobald sie von dem Krippenwettbewerb erfahren haben, sind sie vor Aufregung fast ausgeflippt, sie wollten auch mitmachen, und das war ihnen so wichtig, dass wir beschlossen haben, sie glücklich zu machen. Entschuldigt also das Ungestüm der Darstellung, wie auch gewisse historische Ungenauigkeiten. Wir hatten darüber nachgedacht, einzugreifen, einige Launenhaftigkeiten zu berichtigen, wir wollten etwa den Radrennfahrer und Sitting Bull wegnehmen, wollten über der Hütte nur den Engel fliegen lassen und den Flugsaurier entfernen. Doch dann haben wir uns gesagt, dass das nicht gerecht wäre. Das hier ist ihre Krippe, und wenn sie schon im Leben nie machen können, was sie wollen, sollten sie wenigstens hier ganz und gar frei sein.«

Der Pfarrer kam am Ende seiner Rede ins Stolpern, weil er selbst so gerührt davon war, die Herrschaften von der Jury nickten mit dem Kopf und schrieben einige Wörter auf Blätter, dann gelang es ihnen, zwei oder drei weitere zu finden, um das Schauspiel zu kommentieren: *Sehr … sehr besonders. Ja, wirklich sehr besonders, wichtig und besonders.*

Dann nur noch Stille, unterbrochen von einem seltsamen, anschwellenden Geräusch hinter mir, ich drehte mich um, und es waren meine Onkel, die ihre Gesichter bedeckt hielten und leise weinten. Ich klopfte ihnen auf die Schulter, umarmte sie, wusste aber wirklich nicht, wie ich sie trösten sollte. Zum Glück sagte da der Bürgermeister: »Sehr gut, danke, Don Graziano, jetzt müssen wir aber weiter, es ist schon spät, und wir werden in Vittoria Apuana erwartet.«

Bei diesen Worten sprangen Athos und Aramis auf, mit aufgerissenen und sofort wieder trockenen Augen, hoben mich hoch, und wir machten uns im Laufschritt vom Acker. Denn Vittoria Apuana, das waren wir, und wir riskierten hier noch, unseren großen Triumph zu verpassen!

Los, auf die Ape, über die nassen, dunklen Sträßchen mit ihren roten Ampeln, die ein dreirädriges Fahrzeug voller Farbenblinder nicht bremsen konnten, so schnell, dass die Katzen nicht einmal die Straße überqueren mussten, um zerquetscht zu werden, wir holten sie mit unserem Luftsog aus den Gärten.

Tatsächlich kamen wir bei der Kirche an, als die Gläubigen noch auf dem Vorplatz standen, darauf warteten, eingelassen zu werden, und sich so lange bei den Gebirgsjäger-Veteranen betranken, um nicht zu erfrieren. Meine Onkel griffen, an der Schlange vorbei, sofort nach zwei Bechern Punsch und kippten sie wie Medizin hinunter, dann bahnten sie sich einen Weg, indem sie sagten: *Alles gut, Leute, wir gehören zur Baumannschaft, macht euch auf Großes gefasst, in Kürze seht ihr etwas so Wunderbares, dass ihr es nie wieder vergessen werdet!*

Wir betraten die leere Kirche, deren ordentlich aufgereihte Bänke sich gleich füllen würden, und ich stellte mir vor, wie die Menschen sich hinsetzen, aber vor Verwunderung sofort wieder aufspringen würden. Und wer weiß, wo sich der Marienkäfer hinsetzen würde und ob sie auch in dieser Nacht als Marienkäfer verkleidet käme. Aber vor allem, wer weiß, ob sie überhaupt käme, denn seit dem Abend, an dem wir beste Freunde geworden waren, hatte ich sie nicht mehr gesehen. Aber schließlich war Weihnachten, die Mitternachtsmesse, sie musste einfach kommen. Sie musste. Sie musste.

Ich nickte vor mich hin, während ich Richtung Altar lief, die Begeisterung kam zurück und kribbelte unter meiner Haut. So sehr, dass ich Onkel Aldo und Uranus im ersten Moment gar nicht bemerkte, die uns entgegenliefen und dabei mit den Fäusten in der Luft herumfuchtelten: *Wo zum Teufel seid ihr gewesen?!*, schrie mein Onkel, dann packte er mich und brachte mich hinter den Altar, wo sie anfingen mich auszuziehen.

Weg mit der Jacke, weg mit Pulli und T-Shirt, und als sie mir auch noch die Hose auszogen, bekam ich Angst, dass sie vom vielen Krippenbau vielleicht wirklich zu Gläubigen geworden waren, aber statt Jesus Christus einen schrecklichen Gott wie die der Maya verehrten, die in Festnächten das Opfer des schönsten Knaben der Gemeinde verlangten.

Und ich war vielleicht nicht der schönste, aber sie hatten keinen besseren gefunden, denn während sie mir eine Art schneeweißes Cape anzogen und mich wie eine Salami mit Schnur umwickelten, wiederholte Signor Uranus mehrfach, dass seine Tochter eine Idiotin sei, weil sie ihm seinen Enkel versprochen, aber dann Angst bekommen hatte, und wo sollte man auf die Schnelle im letzten Moment einen anderen hübschen, kleinen Jungen hernehmen?

Also war ich dran, der ich zwar weder klein noch hübsch war, aber leider anwesend.

Mit diesem weißen Cape, das mir überall zu kurz war, so eng wie die um meinen Oberkörper gebundene Schnur, und diesem Ding, das sie mir hinten über die Schultern hängten wie einen Rucksack, nur dass es zwei riesige, mit weißen Federn beklebte Flügel aus Styropor waren. Und auf den Kopf, oben auf das Gestrüpp meiner Locken, bekam ich ein weiteres Gestrüpp lockiger Haare, aber künstlich und blond, mit einem goldenen Heiligenschein, der dieses unmögliche Kostüm von oben beschirmte.

Dabei fragte ich, was los sei, was sie da mit mir machten, welchem Gott sie mich opfern wollten. Aber sie waren zu beschäftigt mit ihren eigenen Gesprächen und mit Fluchen, dann gaben sie mir eine Kerze, zündeten sie an und sagten zu mir nur, dass ich am Ende des Flugs den Stern anzünden solle.

»Welcher Flug?!«, fragte ich, aber von der Eingangstür kam mit erhobenen Armen Padre Domenico angerannt und rief: *Sie kommen! Sie kommen!,* und hinter ihm der Bischof mit der restlichen Jury, Don Sirio mit seiner Buchhalter-Mannschaft aus Lucca und alle Gläubigen, halb betrunken und halb erfroren, die augenblicklich Bänke, Stühle und Stehplätze belegten, wie auch die dunklen Löcher in den Beichtstühlen und die Nischen der Heiligen.

Dann gingen die Lichter aus, und ich sah nichts mehr, fühlte aber eine geheimnisvolle und äußerst starke Kraft, die mich aus dem Nichts heraus zu sich zog, in den Himmel hinauf. Es war aber nicht etwa der Herr, der sagte: *Weißt du, was los ist, es tut mir einfach zu leid für diesen armen Jungen, heute Abend rette ich ihn.* Nein, es war das genaue Gegenteil: Es war die Schnur, die sie mir umgebunden hatten, hochgezogen von meinen Onkeln, die mich bis zur Decke hissten, wo ich in der Leere über Bethlehem baumelte.

Schlagartig verstummte auch der Lärm der Menge, und in der neuerlichen Stille stieg hinter dem Altar ein Frauenchor auf. *Stille Nacht, heilige Nacht … holder Knabe im lockigen Haar …*, unter den Stimmen waren auch die von Mama und Oma, die, ohne es zu wissen, ihren einzigen Jungen zur Opferung begleiteten.

Wenn es doch wenigstens sofort passiert wäre, ein entschiedener Schlag und tschüss, Welt. Stattdessen schwebte ich hier oben, mit auf mich gerichtetem Scheinwerfer, einer Perücke auf dem Kopf und einem zu kurzen Cape, das mir eher als Minirock diente, vor der überfüllten Kirche. Da waren meine Lehrerin, alle meine Mitschüler, der Bürgermeister und alle Pfarrer versammelt, Teresa vom Lebensmittelladen und Doktor Abiuso, kurz: der gesamte Ort. Und vor allem der Marienkäfer, auch wenn ich jetzt nicht mehr so sehr hoffte, dass sie gekommen war.

Und ausgerechnet, als ich dachte, dass es nicht schlimmer kommen könne, ein heftiger Ruck, und ich falle ins Leere. Dann spannt sich die Schnur wieder, der Scheinwerfer senkt sich und findet mich, und ich bin noch am Leben. Mit einer Sternschnuppe unter mir, aus silbrigem Plastik, da erinnere ich mich, dass ich eine Kerze in der Hand halte, um sie anzuzünden. Ich strecke mich, komme aber nicht dran, ich versuche die Schnur beiseitezuzerren, die zwischen meinen Beinen drückt, und so schaukele und baumele ich, baumele und schaukele, strecke mich noch einmal und schaffe es, die Zündschnur brennt jetzt, aber ich verliere das Gleichgewicht und hänge nun kopfüber in der Luft, sodass meine Perücke samt Heiligenschein herunterfällt, das Cape sich umschlägt und ich so hin und her baumele, ich schwör's, in Unterhosen vor dem gesamten Ort.

Nur dass es niemanden mehr interessiert.

Nicht einmal mich selbst. Denn der Scheinwerfer, der auf mich gerichtet ist, geht aus, und der Stern erstrahlt in tausend silbrigen Funken, während er losfliegt, einer Angelschnur folgend, die man aber nicht sieht, weshalb es wirkt, als flöge er wirklich. Und erst jetzt bemerke ich Papa da in der Ecke oben auf einer Leiter, auf derselben Höhe wie ich. Er grüßt mich, dreht mit einem Schraubenschlüssel an irgendetwas, und schon ergießt sich von dort über eine Art superhohe Rutschbahn Wasser in einem richtigen Wasserfall, der rauschend oben auf die Berge fällt, wo sich zwischen den Bäumen schlagartig winzige Häuschen erhellen. Das Wasser wird zu einem Sturzbach, der ins Tal fließt, und die Lichter entzünden sich bei seinem Vorbeifließen und erleuchten so seinen Lauf zwischen Feldern und größeren Häusern, die aus echten Miniaturbacksteinen und Dachziegeln für die Dächer gemacht sind. In jedem Haus sind dessen Bewohner, aber von hier oben sehe ich nur die auf der Schwelle, die sich winzige Schühchen binden oder sich vor dem Ausgehen Minimäntel anziehen, und andere, die wieder reingehen, weil ihnen vielleicht zu kalt ist oder sie ihre Schlüssel vergessen haben oder wer weiß warum, jeder mit seiner winzigen Geschichte, winzig, aber wesentlich. Währenddessen fließt der Sturzbach weiter talwärts und wird zu einem Fluss, der im Slalom zwischen den Palmen den Wüstensand durchschneidet und anschließend beim Gesang Tausender verliebter Vögel im Dickicht eines Waldes verschwindet, dann endet der Wald und auch der Lauf des Wassers, das seine Ruhe in einem wunderschönen See findet, darauf treiben Bötchen, darin schwimmen echte, quicklebendige Goldfische, und von dort brechen kleine Wagen auf, die die Fische dem Heiland als Geschenk bringen.

Das Licht folgt ihnen und erleuchtet das letzte Stück des Weges, und genau als sie ankommen, endet auch der langsame Flug der Sternschnuppe da oben, die sich auf dem Dach der Hütte niederlässt, und der Chor hinter dem Altar singt lauter, während Maria und Josef und das Jesuskind strahlen wie die Sonne.

Und dieses Wunderwerk ist so ohne Maßen, so blendend, dass es alle Augen und Köpfe und Herzen ergreift und es nichts Schlimmes mehr auf der Welt gibt, nicht den Hunger in Afrika, nicht den roten Knopf, der den Atomkrieg auslöst, nicht die langweiligen Verwandten, mit denen man den ganzen nächsten Tag verbringen muss. Es gibt nur noch diesen unglaublichen Ort hier, der das Dörfchen darstellt, in dem Jesus geboren wurde, aber gleichzeitig dem Paradies ähnelt.

Und weil sie nicht mehr sprechen, ja nicht einmal mehr atmen können, macht die Gemeinde ihrer Erregung in einem tosenden Applaus Luft, der zu einem regelrechten Beifallssturm wird und die Damen in der ersten Reihe zerzaust, die Kerzen auf dem Altar löscht und bis hier oben dringt, wo ich aufgehängt bin, und mich in dieser haltlosen Leere noch mehr ins Schaukeln bringt.

Aber Fallen macht mir jetzt keine Angst mehr, denn es wäre ein wunderbarer Sprung ins Miniaturparadies. Und genau diesen Sprung wünschen sich alle Kinder, die sofort von ihren Müttern, Verwandten und Unbekannten festgehalten werden müssen, aber auch viele Erwachsene haben diese irre Lust, denn sie drängeln, um besser zu sehen, und Padre Domenico nimmt das Mikrofon und sagt: *Langsam, macht langsam, um Gottes willen!,* aber keiner hört ihm zu, und alle schubsen, um voranzukommen, alle außer Don Sirio und seine Bau-Buchhalter, die bleiben reglos, erstarrt, wie tot.

Denn im Angesicht dieses Wunderwerks von Vittoria Apuana sind sie nicht etwa besiegt, nein, es ist etwas anderes, es ist viel mehr. Wie in einem Boxkampf, wo der Sieger den Gegner nicht nur k.o. schlägt, sondern ihn wirklich umbringt. Dann nimmt er Maß für den Sarg, findet die Totengräber mit den günstigsten Preisen und bestellt sie ein, und am Ende geht er zu den Verwandten des Opfers nach Hause und sagt, wie leid es ihm tue, was für ein wunderbarer Mensch er gewesen sei und dass es nicht gerecht sei, dass er tot ist, wirklich nicht.

Tja, so hatte unsere Krippe also diejenige aus der Innenstadt geschlagen. Und im Getöse des Beifalls, des Geschreis und der Chöre versuchten die Jurymitglieder ihre Meinungen auszutauschen, aber ihr Urteil war nicht nötig: Dieser Triumph machte betreten, selbst Padre Domenico hatte schon die Arme hochgerissen, meine Onkel und ihre Freunde umarmten sich und hüpften.

Aber einen offiziellen Urteilsspruch braucht es doch, Padre Domenico weiß das, und es gelingt ihm, sich ein wenig zu beruhigen, er geht zu den Juroren und reicht dem Bischof das Mikrofon. Der es zum Mund führt und dabei die anderen anschaut. Als er *Guten Abend* sagt, verstummt der Lärm schlagartig, und die Kirche füllt sich mit erwartungsvollem Schweigen, um das Ergebnis anzuhören, das den Startschuss für ein noch rauschenderes Fest geben wird.

Nur dass der Bischof außer *Guten Abend* nichts sagt. Er schaut erneut die anderen Jurymitglieder an, die ihm zunicken, aber er schüttelt den Kopf und reicht das Mikrofon dem Bürgermeister. Der es mit nur zwei Fingern von sich weg hält, als wäre es eine giftige Schlange, und es sofort seiner Frau zuwirft. Die schaut ihn an, schaut die volle Kirche dahinter an, es sieht aus, als wolle sie etwas sagen, aber nichts dergleichen geschieht, sie gibt das Mikrofon wieder ihrem Bürgermeister-

Ehemann. Der sich den Referenten zuwendet, doch die treten einen Schritt zurück, also steuert er auf die blonde Wohltätigkeitsfrau zu, reicht ihr das Mikro und flüstert ihr etwas ins Ohr, das wirklich überzeugend sein muss. Denn sie nimmt das Mikrofon, führt es zum Mund wie eine Pistole an die Schläfe, und nach einem letzten Atemzug: »Guten Abend. Und frohe Weihnachten. Fröhliche Weihnachten allerseits!«

»Frohe Weihnachten«, erwidern vereinzelte Stimmen, aber schnell und trocken, wie um zu sagen: *Ja, frohe Weihnachten, aber komm in die Gänge und sag uns endlich, dass wir gewonnen haben.*

»Nun, ich möchte vorausschicken, dass alle Krippen unseres Städtchens wunderbar sind, Frucht der Leidenschaft und der Zusammenarbeit unter Gläubigen, und das ist der kostbarste und wichtigste Gewinn, ein Erfolg für die gesamte Gemeinschaft. Wenn wir jedoch zur Verleihung des Preises für die schönste Krippe übergehen … also, kurz und gut, dieses Jahr gewinnt die Krippe der Gemeinde von … Caranna!«

Das sagt sie, ich schwör's: Die schönste Krippe ist diese mit Zeugs beworfene Schulbank und dem Flugsaurier über dem Jesuskind, gebaut von »besonderen« Kindern, die besonders arm dran sind. Aber das ist doch nicht möglich, das muss ein Scherz des Mikrofons sein oder des Widerhalls, es liegt wohl daran, dass ich hier oben aufgehängt bin und mich verhört habe. Aber mir scheint, dass sich alle genauso verhört haben wie ich, denn nach einem verlorenen und totenstillen Moment bricht die Kirche in Geschrei, Pfiffe und Beschimpfungen aus. Und oft heißt es, dass Worte verletzender sein können als körperliche Gewalt, ja, aber das ist grober Unfug, denn die wirkliche Angst packt mich jetzt, als die Gläubigen aufhören zu reden, die Kirchenbänke verlassen und alle mit erhobenen Fäusten Richtung Altar kommen.

Padre Domenico ruft: »Bleibt stehen, beruhigt euch, meine

Brüder, Ruhe!«, und wenn er vielleicht erhöhter stehen würde, am besten auf der obersten Stufe des Altars, wenn er das Mikrofon in der Hand hätte, um sich in dem Geschrei Gehör zu verschaffen, könnte er die Situation noch retten. Aber das Mikrofon hat nicht er, das hat Don Sirio aus der Kirche der Innenstadt genommen, der mitten in dieser Hölle auch noch anfängt, eine Predigt zu halten: »Haltet ein, ihr Dummköpfe! Versteht ihr die Botschaft dieses Preises nicht? Der wahre Wert der Weihnacht ist Bescheidenheit, christliche Nächstenliebe. Die Jury wollte nicht Überfluss und Reichtum, sondern die zu Herzen gehende Begeisterung der besonderen Kinder von Caranna auszeichnen. Und obwohl wir so viel an unserer Krippe gearbeitet haben, akzeptieren wir aus der Innenstadt das Urteil«, sagt er in weisem und tiefgründigem Ton, jenem Ton, der dich, wenn du wütend bist, so richtig ausrasten lässt. Und genau das passiert meinen Onkeln da unten. Adelmo ruft: »Das ist für euch ja keine Kunst! Eure Krippe war scheiße!«, und er geht nur deshalb nicht auf den Priester los, weil vor ihm lauter Kinder sind, die dem Rolli den Weg versperren, und es ihm, obwohl er es versucht, nicht gelingt, sie zu überfahren.

»Hören Sie mal«, erwidert einer der Buchhalter, der genauso eine spitze Nase hat wie Don Sirio und vielleicht wirklich sein Bruder ist. »Achten Sie auf Ihre Wortwahl. Eure Krippe ist auffällig, dabei aber vulgär, wie für die Kirmes. Unsere ist historisch korrekter, Sie sind sicherlich nicht in der Lage, das wertzuschätzen, aber wir haben die mittelalterliche Altstadt von Lucca reproduziert, und unsere Figuren sind sehr alt und aus Terrakotta.«

»Euer Terrakotta und du, ihr könnt mich mal«, meint Onkel Adelmo.

»Terrakotta ist scheußlich!«, mischt Aldo sich ein. »Es ist scheußlich und geht sofort kaputt!«

»Ach ja? Dann erklären Sie mir mal, warum unsere Figuren nach einem Jahrhundert immer noch ganz sind.«

»Weil ihr in Lucca alle knauserig seid und aufpasst, nichts abzunutzen. Plastik ist hundertmal besser und geht nie kaputt!«

»Machen Sie sich nicht lächerlich«, sagt der Buchhalter und geht dazu noch einen Schritt vor, dann zwei, dann drei, bis zur Krippe. Und Don Sirio streckt eine Hand aus, um ihn aufzuhalten, aber die Hand seines Bruders ist schneller und ergreift einen unserer kleinen Bauern, einen mit Mehlsack auf dem Rücken und einem Lächeln im Gesicht, das gerade wirklich überhaupt nicht passt. »Da, seht her, wie leicht sich euer Plastik abnutzt«, sagt er, und er verzieht angestrengt den Mund, als er anfängt, mit dem Bauern an der Kante einer Kirchenbank zu kratzen.

Und von da an kommt natürlich alles, wie es kommen muss.

Onkel Adelmo zeigt mit dem Finger auf den Buchhalter, reckt die geballte Faust und schreit: »Finger weg von den Bauern, du Kapitalistenschwein!«

Und in der Schule bringen sie dir bei, dass Schall superschnell durch die Luft saust und nur Licht noch schneller ist, aber in Wirklichkeit stimmt das nur, wenn an dem Wettstreit Onkel Aldo nicht teilnimmt. Der aufgebrochen ist, als Adelmo seinen Satz angefangen hat, und noch bevor der ihn beendet hat, dem Buchhalter schon im Genick sitzt.

Der Bauer aus Plastik fliegt weg, verliert sich im Wirrwarr der Hände und Arme und im losbrechenden Strudel der Körper von Buchhaltern und Onkeln sowie diversen Gläubigen voller Punsch, Glühwein und Rachedurst. Und so entsteht ein Kreis der Gewaltbereitschaft, den ich von hier oben gut sehe, zu gut, wie er sich weder besonders langsam noch besonders schnell ausbreitet, ohne Eile, denn er weiß schon, dass er es bis nach hinten schaffen wird, bis zu den Kirchenmauern und der

Eingangstür da unten, und er beschleunigt nicht, weil es ohnehin nichts gibt, was ihn bremsen könnte.

Und doch hört plötzlich alles auf. Keine Schläge mehr, kein Geschrei, nur noch Stille.

Und mir kommt in den Sinn, dass sich im Kopf meiner Onkel und der anderen vielleicht wenigstens einmal der gesunde Menschenverstand durchgesetzt hat. Aber das ist nicht möglich, es muss etwas anderes sein. Es muss etwas weniger Absurdes passiert sein, etwa, dass Außerirdische gelandet sind, um sie zu stoppen, oder dass Gott von da oben seinen allmächtigen Finger ausgestreckt und ihnen mit einer Berührung den Frieden wiedergebracht hat.

Doch es ist ein seltsamer, ein unruhiger Frieden, während die Gläubigen auseinandergehen und eine Stelle auf dem Fußboden freilassen, die fast unter mir liegt. Und da sehe ich, was passiert ist, und verstehe, und verstehe gleichzeitig, wie viel besser es im Leben wäre, nie auch nur irgendetwas zu verstehen.

Denn dort auf dem Boden liegt mein Papa.

Meine Augen schnellen hoch zu der Leiter, auf der er eben noch stand, aber da ist er nicht mehr: Er liegt wirklich da unten, unbeweglich auf dem Fußboden. Ich strecke einen Arm aus, um ihn zu berühren, aber er ist so weit weg. Sehr viel weiter als die Sternschnuppe, die ich vorhin angezündet habe, sogar noch weiter als die echten Sterne draußen vor den Fenstern, die ich, wenn ich sie erreichen könnte, einen nach dem anderen verprügeln würde, weil sie einfach weiterglänzen, als wäre nichts geschehen, als scherten sie sich einen Dreck um diese kleine und dumme Welt, die sich aufs Geratewohl in einem Winkel des Universums drehte und jetzt da unten liegt, zusammen mit meinem Papa in den Boden gerammt.

Reglos, kaputt, erloschen.

Zweiter Teil

Wenn du Gespenster hast, hast du alles.

ROKY ERICKSON

9

Die Schule des Lebens

*Auf dem Galápagos-Archipel, auf der Insel Wolf, gibt es eine Finkenart namens Spitzschnabel-Grundfink (*Geospiza difficilis*), die das Nahrungsproblem in Zeiten, in denen es an Saatgut mangelt, durch vampirisches Verhalten löst.*

Ich hörte auf zu lesen und schaute zu meinem Papa hoch: »Hast du das gehört, Papa? Ein Vampirfink, ein Vampirfink!«

Aber als ich das sagte, beugte ich mich zu ihm, und es passierte etwas sehr Seltsames: Mein Stuhl knarrte. Was vielleicht kein Ereignis ist, mit dem man die Fernsehnachrichten eröffnet, aber es war sensationell, wenn das vor meinem Papa geschah und er nicht sofort in Bewegung geriet, um den Stuhl ein wenig zu ölen und wieder in Ordnung zu bringen.

Das war aber genau das Problem: dass Papa sich nicht bewegte, weder wegen des Stuhls noch wegen sonst irgendwas. Inzwischen war Ostern vorbei, und seit jener verfluchten Weihnachtsnacht lag er in diesem Krankenhauszimmer. Vier Monate, ohne aus dem Bett aufzustehen, ohne auch nur ein Auge zu öffnen, mit Schläuchen in der Nase und im Mund und an Maschinen angeschlossen, die komische Geräusche machten, wie Videospiele, während er kein einziges Geräusch von sich gab, wie einer, der schläft, ohne zu schnarchen. Und ohne je aufzuwachen.

Also war es egal, ob Stühle knarrten und Fenster schlecht schlossen, ob alle Rohre des Krankenhauses barsten und Flüsse entstehen ließen, die zwischen Bergen kaputter Sachen entlangflossen: Papa konnte nichts dagegen tun, denn das Kaputteste von allem war er selbst. So kaputt, dass es auf der Welt keinen Menschen gab, der in der Lage war, ihn wieder in Ordnung zu bringen. Vielmehr, einen gab es, aber das Dumme war, dass dieser Mensch ausgerechnet er selbst war.

Doch meiner Meinung nach war das kein so großes Problem: Es brauchte bloß ein wenig Geduld, und bald würde Papa wieder aufwachen. Er würde sich mit einem Gähnen hochziehen, mich mit einer Hand fest umarmen und mit der anderen den Stuhl in Ordnung bringen, und dann los, alles wieder wie vorher. Eine Art Auferstehung, was nicht schwierig war, denn einmal war er ja schon auferstanden, als ich ihn da auf dem Kirchenfußboden liegen sah und das Einzige, was sich bewegte, der immer größer werdende Blutfleck um seinen Kopf herum war, und für mich, wie auch für meine Onkel und Mama und alle anderen, war Papa tot.

Und vielleicht war er wirklich tot, aber nur für kurze Zeit, dann begriff das Christkind, dass es so nicht enden durfte. Dieser Mann hatte gerade erst zu seinen Ehren die wunderbarste Krippe des Universums erschaffen, wie sollte Jesus ihn da auf diese Weise sterben lassen, im eigenen Haus, in seiner Geburtstagsnacht? Doch konnte er ihn auch nicht sofort retten, ihn runterfallen und gleich wieder hochspringen lassen wie einen Flummi. Ein übertriebenes Wunder vor all den Gläubigen, die nicht mehr aus Gottvertrauen, sondern wegen des Wunders vom Flummi-Mann geglaubt hätten, und es wäre zu leicht geworden, in den Himmel zu kommen. Also hatte Jesus diesen Mittelweg gewählt: Er ließ ihn ein wenig schlafen – schließlich taten Papa ein paar Monate Ruhe sogar gut, nachdem er sich sein Leben lang abgerackert hatte –, und bald würde er ihn wieder aufwecken.

Bestimmt, genau so würde es kommen, ich hatte es Mama erzählt, und sie hatte geantwortet: *Na klar, natürlich kommt es so.* Doch dann hatte sie angefangen zu weinen, aber vielleicht weil sie gerührt war zu hören, wie klug ihr Sohn ist.

Nur dass es mir jetzt nach vier Monaten eben langsam an der Zeit erschien, ihn wieder auf die Beine zu bringen, und je mehr Zeit verging, desto mehr kam mir der Verdacht, dass Jesus, bei allem, was er zu tun hatte, ich will nicht sagen, meinen Papa wirklich vergessen hatte, aber vielleicht war ihn wieder aufzuwecken zu einer dieser Sachen geworden, an die man hin und wieder denkt und sich sagt: *O Gott, morgen muss ich das wirklich mal machen, morgen kümmere ich mich darum*, und während man das sagt, glaubt man es wirklich, nur dass es im Paradies wahrscheinlich ist wie auf Erden und *morgen* eine von vielen Arten ist, *nie* zu sagen.

Also versuchte ich, Jesus behilflich zu sein. Jeden Nachmittag brachte Mama mich hierher und ging putzen, und ich aß solange vor Papa ein Vanilleeis, um ihn wissen zu lassen, dass alles gut lief und uns nichts fehlte, nur er, und zwar ganz arg. Aber vor allem brachte ich eins dieser fantastischen Bücher mit und las laut daraus vor, für mich und für ihn, denn meiner Meinung nach erzählten sie von so interessanten Dingen, dass sie ihn wieder hierher zurückrufen konnten, in diese Welt voller Wunder, die ihn erwarteten.

Einmal hatte ich sogar den Arzt gefragt: *Wenn ich meinem Papa schöne Sachen vorlese, tut ihm das bestimmt gut, oder?* Und er hatte mich kurz angeschaut und dann gemurmelt: *Hm, schaden tut es ihm nicht.* Was als Antwort nicht viel taugte, also fragte ich ihn, ob es möglich sei, dass ich ihm eines Tages vielleicht etwas so Spannendes vorlese, dass Papa vor Aufregung aufwacht. Und der Arzt lächelte, und dann lächelte er noch mehr, und schließlich antwortete er: *Nein.*

Genau so, ich schwör's, einfach *Nein.* An dem Tag brachte ich beim Versuch vorzulesen keine einzige Zeile mehr heraus, und als Oma mich abholen kam, erzählte ich ihr, was der Arzt gesagt hatte, und sie antwortete, dass er sich hoffentlich irrte, dennoch solle ich seine Ehrlichkeit schätzen.

Aber Ehrlichkeit hat mich nie überzeugt. Es ist doch keine Kunst, ehrlich zu sein, du brauchst nur den Mund aufzumachen und all den Ekel auszuspucken, den du in dir hast. Sehr viel mehr schätzte ich Menschen, die mir diese berühmte Ehrlichkeit ein wenig ausbesserten, bevor sie sie mir vorsetzten. Schließlich war ich zehn Jahre alt und der Sohn des großen Giorgio, der mit der Mission, alles zu reparieren, auf dem Planeten Erde gelandet war, und stattdessen lag er jetzt da regungslos auf einem Bett, weniger lebendig als die Blumen, die wir ihm auf das Nachtschränkchen stellten. Wenn ich dich also frage, ob Hoffnung besteht, dass er eines Tages wieder laufen kann oder die Augen öffnen und mich ansehen oder auch nur den Mund, um mir zu sagen, dass er mich lieb hat, und wenn du lächelst und mir ganz ruhig mit *Nein* antwortest, dann bist du kein ehrlicher Mensch, dann bist du bloß ein riesiges Arschloch.

Aber zum Glück erwartete mich zu Hause Mama, die sich mit der Ehrlichkeit schon als Kind so zerstritten hatte, dass sie nicht mehr miteinander redeten, und sie kümmerte sich darum, mir genau zu erklären, was Sache war:

»Hat der Doktor das wirklich so gesagt?«

»Ja, Mama, ich schwör's!«

»Na gut, aber hör nicht auf ihn. Der Arme, ihm geht es gar nicht gut.«

»Wem, dem Doktor?«

Sie nickte, dann reichte sie mir den Teller Spaghetti und vertraute mir dabei ein großes Geheimnis an: »In Wirklichkeit ist das gar kein echter Doktor.«

»Aber natürlich ist er das.«

»Nein, er gehört eigentlich auf die Station im Stockwerk obendrüber, wo die Verrückten sind. Nur dass er denkt, er wäre ein Doktor, und sie lassen ihn machen. Er streift herum, von Station zu Station, sagt aufs Geratewohl irgendetwas, und abends geht er dann wieder in sein Zimmer zurück, klaro?«

Ich dachte einen Augenblick darüber nach, anderthalb Augenblicke. »Ja, aber die Krankenschwestern hören auf ihn.«

»Klar! Auf Verrückte hören alle, damit sie nicht wütend werden. Sie stimmen ihm zu, dann bringen sie ihn wieder nach oben, ziehen ihm den Arztkittel aus und die Zwangsjacke an, klaro?«

Und da lächelte ich endlich, ganz breit. Denn das, ja das war eine gut gemachte Wahrheit. Sicher, ein unsympathischer Winkel meines Gehirns fragte sich weiter, wer Papa dann eigentlich wirklich behandelte, aber da ging es um medizinische und naturwissenschaftliche Angelegenheiten, und ich war zehn Jahre alt, was konnte ich schon davon wissen? Eines Tages würde ich sie verstehen, aber bis dahin konnte ich in mir eine schöne warme Hoffnung bewahren. Ich spürte richtig, wie sie sich entzündete, jeden Tag nach der Schule. Ich kam in sein Zimmer, setzte mich neben ihn, atmete die Luft ein, die ein wenig nach Alkohol und ein wenig nach ihm roch, und fing wieder an, von diesen Dingen vorzulesen, wo man wirklich tot sein musste, um sie nicht superspannend zu finden, oder so verrückt wie der Mann da im Arztkittel, der ab und zu vorbeilief und ganz schlimme Dinge sagte, aber ich hörte ihm sowieso nicht mehr zu.

Der Spitzschnabel-Grundfink ernährt sich nämlich vom Blut anderer Seevögel, von Maskentölpeln und Rotfußtölpeln, das er aussaugt, nachdem er die Haut an ihren Ellbogen angepickt hat.

»Hast du das gehört, Papa? Sie saugen Blut, haargenau wie Dracula! Zwar nicht am Hals, sondern an den Ellbogen, aber das ist fast dasselbe, oder? Oder?«, aber Papa antwortete nicht, also nickte ich für ihn mit. Dann sagte ich, er solle eine Sekunde warten, nahm einen Stift und unterstrich diese Information, und der Strich mündete in einem Pfeil, der ans Ende der Seite führte, wo ich hinschrieb:

1. *Haben Vögel überhaupt Ellbogen?*
2. *Warum heißt die Insel eigentlich Insel Wolf? Sind die Vampirfinken auch Werwolffinken? Bei der nächsten Reise auf die Galápagosinseln zu verifizieren.*

Aber als ich das V von Verifizieren schrieb, schämte ich mich schon so sehr, dass es genauso gut das V von Volltrottel hätte werden können: »bei der nächsten Reise auf die Galápagosinseln«, klar, als käme ich da jede Woche hin, wie Onkel Aldo mit dem Lastwagen nach Montecatini. Dabei war ich auf den Galápagosinseln noch nie gewesen, mehr noch: Ich wusste noch nicht einmal, wo die überhaupt lagen, denn obwohl die Welt voller wunderbarer, unglaublicher Länder war, verplemperte unsere Lehrerin die Schulstunden damit, uns die typischen Produkte der Marken oder die rechten und linken Nebenflüsse des Po beizubringen. Und bisher war Empoli das Weiteste, wo ich wirklich gewesen war, eine Stunde mit dem Lastwagen vom Mancini-Dorf entfernt, und wer weiß, wie viele Stunden man mit dem Lastwagen brauchte, um die Galápagosinseln zu erreichen. Aber das war nicht das Problem, schließlich fuhr mein Onkel ohnehin nicht zu den Galápagosinseln, und vielleicht würde auch ich nie dorthin kommen.

Das eigentliche Problem war ja eben, dass es tausend Dinge zu sehen, zu erleben und zu lernen gab, ich hier aber wie angewurzelt war, zwischen einem Krankenhauszimmer und dem Dorf Mancini. Und wenn ich nicht gerade Papa vorlas, wenn ich nicht kräftig in die Pedale trat, um zu spüren, wie mir das Herz bis zu den Ohren schlug und der Wind mir die Tränen stahl, wenn Mama mich nicht in den Arm und mir dabei den Atem und auch meine Gedanken nahm, nun, dann fühlte ich mich sehr verloren und auch sehr, sehr allein.

Allein, ja, auch wenn ich zu Hause ein ganzes Dorf voller Onkel hatte, die sich vorher schon zu Opas befördert hatten und sich jetzt auch noch wie Papas verhielten. Einsamkeit ist so, du brauchst keineswegs allein zu sein, um dich einsam zu fühlen, sie packt dich auch mitten in der Menge, denn wenn du dich wirklich allein fühlst, fehlen dir nicht etwa viele Menschen, dir fehlt nur einer, der aber sehr.

Und mir fehlte mein Papa, und ich wusste zwar, dass er eines Tages zurückkommen würde, aber die Monate vergingen, und dieser Tag kam nie.

Wie gut, dass in der Zwischenzeit eine sensationelle und spannende Neuerung meine Tage bereicherte, zu der ich ganz zufällig, ja aus Versehen, gekommen war, wie bei allem, was dein Leben wirklich verändert.

Es waren gerade Osterferien, aber mit Mama auf den Markt zu gehen ließ bei mir fast Sehnsucht nach der Schule aufkommen. Bei jedem Schritt versank ich tiefer im Meer der Langeweile, zwischen Ständen mit Unterwäsche, Strümpfen und Handtüchern im Angebot, die mich wie Algen umschlangen, um mich in einer tödlichen Umarmung zu ertränken, und die Lage war so verzweifelt, dass schon ein alter Mann, der etwas weiter auf einer Bank saß und einer hinkenden Taube Brotkrumen hinwarf, ausreichte, um mich in Aufregung zu versetzen.

Als ich ihn sah, rannte ich zu ihm hin, doch auf halbem Weg

zog ein glänzender Fleck aus dem Augenwinkel meine Aufmerksamkeit auf sich. Es war ein etwas anderer Stand, kleiner und sehr farbenfroh. Dahinter, fast ausgestreckt auf einer Strandliege, eine Frau, die aussah, als hätte sie das Haus so verlassen, wie sie aufgewacht war, mit schlafanzugartigen, gestreiften Hosen, Schlappen an den auf den Stand gelegten Füßen, ganz zerknitterter Bluse und weißen, aufgeplusterten Haaren, wie eine misslungene Portion Zuckerwatte.

Sie las einen Comic und war mir sofort sympathisch, denn es handelte sich um *Geppo*, der ein Teufel ist und in der Hölle lebt, aber von Natur aus gut ist, weshalb Satan dauernd wütend auf ihn wird, weil er nur gute Taten zustande bringt. Ich dachte, Geppo gefiele nur mir, stattdessen waren wir auf der Welt schon zu zweit, ich und diese ganz zerzauste Dame, deshalb tat es mir leid, dass ihr Stand der einzige ohne Käufer war.

Doch dann hörte sie auf zu lesen und sah mich an. Vor Scham senkte ich meinen Blick auf die Sachen, die sie verkaufte, und sofort wurde mir klar, warum sich niemand für ihren Stand interessierte: Die Frau verkaufte nur Bücher.

Und Bücher waren was für die Schule, was zum Kuckuck sollten die Leute auf dem Markt mit Büchern anfangen, waren sie doch zu alt zum Lernen. Wenn überhaupt, könnten sie welche für ihre Kinder oder Enkelkinder kaufen, aber die Schule hatte schon vor einer Weile angefangen, und in zwei Monaten war sie Gott sei Dank bereits zu Ende, wie konnte die Frau da hoffen, an Ostern welche zu verkaufen? Vielleicht sollte ich ihr das sagen, denn vermutlich war sie schon alt, und alte Leute machen Sachen oft einfach so, aus Gewohnheit. Ich musste sie daran erinnern, dass es schon fast Sommer war und keiner mehr Bücher brauchte, während Unterwäsche das ganze Jahr gebraucht wurde, genauso wie Strümpfe, Tischdecken und …

»Hallo, Wuschelkopf!«, sagte sie zu mir. Die Stimme etwas

verzerrt, weil sie halb lag und mit vollem Mund sprach, eine Tüte Lupinensamen zwischen den Beinen, deren Schalen sie beim Essen in die Hand spuckte. »Na, was suchst du?«

Ich wäre am liebsten im Erdboden versunken. In meinem ganzen Leben hatte ich noch nie etwas alleine gekauft, schon an einem Stand stehen zu bleiben und die Ware zu mustern kam mir fast wie Klauen vor. Also rückte ich einen Schritt ab, hob die Hände und antwortete, dass ich nichts suchte, danke.

»Sag das nicht, das ist nicht wahr.«

»Wieso sollte das nicht wahr sein? Ich schwör's.«

»Aber nein, wir suchen alle irgendetwas, Wuschelkopf, immerzu. Nur dass wir nicht wissen, was.« Sie warf sich einen weiteren Lupinensamen in den Mund und spuckte die Schale aus. »Und du, weißt du, was du suchst?«

Ich sah sie an, dachte darüber nach und schüttelte den Kopf.

»Na, siehst du? Also, worauf wartest du, such!«

Sie zeigte auf all die hingeworfenen Bücher, eins über dem anderen. Sie waren ganz anders als die für die Schule, die Mama mir zu Schuljahresbeginn immer in Geschenkpapier einschlug, sodass sie, viereckig und glänzend, wirklich wie Geschenke aussahen, über die sich aber niemand freute. Die hier dagegen waren alt und abgenutzt, mit abgeknickten Ecken, dunklen Flecken und langen, geheimnisvollen Titeln, wer weiß, auf was für eine Schule man gehen musste, um solche Bücher zu brauchen.

»Ach, Wuschelkopf, blättere doch mal rein! Blättern kostet nichts.«

»Danke, Signora, aber die Bücher sind nichts für mich.«

»Und woher willst du das wissen?«

»Ich glaube, dass sie nicht zu meiner Schule passen. Was sind das denn für Bücher?«

»Lehrbücher.«

»Ja, aber für welches Fach?«

»Hä?«

»Sind das Lehrbücher für Italienisch, Geschichte, Naturwissenschaften?«, und dann, wobei meine Stimme tief in die schlammigen Sümpfe der Verzweiflung rutschte, »oder sind es vielleicht Mathematik-Lehrbücher?«

»Aber nein doch, so stinklangweilig sind sie zum Glück nicht!«

»In welcher Schule benutzt man die denn dann?«

»In keiner Schule, Wuschelkopf. Das sind praktische Lehrbücher, sie bringen dir Sachen bei, die dir wirklich etwas nutzen. Sachen, die man für die Schule des Lebens braucht.«

Das sagte die Frau, und das mit der Magie der Worte stimmt wirklich, diese hier verwandelten nämlich einen langweiligen und sinnlosen Mittwochvormittag in einen so bewegenden Moment, dass ich ihn nie mehr vergessen würde.

Denn bis vor einem Moment wusste ich nichts, und jetzt hatte ich plötzlich klar im Sinn, was ich wollte: Ich wollte diese *praktischen Lehrbücher* und alles kennenlernen, was ihre farbenfrohen Titel versprachen, *Handbuch für das Überleben im Wald*, *Die Geheimnisse der Kletterpflanzen* und sogar ein *Hydraulikkurs für Profis*, den vielleicht mein Papa gelesen hatte, als er in meinem Alter war, worauf er der größte Hydrauliker des Universums geworden war. Ich wollte sie mitnehmen und genau studieren, tausend Dinge von ihnen lernen, die Papa mir jetzt nicht beibringen konnte, und so weiter, bis ich mein Abschlusszeugnis in der *Schule des Lebens* bekäme.

Was etwas Echtes und Offizielles war, und die Lehrer waren ernst zu nehmende Leute, die sogar Bücher geschrieben hatten, nicht wie meine Onkel, deren Lektionen stattdessen direkt in den Fluch und den Wahnsinn führten.

»Na los, Wuschelkopf, schau halt mal rein!« Die Frau beugte sich vor, griff nach dem Zufallsprinzip eine Handvoll Lehrbücher heraus und warf sie mir zu, wie der alte Mann von vorhin der hinkenden Taube Brotkrumen hingeworfen hatte. Umschläge voller Fotos und seltsamer Zeichnungen, Tiere und Pflanzen und tausend Gerätschaften, die ich noch nie gesehen hatte, lange und absurde Titel, die jeder für sich rätselhaft und ohne Sinn waren, die aber zusammengenommen zur Unendlichkeit wurden, zu dem sensationellen Menü im Restaurant des Lebens. Und ich hatte mich gerade erst an den Tisch gesetzt und mordsmäßigen Hunger.

Ich wollte sie, ich wollte ganz viele davon, nein, ich wollte sie alle. Denn vielleicht war das Leben zu riesig, um es als Ganzes zu betrachten, und man musste es so angehen, ein Fitzelchen nach dem anderen. Ein Lehrbuch nach dem anderen, viele Schritte, jeden nach dem Zufallsprinzip, was eine fantastische Richtung ergeben würde.

Tja, aber das erste auszusuchen war unmöglich. Jedes Buch, das ich in die Hand nahm, schien mir das wunderbarste, bis ich das nächste nahm und dies mein neuer Favorit wurde. Da war es ein Glück, dass die Dame Lupinensamen zum Abendessen und den Schlafanzug schon anhatte, denn wir konnten bis in die Nacht hier am Stand bleiben und so weitermachen bis zu den Trompeten, die das Ende der Welt ankündigen.

Nur dass das Ende der Welt quasi sofort kam, und statt der Trompeten erklang dabei Mamas Stimme. Sie näherte sich und packte mich am Arm, um mich wegzuziehen: »Wir gehen, Fabio, es ist verdammt spät! Ich muss zur Arbeit, komm!«

»Na, viel Glück«, sagte die Lupinensamen-Frau. Und lächelte. Jedenfalls dachte ich das, denn ich schaute sie gar nicht an. Wie ich auch Mama nicht anschaute. Ich konnte den Blick nicht von meinen neuen wunderbaren Lehrmeistern lösen.

»Was schaust du dir denn da an, *Bücher*?«, fragte Mama mich in einem ungläubigen Ton, den ich nicht verstand, ja, der mich kränkte. Wie ich auch diesen kleinen Jungen mit dem Wuschelkopf nicht verstand, der sich ebenfalls arg gewundert hätte, mich mit einem Buch in der Hand zu sehen, ohne von der Lehrerin dazu gezwungen worden zu sein, und der mich dazu noch einen Dummkopf genannt hätte. Dieser Junge war ich bis vor fünf Minuten noch gewesen, aber jetzt war das ein Unbekannter, und wir hatten nichts mehr miteinander gemein, hatten uns nichts mehr zu sagen.

»Los, Fabio, wenn ich zu spät zu Signora Longinotti komme, bringt sie mich um.«

»Ja, ja, ich komme ja schon.«

»Willst du denn so ein Buch haben? Was kosten die?«

Die Frau hob die Arme und deutete mit einem Schwenk der Hand auf ihre gesamte Auslage: »Hundert Lire das Stück, weniger als ein leeres Heft!«

Mama schaute sie kurz an, dann: »Na gut, los, nimm dir eins, und wir verschwinden.«

Und ich nickte, überglücklich, auch wenn ich schon gewusst hatte, dass sie mir eins kaufen würde. Dass sie nicht sagen würde: *Ach nein, das ist rausgeschmissenes Geld, am Ende liest du es gar nicht* … Nein, das sind traurige Ansprachen, wie reiche Eltern sie halten. Die Reichen achten ganz arg aufs Geld, Oma Giuseppina sagte immer: *Auf die Art sind sie so reich geworden.* Und sie sagte auch, dass das Schöne am Armsein sei, dass du es ja schon bist und nicht aus Angst vor Armut mit zusammengebissenen Zähnen leben musst. Du bist schon arm, hundert Lire weniger ändern nichts.

Doch im Gegenteil, sie veränderten etwas, und wie: Gerade mal hundert Lire, um den ersten Schritt in mein Leben zu tun. Aber dort vor dem Stand gab es tausend mögliche Schritte, tausend verschiedene, geheimnisvolle Richtungen einzuschlagen, wie sollte ich da eine auswählen, wie bloß?

»Komm schon, Fabio, los jetzt! Schließlich ist die Signora nächste Woche ja auch noch da, stimmt's?«

Da sah ich kurz von den Büchern auf, um die Frau anzusehen, die nickte: »Ich würde zwar am liebsten nach Hawaii auswandern, aber ich glaube, nächsten Mittwoch bin ich noch hier.«

Ich lächelte, Mama nahm mein Gesicht zwischen ihre Hände und drehte es zu sich, um mir zu sagen, dass wir los müssten, und so schaffte ich es endlich, mir ein Buch auszusuchen: aufs Geratewohl, den Blick auf Mama gerichtet, ohne die Bücher anzuschauen. Ich schickte meinen Arm runter und zog das Erste hoch, das ich unter meinen Fingern spürte, die Frau hinterm Stand steckte es in eine Tüte und sagte: »Sehr gut, Wuschelkopf, hundert Lire, danke und auf Wiedersehen!«

Ich dankte Mama, und zu der Frau sagte ich, wir sähen uns nächste Woche, »und bitte gehen Sie nicht nach Hawaii, kommen Sie wieder hierher!«

Dann flitzten wir los, ich direkt hinter Mama, die die Menge teilte, so musste ich nicht aufpassen, wie ich mich zwischen den Körpern, Tüten und Bürgersteigen bewegte, und konnte an den einzig wirklich wichtigen Schritt denken, den ersten Schritt in mein neues Leben.

Der war noch in der Tüte, ich zog ihn langsam heraus und ließ den Blick über den Umschlag wandern, wobei ich den Titel laut aussprach, damit er mir die Lippen streichelte wie der Name einer Geliebten: *Regenwurmzucht. Die moderne und einträgliche Aufzucht von Regenwürmern.*

Und im ersten Moment fror mein Lächeln ein, und mein Fuß verdrehte sich zu einem Stolperschritt, der mich aus Mamas Spur ausscheren ließ. Aber das war nur ein kurzer Augenblick, danach lief ich wieder gerade und überzeugt. Denn der Titel erschien mir zwar etwas absurd, ja, aber was wusste ich schon davon? Genau deshalb brauchte ich ja die Lehrbücher, weil ich nichts wusste und sie meine Lehrmeister sein sollten, und wenn ich gleich dächte, dass das Buch nichts taugte, war ich genau wie diese unerträglichen Leute, die gar nicht zuhören, wenn ihnen jemand etwas beibringen will, weil sie denken, sie wüssten schon alles.

Also ein Hoch auf die Aufzucht von Regenwürmern, ein Hoch auf die Lupinensamen-Frau und alle Lehrer, die sie für mich bereithielt, jeden Mittwoch ein neuer, der auf mich wartete, um mir etwas beizubringen, was auch immer, wie es dir die Schule des Lebens eben beibringt: nach dem Zufallsprinzip und ganz ohne Lehrplan.

Kurz und gut, seit jenem gesegneten Vormittag im letzten Monat ging ich so vor. Das heißt, ich weiß nicht, ob ich ein Ziel hatte, aber irgendwohin ging ich jedenfalls. Jede Woche ein Lehrbuch, das ich in Leerlaufzeiten lesen konnte, etwa wenn wir in der Schule gerade Mathe hatten, wovon ich sowieso nichts verstand, auch wenn ich zuhörte, aber vor allem nachmittags hier im Krankenhaus, laut vorlesend, damit auch Papa es hörte.

Gerade lasen wir *Stieglitze, Zeisige, Grünfinken und Buchfinken* und lernten alles über die Galápagosinseln und die Vampirfinken. Von denen ich zwar nicht genau wusste, was sie mir nutzen konnten, aber klar, es war einfach noch zu früh, eines Tages würde ich es auf meinem Weg noch herausfinden. Und vielleicht entdeckte ich nach langem Lernen sogar, wie ich Papa wieder aufwecken konnte, dem Doktor zum Trotz, der extra vom Irrenhaus herunterkam, um mir zu sagen, dass das nicht möglich sei.

Ich sah es schon vor mir, mein Papa, wie er die Augen öffnete und mich umarmte und sagte: *Danke, mein Sohn*. Und ich würde antworten: *Bedank dich nicht bei mir, Papilein, bedank dich bei den Finken, bedank dich bei den Regenwürmern!*, und niemand ringsum würde das verstehen, aber er schon, denn wenn ich ihm von diesen Wundern vorlas, blieb Papa zwar regungslos und hatte die Augen geschlossen, aber ich weiß, dass er mir folgte, während die Seiten dahinglitten und uns mit sich nahmen. Und früher oder später würden wir so irgendwo ankommen.

Schritt für Schritt, weiter auf gut Glück, immer weiter.

10

Die Regenwürmer des heiligen Fabio

Regenwürmer haben sechs Nieren und fünf Herzen und beide Geschlechtsorgane gleichzeitig, und wenn du sie zerteilst, zappeln sie wie wild und weinen vielleicht ein bisschen, aber kurz darauf sind sie schon zu zwei verschiedenen Würmern geworden, von denen jeder seiner Wege geht und sich nicht einmal vom anderen verabschiedet.

Und doch sagen die Menschen, wenn sie welche sehen: *Wie eklig*, dabei gehen sie ins Restaurant, geben einen Haufen Geld für raffinierte Gerichte aus, schlagen sich damit den Magen voll, und am Ende bringen sie höchstens eine stinkende, braune Kackwurst zustande, die zu nichts nutze ist, außer ins Klo geworfen zu werden. Die Regenwürmer dagegen fressen unsere Reste, Schalen und Käserinden und allen Müll, den sie finden, und verwandeln dieses Zeugs in eine Substanz, die sich *Humus* nennt und den Boden fruchtbar macht, und die ist so kostbar, dass es die Welt ohne ihre Kacke zwar morgen noch gäbe, aber übermorgen schon nicht mehr.

Kurz, je länger ich in meinem ersten Lehrbuch vom Markt las, desto klarer wurde, dass Regenwürmer besser sind als wir.

Und der endgültige Beweis ihrer Überlegenheit und Güte war die Tatsache, dass sie uns helfen, statt uns herumzukommandieren und wie Sklaven zu behandeln. Wir sind so blöd und werfen weiter tonnenweise Mist weg, der zu immer höheren Haufen wird, bis hoch in den Himmel, bis die Müllberge eines Tages die Sonne verdecken werden und es schlagartig dunkel wird und wir hochschauen und den Schlamassel bemerken, den wir angerichtet haben. Und dass dieser Tag noch nicht gekommen ist, liegt eben nur an den Regenwürmern, die in der Zwischenzeit unseren Müll fressen, ihn in Humus verwandeln und uns so noch ein Weilchen überleben lassen.

So großmütig sind die Regenwürmer also gegenüber dem Menschengeschlecht, aber sie sind es noch mehr gegenüber den Menschen, die beschließen, welche zu züchten. Wie Herr Hugh Carter, der 1947 anfing, sie in einem Sarg voll Erde zu halten und nach fünfundzwanzig Jahren steinreich war und fünfzehn Millionen Regenwürmer pro Jahr produzierte. Und nach und nach würde ich mit ihm gleichziehen. Denn dieses Buch erklärte alles so gut, es war so klar geschrieben, dass man gar nichts falsch machen konnte, und wie die Regenwürmer Müll in Humus verwandeln, verwandelte ich die Buchseiten in Lektionen fürs Leben.

Einen Sarg hatte ich leider nicht auftreiben können, ich hatte meine Onkel gefragt, ob sie einen hätten, aber die hatten sich nur in den Schritt gefasst und mit den Fingern Hörner geformt, um Böses abzuwehren. Oma dagegen hatte mir hinter ihrem Haus ein Stück Garten abgegeben, was meiner Meinung nach sogar noch besser war als ein Sarg. Mit Steinen zeichnete ich darauf ein Rechteck und rammte ein Schild in den Boden, ein Stöckchen mit einem Stück Pappe drauf, auf dem stand FABIOS ZUCHT. In das Rechteck kippte ich die Essensreste von zu Hause und von Oma, was viele waren, weil sie für das ganze Dorf Mancini Essen machte, die reinste Goldgrube also. Jeden Tag nach der Schule ging ich hin und schaute nach, anfangs rückte ich Kartoffelschalen, Tomaten und trockenes Brot beiseite, sah aber nichts, und mit der Zeit dachte ich schon, dass ich statt einer Zucht eher eine illegale Müllkippe betrieb. Dann zog ich eines Abends beim Umgraben einen dunklen Faden hoch, der an der Schaufel hing, er war weich und ganz dünn, aber ich schwöre bei Gott, dass er lebte, und daneben war noch einer: meine ersten Regenwürmer, die geräuschlos für das Wohl der Menschheit und vor allem für mein Wohl arbeiteten.

Ich wollte ihnen Namen geben, nur dass es Tiere mit beiden Geschlechtsorganen sind und ich nicht wusste, ob ich ihnen einen Männer- oder einen Frauennamen geben sollte. Also nannte ich sie Eins und Zwei, und bald würden es noch mehr werden, denn wenn du beide Geschlechtsorgane hast, brauchst du nicht erst rumzulaufen und dir jemanden zu suchen, es reicht, wenn du dich in eine Ecke verziehst und alles allein machst. Oder jedenfalls hoffte ich das, und mit dieser Hoffnung im Herzen legte ich die Erdscholle vorsichtig wieder an ihren Platz, um Eins und Zwei die Intimität für ihre kostbare Arbeit zu lassen.

So kamen nach wenigen Wochen Drei, Vier, Fünf und so weiter bis Zwanzig zur Welt, dann hörte ich auf, sie zu zählen und ihnen Namen zu geben, und statt weiter zu kontrollieren, ob welche geboren wurden, platzierte ich noch mehr Steine um meine Zucht und hielt Wache, denn das Lehrbuch erklärte, dass die natürlichen Feinde der Regenwurmzucht Amseln und Igel seien, aber nur weil der Autor meine Onkel nicht kannte.

Die mit dieser schönen, neuen Tätigkeit, die ich endlich mal ganz für mich allein lernte, nichts zu tun hatten, die aber ganz wild aufs Angeln waren; und wenn du einen wirklich zauberhaften Angeltag verbringen willst, brauchst du eben ein paar saftige Regenwürmer, die du an die Angel hängen kannst. Deshalb rückten meine Onkel mir auf die Pelle.

Auch wenn das im Grunde gar nicht schlimm war. Im Gegenteil, dem Lehrbuch zufolge war es sogar gut: Du kannst den Bauern zwar etwas Humus verkaufen, das schon, aber der große Reichtum bei der Regenwurmzucht kommt durch die Angler, die Köder brauchen, auch Herr Carter hatte so angefangen. Also durfte ich meine Onkel nicht verjagen, sondern musste nur das Schild mit der Aufschrift FABIOS ZUCHT hernehmen und darunterschreiben 5 WÜRMER 50 LIRE. Anfänglich murrten sie zwar und sagten, dass diese Würmer ja ihre Essensreste fraßen und sie sie der Gerechtigkeit halber kostenlos bekommen müssten, doch ich antwortete, dass sie dann ja, wenn sie angeln gingen, eine Kartoffelschale oder eine schlecht gewordene Scheiblette an den Angelhaken hängen könnten und mal sehen, was gerechtigkeitshalber anbiss. Sie dachten darüber nach, murrten weiter, fingen aber an, welche zu kaufen.

Auch weil die Aalsaison losging, in mondlosen Nächten gab es so viele davon, dass das Wasser in der Flussmündung noch schwärzer wurde. Man fing sie mit einer uralten Technik, bei der man viele Würmer hintereinander auffädelt, wie eine Kette, die sich aber niemand um den Hals legen würde, dann befestigt man die Wurmkette am Ende einer Angelschnur und legt sie mit einem Bambusrohr ins Wasser, und wenn man merkt, dass der Aal anbeißt, zieht man hoch. Und meine Onkel fingen immer mehr als die anderen, weil die Kette aus meinen Würmern die dickste und leckerste war, so kamen nach und nach auch ihre Freunde zu mir, und sogar ein paar ihrer Feinde, um fürs Auffädeln nach den Spezialwürmern aus meiner Zucht zu fragen.

Doch auch zum Auffädeln brauchten sie meine Hilfe: Ich hatte gelernt, dass man beim Älterwerden neben Haaren und der Lust, barfuß in Pfützen zu springen, als Erstes seine Sehfähigkeit verliert, und Würmer aufzufädeln war schon für Leute schwierig, die jünger und nüchterner waren als sie, wie viel mehr dann erst für meine Onkel und deren Freunde, die nur dann Wasser tranken, wenn sie mit offenem Mund auf irgendeinem Acker einschliefen und es zu regnen anfing.

Für ein paar Lire mehr kümmerte ich mich also um das Vorbereiten der Wurmketten. Ich setzte mich mit Nadel und Faden neben meine Zucht und arbeitete. Und es war nicht viel anders als die kleinen Ketten, die sie uns beim Katechismus für die Wohltätigkeitslotterie machen ließen, nur dass ich anstelle von Perlen Würmer benutzte und dass das so verdiente Geld nicht bei ausgehungerten Kindern in Afrika landete, sondern mir zum Kauf weiterer Lehrbücher diente, so konnte ich jeden Mittwoch mehr als eins bei der Lupinensamen-Frau kaufen.

Die mich eines Tages, als ich *Auf Wiedersehen, Signora* sagte, darum bat, sie nicht Signora, sondern Stella zu nennen, und ich erwiderte: »In Ordnung, Signora Stella. Und ich bitte Sie, wir sehen uns nächste Woche, ja? Fahren Sie nicht nach Hawaii, niemals.«

Und sie: »Keine Sorge, Wuschelkopf, solange ich nicht gestorben bin, findest du mich hier.«

»O nein, Signora Stella, ich bitte Sie, tun Sie mir den Gefallen und sterben Sie nie!«

Sie lachte und meinte, ich könne unbesorgt sein, das war ich aber nicht, weshalb ich an dem Tag statt eines Lehrbuchs gleich zwei nahm. Nach dem Zufallsprinzip wie immer, eins war über das Leben Franz von Assisis, aber das andere, ich schwör's bei Gott, trug den Titel *Aale und Aalzucht*: zu diesem Zeitpunkt wirklich perfekt, weil es mich lehrte, dass nicht nur die Regenwürmer Wundertiere sind, sondern auch die Aale, die sie auffressen.

Mehr noch: Aale sind wunderbar und äußerst rätselhaft, wir wissen mehr über das Leben auf dem Mars als über das Leben der Aale.

Sie leben neben uns, in den Gräben zwischen einem Haus und dem nächsten und in den Flüssen, die durch unsere Dörfer fließen, und doch ist es genauso unmöglich, sie zu verstehen wie sie in die Hand zu nehmen, so fest du sie auch hältst, sie gleiten dir doch durch die Finger und verschwinden im Nichts wie Träume, wenn du dich morgens an sie zu erinnern versuchst.

In der Schule wurde mir beispielsweise erzählt, dass alle Aale zum Laichen an einen verlassenen Ort namens Sargassosee draußen auf dem Atlantik ziehen, aber das stimmt gar nicht. Jedenfalls ziehen nicht alle nur dorthin, sie treffen sich zu bestimmten Zeitpunkten an bestimmten Orten, die aber nur sie kennen und niemand sonst. Aber wie schaffen es die Aale, die im Graben neben unserem Haus leben, bis da hin? Irgendwann hören sie diesen Ruf, wie einen Telefonanruf im Gehirn, der ihnen sagt: *Also, wir sehen uns dann alle dort, macht euch auf die Socken!* Und die Lust, dorthin zu kommen, ist so groß, dass die Aale ihr Fischsein vergessen und das Wasser verlassen. In dunklen Nächten, wenn es regnet, klettern sie ans Ufer der Gräben und kriechen über die Felder bis zum nächsten Fluss, von dort zum Hauptfluss und immer weiter runter bis zum Meer, dann zu den dunklen Gründen des Atlantischen Ozeans, wo sie sich treffen und sich aneinander reiben, ganz viele, ineinander verschlungen, wie riesige schwarze Aalkolonnen, die sich fortpflanzen und anschließend sterben. Und es kommen Junge auf die Welt, die winzig sind, sie sind nadelförmig, aber noch feiner als Nadeln und noch dazu blind, ganz allein da mitten im Wasser. Und ich war zwar noch nie im Atlantik, aber ich würde da mehr oder weniger fünf Sekunden überleben, und dann tschüss. Diese klitzekleinen, blinden Dinger dagegen folgen rätselhaften Strömungen und gelangen nach und nach ans Festland, mehr noch: Jeder kleine Aal kehrt genau zu dem Graben zurück, von wo seine Mama aufgebrochen ist. Und wie er das macht, kann keiner erklären, und wenn es jemand versucht, würde ich ihm nicht glauben, denn es gibt Dinge, die sind so für sich und als Ganzes wunderbar, und eine Erklärung ist schon verkehrt, bevor man damit anfängt.

So unglaublich sind also die Aale, und das hatte ich durch besagtes Lehrbuch gelernt. Aber meinen Onkeln und ihren Freunden war das alles völlig schnuppe. Das Einzige, was sie an diesen lebenden Wundern interessierte, war, einen Haufen davon zu fangen, sie mit nach Hause zu nehmen und zu braten, zu schmoren oder zu beizen. Und wenn ich daran dachte, tat es mir sehr leid, dass sie sie dank meiner saftigen Regenwürmer und der äußerst gefragten, von mir vorbereiteten Wurmketten fingen.

Mehr noch als mein Mitleid mit den Aalen wurde aber irgendwann das viele Geld zum Problem, das ich damit verdiente. Denn durch die vielen Würmer und Ketten hatte ich fast zehntausend Lire beiseitegelegt; abends vor dem Einschlafen dachte ich an diese enorme Summe, die ich im Nachtschränkchen versteckt hatte, und in mir stieg die Angst hoch, reich geworden zu sein.

Ja, genau: Angst. Ich weiß zwar, dass viele glücklich wären, aber mir gefiel es wirklich sehr, arm zu sein.

Schließlich war ich so geboren, also war ich daran gewöhnt, so zu leben, es ging mir ausgezeichnet, und mir fehlte nichts. Im Gegenteil, lange Zeit hatte ich gar nicht bemerkt, dass ich arm war, ich schwör's. Bis ich eines Julitages in Onkel Arnos Garten am Ende des Mancini-Dorfs stand und mich die Wahrheit hinter einer Lorbeerhecke erwartete.

Mein Onkel lebte mit seinem Hund Sturm und einer sprechenden Krähe zusammen, die nur *Haut ab* sagte, und wenn er meine anderen Onkel sah, schoss er auf sie, aber mich ließ er reinkommen, ja, er lud mich sogar auf einen Tamarindensirup in sein Zuhause ein, das ein Wohnwagen ohne Räder war, mit einem Stück Asbestzement davor als Veranda. Und manchmal hörte ich da oben leises Tapsen, wie winzige, schnelle Schritte, und ich fragte Onkel Arno, was das war, und er antwortete, es seien Eichhörnchen. Eines Julimorgens war ich also dort im Garten meines Onkels, um nach diesen berühmten Eichhörnchen zu suchen, aber durch die Hecke sah ich ein seltsames Schimmern, da, wo ein anderer Garten anfing, der aber nicht zum Mancini-Dorf gehörte und den kürzlich irgendein ausländischer Urlauber gekauft hatte. Ich ging zu der Hecke, um durch die dichten Äste des Lorbeers zu schauen, und sah eine Wiese mit saftig grünem, fein säuberlich geschnittenem Rasen, aber da unter der Sonne glänzte etwas Riesiges, Flaches, Blaues. Ich steckte meinen Kopf zwischen die Blätter der Hecke, und obwohl ich Gefahr lief, mir einen Zweig in die Augen zu spießen, hatte ich trotzdem den Impuls, sie aufzureißen, als ich begriff, dass ich einen echten Swimmingpool vor mir sah.

Ich hatte welche im Fernsehen gesehen und Geschichten darüber gehört, aber live war es das erste Mal. Und da neben diesem schillernden Wunder war ein Junge, der in meinem Alter gewesen sein wird, und ich fragte mich, warum er so dumm war, direkt neben sich einen Swimmingpool zu haben und trotzdem nicht ins Wasser zu springen. Aber kurz darauf kapierte ich, dass ich der Dumme war, denn er saß auf etwas anderem Sonderbarem, Dunklem und Lebendigem, und als ich in meinem Herzen Platz für eine weitere Lawine des Staunens fand, realisierte ich, dass der Junge auf einem Pony ritt. Ich schwör's, dieser Urlauberjunge hatte ein Pony, um damit den ganzen Tag durch den Garten zu galoppieren, und vielleicht sprang er am Ende statt zu duschen mit ihm zusammen in sein privates Schwimmbad.

Und so machte ich an jenem Vormittag im Juli, als mein Kopf im Lorbeer steckte, diese erschütternde Entdeckung: dass die Welt von einer Hecke in zwei Hälften geteilt wurde, dort gab es Ponys, die frei um Swimmingpools herumtrabten, hier kaputte Wohnwagen mit unsichtbaren Eichhörnchen auf dem Dach, die in Wirklichkeit riesige Mäuse waren. Und ich war auf dieser Seite der Hecke zur Welt gekommen, der Seite der Armen.

Doch, wie ich vorhin schon sagte, bedauerte ich das kein bisschen. Im Gegenteil, ich beobachtete diese Luxusszenerie und lächelte glücklich, denn ich schätzte mich glücklich, arm zu sein, glücklich und außergewöhnlich.

Im Grunde waren alle meine Helden, alle Hauptfiguren der spannendsten Geschichten arm. Arm und mutig, arm und schön, arm und gut. Wenn dagegen ein Reicher auftauchte, war er immer arrogant, böse und hässlich. In Comics, in Trickfilmen, aber auch in wahren Geschichten, wie ich sie beim Katechismus von den Nonnen hörte, die uns jeden Samstag das Leben des Heiligen für den jeweiligen Tag erzählten, und darin gab es immer Qualen, Folter, Peitschenhiebe und abgeschlagene Köpfe, aber nie Geld. Im Gegenteil, von Geld musste man sich fernhalten, wie der heilige Serapion, der in totaler Armut lebte und dem irgendwann selbst das nicht mehr reichte, er schaute an sich herab und begriff, dass auch das zerfetzte Gewand, das er am Leib trug, ein übertriebener Luxus war, also schenkte er es einem Bettler und lief von da an nackt herum.

Na gut, den heiligen Serapion kennt keiner, das stimmt, aber sollen wir dann lieber über Jesus reden? Das Christkind wurde in einer Hütte geboren, die in ähnlich schlechtem Zustand war wie Onkel Arnos Wohnwagen, ja, sogar noch schlimmer, weil es nicht einmal seine eigene war, und doch erinnern sich nach fast zweitausend Jahren noch alle an Jesus und wir haben ihn verdammt lieb. Und ich glaube nicht, dass dem so wäre, wenn er in einer Villa mit Swimmingpool zur Welt gekommen wäre und statt Ochse und Esel ein Pony gehabt hätte.

Das hatte ich immer schon gedacht, aber jetzt erst recht, da ich nach dem Lehrbuch über die Regenwürmer und dem über die Aale das andere gelesen hatte, das über das Leben des heiligen Franz, und da war ich wirklich ausgeflippt. Denn Franz von Assisi dachte genau so wie ich, hatte aber das fürchterliche Pech, steinreich auf die Welt zu kommen. Also hatte er alles weggegeben, Geld und Haus und elegante Kleider, und lief mit einer Tunika herum, von der sie uns beim Katechismusunterricht ein Foto gezeigt hatten, und ich schwöre, dass das kein Gewand mit vielen Flicken war, sondern bloß noch aneinandergenähte Flicken.

Ich las und fühlte mich so glücklich bei dem Gedanken, dass ich noch nie ein neues Kleidungsstück besessen hatte, ich bekam immer die abgelegten von den Kindern der Freundinnen meiner Mutter oder irgendeiner Urlauberin, bei der sie putzte. Nur dass es reiche und sehr ordentliche Kinder sein mussten, denn die Kleider hatten nie Flicken, und manchmal schienen sie geradezu neu, zu neu für mich, ich zog sie an und fühlte mich in Sünde gehüllt. Dann sah ich eines Tages vor der Misericordia-Schwesternschaft diesen riesigen, gelben, geschlossenen Container, in den die Leute gebrauchte Kleidung für die Armen warfen, und jedes Mal, wenn ich daran vorbeilief, stellte ich mir die Wunderwerke darin vor, geflickte Hemden, zerrissene Jacken, abgewetzte Hosen: meine ideale Garderobe.

Und eines Sonntagmorgens konnte ich nicht mehr widerstehen, rundherum war niemand zu sehen, ich lehnte mein Fahrrad gegen das Plastikding, kletterte auf den Fahrradsattel und sah hinein. Es roch nach Mottenkugeln und alten Leuten, die in einem sehr kleinen Zimmer schlafen, ich hörte auf zu atmen und streckte einen Arm aus, um zu sehen, welche Schätze ich auflesen würde, doch ich fuchtelte herum, ohne irgendetwas zu fühlen. Bis ich ganz laut meinen Namen hörte, als Schrei in meinem Rücken mit Madre Melanias giftiger Stimme. Ich drehte mich ruckartig um, und sie stand schon da unten mit einem Finger in der Luft, der ganz krumm war, aber trotzdem irgendwie auf mich zeigte, und sie sagte: »Siebtes Gebot: Du sollst nicht stehlen! Wer stiehlt, kommt in die Hölle, stell dir mal vor, was dann mit dir passiert, wenn du noch obendrein die Armen bestiehlst! Du wirst auf dem tiefsten Grund der Hölle landen, wo mit Messern bewaffnete Teufel dich in Scheiben schneiden, dann setzen sich die Scheiben wieder zu einem Ganzen zusammen, damit die Teufel mit ihren Messern wieder von vorne anfangen können.«

Da zog ich meinen sündigen Arm, der dazu bestimmt war, eines Tages in Scheiben geschnitten zu werden, aus dem Container und sprang hinunter. Und ich wollte der Schwester erklären, dass ich diese Lumpen nicht aus Bosheit begehrte, sondern im Gegenteil ja gerade dem Beispiel Jesus und des heiligen Franz folgen wollte. Nur dass ich mich schämte und den Mund hielt, und so stand ich wie ein Dieb da und noch dazu wie ein Verrückter.

Aber das war schon in Ordnung, auch Franz von Assisi hatten sie für einen Verrückten gehalten, dabei war er ein Heiliger. Die Menschen haben es erst sehr viel später kapiert, die Natur aber sofort, wenn er nämlich in den Wald ging, setzten sich die Wölfe ruhig zu seinen Füßen wie kleine Hündchen, und Hunderte Vögel landeten um ihn herum und hörten ihm regungslos zu. Und vielleicht wäre es besser, wenn mir das mit den Vögeln nicht passierte, denn meine Onkel würden es ausnutzen, um ein Massaker anzurichten, aber jedenfalls hatte ich an dem Morgen mit dem Pony und dem Swimmingpool den reichen Jungen zwar beneidet, aber nur ganz kurz, dann hatte ich begriffen, dass eigentlich er im Unglück war, der Glückliche war ich.

Der ich die Augen schloss und mir den großen Raum im Kloster vorstellte, wo wir immer Katechismus hatten, aber an einem fernen Samstag in der Zukunft, in ganz, ganz vielen Jahren, wenn die Nonnen vielleicht silberne Gewänder tragen und tatsächlich gut sein werden und die Kinder mit Raumschiffen verreisen und das All besuchen können, aber am Samstagnachmittag treffen sie sich bestimmt immer noch zum Katechismus, denn in der Welt kann sich alles ändern, aber die Erwachsenen werden nie aufhören, die Freizeit ihrer Kinder mit Dingen zu füllen, die ihnen nicht gefallen. Jedenfalls sehe ich an diesem Samstag in der Zukunft die ganz silberne Schwester der Zukunft, wie sie sagt:

Kinder, heute ist der Tag des heiligen Fabio, und ihr müsst wissen, dass der heilige Fabio ganz arm zur Welt kam, er spielte in einem Wohnwagen voller Mäuse, die das Dach und alles andere annagten, aber er ließ sie gewähren, denn auch die armen Mäuse mussten ja etwas essen.

Er hatte ein sehr großes Herz, der heilige Fabio, ein so großes Herz, dass er fast mit den Regenwürmern gleichzog, die fünf Herzen haben. Er war demütig und gut, und er lief mit seinem wilden Lockenkopf und seinen vielen anmaßenden Onkeln herum, und um euch eine Vorstellung davon zu geben, wie seine Kleider aussahen, reicht es zu wissen, dass er davon träumte, die Kleider der Armen zu tragen, aber nicht einmal diese durfte er haben.

Schon als kleiner Junge verdiente er seinen Lebensunterhalt mit Arbeit, er züchtete Regenwürmer mit dem Müll, den er aufsammelte, und kämpfte so gegen die Umweltverschmutzung, war die Welt zu dieser Zeit doch noch zu retten. Seinetwegen gelang es den Menschen seines Orts, sich ihr tägliches Brot zu beschaffen, was zu dieser Zeit kein Brot war, sondern ein Fisch, der Aal hieß und mittlerweile ausgestorben ist, aber das ist natürlich nicht Sankt Fabios Schuld, oder jedenfalls nicht allein seine Schuld … Also, Hausaufgabe für nächste Woche ist, ein Bild des heiligen Fabio bei seiner größten Wundertat zu malen, nämlich von dem Tag, an dem er seinem Papa vorlas und ihn damit aus dem Koma erweckte, worauf sie sich ganz, ganz fest in den Arm nahmen und …

Ja, genau so, so musste es kommen, ich zitterte vor Erregung, wenn ich mir den Tag vorstellte, an dem es wirklich geschehen würde. Nur dass dann dieses Unglück passiert war und mich die Regenwurmzucht zu großem Reichtum brachte, und wenn das so weiterging, lief ich Gefahr, Milliardär zu werden: tschüss, Heiligkeit, tschüss, Nonnen der Zukunft, die von mir sprechen, tschüss, Wunder, wie mein Papa wieder aufwacht.

Also stand ich nach einigen schlaflosen Nächten auf, rannte hinter Omas Haus, nahm das Schild der Regenwurmzucht und strich den Preis für die Würmer durch, denn von dem Tag an wollte ich keine einzige Lira mehr. Das heißt, doch, sie sollten zusammenlegen und mir nur hundert Lire pro Woche geben, die ich jeden Mittwoch für ein neues Lehrbuch ausgeben wollte. Denn das war kein Luxus, sondern wichtiger als das tägliche Brot.

Und indem ich aufhörte, reich zu sein, wurde ich wieder glücklich. Noch glücklicher als vorher, denn jetzt war ich nicht nur arm, sondern auch noch großzügig und verschenkte meine wunderbaren Köder an meine Fischer-Freunde.

Als Erster kam Onkel Aramis, der zehn Würmer wollte und neben einem leeren Glas mit durchlöchertem Deckel auch das Geld schon in der Hand hatte.

»Hier nimm, mein liebes Onkelchen. Schau mal, wie dick die sind. Aber Geld will ich keins, danke.«

»W… W… Wieso nicht?«

»Ich brauche kein Geld«, sagte ich mit einem gütigen Lächeln und halb geschlossenen Augen, weil das Licht so blendete, ein Licht, das ich selbst ausstrahlte. »Ab heute will ich keins mehr.«

»Aha, in O… O… in Ordnung.« Er nahm die Würmer, steckte sich das Geld wieder in die Tasche und machte sich auf den Weg zum Fluss. Aber nach zwei Schritten hielt er inne, drehte sich noch mal zu mir um und meinte: »I… I…ch muss s-s-sagen, du b-b-bist echt ein H… H… H…«

Und ich lächelte erneut und nickte. »Ich weiß, Onkel, danke, ich bin echt ein Heiliger.«

»N-Nein! Du bist echt ein H-H-Hohlkopf!«

11

Das Lied von Dino und Mariuccia

Jeder hat so seinen Geschmack, aber die schönste Jahreszeit ist der Sommer, und darüber lässt sich nicht streiten. Er ist so schön, dass die anderen Jahreszeiten um ihn kreisen, auch wenn sie eigene Namen und eigene Früchte haben, in deinem Herzen denkst du nur auf eine Art an sie:

Herbst: O nein, der Sommer ist vorbei.

Winter: Der Sommer ist noch zu weit weg.

Frühling: Mach schon, wir haben es fast geschafft, los, los, los!

Und dann kommt der Sommer endlich wieder. Jedes Mal und auch in jenem Jahr, als ich zehn Jahre alt war und bald in die fünfte Klasse kam. Nur dass mein Papa nicht mit ihm wiedergekehrt war, weshalb auch der Sommer nur zur Hälfte angekommen war, wie eine Sonne, die nicht wärmt, eine Blume, die nicht duftet, ein Knallfrosch, der nicht explodiert.

Trotzdem ging ich jeden Tag ans Meer zum Schwimmen, ich schwamm ganz viel, weil Papa es mir beigebracht hatte und es mir großen Spaß machte, und ich hätte ihm gern gezeigt, wie gut ich es gelernt hatte. Doch er konnte es nicht sehen, und auch Mama und Oma nicht, die, weil Papa ja nicht mehr arbeiten konnte, die ganze Zeit arbeiten mussten und immer unterwegs waren, um so viele Villen zu putzen, dass zu Hause ich putzen musste.

Denn es stimmt zwar, dass arm sein schön ist und ich mir

wie ein Heiliger vorkam, wenn ich Regenwürmer an meinen Nächsten verschenkte, aber uns schenkte niemand was, sogar Signora Teresa wollte Geld, wenn sie uns etwas so Wichtiges wie Essen gab, ohne das man ja stirbt. Und ich wollte zwar ein Heiliger werden, das ja, aber wenn möglich, wollte ich auch am Leben bleiben, und darum war ich heute Morgen, gegen Ende des Sommers, hier bei der Niederlassung der ehemaligen Frontkämpfer.

Die einige Gebäude voller Wohnungen und vermieteter Ladenflächen in der Innenstadt besaßen und mit dem Gewinn Denkmäler für die Gefallenen der Kriege errichten ließen und denen halfen, die ebenfalls in den Krieg gezogen waren, aber ohne zu fallen. Nur dass die alle nach und nach starben, also halfen sie ihren Enkeln, mit einem Stipendium zu Beginn des Schuljahres, was zwar keine große Summe war, uns aber doch ziemlich gelegen kam.

Normalerweise begleitete mich Mama, die dieses Jahr aber eben arbeitete, also hatte sie mich vor dem Gebäude abgesetzt, und später würde mich irgendeiner meiner Onkel hier wieder abholen. Doch zum Glück erst später und draußen auf dem Bürgersteig, das Büro hatte ich also alleine und ohne Probleme betreten.

Zumindest fast. Denn ich hatte diesen Zettel ausgefüllt, was mir ganz leicht vorgekommen war, aber auf der anderen Seite des Schreibtischs kontrollierte ihn ein uralter Mann mit Bart und einem Haufen Medaillen auf dem Jackett, murrte und sagte schließlich, dass das so nicht in Ordnung sei.

»Erst musst du deinen Nachnamen schreiben, dann deinen Vornamen.«

In der Tat verlangte das Formular es so: »Nachname und Vorname«, nur dass ich den Nachnamen nicht vor dem Vornamen schrieb und nie schreiben würde: Das war das Einzige, was mir Opa Arolando beigebracht hatte, als er noch lebte, zumindest das Einzige, woran ich mich noch erinnern konnte: *Schreib nie deinen Nachnamen vor deinem Vornamen.* Und damals war ich zu klein, um ihn zu fragen, wieso, aber das war unwichtig, er hatte es mir gesagt, und ich hatte mit dem Kopf genickt. Und daher schüttelte ich jetzt den Kopf, als mir der Mann hinter dem Schreibtisch das Formular zurückgab, damit ich es korrigierte.

»Kleiner, das kannst du dir nicht etwa aussuchen, erst den Nachnamen und dann den Vornamen.«

»Es tut mir leid, Signore, aber ich kann nicht.«

»Was? Und warum nicht?« Seine mich anstarrenden Augen lagen unter zwei so riesigen Augenbrauen, dass es aussah, als beobachtete er mich aus dem Dickicht eines Waldes und wollte eine Antwort von dort. Nur dass Opa mir nicht erklärt hatte, warum, wie sollte ich es da diesem Mann hier erklären?

»Weil das keinen Sinn macht«, versuchte ich es. »Haben Sie je jemanden Columbus Christoph sagen hören? Oder Polo Marco? Haben Sie je jemanden Travolta John sagen hören?«

»Nein, Kleiner, aber tatsächlich bekommen diese Leute von uns ehemaligen Frontsoldaten keine einzige Lira. Wenn du dagegen Geld willst, musst du gehorchen. Du hast keine Wahl, es ist so, Schluss, aus.«

Aber ich verschränkte die Arme vor der Brust und schüttelte noch einmal den Kopf.

Da schnaubte er, riss mir das Formular aus der Hand, öffnete eine Schublade, in der noch viele andere Formulare lagen, und statt es obendrauf zu legen, begrub er es als Letztes ganz unten. »Gut, wir werden sehen, ob noch etwas übrig bleibt oder ob es für dich dieses Jahr nichts gibt.«

Das sagte er ganz ernst, aber mir war es egal. Nicht einmal eine Million Milliarden hätten mich dazu bringen können, die Lehren meines Opas zu verraten. Lieber hatte ich kein Geld für Bücher und ließ ein Schuljahr aus, schließlich reichten mir hundert Lire pro Woche, um meine Lehrbücher zu kaufen und alles zu lernen, was ich im Leben brauchte.

Ja, bevor ich ging, wollte ich es ihm eigentlich noch sagen, diesem hässlichen, medaillenübersäten Herrn, der meiner Meinung nach gar kein echter ehemaliger Frontkämpfer war, denn die Frontkämpfer hatten ihr Leben für Italiens Freiheit riskiert, er dagegen ließ mir noch nicht einmal die Freiheit, meinen Namen so zu schreiben, wie es mir passte.

Ich wollte es ihm sagen, ich schwör's, ich hatte schon den Mund aufgemacht und die Lungen gefüllt, um alles in einem einzigen Atemzug herauszuschießen. Doch er war schneller, redete als Erster, und es verschlug mir den Atem. Denn er schloss die Schublade, setzte sich wieder auf und nuschelte wenige holprige Worte, die zwischen den Wänden und Gedenktafeln und alten Fotos von Männern in Uniform hin und her prallten, bevor sie auf mir landeten wie ein Peitschenhieb mitten auf die Brust und von dort bis ins Herz und zu dem geheimnisvollen Ort, an dem wir unsere Seele hüten:

»Na ja«, sagte er, »bei dem Enkel dieser Verrückten hätte ich mir das ja denken können.«

Einfach so, mir blieb der Mund offen stehen, aber nur, weil ich vergaß, dass ich einen hatte. Wie ich auch keine Beine mehr hatte, die mich trugen. Ich hatte nur diese schreckliche Verdammnis im Blut, einen Fluch, der mich mit vierzig erwartete, aber schon jetzt um mich war, und vielleicht bemerkte ich ihn nicht, aber die Leute sahen ihn gut, sogar durch solche riesigen Augenbrauen.

Und da konnte ich zu dem ehemaligen Frontkämpfer nichts Boshaftes mehr sagen. Im Gegenteil, ich hatte den Impuls, ihn um Entschuldigung zu bitten, ihn um das Formular zu bitten, damit ich es korrigieren und ordentlich meinen Nachnamen vor den Vornamen schreiben könnte, damit er bemerkte, dass es nicht der verfluchte der Mancini war. Nein, ich trug den Nachnamen meines Papas, und tatsächlich hatte ich genau deshalb ein Recht auf das Stipendium.

Bestimmt nicht wegen meiner Onkel, die im Register der Frontkämpfer nicht einmal auftauchten. In Kriegszeiten war der eine zu jung, der andere zu alt, und die im richtigen Alter waren aus anderen Gründen nicht recht, alles eingeschworene Feinde des Faschismus und immer drauf und dran, Aufruhr zu stiften. Deshalb gab es Bürgerwehren, die sich samstagnachmittags ihre schwarzen Hemden anzogen und durch den Ort fuhren, um sie zu suchen, mit Stock in der Hand, auf einem ganz schwarzen Laster voller Totenköpfe (ganz schlecht gezeichneten, erinnerte sich Opa). Und in Wirklichkeit wussten sie genau, wo die Mancinis waren, im Dorf Mancini eben, nur dass sie da besser nicht hinfuhren, um sie zu finden. Die Einzigen, die dorthin fuhren, waren die Carabinieri, jedes Mal, wenn Mussolini wegen irgendeiner Rede durch die Toskana oder durch Süd-Ligurien fuhr. Zu diesen Gelegenheiten wurden die Männer der Familie und sogar Uroma Archilda für ein paar Tage in den Knast gesteckt, einfach so, zur Sicherheit. Ja, wenn in der Zeitung zu lesen war, dass ein Auftritt des Duce irgendwo in Florenz oder Umgebung geplant war, hob Uropa Arturo die Augen zum Himmel und sagte: *Archilda, leg Unterwäsche und saubere Hemden raus, heute schlafen wir auswärts.*

Kurz, den Nachnamen Mancini hörte man in jenen Jahren überall, außer bei den Frontkämpfern der Armee. Doch Onkel Aldo passte das nicht, und an gewissen Tagen, wenn er mit zu viel Streitlust aufwachte, rannte er zum Sitz der ehemaligen Frontkämpfer und brüllte, dass es ein Skandal sei, wenn sie dem einzigen Enkel der einzig wahren Antifaschisten des Orts kein Geld gaben, schließlich seien sie schon immer gegen Mussolini gewesen, nicht wie die anderen, die gewartet hatten, bis sie ihn an einem Seil baumeln sahen.

Aber das war ein sinnloser Streit, denn ich bekam das Geld ja schon, dank dem Papa meines Papas. Der Dino hieß und sehr wohl im Register der Frontsoldaten stand, und zwar in Großbuchstaben. Denn Opa Dino hatten die Deutschen gefangen genommen, und er war in einem Konzentrationslager gelandet.

Aber vielleicht wusste dieser unsympathische, medaillenübersäte Herr gar nicht, wer mein Opa war und was er getan hatte, also würde ich es ihm jetzt erzählen. Und wenn er es doch schon wusste, egal, dann erzählte ich es ihm trotzdem, denn manche Geschichten sind wie deine Lieblingslieder, je öfter du sie dir anhörst, desto öfter willst du sie noch mal hören.

Und das Lied von meinem Opa Dino ging so:

Mariuccia war allein geblieben, sie war zwanzig und hatte zwei kleine Kinder und ein Fitzelchen Land, das sie so lange auswrang, bis sie genug Essen anbauen konnte, um durchzukommen. Von Sonnenaufgang bis Sonnenuntergang zur Erde gebeugt, und die Erde ist tief, die Erde ist das Tiefste, was es gibt. Oma lockerte sie, grub sie um und mischte sie gründlich durch, und dabei erzählte sie ihr von ihrem Ehemann, wie sie sich kennengelernt hatten, wie sie frisch verheiratet an einem Schokoladenstand vorbeigekommen waren und sie noch nie welche probiert hatte und so große Lust darauf bekam, dass ihr schlecht wurde, und sie war kurz davor gewesen, es ihm zu sagen, tat es dann aber nicht, sondern behielt es für sich, weil sie nicht unverschämt erscheinen wollte. Also hatte sie jetzt ein Gelübde abgelegt: Wenn die Madonna ihr die Gnade erwies und Dino aus dem Krieg heimkehrte, würde sie nie in ihrem Leben Schokolade probieren. Dieses Gelübde sprach sie jeden Tag laut aus, auch wenn sie auf dem Feld allein war.

Sie redete mit den Pflanzen, sie erzählte ihnen all diese Geschichten, die wirklich wunderbar gewesen sein müssen, denn die Tomaten, Bohnen und Rüben wuchsen schneller, um hochzukommen und ihr besser zuhören zu können, und Oma hörte nicht einmal dann auf zu erzählen, wenn sie weinen musste, sie hatte gelernt, es ohne Schluchzer und Jammern zu tun, nur Tränen tropften aus ihren Augen wie vor lauter Anstrengung der Schweiß von ihrer Stirn, den ganzen Tag über die Erde gebeugt, die Hände darin vergraben und ab und an den Blick hebend, nach da hinten, wo das Feld zu Ende war und die einzige, von Oliven gesäumte Straße entlanglief, und warten, und hoffen.

Bis zu einem Nachmittag im September, als von dort hinten der große Sergio angerannt kam, mächtig wie ein Stier, aber mit dem starren Blick gerade geborener Kälber. Beim Überqueren des Feldes zertrampelte er die Saat, aber Oma schimpfte nicht, denn der große Sergio kam mit erhobenen Armen und rief: *Dino kommt! Dino kommt!*

Drei Jahre waren es nun schon, aber sie hatte es jeden Moment erwartet. Und tatsächlich brauchte sie nur eine Minute, sie wusch sich mit dem Wasser aus der Waschschüssel, zog sich das saubere Kleid an, das sie extra am Fenster auslüften ließ, und schon war sie oben an der Straße. Sie wusste nicht, von welcher Seite sie ihn würde kommen sehen, also schaute sie ein wenig nach hier und ein wenig nach dort, um sich diesen winzigen und gigantischen Moment nicht entgehen zu lassen, wenn Dino da hinten auftauchen würde und das Leben wieder anfinge, wirklich Leben zu sein. Doch der Nachmittag verging, und rein gar nichts tauchte auf. Nur der große Sergio, kurz vor Sonnenuntergang, mit einem Sack voll frischem Heu. Er fragte sie, was sie da auf der Straße mache, denn er hatte alles vergessen, dann war er rot geworden und hatte mit gesenktem Blick gesagt: *Entschuldige, Mariuccia, aber du weinst immer, und ich wollte, dass du heute glücklich bist.*

Er hatte sie noch tausendmal um Entschuldigung gebeten, aber am nächsten Tag hatte er dasselbe wieder getan, und jeden Nachmittag jenes Herbstes von Neuem, überzeugt davon, sie so glücklich zu machen, wie sie am ersten Tag gewesen war, dort oben auf dem Weg, hierhin und dorthin schauend, die Augen immer starrer ins Nichts zwischen Himmel und leerer Straße gerichtet, im guten Kleid.

Doch jetzt hob Mariuccia nicht einmal mehr den Kopf, der große Sergio rief, dass Dino käme, und sie antwortete: *Gut, sag ihm, dass ich hier auf ihn warte*, und arbeitete weiter. Jedes Mal, bei Regen und Sonne, sogar an Weihnachten und an Neujahr. Bis eines Abends, als es mittlerweile Mai war und der Krieg seit Kurzem zu Ende, Oma gerade die Tomaten anband, in einer Sonne, die nie untergehen wollte, und da kommt dieser alte Mann, der sackartige Klamotten trägt und einen alten Hut auf dem Kopf. Meine zur Erde gebeugte Oma hat ihn nicht einmal kommen sehen, sie bemerkt nur einen dünnen, gekrümmten Schatten, der langsam das Feld vor ihr verdunkelt, und ohne aufzuschauen, sagt sie: *Da ist noch ein kleines Stück Polenta neben der Tür, wenn Sie welche möchten. Aber wenn Sie keine möchten, wär's besser, das ist nämlich unser Abendessen.*

Der Alte antwortet nicht, rührt sich nicht, sein Schatten ist ein dunkler, langer, regloser Strich, wie der Zeiger einer kaputten Uhr. Dann eine minimale Geste, der Mann nimmt nur den Hut ab, und in diesem Augenblick hört die Zeit auf zu existieren. Zusammen mit der Sonne, die sie anstrahlte, mit der Erde, die sie trug, sogar die Luft zwischen ihnen hört zu existieren auf, tatsächlich atmet Mariuccia nicht mehr. Weil sie verstanden hat. Denn in den Kriegsjahren sind sie schon zu den Frauen der Nachbarhäuser gekommen, ganz ernste Fremde.

Bevor sie zu sprechen begannen, nahmen sie ihre Hüte ab, wie um für die Nachricht, die sie bringen, um Verzeihung zu bitten, dann gingen sie wieder, das Weinen im Rücken. Und jetzt ist der Krieg zu Ende, und doch ist Dino nicht heimgekehrt, also bringt es auch nichts, dass dieser Schatten sagt, was er zu sagen hat, alles ist schon so klar, klar und dunkel zugleich, tiefschwarz.

Und in diesem Dunkel hört Mariuccia die Stimme des Alten, die allerdings gar nicht alt klingt: diese Art, im Hals zu kratzen, während sie herauskommt, zu sprechen, ohne die Lippen zu bewegen, diese raue und zugleich dahingleitende Art, mit einem Hauch, wie ein Atemzug, der sich im Ohr auflöst, zu sagen: *Ciao, Mariù.*

Diese Stimme dringt in Omas Ohren, in die aufgerissenen Augen, mit denen sie ruckartig aufschaut, in jede einzelne Pore der Haut, die sie aufnimmt und verschlingt und hochschnellen lässt bis zum Herzen. Das nicht nur wieder zu schlagen beginnt, Mariuccias Herz platzt gleich wie ein entflogener Luftballon mitten im Himmel. Und in jenen Himmel fliegt auch sie: Sie war zur Erde gebeugt, aber jetzt springt sie hoch, springt auf ihn zu, umarmt ihn, den Bindfaden für die Tomaten noch in der Hand. Und Dino umfasst sie sofort, hält sie so fest, dass sie auf diesem Feld eins werden, schmutzig von Erde und Staub, aber zugleich so strahlend, so heiß, dass die Pflanzen sie mit der Sonne verwechseln und sich alle nach ihnen umdrehen, um sie anzuschauen.

Wie Mariuccia Dino anschaut, ihn auf den Hals und auf den Mund küsst und seinen Geruch einsaugt, seinen Atem, die unbekannten Falten und Runzeln in seinem Gesicht übergeht und dahinter seine grünen Augen wiederfindet, die so tief sind, dass du schwimmen können musst, um hineinzusehen.

Und mit diesen Augen schaut Dino Mariuccia an, auch wenn

sie hin und wieder besorgt an ihr vorbeischauen. Anfänglich dreht sie sich um, ob da jemand kommt, aber mit der Zeit wird sie sich daran gewöhnen, denn Dino wird nie aufhören, diese Gespenster zu sehen, die ihn aus dem Nichts heraus anfallen. Aber dabei umarmt er sie fest und sie ihn, das Dunkel bricht herein, und Tau steigt auf und durchnässt sie, und als es ihnen gelingt, sich voneinander zu lösen, ist das Erste, was sie tun, auch wenn das unmöglich erscheint, die Tomaten fertig anzubinden. Aber zusammen, Hand in Hand mit denselben Gesten, so Haut an Haut aneinander klebend, dass die Arbeit von sich aus in Liebe übergeht. Und während zu Hause zwei Töchter auf sie warten, rufen Dino und Mariuccia da auf der Erde mitten im Feld ein weiteres Kind in die Welt.

Die Pflanzen ringsum werden Tomaten zur Welt bringen, und dann wird ein Junge zur Welt kommen, der Giorgio heißen und mein Papa werden wird, also bin auch ich ein wenig auf diesem Feld gezeugt worden, wenn Opa vorher gestorben wäre, hätte ich Dino geheißen wie er. Stattdessen starb er, als ich einen Monat alt war, und so ist mir weder sein Name noch eine richtige Erinnerung an ihn geblieben.

Aber ich habe diese Geschichte von Oma und ihm und eine Fotografie. Ein Foto im Stall, in Schwarz-Weiß, wie die Kuh im Hintergrund, die den Kopf zum Fressen hinunterbeugt, ringsum Stroh, außerdem eine Holzleiter, die wer weiß wohin führt. Oma lächelt und winkt, Opa Dino hält mich im Arm und schaut mich an.

Und auch er lächelt, denn vielleicht sah er in diesem Moment nur mich, ohne all die Gespenster, die sonst seine Augen füllten. Und wer sie waren und wie sie da hineingekommen waren, hat Opa Dino nie erzählt. Nicht einmal, wie er in Gefangenschaft geraten war, was da oben passiert und wie es ihm gelungen war zurückzukommen, dem geradlinigen Flug der Kugeln auszuweichen, die dich aus der Welt reißen, den Bomben, die herunterfallen und zufällig einschlagen, den Tretminen, die bei jedem Schritt darüber entscheiden, ob du noch einmal Atem holst oder es Zeit ist, gute Nacht zu sagen.

Und doch hat Opa, wie man sieht, einen richtigen Schritt getan, dann noch einen, und dann noch einen, und so ist er im Zickzack bis nach Hause gekommen. Er hat ewig gebraucht, denn er ist als junger Mann aufgebrochen und als alter zurückgekehrt, aber er hat es geschafft. Er ist im Sonnenuntergang bei Oma auf jenem Feld angekommen, und sie haben sich umarmt, und da hat die Geschichte meines Papas begonnen und dann meine, der ich sonst gar nicht hier wäre, um noch heute die Geschichte meines Opas Dino zu erzählen.

Und wirklich, als Padre Domenico uns in der Kirche gesagt hatte, dass der Körper stirbt, unsere Seele aber unsterblich ist, konnte ich mir diese Seele im ersten Moment nicht vorstellen, doch dann habe ich verstanden, dass die Seele jedes Menschen genau das ist: seine Geschichte, die man erzählen kann, und je schöner sie ist, desto mehr fliegt sie von Mund zu Ohr und überdauert in der Zeit. Dein Körper landet in einem Sarg, aber deine Geschichte reist um die Welt, reist für immer.

Und ich wollte, dass die Geschichte meines Opas Dino bis hierher käme, zum Sitz der ehemaligen Frontkämpfer. Dass sie sich neben mich stellte und diesem unsympathischen Herrn in die Augen sähe, mit seinen ganzen bescheuerten Medaillen auf der Brust, die, wenn er hustete, wie die Glocken klangen, die Schafe um den Hals tragen. Damit er sich schämte, mich einen Verrückten genannt zu haben. Denn verrückt waren diejenigen, die Kriege beschlossen und Menschen zum Sterben hineinschickten. Und ich schwöre, dass ich kurz davor war, ihm das zu sagen, diesem Riesenschaf, ich musste es ihm sagen, denn wenn ich es für mich behielt, platzte mir mindestens der Hals.

Doch dann platzte viel lauter von da draußen ein Gehupe und Geschrei herein. Es war Onkel Aldos Hupe, und das Stimmengewirr stammte von meinen Onkeln.

»Komm in die Gänge! Komm her! Lass diese Dumpfbacke!«

Und dann sangen sie los, wie ein Stadion-Chor, mit der Hupe, die den Rhythmus vorgab: »Dumpf-ba-cke! Dumpf-ba-cke! Dumpf-ba-cke!«

Der ehemalige Frontkämpfer starrte mich weiter an, die eine Mundhälfte beleidigt herabhängend von all diesen *Dumpfbacke*-Rufen, die er abbekam, aber die andere Hälfte mit dem abscheulichen, kleinen Lächeln, das einem kommt, wenn man denkt, man habe recht.

Doch er hatte nicht recht, und ich vielleicht auch nicht, aber wen kümmert das. Um recht zu haben, werden Kriege angezettelt, über die vielen Bomben und Kanonen vergisst man es dann, und es bleiben nur Medaillen auf der Brust und Tote unter der Erde.

Also, mag sein, dass ich sonderbar bin, mag sein, dass ich verrückt bin, ich weiß es nicht, und es ist mir auch egal. Ich weiß nur, dass ich das Formular lasse, wie es ist, falsch und richtig zugleich, und renne nach unten. Eine Treppenflucht und die Straße, und meine Geschichte fliegt schon anderswohin.

12

Hirnlöffel

»Oh, das wurde aber auch Zeit«, sagte Onkel Aldo, als ich das Gebäude der ehemaligen Frontkämpfer verließ. »Du hast ja ewig gebraucht!«

Er drehte kräftig den Zündschlüssel im Schloss, und der Lastwagen sprang an, während ich auf der Bank neben dem Fahrersitz kräftig gegen Onkel Aramis und Onkel Adelmo gedrückt wurde. Onkel Athos dagegen saß hinten, draußen auf der Ladefläche, weil er gerne an der frischen Luft und mit dem Himmel über sich reiste.

»Es gab ein Problem mit dem Formular«, antwortete ich, Adelmos Ellbogen im Mund.

»Das sieht dir ähnlich. Was für ein Problem?«

»Ach, nichts, man sollte erst den Nachnamen und dann den Vornamen schreiben.«

»Was? Das ist was für Sklaven, das hättest du nicht tun sollen!«

»Habe ich auch nicht, das war ja genau das Problem.«

»Bravo, Kleiner, gut gemacht!«, sagten alle gleichzeitig. Das heißt, in Wirklichkeit nur Aldo und Adelmo, denn Onkel Athos da draußen bewegte die Hände im Wind und lachte vor sich hin, und Aramis hatte sich im B von *Bravo* verheddert, ohne weiterzukommen.

»Gut gemacht«, meinte Onkel Aldo noch einmal, und nach einer Kurve nahm er die Hand vom Lenkrad, um mir auf die

Schulter zu klopfen, so fest wie ein Ruderschlag. Und meine anderen Onkel taten es ihm gleich, sie wiederholten, dass erst den Nachnamen und dann den Vornamen zu schreiben etwas für Sklaven und traurige Leute sei, dass ich gut daran getan hatte, nicht zu gehorchen, ich hätte diesen Zettel zerreißen und draufpinkeln, den Tisch mit den anderen Zetteln umwerfen und alles anzünden sollen.

»Alles anzünden! Alles anzünden!«, rief Onkel Adelmo, während er mit der Hand meine Haare platt drückte. Und hatte es mir anfangs gefallen, dass sie mir recht gaben, so machte es mir, je länger sie schrien, spuckten und brandstifteten, zunehmend Angst, auf ihrer Seite der Welt zu stehen.

Aber außer Angst empfand ich auch Ekel, als ich sah, dass Adelmo sich in die Hände spuckte, bevor er meine Haare platt drückte.

»Nein! Es reicht, Hilfe!«

»Halt still! Stillhalten, du bist ja ganz zerzaust!«, sagte er, während er mit seiner Spucke versuchte, meine Locken nach einer Seite zu biegen. Und erst da fiel mir auf, dass meine Onkel sorgfältig gekämmt waren.

Gekämmt und quasi elegant, ohne Gummistiefel und Wanderschuhe, Tarnhosen und Jagdjacken, was nur vorkam, wenn sie so tun mussten, als wären sie anders, als sie wirklich sind, denn sich sauber und gekämmt zu präsentieren, machte bereits einen großen Unterschied.

Derweil legte Adelmo weiter seine angesabberten Hände auf meine Locken, und ich schrie: *Nein, nein, nein!*, während ich versuchte, mich hinter Aramis zu verstecken. Da stieß Onkel Aldo einen Fluch aus, schrie, dass wir ruhig sein sollten, und erklärte mir, dass ich da, wo wir jetzt hinfuhren, den Braven spielen und immer nur mit Ja antworten solle.

»Nur Ja und nichts als Ja, hast du das verstanden?«

»Nein!«

»Na also, sehr gut.« Ein weiterer Fluch und eine weitere Zigarette, und Aramis und Adelmo taten es ihm gleich, sodass man im Lastwagen keine Luft mehr bekam. Auch Onkel Athos klopfte von hinten an die Scheibe und ließ sich eine reichen, aber der Wind riss sie ihm fast sofort wieder aus dem Mund. Er lachte lauthals, hob die Arme und rief: »Dann rauch du sie halt, Himmel, nur zu!«

So rauschten wir also dahin, auf denselben Sitz gequetscht, denselben Rauch in den Lungen, dieselbe Spucke in den Haaren und leider auch dasselbe Blut in den Adern. Alle eins, sonderbar und verflucht, auf ein einziges Schicksal zurasend. Jedenfalls dachte ich, es wäre das Schicksal, dabei war es Lucca.

Was vielleicht nicht die Galápagosinseln sein mochten, aber immerhin weiter entfernt als üblich, deshalb machte es mich glücklich. Es gab zwar keine Klippen voller Vampirfinken und Wälder mit unbekannten Pflanzen, aber diese alten dunklen Paläste waren auch okay, und dazwischen so enge Sträßchen, dass der Lastwagen beim Durchfahren an manchen Stellen Funken gegen die Mauern sprühte.

Dann hielten wir vor einem großen alten Tor, meine anderen Onkel trugen Adelmo und seinen Rolli, und wir betraten einen langen Flur, in dem niemand war. Nach vielem Hoch-und-runter-Gehen fanden wir schließlich die richtige Tür, auf der stand PROVINZ LUCCA – ABTEILUNG FÜR JAGD UND FISCHFANG. Sie stand halb offen zu einem Zimmer mit kleinem Fenster auf der gegenüberliegenden Seite und einem Schreibtisch unterhalb des Fensters, hinter dem ein einzelner Stuhl stand, groß, bequem und leer.

Onkel Aldo hustete, hustete noch einmal und hörte erst auf, als jemand sagte: *Ich komme!*

Eine Frauenstimme, was aus irgendeinem Grund eine gute

Nachricht war, da meine Onkel sich gegenseitig anschauten und sich mit einem schneidenden Lächeln zunickten. Onkel Adelmo leckte sich sogar die Hände ab, um seine Haare ein weiteres Mal in Ordnung zu bringen.

Ich blieb dagegen an der Tür stehen, denn das Zimmer war dunkel und roch seltsam, aber vor allem waren die Wände mit Konsolen übersät, auf denen eine unermessliche Anzahl Vögel saßen.

Echte Vögel, große und kleine, dunkle und bunte, manche auf Zweigen, manche mit geöffneten Flügeln, als wollten sie losfliegen, aber alle regungslos, die Augen starr auf einen einzigen Punkt gerichtet: auf mich.

Es waren ausgestopfte Vögel, und da blieb auch ich wie ausgestopft auf der Schwelle stehen. Denn genau an jenem Mittwoch hatte ich beim Stand von Signora Stella ein Lehrbuch mit dem Titel *Der Naturforscher und Präparator. Die Kunst der Taxidermie* herausgefischt. Ein sehr viel älteres Buch als die anderen, mit hartem Ledereinband. Ich hatte es ganz aufgeregt nach Hause getragen, denn es wirkte auf mich wie ein alter, magischer Text, und ich konnte es gar nicht erwarten, in den letzten Sommertagen die Geheimnisse der Tierpräparation zu erlernen.

Aber es hatte nicht lange angedauert, gerade mal die Zeit, das erste Kapitel zu lesen und herauszufinden, dass man zuerst ein totes Tier öffnen und alles herausholen musste, was in ihm war. Auf den ersten zehn Seiten listete Doktor R. Gestro nämlich die Werkzeuge auf, die man dazu brauchte, unter anderem Messer und eiserne Pfrieme, Scheren und Schaber, Bohrer, Zangen, Beißzangen und Pinsel aus Marderhaar, Arsensalbe und ein anderes geheimnisvolles Utensil namens *Guttapercha*.

Bei der Guttapercha war ich stehen geblieben, weil ich zwar nicht wusste, was das war, es mir aber trotzdem so schien, als steckte sie mir im Hals und wollte mich ersticken. Doch dann hatte ich zu meinem Papa aufgeschaut, der da regungslos wie ein ausgestopftes Tier auf dem Bett lag, und da hatte mich eine kribbelnde Wut sagen lassen, dass nur das Leben entscheidet, wann du anhalten sollst, und wenn es so entscheidet, hält es dich wirklich an. Wenn es dich stattdessen heute noch frei laufen lässt, musst du die Zähne zusammenbeißen und so schnell rennen, wie du nur kannst. Und so hatte ich es dann auch gemacht, ich hatte das Lehrbuch wieder aufgeschlagen und hatte laut, ja sehr laut, das zweite Kapitel dieses neuen Abenteuers vorgelesen. Das gänzlich dem Entleeren von Affen gewidmet war:

Der Schädel muss vom Gehirn befreit werden, und zu diesem Zwecke werden wir uns des Hirnlöffels bedienen, der mehrmals in das große Hinterhauptsloch eingeführt und in alle Richtungen gelenkt wird, um die Hirnmasse zu zerquetschen …

Das war zu viel, ich gab auf. Denn abgesehen vom Ekel wäre es ein nutzloses Opfer gewesen weiterzulesen: Der am Meer gelegene Laden von Signora Patrizia verkaufte zwar alles Mögliche, von Nägeln über Schlauchboote bis zu diesen langen Stöcken mit Schere oben dran, mit denen man Feigen aus den Gärten anderer Leute stehlen kann, aber sie sang mit Mama im Kirchenchor, da konnte ich ja nicht einfach in ihren Laden gehen und fragen: *Verzeihen Sie, Signora Patrizia, hätten Sie vielleicht einen Hirnlöffel für mich?*

So hatte ich zum ersten Mal ein Lehrbuch weggelegt, ohne es auszulesen, mit dem Gedanken, dass man beim zufälligen Herausfischen auch mal danebenliegen konnte. Aber jetzt, auf der Türschwelle dieses dunklen Zimmers, berührten mich seine Seiten wieder, zusammen mit den Blicken der tausend

Vögel ringsum, ihren dunklen Glasaugen, die in mein Gehirn eindrangen und tief bis ins Fleisch, wie Doktor R. Gestros fürchterliche Werkzeuge.

Und kurz darauf wurde es noch schlimmer, als durch eine kleine Tür da hinten ein lebendes Wesen den Raum betrat. Eine Frau, deren schwarze Haare zu einem strengen Pferdeschwanz gebunden waren, setzte sich an den Schreibtisch und sah uns ernst an, genau wie eine Lehrerin hinter dem Pult.

Sie nahm einige Blätter und rief meine Onkel nacheinander auf, wie in der Schule. Sie sagte zuerst den Nachnamen und dann den Vornamen, aber sie antworteten ohne Protest, alle im Stehen außer Onkel Adelmo, der in seinem Rollstuhl saß und nicht aufgerufen wurde.

»Und wer sind Sie?«

»Ich bin der unglückliche Bruder. Ich habe nichts damit zu tun, aber alleine langweile ich mich.«

Und Onkel Aldo: »Wenn er stört, schieben wir ihn auf den Gang.«

»Nein, nein, das fehlte noch.« Dann änderte die Lehrerin ihren Tonfall und sah leider zu mir: »Hallo, und wer bist du?«

»Das ist unser geliebtes Enkelchen!«, antwortete Onkel Athos und strich mit einer Hand durch meine Locken, wodurch er das bisschen, was die Spucke hatte zähmen können, wieder durcheinanderbrachte.

»Wessen Enkel?«

»Von allen, uns allen!«

»Aha«, sagte die Frau, mit einem Tröpfchen Mitleid in der Stimme. »Und wie heißt du?«

»Ich? Fabio«, sagte ich ganz leise.

»Hallo, Fabio, möchtest du ein Pfefferminzbonbon?«

Ich schüttelte den Kopf und machte sofort einen Fehler. Schließlich hatten meine Onkel mir aufgetragen, immer mit

Ja zu antworten, außerdem hätte ein Bonbon mir den bitteren Geschmack der Guttapercha im Mund nehmen können. Aber jetzt war es zu spät, die Frau war zu ernsteren Dingen übergegangen, die Bonbonzeit vorbei.

»Also. Mancini Aldo, Athos und Aramis, alles Brüder.«

»Ja, Signora.«

»Brüder und Jagdgenossen.«

»Nein!« Onkel Aldo mit erhobenem Finger. »Das nicht. Wir sind gegen die Jagd.«

»Sie haben alle seit vierzig Jahren einen Jagd- und einen Waffenschein.«

Kurze Stille, dann brach Onkel Athos in Lachen aus: »Meinen ersten Jagdschein habe ich immer noch zu Hause, da war ich ein kleiner Junge mit ganz langen, wunderschönen Haaren! Ich hatte ein fantastisches Moto Guzzi, erinnert ihr euch, Jungs? Was für ein Wunderwerk, dieses Motorrad. Was ist nur daraus geworden? Habe ich es verkauft? Habe ich es verliehen? Habe ich es vielleicht noch?«

Niemand antwortete, nur Onkel Aldo schüttelte den Kopf, dann wandte er sich wieder der Frau zu, die sie befragte: »Es stimmt, ja, einen Jagdschein haben wir, aber das ist normal, wenn man in unserer Gegend aufwächst. Wir waren Kinder, es gab keinen anderen Zeitvertreib. Letztes Jahr haben wir aber alle aufgehört, auf einen Schlag, wegen einer schlimmen Geschichte, die an einem Oktobermorgen passiert ist. Darf ich sie Ihnen erzählen?«

Sie sah ihn mit zusammengekniffenen Augen an: »Ja, ich fürchte, ja.«

»Gut. Also, es war, wie gesagt, Oktober, wir liefen seit fünf Stunden herum, und weil kein Vogel zu sehen war, hatten wir angefangen, Kastanien zu sammeln. Dann hörten wir irgendwann eine Krähe, die krächzend um einen Baum herumflog, und auf einem Zweig saß ein kleines, mutiges Rotkehlchen, das versuchte, sie zu vertreiben. Sie wissen, wie schrecklich Krähen sind, sie war unverschämt und böse, jedenfalls haben wir, um das Rotkehlchen zu verteidigen, auf die Krähe geschossen. Nur dass sie ein Stück entfernt war, und offenbar war der Streuungskegel zu weit, kurz, wir trafen sie zwar, aber das Rotkehlchen gleich mit. Das Arme, so mutig und so ein Pechvogel. Aber nach einer Weile hörten wir einen schwachen Laut aus den Zweigen, *Piep, Piep, Piep, Piep*, und da verstanden wir, warum das Rotkehlchen so mutig gewesen war: Es hatte sein Nest oben im Baum und verteidigte seine Jungen auf die Gefahr hin, sich von der Krähe töten zu lassen. Und stattdessen hatten wir es umgebracht. Also sind wir hochgeklettert und haben sie runtergeholt, mit nach Hause genommen und aufgezogen, und seitdem leben sie bei Aramis und sind wirklich ein Spektakel. Und seit dem Tag haben wir außerdem aufgehört, auf die Jagd zu gehen, aus Kummer über diesen unglücklichen und absurden Morgen.«

»Ganz genau«, meinte Onkel Athos, der sich die Augen rieb, weil ihm die Tränen kamen. »Unglücklich und absurd.«

»Ja, wirklich«, sagte die Frau Lehrerin, »vor allem absurd, wo Rotkehlchen doch nur im Frühling nisten. Und auf dem Boden, nicht in den Bäumen.«

Schweigen. Und noch mehr Schweigen. Dann Onkel Aldo: »Hm … wirklich seltsam. Aber so was kann passieren.«

»Nein, Signor Mancini, kann es nicht.«

Onkel Aldo sagte nichts, Onkel Adelmo dagegen: »Nun, entschuldigen Sie, Signora, aber auf der Welt passieren noch viel seltsamere Dinge, wissen Sie?«

»Sie sind still, Sie haben nichts damit zu tun. Oder jagen Sie zufällig auch?«

»Ach, schön wär's!«, antwortete er mit traurigen Augen, wobei er auf seinen Rolli zeigte. »Das fehlt mir am meisten auf dieser Welt. Der wahre Jäger in der Familie war ich. Eine unglaubliche Zielsicherheit und ein verdammt guter Riecher für die richtigen Stellen. Aber jetzt, so zugerichtet, wo soll ich da hin? Ich kann nur auf Straßen und festgestampftes Gelände, die Jagd fehlt mir wahnsinnig. Und wenn man bedenkt, dass ich ausgerechnet durch einen Jagdunfall in diesem verfluchten Rollstuhl gelandet bin, wissen Sie? Es war September, ich war früh aufgewacht und …«

»Es reicht!«, unterbrach ihn die Frau. »Genug Zeit verschwendet!« Sie senkte den Blick auf ihren Schreibtisch, auf die verstreuten Blätter voller schlimmer Geschichten, holte Luft, hielt den Atem eine Weile an und atmete dann mit anderem Tonfall wieder aus, präzise und furztrocken:

»Also, am 15. April des laufenden Jahres um 23 Uhr überraschte der Förster Dini Lorenzo in den an die Ortschaft Levigliani angrenzenden Wäldern, im Inneren des Naturparks Apuanische Alpen, Mancini Aldo, Mancini Athos und Mancini Aramis dabei, das erlegte Exemplar eines männlichen Wildschweins mit einem Gewicht von 95 Kilogramm auf einen Lastwagen des Typs OM Tigrotto zu laden, Eigentum des oben genannten Mancini Aldo.«

Sie hörte auf zu lesen, nahm die Brille ab und sah zu unserer Seite des Schreibtischs hinüber, wo der schmutzige Teil der Welt stand. »Also, meine Herren, wie ist es diesmal passiert? Hatte das Wildschwein auch ein Nest im Baum gebaut?«

Im ersten Moment antwortete niemand, die Münder standen schweigend offen, wie ein Foto von Leuten, die gerade reden. Und in dieses lange stumme Bild kam ein leises Quietschen aus irgendeinem anderen Raum, wo sich wohl jemand setzte oder eine Lampe verrückte, aber ich schwöre, dass es für mich wie der Pfiff eines Vogels klang. Einer dieser wunderschönen toten

Vögel, die um uns herum waren, uns mit ihren schwarzen Augen anstarrten und aus dem Jenseits pfiffen, wie ein Schiedsgericht, das zusammengetreten war, um uns zu verurteilen.

»Nein, Signora, das war kein Versehen«, antwortete schließlich Onkel Aldo. »Das war Notwehr! Dieses wilde Tier hat uns plötzlich angegriffen. Vielleicht hatte es Frischlinge, ich weiß es nicht, aber auch wir hatten ein Junges zu verteidigen.« Und er legte seine Hand auf meine Schulter, packte mich am Hemd und schob mich nach vorne, in die erste Reihe.

»Ach, Ihr Enkel war bei Ihnen?«

»Genau, Signora. Und das Wildschwein ist schnurstracks auf ihn zugerannt, was sollten wir da machen?«

»Sie hätten zum Beispiel vermeiden können, tief in der Nacht auf die Jagd zu gehen, mitten in einem Naturpark.«

»Aber wir waren ja gar nicht auf der Jagd!«

»Nein? Was haben Sie denn dann da gemacht?«

»Nichts. Nichts Besonderes. Einen Spaziergang.«

»Aber sicher, einen schönen Waldspaziergang, nachts, mit einem Kind.«

»Sicher! Ist Ihnen klar, wie man die heutzutage groß werden lässt? Man schließt sie im Haus ein, damit sie vor dem Fernseher verblöden, sie wachsen blass und schlaff auf und wissen nichts über die Natur. Wir dagegen nehmen unser Enkelchen mit auf schöne, gesunde Spaziergänge im Grünen.«

»Ja«, meinte sie, »mit einem für die Wildschweinjagd tauglichen Gewehr unterm Arm. Verzeihung, genauer gesagt spricht das Protokoll von drei Gewehren, drei.«

»Notgedrungen, ist Ihnen klar, was für Gefahren nachts im Wald lauern? Würden Sie dort ohne Waffe hingehen, Signora?«

»Nein, Signor Mancini, aber der Punkt ist eben der, dass ich dort überhaupt nicht hingehen würde. Niemand würde da einfach so einen Spaziergang machen. Und wenn Sie mir sagen, dass Sie nicht auf der Jagd waren, dann schließe ich die Augen und sehe drei erwachsene, bewaffnete Männer mitten in der Nacht in einem Wald, die vor den Augen eines Kindes ein zentnerschweres Tier umbringen. Und das Erste, was mir in den Sinn kommt, sind die vielen Anzeigen wegen satanischer Riten in unseren Bergen. Also, meine Herren, ich frage Sie, hielten Sie zufällig eine schwarze Messe ab? Sie sind doch nicht etwa Satanisten?«

»N-n-nein!«, antwortete Onkel Aramis, auf seine Art schlagfertig. »W… wir sss-s-sind K-k-kommunisten!«

Onkel Adelmo sah ihn böse an, Onkel Aldo noch böser, während Onkel Athos wie immer etwas zum Lachen daran fand.

Die Frau Lehrerin dagegen schüttelte eine Weile den Kopf, wie wenn man Würfel schüttelt, bevor man sie wirft. Es war dann aber ein sehr unglücklicher Wurf, denn ihre Augen rollten ausgerechnet zu mir: »Fabio, weißt du was? Ich glaube, der einzige verlässliche Mensch hier drin bist du. Also will ich mich jetzt ein wenig mit dir unterhalten. Ist das okay für dich?«

Ich sollte Ja antworten, ich wollte Nein antworten, also machte ich es wie in der Schule, wenn die Lehrerin mich aufrief, um mich abzufragen: Ich blieb regungslos, in der Hoffnung, mir so wenig wie möglich zu schaden.

»Also, zunächst erinnere ich dich daran, dass wir uns hier in einem öffentlichen Amt befinden. Das ist ein bisschen wie vor Gericht, weißt du, und vor Gericht muss man immer die Wahrheit sagen, verstehst du?«

Und ich nickte mehrfach, denn das wusste ich schon von alleine, dass das hier ein Gericht war. Das Gericht der Natur, und die Geschworenen waren diese tausend toten Vögel, bereit, uns zu verurteilen. Ich schaute sie erneut an, nur kurz, aber alle, und die Frau bemerkte es: »Gefallen sie dir? Das sind Arten, die in unserer Region leben. Erlegte Exemplare, die wir bei Wilderern beschlagnahmt haben.«

Ach, deshalb schauten sie mich so böse an, all diese Vögel wurden von Leuten wie meinen Onkeln oder sogar wirklich von meinen Onkeln umgebracht. Wir waren geliefert, und nicht zu knapp.

»Also, Fabio, diese Geschichte mit dem Spaziergang im Wald, nachts, mit dem Wildschwein, das euch angegriffen hat, war das wirklich so, wie deine Onkel sagen?«

Eine einfache Frage und eine unmögliche Antwort. Denn auf mir lagen die spitzen kleinen Augen der Vögel ringsum, aber auch die meiner Onkel, mit denen ich, außer dass sie mich hier umringten, auch noch bis nach Hause fahren musste.

Also schaute ich zu Boden und brachte, mit einem Fitzelchen Atem, das ich zufällig hinten im Rachen gefunden hatte, ein »Ja, Signora« heraus.

»Ach, es war wirklich so? Ist das die Wahrheit?«

Ich hatte keinen Atem mehr übrig, ich nickte bloß mit dem Kopf.

»Bravo, gut gemacht! Ich sehe, dass du wirklich ein würdiger Enkel dieser Herren hier bist«, kommentierte sie.

Es war das zweite Mal an einem Tag, dass man mir sagte, ich sei genauso wie sie, und das erschreckte mich, aber jetzt konnte ich nicht zu lange darüber nachdenken. Vielmehr konnte ich gar nicht darüber nachdenken, denn das Abfragen ging weiter, und zu meiner Überraschung fragte die Lehrerin mich: »Gut, wenn es also stimmt, dann erzähl mir doch mal genauer davon, ich bin neugierig, wie war denn dieses Wildschwein so?«

»Hä? Wie meinen Sie das?«

»Na, wenn du dabei warst, kannst du mir dieses schreckliche Tier doch beschreiben, wie es euch angegriffen hat, was passiert ist … erzähl halt, los!«

Ich bekam bei Prüfungen immer eine solche Angst, dass sie mir den Hals zuschnürte, auch in der Schule, wo sie mir im schlimmsten Fall nur drei von zehn Punkten gaben, wie sollte es mir da erst hier gehen, wo ich von der Frau vielleicht ein Jahr Gefängnis zusammen mit meinen Onkeln bekam.

Ich schaute meine Onkel an, die wiederum mich mit aufgerissenen Augen anstarrten, und ich war so in Panik, dass mir erst nach einer Weile klar wurde, wie gut ich das ja eigentlich konnte, was die Lehrerin da von mir verlangte. Sehr gut sogar, denn ich war zwar nicht nachts im Wald spazieren gegangen, aber letzten Monat hatte ich ein sehr spannendes Lehrbuch namens *Wildschweinzucht* gelesen, von D. und J. Hector. Also musste ich nur die Augen schließen, den Mund aufmachen und zulassen, dass er für mich sprach:

»Das Wildschwein gehört zur Familie der Schweine, stammt aus Eurasien und Nordafrika und ist von kräftiger Statur, mit kantigem Körper und kurzen Beinen, es ist mit hängendem Schwanz und kegelförmigem Gesicht ausgestattet, das in einer Schnauze aus Knorpel endet, von wo zwei Hauer hervorschauen, die es als Arbeitswerkzeuge, aber auch zur Verteidigung und zum Angreifen benutzt.«

Das sagte ich, aber ich hätte noch fortfahren können. Ich hätte erklären können, wie man einen Zaun baut, um Wildschweine abzuhalten, wie sie es schaffen, unter normalen Zäunen durchzuschlüpfen, wie die Wildschweine aus dem Osten bis in unsere Berge gekommen sind. Aber das Schweigen um mich herum war plötzlich so beredt, dass es meine Stimme überdeckte, und das Einzige, was es zu durchlöchern vermochte, waren die aufgerissenen Augen der Frau und meiner Onkel, die mich alle anstarrten.

»Na, das war aber gut«, meinte sie nach einer Weile. »Welch spontane Wortwahl, sehr glaubhaft aus dem Mund eines Kindes. Das wirkte kein bisschen einstudiert, mein Kompliment an deine Onkel.«

»Nein, Signora, wir haben nichts damit zu tun!«, sagte Onkel Aldo. »Das schwören wir!«

»Ich bitte Sie, haben Sie wenigstens den Anstand, nicht zu schwören.«

»Aber das ist wahr, das ist nicht unsere Schuld, er ist es, der immer diese absurden Sachen raushaut. Das liegt nicht an uns, der Junge ist von alleine so sonderbar!«

Na, bestens, erst wurde mir zweimal gesagt, dass ich genauso war wie meine Onkel, jetzt war ich sogar schlimmer als sie!

Und gleichzeitig verstand ich nicht, was ich falsch gemacht hatte, im Gegenteil, mir schien, dass ich eine gute Antwort gegeben hatte. Also versuchte ich etwas über die Haare des Wildschweins hinzuzufügen, die man Borsten nennt und zur Herstellung von Pinseln und anderen Utensilien verwendet werden, und …

»Also, das reicht jetzt!«, platzte diese extrem anspruchsvolle Lehrerin heraus. »Ich bin ja Lügen gewohnt, jeden Tag sitze ich hier und höre nichts als Lügen, von neun bis fünf, Lügen, Lügen, Lügen. Aber Sie beleidigen mich wirklich, Sie sind maßlos. Und dann dieses Kind zu benutzen, was für eine Schande. Ich wette, seine Eltern wissen nicht einmal davon. Mehr noch, ich verlange, mit ihnen zu sprechen. Fabio, gib mir die Telefonnummer von zu Hause.«

Ich sah sie an, ohne zu antworten, und sie: »Glaub mir, es ist zu deinem Besten.«

»Ja, aber Mama ist nie zu Hause, sie ist immer bei anderen Leuten.«

»Das macht nichts, dann spreche ich mit deinem Vater.«

»Aber er …«, sagte ich, da stockte ich. Denn sonst hätte ich ihr die Nummer des Krankenhauses geben müssen und ihr erklären, dass Papa aber nicht ans Telefon gehen konnte, und warum. Doch die Frau hätte das bestimmt nicht verstanden, und es machte mich so wütend, wenn die Leute nichts verstanden, und das verstanden die Leute nie. Sie sagten: *Ah, er liegt im Koma*, und an der Art, wie sie dich anschauten, sah man, dass sie dachten, mein Papa wäre praktisch tot, mit dem einzigen Unterschied, dass er in einem Bett lag und nicht in einem Sarg. Dabei war es nicht so, es war ganz anders, aber das war eine zu heikle Angelegenheit, und ich wollte nichts verderben, also hielt ich den Mund und behielt es für mich.

Doch an meiner Stelle sorgte Onkel Aldo dafür, mit Feingefühl die Lage zu erklären:

»Signora, der Kleine ist praktisch Waise.«

Und Onkel Adelmo hinterher: »Zum Glück sind wir da, um ihn großzuziehen.«

Die Bitterkeit in der Luft wurde so stark, dass niemand mehr etwas hinzufügte. Nicht einmal Onkel Athos gelang es, daran etwas lustig zu finden, und die Frau schaute mich mit runden Augen und der Hand vor dem Mund an.

Doch nein, jetzt machte ich nicht mehr mit. Denn das Wildschwein war mir egal, aber das hier war zu falsch und hässlich, und die Wahrheit wurde so beleidigt und wütend, dass ich sie nicht einmal mehr hätte für mich behalten können, wenn ich gewollt hätte, und ich wollte gar nicht:

»Nein!«, schrie ich. »Das ist nicht wahr! Mein Papa lebt, er ist quicklebendig!«

Die Frau nahm die Hand vom Mund, sah mich an, sah mit unendlichem Abscheu in den Augen wieder meine Onkel an. »Was für eine Schande. Sehr gut, Fabio, siehst du, dass du ein ehrlicher Junge bist? Und Sie alle, welch ein Elend, welch Entsetzen.«

»Genau, Signora!«, bekräftigte ich. »Mein Papa lebt, und es geht ihm ausgezeichnet.«

»Ja, schon klar«, meinte Adelmo.

»Was wisst ihr denn davon? Ihr kommt ihn ja nie besuchen!«

»Und was sollen wir da? Er liegt da an die ganzen Maschinen angeschlossen, er bemerkt uns nicht mal.«

»Das stimmt nicht! Signora, glauben Sie das nicht! Ich gehe jeden Tag zu meinem Papa und rede mit ihm und lese ihm lauter interessante Sachen vor, so lernen wir beide etwas. Auch wenn er schon ganz, ganz viele Sachen kann, nur dass er sie gerade nicht machen kann, weil er schläft. Aber das ist doch nichts Außergewöhnliches, wir schlafen doch alle, nicht? Na gut, er wacht nie auf, aber irgendwann schon, eines Tages wird Papa die Augen öffnen, sich aufsetzen und die ganzen Schläuche abnehmen, er wird aus dem Bett steigen, und wir umarmen uns, und alles ist wieder wie früher!«

Und ich war froh zu sehen, dass die Frau, während ich sprach, überzeugt nickte, mit immer weniger strengem Blick. Denn sie war eine kluge und ernst zu nehmende Person, also gab sie mir recht, keineswegs meinen Onkeln, die gerade sagten: *Er ist praktisch eine Pflanze*.

»Nein! Das stimmt nicht!«

»Fabio, die Ärzte sagen das.«

»Aber nein! Der Typ da ist kein echter Arzt! Der Herr mit dem Arztkittel ist ein Verrückter, der im Stockwerk obendrüber stationiert ist. Ab und zu entwischt er und denkt, er wäre ein Doktor, aber die schlimmen Sachen, die er sagt, sind gar nicht wahr. Fragt Mama, die hat mir das gesagt. Verstanden? Haben Sie das verstanden?«

Ich wende mich wieder der Frau zu, die noch heftiger nickt, sie glaubt mir so sehr, dass ihr sogar der Mund zittert.

»Dieser Verrückte sagt, dass Papa nie wieder aufwachen wird, aber er ist ein Verrückter, er hat keine Ahnung von Medizin oder sonst was! Ich dagegen lese ganz viele Lehrbücher, und wenn ich größer bin, studiere ich auch noch Medizin und werde Arzt, aber ein echter Arzt, und ich werde herausfinden, wie man ihn wieder aufweckt. Oder ich werde ein Heiliger, dazu braucht es nicht mehr viel, ich bin schon arm und tue einen Haufen guter Taten, wenn ich es also mit der Medizin nicht schaffe, schaffe ich es mit einem Wunder. Verstehen Sie, Signora? Haben Sie das verstanden?«

Sie schaut mich an, aber ich weiß nicht, ob sie mich richtig sehen kann, denn zwischen meinen und ihren Augen sind so viele Tränen, teils meine, teils ihre. Als hätte es aus dem Nichts heraus angefangen zu regnen, auf uns und meine Onkel, auf den Schreibtisch und all die Vögel ringsum. Und unter diesem Regen braucht die Frau eine Weile, mir zu antworten, indem sie Stimmfetzen zwischen die Schluchzer flicht: »Ja, Fabio … ja, ich habe verstanden, es … es stimmt, du hast recht.«

Und ich nicke zufrieden mit dem Kopf, denn ich weiß zwar, dass man Verrückten recht gibt, aber hin und wieder gibt man ja auch denen recht, die wirklich recht haben, oder nicht? Und die Frau ist meiner Meinung, und auch die Vögel des Schiedsgerichts scheinen mir jetzt gewogener, denn sie wissen genau, was es heißt, plötzlich so unbeweglich zu sein wie mein Papa, ohne jeden Flügelschlag, und auch sie hoffen, früher oder später wieder pfeifen zu können und sich ganz leicht in den Himmel aufzuschwingen.

So behände wie die Frau, die jetzt von ihrem Stuhl aufsteht, um den Schreibtisch herum auf mich zuläuft, mich in den Arm nimmt und mich fest drückt. Und sie wiederholt, dass ich recht hätte, dass ich ein guter und mutiger Junge sei und das nie vergessen solle. Und zu meinen Onkeln sagt sie: »Ich verlasse mich auf Sie!«

Die Regentropfen fallen immer noch aus ihren Augen bis in ihren Mund, aber sie bringt trotzdem heraus: »Verschwindet, die Sache mit dem Wildschwein vergessen wir, aber es reicht jetzt. Schluss mit dem Blödsinn, tut es für ihn, tut es für ihn.«

Meine Onkel antworten, dass sie beruhigt sein könne, Onkel Athos fügt hinzu, dass sie jetzt mit mir einen Buccellato essen gehen.

Das ist ein Süßgebäck aus Lucca, aber in Wirklichkeit wirkt es eher wie ein Stück hartes Brot, ja, schlimmer noch, denn in dem Brot sind auch noch Rosinen. Buccellato finde ich wirklich widerlich, und die Vorstellung, jetzt welches zu essen, graust mich.

Aber noch viel mehr graust es mich vor meinen Onkeln, die mich aus diesem Zimmer führen und sich gegenseitig schubsen, um in meiner Nähe zu sein, und niemand denkt an Onkel Adelmo, der sich abmüht bei dem Versuch, hinterherzukommen, den langen Flur entlang, der so leer und still ist wie wir. Und weiter Stille bis zum Eingangstor, immer noch ihre schweren Hände auf meinem Rücken, wie ein Vorgeschmack auf das, was mir bevorsteht.

Hatten sie mir doch gesagt, ich solle immer mit Ja antworten, und ich habe nicht nur nicht gehorcht, sondern sogar geschrien, sie seien Lügner und andere schreckliche Dinge, deshalb würde ich lieber zu Fuß von Lucca bis nach Hause gehen, als mit ihnen in den Lastwagen zu steigen. Mehr noch: Vielleicht sollte ich gleich weitergehen bis zu den Galápagosinseln und dort bleiben, bis sich die Lage etwas beruhigt hat.

Aber die Hände meiner Onkel umschließen mich wie Schraubstöcke und lassen mich nicht los, wir treten aus dem Tor und sind draußen, auf der anderen Seite der Straße und dann alle im Lastwagen, auch Onkel Athos, der, statt sich auf die Ladefläche zu setzen, jetzt lieber an dem Gemetzel teilhaben möchte. Und wirklich, hat es im Büro der Frau noch Tränen geregnet, so geht hier auf dem Autositz ein Unwetter aus Geschrei und wilden Schlägen auf mich los.

»Nein! Hilfe!« Ich versuche irgendwie in Deckung zu gehen, aber nur kurz, dann begreife ich, dass es keinen Sinn hat, mich zu verteidigen. Denn dieses Unwetter braucht man gar nicht abzuhalten, im Gegenteil, man sollte sich ganz hineinstürzen: Es sind nämlich gar keine Hiebe und Tritte, sondern Klapse und Umarmungen, Zärtlichkeiten, Komplimente und Liebeserklärungen. Meine Onkel herzen und küssen mich und wiederholen: »Du bist großartig, du bist der Beste, du bist ein Genie, verdammt noch mal, du bist wirklich ein Genie!«

»D-d-d...du b-b...ist g-ggg-roßartig!«

»Du bist das neunte Weltwunder!«, meint Onkel Athos. »Das neunte, weil das achte zu wenig wäre!«

»Wie bist du bloß auf die Idee gekommen?«, fragt Onkel Aldo. »Das mit dem Heiligen und dem Wunder, fantastisch!«

»Und wie er wütend auf uns wurde. Ich schwöre, dass ich darauf reingefallen war, mir kamen schon die Tränen!«

»Hey, Leute, reden wir offen miteinander«, sagt Adelmo, »ihr wart geliefert, dieses Flittchen hätte euch ohne Ende den Arsch aufgerissen!«

»Ja, stattdessen hat unser Enkelchen uns gerettet!« Bei diesen Worten umarmt Onkel Athos mich und schüttelt mich, zusammen mit dem Lastwagen, der uns beim Anfahren alle durchrüttelt.

Dann wird er schneller, die Zigaretten werden angezündet, und die Hupe füllt die ruhigen Sträßchen von Lucca mit Lärm, dazu laute Rufe und Armgefuchtel aus den Fenstern.

Und so geht es die gesamte Rückfahrt über, es wirkt geradezu wie eine Parade, wie wenn Italien bei der Fußballweltmeisterschaft gewinnt, nur dass heute die Familie Mancini gewonnen hat: Weltmeister, Weltmeister!

Also schreie ich mit und versuche es so laut zu tun, dass es die Gedanken in meinem Hirn übertönt, die nämlich immer noch die Form der ausgestopften Vögel da in dem Büro haben, die Form meines im Krankenhaus liegenden Papas, des in den Bergen gestorbenen Wildschweins und die der Frau, als sie mich ansah und mit mir weinte.

Giftige Gedanken, die alles ruinieren, die man verscheuchen muss, sich den Kopf entleeren, wie in dem Lehrbuch, als von den Affen und dem Hirnlöffel die Rede war, was ein schwer aufzutreibendes, aber äußerst nützliches Instrument ist. Weg mit dem Gehirn, weg mit den Gedanken, weg mit allem, was nicht in die Luft gereckte Hände, Gehupe und diese bescheuerte, wunderbare Lust ist, mit den Armen zu fuchteln, den Himmel weit da oben anzuschauen und ihm zuzurufen:

Weltmeister! Weltmeister! Weltmeister!

13

Wir sind Tintenfische

Zu den Zutaten, die man für einen Heiligen braucht, gehört eine gigantische Dosis Geduld. Heilige konnten ihr Leben lang oben auf einer Säule stehen oder auf einem Platz ruhig darauf warten, dass das Volk sie steinigt. Und auch ich hatte ziemlich viel Geduld, aber in gewissen Momenten schien sie mir erschöpft.

Denn heute war Valentinstag, der Herbst und auch der Winter waren vorbei, und mein Papa lag weiterhin regungslos im Bett. Was immer traurig war, aber an Weihnachten war es noch schlimmer gewesen. Denn wenn dir jemand fehlt, fehlt er dir an Weihnachten noch hundertmal mehr, da muss man sich mal vorstellen, wie mir erst mein Papa fehlte und wie sehr ich in diesen Tagen voller Krippen und Lichter und Sternschnuppen, die mich an jene verfluchte Nacht erinnerten, an ihn dachte. Aber ehrlich gesagt hätte ich auch ohne den ganzen Krempel an ihn gedacht, wie auch Mama an ihn dachte, die beim Weihnachtsessen zehnmal mit der Ausrede ins Bad gegangen war, dass sie pieseln müsse, dabei musste sie weinen. Der Platz neben Oma war wie jedes Jahr für Opa gedeckt, und ich hatte gesagt, dass wir doch auch für Papa Teller und Glas hinstellen könnten. Aber Mama hatte geantwortet: *Nein, Fabio, Papa lebt, wir decken an dem Tag für Papa, an dem er zu uns zurückkommt.* Und sie hatte ja so recht, und das wollte ich ihr gerade sagen, aber als sie ausgeredet hatte, rannte sie sofort wieder ins Bad.

Und danach aßen wir alle zusammen, und wir haben uns trotzdem *Frohe Weihnachten* gewünscht, aber es war eben schwierig zu feiern, denn es war zwar Jesus' Geburtstag und ich hatte Jesus lieb, aber gleichzeitig machte es mich wütend, dass ein Jahr vergangen war und er noch immer keinen Moment Zeit gefunden hatte, meinen Papa wieder aufzuwecken.

Ich hatte mir das sogar von ihm zu Weihnachten gewünscht, von ihm und vom Weihnachtsmann, stattdessen fand ich unter dem Weihnachtsbaum eine Pistole, mit der man Gummibänder verschießen konnte. Und okay, an den Weihnachtsmann glaubte ich kaum mehr, aber in gewissen Momenten kamen mir auch entsetzliche Zweifel an Jesus.

Denn es war nicht gerecht, es änderte sich der Monat auf dem Kalender, aber der Rest blieb immer gleich, und ich war mittlerweile fast elf Jahre alt, was nicht arg viel sein mag, aber für ein Kind schon, denn danach kommt die frühe Jugend und du wirst zum Jugendlichen, also kann ein Kind nicht älter werden als elf.

Die letzten Monate hatte ich damit verbracht, Lehrbücher jeglicher Art zu studieren, zu Hause, in der Schule und vor allem bei Papa. Aber er wachte nicht auf, und je mehr ich las, desto unwissender fühlte ich mich. Denn die Dinge des Lebens zu lernen ist, als würde man das Meer mit einem Glas ausschöpfen wollen: Bevor du anfängst, kommt es dir schwierig vor, aber wenn du mutig genug bist, es auszuprobieren, verstehst du, dass es schlicht unmöglich ist.

In der Tat probierte ich es schon seit einer Weile aus, jetzt wusste ich, wie man Obstbäume veredelt, Likör herstellt oder Marmelade einkocht, ich kannte jedes Geheimnis aus dem Leben der Igel, konnte eine Brieftaube auf die Reise schicken und eine Fettpflanze noch fetter werden lassen. Aber alles, was ich lernte, war wie ein neues Zimmer, in dem ich mich im ersten Moment wohlfühlte, bis ich bemerkte, dass es ein Fenster gab, ich schaute hinaus und sah vor mir ein weiteres unermessliches und völlig unbekanntes Panorama.

Und in diesem Panorama war das dunkelste und rätselhafteste Feld das der Liebe, wo doch heute Valentinstag war und alle davon sprachen, aber sie war so weit von mir entfernt, wer weiß, ob es sie überhaupt gab oder ob sie wie der Weihnachtsmann und die Zahnfee war, die man ganz aufgeregt erwartet, bis man größer wird und kapiert, dass es da nichts zu erwarten gibt.

Es stimmte zwar, dass ich die Liebe letztes Jahr an den Abenden in der Kirche erahnt hatte, als ich im Licht der Kerzen den Marienkäfer kennengelernt hatte. Aber danach hatte ich das Marienkäfermädchen nicht mehr gesehen, sie kam weder in die Schule noch in die Kirche, ich hatte herumgefragt, aber niemand kannte sie; sie war an jenem Abend aufgetaucht und dann im Nichts verschwunden, weshalb mir Zweifel kamen, ob neben der Liebe auch sie vielleicht gar nicht existierte.

Aber was bildete ich mir eigentlich ein, davon zu verstehen, wo ich doch, während die Leute ringsum sich Herzen und Pralinen und Liebesbärchen schenkten, am Valentinstag mit Onkel Aldo fischen ging? Und auch wenn ich echt gerne fischen ging, dachte ich darüber nach, was der Rest der Welt tat, die normale Welt, und in mir schwoll diese zwischen Atem und Herzschlag eingeklemmte Sehnsucht an. Denn noch war ich kein Heiliger, also hatte ich nicht deren sensationelle Geduld. Und außerdem hätte sich niemand, nicht einmal ein Heiliger, vorstellen können, dass ich meine erste Lektion in Sachen Liebe und Sex ausgerechnet hier und jetzt lernen würde, dank eines Schwarms Tintenfische.

Auf die wir mit unserem alten H-förmigen Ruderboot aus

Holz Jagd machten. Onkel Athos und ich waren der Meinung, dass das Boot grün war, Onkel Aldo und Onkel Aramis dagegen hielten es für rot, also war es am Ende vielleicht braun. Sicher war aber, dass es Fabio hieß, das stand auf einer Seite, und es gefiel mir, dass sie es nach mir benannt hatten, auch wenn meine Onkel behaupteten, das Boot habe schon vorher so geheißen, höchstens hieße also ich zu seinen Ehren Fabio.

Jedenfalls war die *Fabio* perfekt für den Fischfang, stabil und schön leise, wenn das Boot die guten Stellen erreichte. Das einzige Problem gab es am Anfang, wenn wir es hochhoben, um es ins Meer zu schieben, und zwischen den Bootsrümpfen und im Sand versteckt immer tausend Scheußlichkeiten herumlagen, Überbleibsel von irgendjemandem, der die Nacht am Strand verbracht hatte.

Ich verstand nicht, was man um diese Uhrzeit am Strand machte, wenn es dunkel war und man nichts sah, und das Zeug, das wir da drunter fanden, gab mir keinerlei Hinweise, es verwirrte mich nur noch mehr. Flaschen, hin und wieder Spritzen, ein zerrissenes T-Shirt, ein Paar Unterhosen … bis zum größten Rätsel von allen, das von Neujahr, als wir früh aufgestanden waren, um Kraken zu fischen und wir unter dem Boot Folgendes gefunden hatten:

drei leere Bierflaschen
eine kleine Flasche Grappa und eine mit Sambuca
zwei Pizzakartons
eine Schachtel Raketen
sieben Kondome
einen Zwölfer-Schraubenschlüssel

Meine Onkel und ich schauten uns das verwirrt an, und nicht einmal die Morgensonne konnte Licht in diese absurde Mischung bringen. Ich hatte gefragt: »Was haben die Leute denn da gestern Nacht gemacht?«

Und Onkel Athos hatte laut gelacht, bevor er antwortete: »Zerbrich dir nicht den Kopf, Kleiner. Für Romantik bist du noch zu klein.«

Und vielleicht hatte er recht, an jenem Tag war ich noch zu klein gewesen, aber heute nicht mehr. Heute war Valentinstag und der Frühling nahte, und ich war aufgeregt, weil Onkel Aldo mich mit aufs Meer nahm und mir eine Technik beibrachte, Tintenfische zu fangen, die anders und fabelhaft war und genau deshalb funktionierte, weil die »Jahreszeit der Liebe« anfing. Also bebte ich vor Neugier und hatte mir einen Stift und ein Heft mitgebracht, um Notizen zu machen und mir alles zu merken.

Aber was dann passierte, würde ich auch so nie mehr vergessen.

Es war fast Abend, als wir das Ruderboot ins Wasser schoben, denn diese besondere Technik funktioniert nur bei Sonnenuntergang, aber es fühlte sich komisch an, das Ufer bei abnehmendem Licht zu verlassen. Das Einzige, was noch leuchtete, waren die Apuanischen Alpen da hinten, eine Reihe spitzer Dreiecke, wie die Zähne im schrecklichen Haifischmaul, während das Wasser unter uns dunkel und glänzend war, wie die Haut dieser Killer-Fische. Oder es lag an mir, denn wenn wir aufs offene Meer fuhren, wo man nicht mehr stehen kann, dachte ich nur an Haifische und daran, dass sie, wenn es ihnen in den Sinn kam, die *Fabio* durch einen Schlag mit ihrem Schwanz zertrümmern und uns von der Welt wegmampfen konnten.

Ich versuchte mir mit einem Ratschlag Mut zu machen, den ich in Omas Kreuzworträtselheft gelesen hatte: Wenn dich ein

Hai angreift, musst du ruhig bleiben und abwarten, bis er bei dir ist, um ihm dann einen kräftigen Faustschlag auf die Nase zu geben, was seine Schwachstelle ist, so bleibt er einen Moment lang benommen, und du hast Zeit zu fliehen.

Ich erzählte es Onkel Aldo, der mir nach einem halbstündigen Lachanfall antwortete: »Aber nein, wenn dich ein Hai angreift, ist das kein Problem, es reicht, wenn du die Augen schließt und ihm ins Maul hüpfst, dann trennt er dir mit dem ersten Biss den Kopf ab, und du denkst nicht weiter darüber nach. Mach dir keine Sorgen.«

Ich nickte, auch wenn ich nicht verstand, wieso ich mir da keine Sorgen machen sollte. Tatsächlich überzeugte mich diese Geschichte mit dem Faustschlag auf die Nase aber auch nicht wirklich. Haie sind uralte Tiere, die fünf große Aussterbewellen der Geschichte überlebt haben, schwer vorstellbar, dass sie ausgerechnet meine Faust nicht überleben würden.

Wie immer, wenn du eine Lösung suchst, aber keine findest, war es also das Beste, möglichst nicht mehr daran zu denken. Ich wandte mich wieder den Bergen zu, die allmählich verblassten, während der Strand darunter verschwand, und die Ruder in den Händen meines Onkels peitschten das Meer wie drohende Warnungen an die in der Tiefe herumschwimmenden Tintenfische. Nur dass Tintenfische grundsätzlich nicht zuhören, Tintenfische pfeifen drauf, sie leben in ihrer Welt aus Tobsucht und Gewalt, wo die einzig geltende Regel der Wahnsinn ist.

Denn alles an einem Tintenfisch ist absurd, der Tintenfisch ist eine schwimmende Wahnvorstellung.

Das klingt vielleicht abwegig, weil viele Menschen ihn nur gewürfelt im Meeresfrüchte-Risotto sehen, oder platt gedrückt wie ein Lappen in der Auslage eines Fischgeschäfts, aber ein lebender Tintenfisch ist etwas ganz anderes. Wie die Vögel, die federleicht durch die Luft tanzen, aber sobald einer sie erschießt, zu dunklen haarigen Knäueln werden, die zu Boden fallen. Wie mein Papa, den ich so auf dem Bett ausgestreckt manchmal nicht wiedererkannte, die grünen Augen immer geschlossen und die wundertätigen Hände regungslos, während die Welt sich mit reparaturbedürftigen Dingen füllte.

Und tatsächlich ist ein Tintenfisch außerhalb des Wassers schlaff und weißlich, aber unten im Meer ist er ein unglaubliches Wesen aus dem All, ein außerirdisches Raumschiff, das unsere Ozeane erkundet. Er gleitet mit einem dünnen Flügel durchs Wasser, der wie ein gespenstisches Segel um ihn herumtanzt, von einem Wind bewegt, den nur er spürt, während die acht Fangarme um ihn herumschnellen, angeführt von zwei riesigen Augen mit W-förmigen Pupillen: ein so verrücktes Geschöpf, dass der Rest des Meeres, der selbst schon verrückt ist, verwundert innehält und das Schauspiel genießt, sobald ein Tintenfisch vorbeikommt.

Und er weiß das, tatsächlich verdient er sich damit seinen Lebensunterhalt. Er sieht einen Fisch in der richtigen Größe, schwimmt auf ihn zu und entfacht auf seiner Haut tausend fluoreszierende Farben, die rasend schnell auf ihm herumtanzen und sich ununterbrochen verändern, wie unzählige irrwitzige Blitze, die Kreise malen, dann Wellen, dann Wirbel. Und der Fisch hält inne und starrt diesen Vergnügungspark an, der Tintenfisch kommt näher, aber der Fisch flieht nicht, er bewegt sich kein Stück, hypnotisiert wartet er auf den Fangarm, der losschießt, ihn mit seinen Saugnäpfen fängt und geradewegs ins Maul des Tintenfischs befördert, das in Wirklichkeit kein Maul, sondern eine Art Schnabel ist, haargenau wie der von Papageien.

Also, ich weiß zwar nicht, ob Gott da oben lieber alleine arbeitet oder ob er sich vielleicht vom Heiligen Geist helfen lässt, aber bestimmt war jemand bei ihm, als er den Tintenfisch geschaffen hat, und hat gesagt: *HERR, entschuldige, bei allem Respekt, aber übertreibst du gerade nicht ein bisschen?* Und er hat gelächelt, den Kopf geschüttelt und weitergemacht. Denn an dem Tag, als Gott den Tintenfisch erfand, hatte er Lust zu übertreiben.

Und um ein so sonderbares Wesen zu fischen, braucht man ebenso sonderbare Techniken. Wir bedienten uns zum Beispiel immer der des künstlichen Krebses, was ein Stück Holz oder Plastik mit zwei aufgemalten Augen, zwei Federn an den Seiten und einer Nadelkrone am Schwanz ist, das man an die Angelschnur bindet und tief ins Meer hinunterlässt. Ich mit Angelrute und Rolle, Onkel Aldo ohne, denn seiner Meinung nach sind das nutzlose und weibische Gerätschaften. Er hielt die Angelschnur um die Hand gewickelt, und ab und zu gab er ihr einen Ruck, sodass der Köder kurz hochkam und dann wieder untertauchte, wie ein Krebs, der fröhlich hüpft, oder ein verwundeter Fisch oder was der Tintenfisch auch immer darin sehen mochte, der, sobald er dieses freche Tierchen bemerkte, es mit all seiner Wut anfiel.

Und eben diese Wut ist es, derentwegen er angeschmiert ist. Denn Fische sind anders, Fische beißen aus Hunger an, aber wenn sie den Angelhaken spüren, tun sie alles, um sich zu befreien und wegzuschwimmen. Der Tintenfisch nicht. Er packt die Beute, die sich zu widersetzen wagt, nur noch fester, der Krebs zieht zur Oberfläche, und er wird fuchsteufelswild, klammert sich an ihn und schnaubt und spritzt das Schwarz seiner Tinte ins Wasser und unterschreibt damit sein eigenes Todesurteil.

»Siehst du es?«, sagte Onkel Aldo immer mit vor Abscheu wie auch von der darin hängenden Zigarette der Marke Nazionali verzogenem Mund, »siehst du, was für einen Scheiß dich die Wut tun lässt? Halt dich von ihr fern, Kleiner, echt jetzt.«

Ich zog den stinkwütend schnaubenden Tintenfisch hoch, steckte ihn in den Eimer und dachte, dass mein Onkel vollkommen recht hatte. Wut richtet nur Schaden an, auch bei denen, die nichts damit zu tun haben, wie bei meinem Papa, der wegen der Wut eines ganzen Orts in der Weihnachtsnacht jetzt wie ausgeknipst in einem Krankenhaus lag und sich von Verrückten pflegen ließ.

Aber obwohl er mir riet, mich davon fernzuhalten, klammerte sich in Wirklichkeit auch Onkel Aldo so fest an die Wut wie die Tintenfische an den künstlichen Krebs. Auch an den Abenden, als sie die verfluchte Krippe gebaut hatten, war er derjenige gewesen, der am meisten fluchte, und an weniger beleuchteten Stellen, hinter Palmen und hinter den Häuschen oben auf den Bergen, waren Hirten und Schafe und Bauern versteckt, die das Pech gehabt hatten, im falschen Moment in seiner Nähe gewesen zu sein, und sich mit gebrochenem Arm oder nur einem Bein wiederfanden. Entlang des Weges gab es sogar einen kleinen, heldenhaften Bäcker, der darauf beharrte, dem Christkind zwei Brotlaibe zu bringen, obwohl ihm der Kopf fehlte.

Da hatte mein Onkel also Glück, dass er als Mensch und nicht als Tintenfisch geboren wurde, sonst hätte er sich höchstens fünf Minuten durchgeschlagen, und dann ab in den Eimer, wo er weiter seine Tinte versprüht hätte.

Stattdessen war er hier, auf der anderen Seite der Angelschnur, und heute Abend brachte er mir eine neue Art bei, Tintenfische zu fangen, die seiner Meinung nach die beste war. Eigentlich war der künstliche Krebs, den man erst seit etwa fünfzig Jahren benutzte, nämlich zu modern, um meinem Onkel zu gefallen. Für ihn war auch der Verbrennungsmotor eine elende Neuerung, die die Welt verdorben hatte, und weil ihn zwei Männer aus unserer Gegend erfunden hatten, einer aus

Lucca und einer aus Pietrasanta, schüttelte mein Onkel bei jedem vorbeifahrenden lärmenden und stinkenden Auto die Faust und rief: *Verfluchter Barsanti, verfluchter Matteucci! Sie haben Glück, dass sie schon tot sind, sonst müsste man sie mit Arschtritten ins Jenseits befördern!* Dann hob er einen Finger in die verschmutzte Luft und erinnerte an die Prophezeiung eines Mannes, eines Mönchs oder Wanderers namens Brandano, der vorausgesagt hatte, wenn die Wagen einst ohne Pferde führen und die Menschen wie Vögel am Himmel flögen, sei das Ende der Welt gekommen.

Aber während er auf das Ende der Welt wartete, fuhr mein Onkel seinen Lastwagen, der riesige, schwarze Qualmwolken ausstieß, und in seiner Freizeit fischte er alle Tintenfische des Meeres. Heute Abend aber ohne künstlichen Krebs, heute Abend benutzten wir diese neue und zugleich uralte Technik, die »Weibchen-Methode« hieß und ihm zufolge so alt war wie die Welt.

Bevor wir losgefahren waren, hatte ich natürlich in einem meiner Lehrbücher nachgesehen, *Wie man vom Boot aus im Meer fischt*, wo Herr Roberto Zucconi diesen Fischfang auf eine Weise beschrieb, die mich gleich bezaubert hatte:

Langsam ziehen wir mit der Hilfe eines Gefährten an den Rudern im Sonnenuntergang und in Mondnächten bei ruhigem Meer …

Wie wunderbar, Sonnenuntergang, Mondenschein, sanft durchs ruhige Meer gleiten. Eine intime und romantische Szenerie, wie eine Liebesfahrt mit einer Gondel in Venedig. Dann kamen wir an eine Stelle, die meinem Onkel gefiel, und er überließ mir die Ruder, nahm einen weiblichen Tintenfisch aus dem Eimer, band ihn an eine Schnur und warf ihn ins Meer. Und schlagartig verwandelte sich das intime Rendezvous in Venedig in eine Silvesterfeier auf dem Stadtplatz von Sodom.

Denn das Wasser um uns herum fing an zu schäumen, eine schreckliche Riesenwolke männlicher Tintenfische umringte das Weibchen und fiel gnadenlos darüber her.

Jeder versuchte ein freies Stückchen zu ergattern, und dabei schlugen sie sich in einem Strudel aus Tinte und Tentakeln, die Männchen verschlangen sich ineinander und drängten sich so begierig um das Weibchen, dass sie gar nicht bemerkten, wie eine geheimnisvolle Kraft sie aus dem Wasser zog und eine schwielige Hand sie schüttelte, um sie vom Köder zu lösen und sie mit einem *Plopp* in den Eimer fallen zu lassen.

Dann spülte mein Onkel das Weibchen ab, das ganz mitgenommen und zerkratzt war, kontrollierte, ob es noch lebte, und warf es erneut ins Wasser, wo es seiner Arbeit nachging, während ich mit aufgerissenen Augen über das vor selbstmordgeilen Tintenfischen brodelnde Meer ruderte.

Am Horizont erlosch die Sonne im Wasser, und von der anderen Seite erklomm der Mond die Berge, um sie am Himmel abzulösen, in einem ewigen Tanz, so vollkommen und immer gleich seit dem ersten Tag, als die Welt sich zu drehen begann, zusammen mit den männlichen Tintenfischen, die über das Weibchen herfielen, und mit meinem Onkel, der sie rauszog an die Luft voller dunkler, klebriger Spritzer.

Und in diesem so gigantischen und immerwährenden kosmischen Tanz war ich der Einzige, der nicht tanzen konnte. Ich klammerte mich an die Ruder, aufgewühlt von dieser verrückten Technik, die tausendmal mehr einbrachte als der künstliche Krebs, aber keinerlei Sinn ergab: Das mit dem Krebs verstand ich, das war etwas zu essen, und die Tintenfische packten ihn, weil sie Hunger hatten. Hier dagegen, mit diesem Tintenfischweibchen, was erregte sie da so? Waren sie vielleicht Kannibalen und fielen über das Weibchen her, weil sie es ebenfalls auffressen wollten? Wohl kaum, sonst hätten sie sich ja auch einfach gegenseitig fressen können, statt sich gegenseitig zu verscheuchen, um das Weibchen für sich alleine zu haben. Also folgerte ich, dass es sich um einen dieser starken und unverständlichen Instinkte handeln musste, die Tiere nun mal haben und die wir Menschen nur so akzeptieren können, wie sie sind. Wie bei den Hähnen, die bei Sonnenaufgang zu krähen anfangen, oder bei den Lachsen, die gegen den Strom die Flüsse hinaufziehen, bis sie vor Erschöpfung sterben. Für uns absurde Verhaltensweisen, für sie aber ganz normal, die Natur ist voller Wunder und Rätsel, und das ist gut so.

Ja, sehr gut sogar, denn in kürzester Zeit war unser Eimer schon so gut wie voll. Doch dieses ganze Ungestüm, diese blinde und bescheuerte Lust erschreckten mich. Das Tintenfischweibchen hatte mittlerweile ein Auge und fast alle Fangarme verloren, und trotzdem griffen sich die Männchen weiter gegenseitig an. Mein Onkel zog sie hoch, und sie schnaubten und spritzten ihn mit schwarzer Tinte voll, und er lachte, während ihm das dunkle Zeug vom Gesicht übers Kinn lief und dort kurz hängen blieb, bevor es auf seine Brust und in den Eimer fiel, zusammen mit den reingequetschten Tintenfischen, die schon zu einer einzigen weichen und erschöpften Masse geworden waren. Und je mehr ich dort hineinschaute, desto mehr erschien es mir als großes Glück, dass wir Menschen vielleicht Hunger und Wut und viele andere Mängel haben, aber nicht diesen Instinkt da, den haben wir ganz und gar nicht.

Das dachte ich und sprach es meinem Onkel gegenüber auch aus, als er gerade eine Dose Bier öffnete und es teils runterkippte, teils sein Gesicht damit abspülte. Ich sagte es ihm, weil es meiner Meinung nach ein schöner und auch recht kluger Gedanke war. Aber er musste so arg lachen, dass er fast erstickt wäre, er spuckte das Bier ins Wasser, und als er wieder Luft bekam, antwortete er:

»Ja, ja, Junge, du hast recht, diesen Instinkt haben wir ganz und gar nicht! Aber ruder schön weiter, nur zu, der Weg ist noch weit.«

14

Die Liebe in den Zeiten der Piraten

»Weißt du, was dir wirklich gut täte, Fabio?«, fragten Mama und Oma mich nach dem Mittagessen, als ich ihnen beim Tischabräumen half.

»Ja«, antwortete ich stöhnend und in leierndem Tonfall, »etwas Zeit mit meinen Altersgenossen zu verbringen.«

»Sehr gut! Du weißt es also selbst!«

Kein Wunder, dass ich das wusste: In letzter Zeit sagten sie mir das ständig. »Aber ich verbringe doch schon einen Haufen Zeit mit meinen Altersgenossen!«

»In der Schule zählt nicht.«

»Nicht nur in der Schule, die ganze Zeit!«

»Ach ja? Und wann? Gehst du zum Beispiel auf die Geburtstage deiner Mitschüler?«

»Klar gehe ich da hin! Zu allen! Das heißt, zu allen, wo ich hinkann.«

Es war ja nicht meine Schuld, wenn mich die Hälfte der Klasse nicht einlud und die andere Hälfte in der Tintenfisch- oder Pilzsaison Geburtstag hatte, wo meine Onkel mich mitnahmen.

»Jedenfalls verbringe ich ganz viel Zeit mit meinen Altersgenossen. Und nicht nur in der Schule.«

»Der Katechismus zählt auch nicht«, sagte Oma.

»Nicht nur beim Katechismus, auch sonst.«

»Und wann?«

»Sonst halt, ganz oft! Jetzt habe ich aber keine Zeit, euch davon zu erzählen, weil ich nämlich erwartet werde und schon spät dran bin.«

Als ich das so sagte, mussten Mama und Oma lachen, ich schwör's. Aber ich verstand sie, mich selbst so reden zu hören, kam sogar mir selbst komisch vor.

Doch es stimmte: Um zwei Uhr wurde ich erwartet, und weil es schon Viertel nach zwei war, war die einzige Möglichkeit, pünktlich zu kommen, aufs Rad zu springen und schneller als mit Lichtgeschwindigkeit in die Pedale zu treten, um in der Zeit zurück zu fahren.

»Und wo wirst du von diesen Leuten erwartet?«, fragte Mama, die versuchte, dabei nicht zu sehr zu lachen.

»Hier in der Nähe«, sagte ich, während ich aus dem Haus ging.

»Wo in der Nähe?«, und auch sie gingen aus dem Haus, schüttelten die Tischdecke aus und verteilten die Krümel im Gras für die Vögel.

Am Gartentor nahm ich mein Rad und stieg auf, setzte einen Fuß auf das Pedal und antwortete: »Ich fahre ins Krankenhaus.«

Dann eilte ich los, ohne mich umzuschauen, aber bestimmt lächelten und nickten sie, weil sie glaubten, dass ich wie immer Papa besuchen ginge.

Dem war aber nicht so, die Wirklichkeit war weit davon entfernt, sehr weit. Das heißt, nicht geografisch gesehen, denn ich fuhr tatsächlich ins Krankenhaus, aber heute stieg ich bis in den obersten Stock hoch. Nur hatte ich es nach all diesem Gerede, dass ich mehr mit meinen Altersgenossen unternehmen solle, einfach nicht geschafft, die wahre Wahrheit hervorzuziehen, im Gegenteil trat ich auch deshalb so kräftig in die Pedale, weil ich hoffte, dass der Wind mir diese Wahrheit aus dem Kopf pusten würde wie die zerquetschten kleinen Fliegen von den Autoscheiben.

Während ich zu meinem Nachmittag im Seniorenheim flitzte.

Ganz genau, ein Tag mit den Damen vom Altersheim, das stand heute auf dem Programm. Alles hatte am Vortag angefangen, einem Mittwoch, als ich Papa ein neues Lehrbuch vorlas, das ich gerade erst von Signora Stellas Stand gefischt hatte.

Es trug den Titel *Die Legehenne* und hatte mir wieder den Vormittag in der ersten Klasse in Erinnerung gerufen, als Onkel Aldo meine Klasse in Geiselhaft genommen hatte, um uns zu erklären, wie man den perfekten Hühnerstall baut. Wie viel seriöser und genauer war es, das jetzt auf diese Weise zu lernen, durch Herrn Pietro Consos Buchseiten, ohne Drohungen, Flüche und Gewalt. Doch dann fing ich zu lesen an, und ich glaube, da kann man nichts machen, das Leben im Hühnerstall bleibt letztlich eine handgreifliche Angelegenheit:

Das Stutzen des Schnabels stellt eine wirksame Waffe dar, um die Hühner unschädlich zu machen. Kürzlich wurde festgestellt, dass rotes und orangefarbenes Licht eine beruhigende Wirkung ausüben und daher indirekt dem Kannibalismus vorbeugen.

»Wie ist das denn gemeint, Papa? Soll das heißen, dass sich die Küken gegenseitig auffressen, wenn man ihnen nicht den Schnabel stutzt?« Ich sah sofort diese Kannibalenküken vor mir, und wer weiß, wie man ihre Killer-Schnäbel stutzte: Gab es ein kleines Hackebeil oder vielleicht eine Miniaturguillotine oder …

Aber es hatte keinen Sinn, mich das zu fragen, es reichte weiterzulesen.

Das Schnabelstutzen muss mit dem dafür vorgesehenen Instrument durchgeführt werden, das im Wesentlichen ein elektrischer Thermokauter ist.

Um dieses Wort, *Thermokauter*, vorzulesen, brauchte ich eine Weile, aber am Ende sprach ich es vollständig und richtig aus. Und wie man sieht, ist es mir wirklich gut gelungen, denn ich schwöre, dass in der Stille des Zimmers ein Beifallssturm losbrach.

Und im ersten Moment traf mich schier der Schlag, ich dachte, ich hätte Thermokauter so perfekt ausgesprochen, so anrührend, dass mein Papa aus dem Koma aufgewacht war, um mich zu beklatschen. Doch er war es nicht, es war eine weißhaarige Dame da hinten in der Tür. Sie klatschte und sagte: »Bravo«, sie sagte: »Weiter, lies weiter!«

Aber Weitermachen ist eines dieser Dinge, die unmöglich sind, wenn dir jemand befiehlt, es zu tun. Wie wenn dir jemand sagt: *Sei spontan*, oder: *Tu so, als wäre ich gar nicht da*. Die Frau war aber da, dort in der Tür und hörte zu, also klappte ich das Buch zu und fragte, ob sie gekommen sei, um Papa zu besuchen.

»Nein, ich kam gerade hier vorbei und habe dich gehört. Weißt du, dass du richtig gut vorliest?«

Ich schüttelte den Kopf, und mir rutschte ein Lacher heraus, ganz schief und verschämt, ich schaute nach unten auf die weißen Fliesen, wo die Füße der Dame in zwei pelzigen Pantoffeln steckten. Ich fragte mich, woher sie kam, so in Pantoffeln und Morgenmantel. Aber offenbar dachte ich das nicht nur, sondern sprach die Frage aus, oder die Frau konnte Gedankenlesen, denn sie lächelte und antwortete: »Ich komme von ganz oben«, wobei sie Richtung Himmel zeigte.

»Kommen Sie aus dem Paradies?«

»Aber nein, das ist übertrieben! Aus dem Altenheim, im obersten Stock. Was tatsächlich noch einen Schritt vor dem

Paradies liegt. Oder vor der Hölle, wer weiß. Und du, wie heißt du, mein guter Vorleser?«

»Ich … Fabio.«

»Sehr erfreut, Fabio, ich bin Ricordina. Als ich klein war, nannten meine Eltern mich Dina, aber ich wollte das nicht. Wenn sie sich schon diesen absurden Namen für mich ausgesucht hatten, sollten sie ihn auch vollständig benutzen, meinst du nicht auch?«

Ich nickte, wusste aber nicht, was ich sagen sollte. Zum Glück redete sie einfach weiter.

»Also, im Altenheim kann man seinen Ruhestand gut verbringen, aber mir ist es ein bisschen zu viel Ruhe. Deshalb drehe ich hin und wieder eine kleine Runde.«

Und mir kam der verrückte Doktor in den Sinn, der auch aus den Stockwerken obendrüber kam, die Irrenanstalt verließ und hier eine Runde drehte. Aber immerhin verkleidete sich die Dame nicht als Doktor und sagte mir keine so schlimmen Sachen wie er. Im Gegenteil, was sie sagte, war wirklich fantastisch:

»Und das Buch da liest du wem vor?« Sie zeigte auf das Bett.

»Meinem Papa«, sagte ich, und während die Antwort herauskam, spürte ich etwas Warmes in meiner Brust, etwas Warmes und Aufgeblähtes, das meine Worte stolpern ließ.

»Oh, wie schön. Das tut deinem Papa gut, wenn du ihm vorliest, weißt du?«

»Das glaube ich auch! Aber manchmal bin ich mir nicht sicher.«

»Aber natürlich, das tut ihm richtig gut!«

»Denn es gibt hier so eine Art Doktor, der behauptet, dass es nichts bringt. Aber Mama hat mir gesagt, dass der ein Verrückter ist.«

»Ach, die Ärzte sind alle verrückt! Würden gesunde Menschen etwa freiwillig ihr Leben in einem Krankenhaus verbringen, ist das nicht was für Verrückte?«

Erst schaute ich nach, ob hinter ihr im Flur jemand vorbeilief, dann nickte ich.

»Na, siehst du, die sind wirklich verrückt. Und deinem Papa tut es natürlich gut, wenn du ihm vorliest. Als ich noch in meinem eigenen Zuhause wohnte, hatte ich bezaubernde Pflanzen. Geranien und Begonien und Rhododendren und Schwertlilien und Alpenveilchen, ich hatte alles, ich hatte einen so herrlichen Garten, dass die Leute, die vorbeiliefen, Fotos davon machten.« Dabei betrat die Frau das Zimmer, gab mir die Hand und winkte dann sogar Papa zu. »Aber vor allem Hortensien. Fabio, ach, Fabio, meine Hortensien wuchsen so schön, dass mir die Tränen kommen, wenn ich daran denke. Und meine Freundinnen fragten hartnäckig: ›Na los, Ricordina, verrat's uns, was gibst du deinen Hortensien, was ist dein Geheimnis?‹, und sie glaubten mir nicht, wenn ich erwiderte, dass ich ihnen gar nichts gab. Aber weißt du, was ich so Besonderes mit ihnen machte? Jeden Abend setzte ich mich davor und sprach mit ihnen. Ich erzählte ihnen von mir. Was ich an dem Tag gemacht hatte, aber auch Geschichten aus der Zeit, als ich noch jung war, von meinem Mann Oreste, der nicht mehr unter uns ist, möge seine Seele in Frieden ruhen. Und ich erzählte ihnen, was meine Tochter machte und meine kleinen Enkelinnen, als ich sie das letzte Mal gesehen hatte. So Sachen halt. Andere Male las ich ihnen dagegen ein Buch vor. Ich las es laut, für mich und für sie. Wie gern ich las, Fabio, pro Woche las ich ein ganzes Buch durch.«

»Auch ich lese ein Buch pro Woche!«, sagte ich. »Das hier habe ich heute gekauft«, und ich zeigte ihr *Die Legehenne.* Sie nahm es in die Hand, schaute es von vorne und hinten an und gab es mir zurück.

»Es muss schön sein, aber leider kann ich nicht mehr lesen, ich sehe nicht gut. Das ist echt Beschiss, weißt du, du erreichst ein Alter, in dem du alle Zeit der Welt hättest, das zu tun, was dir gefällt, und da kann es dein Körper nicht mehr. Ich meine ja gar keine abenteuerlichen Sachen, aber nicht mal die normalen schafft man mehr. Das Einzige, was dich noch bewegt, sind Geschichten, wie sehr ich schöne romantische Geschichten liebe! Oben, mit den anderen Mädels … ich sage Mädels, aber sie sind älter als ich, na ja, jedenfalls erzählen wir uns manchmal Geschichten, aber nach einer Weile sind es immer dieselben. Wir haben zwar einige schöne romantische Bücher, aber keine von uns sieht noch gut, und unsere Kinder kommen uns zwar ab und an besuchen, aber sie bleiben nur kurz, da haben sie keine Zeit, uns etwas vorzulesen. Du dagegen … du hast mich gerührt, weißt du. Du kommst hierher und liest deinem Papa vor, der dich nicht einmal … also, er sieht nicht, dass du kommst. Oder vielleicht doch, ich glaube doch, aber jedenfalls, du, Fabio … du bist …«, und für eine Weile sagte sie nichts weiter, sah mich nur mit ihren Augen an, die von Rührung überschwemmt wurden.

Und wer weiß, was ich Signora Ricordina zufolge war, ich konnte alles sein, aber was sie am Ende sagte, als sie sich die Augen trocknete und sich eine Hand auf die Brust legte, nahm mir den Atem, ich schwör's: »Du bist ein Heiliger, Fabio. Du bist ein Heiliger, weißt du das?«

Ja, das wusste ich, ich war ein Heiliger oder jedenfalls auf dem Weg dahin. Aber es von jemand anderem zu hören, war eine wunderbare Musik in meinen Ohren, bei der mir schwindelig wurde. Nur dass unter den vielen Gaben der Heiligen auch die Demut ist, also schüttelte ich den Kopf und schlug die Augen nieder, während sie es noch mehrfach wiederholte und am Ende sogar sagte: »Du bist ein Heiliger. Mehr noch, du bist ein Engel aus dem Paradies.«

Was vielleicht zu viel war, denn die Engel standen noch eine Stufe höher als die Heiligen, kurz vor dieser unmöglichen Höhe, wo der heilige Josef und der Erzengel Gabriel und dann Maria, Jesus und der Heilige Geist waren, da oben, ganz nahe bei Gott. Und es mag der Schwindel dieses sensationellen Aufstiegs gewesen sein, es mag daran gelegen haben, dass die Frau wirklich zu weinen anfing, oder es war der Engel in mir, der meine Lippen bewegte, jedenfalls kam aus dem Nichts heraus eine gütige und tiefe Stimme aus meinem Mund, die sagte:

»Weinen Sie nicht, liebe Ricordina, morgen komme ich und lese Ihnen allen etwas vor.«

Und nachdem Mama und Oma mir geraten haben, mehr Zeit mit meinen Altersgenossen zu verbringen, sitze ich nun also mit einem Kamillentee in der Hand hier auf einem Sessel mit Häkeldeckchen im Fernsehraum des Seniorenheims *Selige Jungfrau Maria Königin des Friedens.*

»Könntest du auch die Stimmen der Figuren nachahmen, wenn das nicht zu viel verlangt ist?«, fragte Signora Ricordina mich, als ich endlich loslegte, nach einer halben Stunde Umarmungen und Komplimente ihrerseits und weiterer fünf Damen, plus einer sechsten, die meiner Meinung nach aber tot sein musste, wie sie da reglos und in zwei oder drei Wolldecken gehüllt an der trotz Mai voll aufgedrehten Heizung saß.

Ich las schlechter als üblich, weil ich elf Jahre alt war und vor diesen Damen lesen musste, die zusammengenommen mehr oder weniger auf tausend Jahre kamen, deshalb fühlte ich mich wie vor einem Jahrtausend Geschichte, ein taubes und langsames Jahrtausend, das mich ständig bat, lauter zu sprechen und langsamer zu lesen.

Außerdem war dieses Buch anders als meine Lehrbücher. Klein und rosa, auf dem Umschlag ein Mann mit Augenklappe und zerrissenem Hemd, aus dem Muskeln und Brustbehaarung hervorschauten, fest in seinem Arm eine junge Frau, deren Kleider ebenfalls zerfetzt waren. Sie sahen sich mit seltsamem Gesichtsausdruck an, irgendwas zwischen kurz vor dem Einschlafen und wenn es verbrannt riecht.

Der Titel lautete *Ozean der Leidenschaft*, und im ersten Moment war ich glücklich, denn vielleicht lehrte es mich etwas über das Leben auf See, aber viele Seiten lang sah man kein einziges Schiff und nicht einmal das Meer. Nur die leeren und unglücklichen Tage dieser sehr schönen Frau namens Emily, die gerne reiten ging, das aber nicht mehr tun konnte, weil ihr Vater sie gezwungen hatte, einen reichen Mann zu heiraten, der ständig auf Dienstreise war und sie im Haus einschloss, also setzte sie sich ans Fenster und stickte und seufzte. Wie die Damen vor mir seufzten und zwischendurch ein paar *Die Ärmste!* oder *Die Unglückliche!* einflochten, alle außer der an der Heizung, die weiterhin tot war.

Dann kommt eines Tages plötzlich vom Meer eine Galeone mit schwarzer Totenkopfflagge, es sind Piraten, die ins Haus eindringen, die Hausangestellten umbringen und alles plündern. Zwei von ihnen steigen hoch zu Emilys Zimmer, sehen sie an, werfen sie aufs Bett und sind kurz davor, ihr etwas anzutun, was ich nicht verstanden habe, doch da kommt der Kapitän und schickt sie weg, er starrt Emily an, nähert sich, streckt eine Hand aus und umfasst ihre Hüfte.

Seine vor Leidenschaft und innerer Hitze glühenden Augen erfüllen sie mit Benommenheit, während seine muskulösen Arme sie eine Kraft, eine Glut spüren lassen, die Emily lange, ja zu lange nicht gespürt hat. Zuletzt, als sie noch jung und frei war und sich im Galopp auf ihrem Lieblingshengst in unendliche, üppige Weiten stürzte. Das gleiche überwältigende Gefühl packt sie jetzt, breitet sich wie ein wilder Schauder auf ihrer Haut aus bis hin zur Brust, die ihre zerrissene Bluse schamlos enthüllt. Der starke und drängende Wüstling presst sie weiter an sich und starrt sie weiterhin mit diesen unverfrorenen und stechenden Augen an, sodass sie sich wieder wie auf dem Sattel eines Hengstes fühlt, im ungestümen Galopp des Lebens …

Und ich las zwar weiter, verstand aber wirklich nicht, was die Pferde jetzt damit zu tun hatten. Es war ja eine Piraten-Story und kein Western, außerdem waren wir mitten in einem Piratenangriff, da sollte es Plünderungen und Schwertkämpfe geben, was für einen Sinn hatte es, da herumzustehen und sich mit all diesen komischen Schaudern in die Augen zu starren? Aber das war nur mein Problem, denn die Damen wussten es dagegen sehr zu schätzen, pressten ihre Hände aufs Brustbein und atmeten schwer.

Und sie hörten gänzlich auf zu atmen, als der Pirat und die Dame zu kämpfen anfingen. Ein absurder Kampf: Mit bloßen Händen gingen sie aufeinander los und rieben sich hier und da aneinander, er warf sie wieder aufs Bett und sprang auf sie drauf, und sie war so aufgewühlt, dass sie schlagartig aufhörte zu kämpfen und ihm sogar half, das zu tun, was er wollte, was auch immer das war.

Und die Damen sagten *Oh* und *Endlich*, während die Zeilen mir absurde Wörter in den Mund legten wie *blühender Busen*, *begierige Hüften* und *die atemberaubende Nacktheit ihres Bauches*. Und ich weiß nicht, wie Emily und der Pirat das machten, sich in ihrem Zimmer an der Küste nicht zu schämen, ich hier im Altersheim schämte mich jedenfalls so sehr, dass ich kurz davor war, mit dem Lesen aufzuhören.

Dann kam ein weiterer Pirat hinzu, und im ersten Moment hatte ich Angst, dass es wie bei den Tintenfischen enden könnte, dass sich jetzt alle an die arme Emily klammern würden, und dann gute Nacht. Stattdessen bleibt der aber stehen und ruft, dass die Soldaten kommen und sie abhauen müssen. Da löst sich der Oberpirat von Emily, küsst sie ganz fest auf den Mund, und bevor er aus dem Fenster springt, dreht er sich noch einmal um und sagt: *Und wenn ich über sieben Meere fahren müsste, ich werde zurückkehren, um dich zu holen.*

Und die Damen im Raum stöhnten und verfluchten die Soldaten, aber Signora Ricordina meinte: »Macht euch keine Sorgen, Mädels, es sind ja noch ganz viele Seiten!«

Und leider hatte sie recht, viele Seiten noch und viel Sehnsucht. Denn ich wäre gerne schon am Ende gewesen oder noch besser schon draußen auf der Straße, in einer Welt, die nicht nach Mottenkugeln und voll aufgedrehten Heizkörpern roch, ohne Kämpfe auf Betten und unfähige Piraten, die statt zu plündern mit Küssen beschäftigt waren und dann mit leeren Händen flohen. Auf die Galeone, die schnell in See stach, die Segel von meinem kurzen Atem gebläht, als ich weiterlas.

Von Emily, wie sie auf dem Bett sitzt und stickt oder draußen auf der Veranda stickt oder irgendwo anders, jedenfalls stickte sie, schaute aufs Meer und dachte an den Piraten. Der in der Zwischenzeit einen weiteren Angriff gestartet hatte, der aber schiefgelaufen war, in Ketten wurde er ins Gefängnis gebracht, ausgerechnet dorthin, wo Emily wohnt. Und aus dem Gefängnis lässt er ihr einen Brief zukommen:

Wunderschöne Emily,
dieser Brief erreicht dich an meiner statt, die Worte sind frei und können fliegen, während mein Körper unweit von dir eingekerkert ist. Und er wird noch bis morgen hier sein, wenn ich das Gefängnis über den Weg verlassen werde, der zum Schafott führt. Ich bin in meinem Leben viel gereist, ich habe alle Winkel der Welt besucht, aber diese kurze Reise wird die

schwierigste, es wird meine letzte sein. Ich bedauere nichts, bis auf eines: dass ich meine letzte Nacht nicht mit dir verbringen kann. Deinen heißen Körper an meinem, an meiner Brust die blühende Unwiderstehlichkeit deines keuchenden Busens zu spüren, und ihn zu umschließen, während ich dich küsse und an deinem Körper herabgleite, um dich zu betasten, deine …

Da haben wir's also wieder, schon wieder reiben sich Menschen an Menschen: Selbst am Abend, bevor er erhängt wird, denkt der Pirat nur an so was. Die Damen gaben seltsame Rachenlaute von sich, die Augen so weit wie möglich aufgerissen, als hörten sie damit zu statt mit den Ohren. Aber ich konnte nicht mehr, wenn der Pirat schon keine Scham hatte, schämte ich mich so arg, dass es für uns beide reichte, also erfand ich mit dem letzten Fitzelchen Luft eine andere und richtigere Art, diesen absurden Brief zu beenden:

Aber jetzt bin ich müde, liebe Emily, ich wünsche Ihnen eine gute Nacht und goldene Träume. Mit freundlichen Grüßen, Ihr Pirat.

Als ich das gesagt hatte, sah ich auf, und die Gesichter der Damen sahen aus, wie wenn jemand in Erwartung einer Zärtlichkeit die Augen schließt und stattdessen einen Stockhieb bekommt.

»Was? Mit freundlichen Grüßen?«

»Von wegen gute Nacht und goldene Träume! Junge, bist du sicher, dass du dich nicht verlesen hast?«

Ich nickte, kräftig, ganz heftig, als könnte ich mit meiner Kopfbewegung dieses Ja in etwas Aufrichtiges verwandeln.

»Hm«, sagte eine Dame mit Schläuchen in der Nase, und »hm« sagten auch die anderen, dann: »Wie scheußlich, was ist das denn für ein Buch?«

Ich dagegen fühlte mich endlich ruhig, denn jetzt wird Emily ein bisschen weinen, aber morgen früh töten sie den Piraten, und die Gefahr weiterer Seiten mit Händen auf Körpern und solchem Unsinn ist gebannt. Also hole ich wieder Luft und lese weiter, sicherer und überzeugter, und mit einem Lächeln auf den Lippen gelange ich zu ihrem Antwortbrief an ihn, der nur aus einer Zeile besteht. Kurz, schlicht, verheerend:

Warte auf mich, heute Nacht werde ich dein sein.

Genau so, ich schwör's. Was ich da vorgelesen habe, verschlägt mir die Sprache. Die Damen dagegen plappern los wie eine Lawine.

»Gut so!«

»Zum Glück nimmt sie das in die Hand, von wegen *mit freundlichen Grüßen*!«

»Nur zu, Emily, weiter so!«

Sogar die tote Dame an der Heizung bewegt ganz leicht den Kopf, zieht einen Arm aus dem Kokon aus Pullis und Decken und murmelt mit Grabesstimme: »Fick ihn!«

Und ich konnte nicht glauben, was in dem Buch passierte, aber auch hier im Altersheim. Vielleicht hatte ich mich im Stockwerk geirrt und war in Wirklichkeit im Irrenhaus gelandet. Und vielleicht war ja auch der unsympathische Arzt genau auf dieselbe Weise hier gelandet wie ich, eines Tages wollte er diesen vom Teufel gerittenen Damen eine Geschichte vorlesen, dann haben sie ihn verrückt gemacht, und er ist nie mehr hier rausgekommen.

Ich dagegen wollte hier raus, und zwar sofort. Ich schaute auf mein Handgelenk, als hätte ich eine Armbanduhr an, und stand auf, »entschuldigt, aber es ist schon sehr spät, ich muss zum Abendessen.«

»Was? Es ist doch erst fünf, lesen wir noch ein bisschen weiter, sei lieb«, sagt Ricordina.

Die Dame mit den Schläuchen in der Nase meint: »Komm schon, nur ein bisschen, bis es Nacht ist, dann ist gut.«

»Bis es Nacht ist? Meine Mama wird sich Sorgen machen!«

»Bis in der Geschichte Nacht ist! Komm schon, lass uns sehen, wie die Nacht zwischen ihm und ihr ausgeht, bitte!«

»Ja, bitte«, sagen die anderen im Chor.

Es stimmte also wirklich, dass ich ein Heiliger war, denn jetzt baten mich alle um meine Gunst. Und so ist ein Heiliger, er ist nicht nur gut, sondern auch zu Opfern bereit. Also schaute ich Ricordina, die Dame mit den Schläuchen und meine anderen Anhängerinnen an, kehrte mit den Augen zu jenen sündigen Seiten zurück und setzte meinen Weg zum Martyrium fort.

Mit Emily, die beim Gefängnis ankommt und der Wache Geld gibt, sodass die sie mit dem Piraten alleine lässt. Die beiden sehen sich, *beschnuppern sich, begehren sich*, aber Gott sei Dank sind zwischen ihnen Gitterstäbe, die mir aber zu dünn und zu weit auseinander scheinen: Eine Mauer wäre sehr viel besser.

Tatsächlich streckt der Pirat seine Hände aus, packt Emily und presst sie gegen diese nutzlosen Stäbe, und er klebt auch selbst daran, und je länger ich dieses Zeug las, desto klarer wurde mir, wie wunderbar meine geliebten Lehrbücher waren, geschrieben von ernsthaften Leuten, die einem nützliche Dinge beibrachten.

Sogar das über die Hühner, sogar die Methoden, wie man Küken den Schnabel stutzt, schienen mir wunderbar im Vergleich zu dieser Szene, wo eine verheiratete Frau mit vielen zu stopfenden Sachen nachts das Haus verließ, um einen Piraten zu treffen, der sie wie wild abtastete.

Die Damen im Raum dagegen schienen das sehr zu schätzen, sie nickten so heftig, dass ein Wind aufstieg, der nach

Pfefferminzbonbons roch, und sie verschlangen die langen Beschreibungen aneinander geriebener Haut, von Mündern, die Münder fraßen, von Keuchen und Wimmern, die ich ihnen vorlas und die das Publikum um mich herum dabei genauso nachmachte.

Und noch schlimmer wurde es, als der Pirat Emily bei den Haaren nimmt, seine Lippen an ihr Ohr führt und ihr Worte zuflüstert, die meiner Meinung nach keinen Sinn ergaben. Aber offenbar taten sie das doch, denn den Damen entfuhr ein kurzes, kratziges Kreischen, wie wenn im Horrorfilm Türen quietschen, kurz bevor etwas Schreckliches passiert. Als er leise zu ihr sagt: *Komm schon, Emily, dreh dich um.*

Und sie dreht sich um und kehrt ihm den Rücken zu, also, wirklich wahr, dieses Buch ist total bescheuert: Morgen bringen sie ihn um, Emily wird ihn nie wieder anschauen können, was für einen Sinn hatte es da, sich umzudrehen und die Wand anzustarren? Sollte sie ihn nicht besser ganz genau betrachten und sein Bild aufsaugen, in einer Zeit, als es noch keine Fotos gab und es zu spät war, um einen Maler zum Porträtzeichnen zu rufen, sie ihn also vom nächsten Morgen an nie mehr sehen würde? War es nicht vielleicht besser …

Der Pirat packt sie an den Hüften, ein tierischer und heftiger Griff, genau wie seine Begierde nach ihr. Er umschlingt ihre Taille und drückt sie noch stärker gegen die Gitterstäbe, ihr Rücken nackt, taubenetzt und zuckend, ihr Gesäß rund und ihm entgegenbebend, gegen sein im letzten, vibrierenden Verlangen nach ihr angeschwollenes Gemächt, und …

Genug damit, jetzt reichte es wirklich! Wie ein dürrer Zweig steckte ich im zähen, schmutzigen Schlamm der Sünde fest. Ich war zwar ein Heiliger, ja, aber ich konnte nicht weiterlesen. Wohingegen die Damen nicht mehr atmen konnten. Es fehlte nur noch eine Seite bis zum Ende des Kapitels, aber dieses Buch hatte der Teufel geschrieben, und ich würde ihm nicht mehr folgen, ich wollte nicht bei ihm in der Hölle landen. Ich sah die Damen mit ihren besessenen Augen an, kehrte zum Rest der Seite zurück und tilgte sie mit einer Handvoll weißer Farbe aus meinem Kopf, so weiß und rein wie die Unschuld, dann schrieb ich sie um, wie es mir gefiel:

»Als Emily sich der Wand zudreht und sich nach vorne beugt, sieht sie dort eine Uhr hängen und bemerkt, dass es schon sehr spät ist und sie zu Hause erwartet wird. Ruckartig richtet sie sich auf und sagt: ›Entschuldige mich, Pirat, ich muss los, ich muss noch ein paar Stickereien fertig machen. Gute Nacht!‹, und sie geht. Der Pirat versteht das und winkt ihr, und da er sehr müde ist, legt er sich in seiner Zelle hin und schläft, und sie lebten glücklich und zufrieden.«

So erfand ich, sorgfältig und sauber, die letzten Worte und war schon aufgestanden, hatte das Buch mit dem Titelbild nach unten auf den Sessel gelegt, damit es über seine Schuld nachdachte, zog mir meine Jacke an und verabschiedete mich, wobei ich ein Lächeln aufrechtzuerhalten versuchte, das auf meinem Mund zitterte.

Aber um die Damen war es noch schlechter gestellt als um mich: aufgerissene, wie von einer Gesichtslähmung verzogene Münder, wie die über Jahrhunderte in derselben Pose erstarrten Mumien in Pompeji angesichts der Lava, die sie aus der Welt riss. Und jetzt, wo alle tot schienen, war ausgerechnet die an die Heizung Geklammerte plötzlich wieder zum Leben erwacht. Sie hob eine dürre Faust aus den Decken und rief: »Diese Emily ist ein Schwachkopf, und der Pirat ist eine Schwuchtel!«

Die anderen klatschten Beifall, alle waren der Meinung, dass es sich um ein scheußliches Buch handelte. Ich ebenfalls, ich zeigte darauf, da auf dem Sessel, und zuckte mit den Schultern, als wollte ich sagen, dass es nicht meine Schuld sei, wäre es nach mir gegangen, hätte ich ihnen etwas über die Aufzucht von Legehennen vorgelesen, und alle wären glücklich.

Aber für Glück war keine Zeit. Signora Ricordina stand auf und sagte: »Aber nein, Mädels, ist doch klar! Es ist ein Überraschungsmoment, nicht? Gleich wird sie es sich noch mal überlegen, zu ihm zurückkehren, und dann geht die Post ab!«

Die anderen hörten auf zu murren und sahen sie an, sahen sich gegenseitig an und schöpften neue Hoffnung. Die sie bis zum Ausgang des Zimmers versprühten, wo ich schon halb aus der Tür war.

»Entschuldigen Sie mich, aber es ist schon sehr spät, ich muss los, ich …«

»Schau wenigstens nach, ob sie zurückkommt, nur das, du kannst uns nicht so zurücklassen!«

»Nein, wir schauen morgen nach! Wie in den Fernsehserien, die immer im aufregendsten Moment enden. Morgen komme ich wieder, dann wissen wir alles.«

Ich sagte das, ohne sie anzuschauen. Denn morgen würde ich bestimmt nicht wiederkommen, das war eine Lüge. Was eine schwere Sünde ist, und noch schwerer, wenn ein Heiliger sie ausspricht, aber vor allem nutzte sie nichts, weil den Damen das Morgen egal war: Sie waren wie der Pirat im Gefängnis, alles musste jetzt passieren oder nie mehr. Und da ich in der Tür stehen blieb, nahm die an die Heizung geklammerte Dame die Sache in die Hand. Sie löste sich mit furchtbarer Anstrengung, ging zum Sessel und nahm das Buch, heftete ihr gutes Auge an die Seite, und einen Moment, der für mich so lange dauerte wie die ganze Nacht eines zum Tode Verurteilten, blieb sie so.

Dann löste sie das Buch von ihrem Gesicht und starrte dank

ihrer schielenden Augen gleichzeitig mich und ihre Freundinnen an: »Es ist gar nicht so!«

»Wie, es ist gar nicht so, Dora, was soll das heißen?«

»Emily geht gar nicht weg, im Gegenteil!«

»Na also!«, meinte Ricordina. »Sie ist zu ihm zurückgekommen, ich wusste es!«

»Nein, von wegen zurückgekommen, sie ist nie weggegangen. Im Gegenteil, sie greift durch die Gitterstäbe und … von wegen Stickereien!«

Da schauten alle mich an, der ich wie angewurzelt in der Tür stand.

»Entschuldige, Fabio, wo hast du denn gelesen, dass sie geht?«

»Kleiner«, meinte die Dame mit dem Buch in der Hand zu mir, »bist du sicher, dass du lesen kannst?«

Ich blieb reglos und stumm stehen, denn ich konnte zwar lesen, und wie, aber ich wusste nicht, was ich antworten sollte. Und auch nicht, wo ich hinschauen sollte, also sah ich zu Boden und auf ihre pelzigen Pantoffeln. Und ich spürte all ihre schielenden und glasigen Augen auf mir, die vielleicht nicht besonders gut sahen, mir aber trotzdem wie Röntgenstrahlen vorkamen, die unter deine Haut schauen können, unter dein Fleisch, bis auf die Knochen und alles, was wir in uns haben, Blut, Adern, Ängste, Lügen. Und ich hätte ihnen so gerne ein weniger erschreckendes Schauspiel geboten, aber ich wusste nicht, ob ich ein wenig Wahrheit hinzufügen oder mir etwas Schöneres ausdenken sollte, und das ist wirklich seltsam und alles andere als ermutigend, dass du dich im Leben immer zwischen Wahrheit und Schönheit entscheiden musst, dass sie nie ein und dasselbe sind.

Doch in dem Moment fiel mir nichts Schönes ein, also blieb mir nur die traurige Wahrheit:

»Entschuldigen Sie mich, meine Damen, ich bitte um Entschuldigung, aber … wenn ich solche Sachen vorlese, schäme ich mich, ganz arg.«

Als ich das sagte, kamen mir sogar die Tränen, und ich wäre am liebsten ganz weit weggerannt, damit sie mich nicht so sahen. Aber das war nicht möglich, denn sofort hatte ich tausend Hände auf mir, die mich drückten, tausend spitze Laute, die den Kehlen der Damen entfuhren und sich in meine Ohren bohrten.

»Was bist du für ein zarter Junge!«, meinte die mit den Schläuchen.

»Ein ganz zartes Jüngelchen!«, sagte Ricordina, und die anderen genauso. Und ich wollte ihnen sagen, dass sie mich, wenn ich wirklich so zart war, gleich auseinanderbrechen würden, sollten sie mich weiter so drücken.

Doch ich sagte nichts, teils, weil sie mir die Luft abschnürten, aber vor allem, weil sie dazu übergegangen waren, mir etwas zu sagen, was mir sehr viel besser gefiel. Nämlich, dass ich ein Engel sei, ein besonderes Engelchen, das der Herr auf die Erde geschickt hatte, ein süßes und unschuldiges Engelein. Und sie bedankten sich, dass ich für sie gelesen hatte, dass ich diesen Nachmittag in jedem Fall unvergesslich gemacht hätte, dass ich meine Sanftheit dorthin gebracht hätte, wo sonst Langeweile und Schweigen herrschten.

Und schon vergaß ich all die Verlegenheit, die mich betatschenden Hände, die aneinandergeriebene Haut in diesem irrsinnigen Buch. Und ich schwöre, dass ich ohne mein Wissen, ohne bewusste Entscheidung, allein, indem ich den Mund aufmachte und die Worte herauskommen hörte, als wären es nicht meine, als kämen sie vom Himmel, der sie mir in diese nach Güte lechzende Welt geschickt hatte, sagte: »Es war mir ein Vergnügen, wenn Sie mögen, komme ich gerne jederzeit wieder zum Vorlesen, Sie brauchen mich nur zu rufen, schon komme ich wieder, versprochen.«

Und die Damen nickten und weinten fast und nannten mich erneut *Engel* und *Heiliger* und *reine, gesegnete Seele.*

Aber sie riefen mich nie mehr.

15

Balljunge

Der Frühling war vorbei, aber die Grundschule noch mehr, die war nämlich für immer vorbei.

Mit einer Prüfung, die aber ziemlich einfach gewesen war, man hatte sich nur ein Land aussuchen und lernen müssen, wie es aussah, was dort hergestellt wurde, und daran verschiedene andere Themen anknüpfen. Ich hatte China genommen, der einzig schwierige Teil war, mit Filzstiften die Landkarte zu malen, denn die Berge sollten braun und die Ebenen grün sein, die Flüsse blau und so weiter, und ich hatte es versucht, sah die Farben aber zufällig, also kam ein Science-Fiction-Planet dabei heraus, mit Flüssen aus Bergen, Ebenen aus Hügeln und großen Seen, die mit Wäldern bedeckt waren.

Ich hatte sie Mama gezeigt. »Gefällt sie dir? Ist sie gut geworden?«

Und sie, nachdem sie sie einige Male gedreht und gewendet hatte: »Ja, Fabio, sie ist sehr gut geworden, perfekt. Also, vielleicht sogar *zu* perfekt, am Ende finden deine Mitschüler dich unsympathisch. Weißt du, was wir machen? Ich male sie dir noch mal, dann wird sie ein kleines bisschen schlechter, aber du bleibst sympathischer.«

Das schien mir eine großartige Idee, und ich überließ die Landkarte ihr, während der Rest, den man lernen musste, echt wenig war, weniger als eins meiner Lehrbücher, die ich mir jede Woche reinzog. Dann waren die Prüfungen vorbei, tschüss,

Schule und hallo, Ferien, und anschließend erwartete mich die berühmte Mittelschule, mit neuen Fächern, neuen Lehrern und Mitschülern.

Alles raste nur so dahin, außer meinem Papa, der immer noch regungslos und mit geschlossenen Augen im Krankenhaus lag. Und wir wollten mit ihm stillstehen, wie ein fest verkanteter Fels im Strom der Geschichte, gegen den das Wasser schlägt und drängt, aber die einzige Möglichkeit, an ihm vorbeizukommen, ist, drum herum zu fließen. Doch offenbar führte der Fluss zu diesem Zeitpunkt Hochwasser und hatte eine sehr starke Strömung, denn nach vielem Drängen gelang es ihm, auch uns zu verrücken. Und so kamen die Achtzigerjahre im Sommer 1985 auch im Dorf Mancini an.

Genau genommen an einem Juniabend, als ich gerade von einem Spaziergang im Pinienwäldchen mit Onkel Aramis zurückkam und Mama mir ein weißes Polohemd und ein Paar sehr kurze weiße Hosen anzog und sagte, dass ich jetzt mit Tennisspielen anfinge. Wie ihr das in den Sinn gekommen war, hat man nie verstanden. Vielleicht weil sie im Tennisklub putzte, vielleicht weil sie auch bei einer Familie aus Modena putzte, die einen mehr oder weniger für mich geeigneten Tennisschläger in den Mülleimer gesteckt hatte. Aber vor allem hatte Mama irgendeinen Film im Fernsehen gesehen, der sie inspiriert hatte.

Und weil wir mitten in den Achtzigerjahren waren, erzählten fast alle Filme die Geschichte von einem, der arm, aber sympathisch und aufgeweckt zur Welt kommt, dann aus Versehen in der Highsociety landet (mal, weil er einem reichen Jungen beim Lernen hilft, mal ist er der Doppelgänger eines Prinzen, mal überfährt ihn ein Milliardär mit dem Auto), und nach kurzer Zeit lieben ihn alle Reichen, und er wird auch reich. Eine perfekte Geschichte für diese Jahre, in denen die Leute besessen waren von Geld und die Zeitungen und das Fernsehen voll von diesen neuen, gut gekleideten Herren, die *Manager* hießen, und es war zwar nicht ganz klar, was genau ihre Arbeit war, aber sie verdienten echt viel damit, und nur das zählte. In der ganzen Welt wie auch hier im Ort, wo jetzt alle von *Aktien* und der *Börse* sprachen und mir so durchgeknallt vorkamen wie die arme Signora Olga.

Die schon alt war, in Pantoffeln und Blümchenschürze durch die Straßen lief und sich auf jeden herumliegenden Papierfetzen stürzte, um ihn sorgfältig mit der Hand glatt zu streichen, wie eine Banknote zu falten und freudig in die Tasche ihrer Schürze zu stecken, weil sie eben dachte, es wäre Geld.

Die Leute hatten ihren Spaß daran, vor allem in der Bar La Gazzella, wo meine Onkel und ihre Freunde, wenn Olga vorbeikam, eilig ihre Gläser abstellten, die Zigaretten auf den Rand des Aschenbechers und die Karten verdeckt auf den Tisch legten, sich auf der Suche nach Zetteln und Papierchen abtasteten oder von den draußen hängenden Plakaten für Volksfeste etwas abrissen, um es auf die Straße zu schmeißen und dabei zu rufen: *O mein Gott, wie viel Geld!* Olga drehte sich ruckartig um, sagte: *Meins!*, und warf sich drauf. Und alle lachten, und an Tagen, wo sie sonst nichts zu tun hatten, konnten sie Olga stundenlang dort beschäftigen, indem sie weiter Papierfetzen auf den Boden schmissen, bis ihre Schürzentasche voll war. Dann ging Olga wieder nach Hause, und sie gingen wieder zum Nichtstun über wie vorher und lachten über sie.

Über die verrückte Olga, die nur Geld im Kopf hatte und es überall sah, auch wenn gar keins da war. Aber dann waren die Achtzigerjahre gekommen, und der ganze Ort war so geworden wie sie. Auch viele Herren dort in der Bar, die statt Briscola und Boccia jetzt an der Börse spielten, ein stinklangweiliges Spiel voller Namen und Zahlen, bei dem man auch noch einen Haufen Geld verliert. Während Olga nichts ausgab, sondern vom vielen Durch-die-Straßen-Laufen und Sich-Bücken mit fünfundneunzig Jahren immer noch gut in Form war, und an dem Tag, als sie starb, fand man in ihrer Wohnung so viel Geld, dass ihre Enkelin sich zwei Häuser im Zentrum von Lucca kaufte.

Also war Olga vielleicht gar nicht ganz so verrückt, oder doch, aber auch nicht mehr als alle anderen, nur dass die anderen beschlossen hatten, Olga zur Verrückten zu erklären und sich selbst zu Managern, in einer Zeit, in der man nicht einmal nach Gelegenheiten Ausschau zu halten brauchte, weil sie kurz davor waren, über uns herzufallen, ganz viele und ganz große, wobei ich letztlich nie verstanden habe, ob sie sich dann doch nicht ergeben hatten oder ob es zu viele und zu große waren und sie uns beim Überunsherfallen plattgemacht haben, und tschüss.

All das, um zu erklären, dass Mama jedenfalls einen Film dieser Art im Kopf und einen Tennisschläger zur Hand hatte und die Umkleiden dieses Klubs mit vier Tennisplätzen und einem Bretterhäuschen am Eingang putzen ging. Der Klub nannte sich wegen ein paar Pinien auf dem Gelände Country Club America. Dort sah sie jeden Tag viele wohlerzogene und gut gekleidete Kinder spielen und hatte beschlossen, dass auch ihr Kind in diesen Klub eintreten sollte.

Ich hatte ihr erklärt, dass mir das keinen Spaß mache, dass es vergeudete Zeit sei und ich nicht zum Tennis wolle. Aber sie hatte nur geantwortet, dass das kein Tennis sei, sondern ein Country Club, dann hatte sie mir einen Herrn vorgestellt, der in dem Bretterhäuschen war und alles Mögliche machte, vom Verzeichnen, wer wann welchen Tennisplatz gebucht hatte, bis zum Aufwärmen von Minipizzas, und sie hatte ihn gefragt, ob es einen Platz für mich gebe, der ich ihr Sohn sei.

Sie hatte vielleicht gehofft, dass der Unterricht nicht allzu teuer wäre oder dass der Mann ihr einen Freundschaftspreis machte, also verstand ich nicht, warum Mama so gekränkt war, als er antwortete: »Aber ja doch, klar gibt es einen Platz für Ihren Kleinen, Rita! Gerade gestern hat sich ein Junge verletzt, ein neuer Balljunge kommt mir da wie gerufen!«

Meiner Meinung nach war das ein fabelhafter Umstand: Der Herr ließ uns nicht nur keine einzige Lira zahlen, er war sogar bereit, mich zu bezahlen! Mama dagegen war wie versteinert, und plötzlich hatte sie es eilig, nach Hause zu gehen, und im Auto hustete sie immer mehr, und obwohl sie hartnäckig weiter hustete, hatte ich am Ende natürlich mitbekommen, dass sie weinte.

Als wir im Dorf ankamen, weinte sie immer noch. Doch als es Abendessen gab, hatte sie aufgehört, und da erklärte ich ihr, dass das doch gut sei, dass der Film so noch spannender und sensationeller würde: Mein Aufstieg zum Erfolg begann gänzlich bei null, indem ich die danebengehauenen Bälle der reichen und verwöhnten Kinder aufhob, die mich vielleicht schlecht behandeln würden, ich aber würde Tag für Tag aus ihren Fehlern die Geheimnisse des Tennisspiels erlernen und Tennislehrer werden, und dann nach und nach Direktor des Tennisklubs – mehr noch, Mama, *Manager des Country Clubs!* –, dann Manager einer großen Firma, die Tennisbälle herstellt, und von dort war es dann nur noch ein Katzensprung, schon wäre ich Präsident der Republik. Oder *Manager der Republik*, was noch besser klang, im überwältigenden Finale dieses fantastischen Films.

Ganz bestimmt, genau so, nur dass wir jetzt noch am Anfang waren und ich die Zähne fest zusammenbeißen und das Körbchen festhalten musste, während ich es mit über das Gelände verstreuten Bällen füllte. Und dabei bat ich Fußball und Basketball um Verzeihung, und sogar Billard, wo mich meine Onkel ab und zu hinbrachten. Ich bat sie um Verzeihung, weil ich gedacht hatte, sie wären der Gipfel der Langeweile, aber echte Langeweile war etwas anderes, das verstand ich erst jetzt, wo ich Tennis entdeckt hatte.

In meinen Augen war es deprimierend, ein Spiel für elegante, kühle Menschen, jeder auf seiner Seite mit einem Netz in der Mitte, um die Distanz zu wahren: Ich gehe dir nicht auf die Nerven und du mir nicht, und vielleicht geben wir uns am Ende, *wenn wir nicht zu verschwitzt sind*, die Hand, und auf Wiedersehen. Sehr viel besser gefiel mir sein ordinärer kleiner Vetter, Tischtennis, von dem die ernst zu nehmenden Tennisspieler allerdings behaupteten, es sei schädlich, weil man beim Tischtennisspielen schlechte Angewohnheiten bekommt, für die man beim Tennis bestraft wird. Was das für schlechte Angewohnheiten waren, erklärten sie nie, aber bestimmt war die erste davon, Spaß zu haben.

Aber das war kein Problem, ich war ja gar nicht hier, um Spaß zu haben, ich arbeitete. Jeden Tag seit Ferienbeginn, das Körbchen in der Hand und ein weißes T-Shirt mit der Aufschrift »Country Club America« am Leib. Ich verließ unser Dorf, ohne mich von meinen Onkeln sehen zu lassen, denn ihrer Meinung nach war es beschämend, dass es im zwanzigsten Jahrhundert noch begüterte Kinder gab, die Bälle wegwarfen, und ein anderes Kind, das herumrennen musste, um sie wieder einzusammeln wie ein Sklave oder ein Hund, und auf diese Weise würde ich einen Sommer vergeuden, den ich besser mit ihnen verbringen sollte. Und ich fragte sie, ob es nicht dasselbe sei, ihnen in den Wald zu folgen wie ein Trüffelhund oder das Körbchen für die Steinpilze zu halten oder für alle Zigaretten zu drehen, Arbeiten, die ich überdies unbezahlt tun musste. Aber sie antworteten: »Nein! Das ist überhaupt nicht dasselbe! Erstens sind wir deine Onkel. Zweitens sind wir nicht begütert!«

Und mag sein, dass sie recht hatten, aber das war ja genau das Problem: dass wir nicht begütert waren, aber die Achtzigerjahre gekommen waren und wir es werden mussten, um Mama glücklich zu machen. Denn seit Papa im Bett lag, hatte ich sie nie wirklich glücklich gesehen, und obwohl sie noch oft lachte, hatte ihr Lachen doch nicht mehr denselben Klang.

Also zog ich mir jeden Tag mein T-Shirt an und ging ihretwegen zum Country Club, und ich sammelte die verlorenen Bälle dieser Kinder ein, die gar nicht unsympathisch waren, im Gegenteil, wir kamen gut miteinander aus und verstanden uns sofort. Auch sie waren nämlich nur dort, weil ihre Eltern es so wollten, also listeten wir zusammen die schönen Dinge auf, die wir tun würden, wenn statt Tennis die Freiheit in Mode wäre. Die Liste war wunderbar und wäre immer länger geworden, doch stattdessen endete sie schlagartig, kaum hörten wir diesen immer lauter werdenden Gesang, der vom Kiesweg zwischen den Lorbeerbäumen kam, zwischen den Pinien aufstieg und schließlich zusammen mit dem blendenden Licht des Tennislehrers Gualtiero den Platz erfüllte.

Arrivare, partire, che gusto mi dà
sono un mago poeta con due identità
sono quel vagabondo che pace non ha
amo solo me stesso e la mia libertà

Kommen und gehen, wie mir das gefällt
Ich poetischer Magier mit Doppelidentität
Ich Vagabund find den Frieden doch nie
Ich lieb nur mich selbst und meine Autonomie

So strahlend, dass die Sonne am Himmel einen Schritt zurücktrat, während er in seinen weißen kurzen Hosen, weißen Schuhen und ebenfalls blütenweißem Lacoste-Hemd und Baumwollpullover um die Schultern glänzte, eine verspiegelte Sonnenbrille auf den zurückgegelten Haaren, die hingegen so dunkel waren wie seine Haut.

Jeden Tag sang er bei seiner Ankunft ein anderes Lied, aber alle von Herrn Julio Iglesias. Der ein sehr schöner und bei den Frauen äußerst beliebter Sänger war, auch meine Oma hörte beim Putzen Kassetten von ihm, und einmal, als er *Manuela* sang, hatte sie sich auf den Staubsauger gestützt und gesagt, dass sie Opa in ihrem ganzen Leben nie betrogen hatte, weil sie anständig war, aber auch weil sie das Glück gehabt hatte, nicht zufällig Julio begegnet zu sein. Sie hatte das zu Mama gesagt, aber ich hatte es leider auch gehört.

Also war es ein Glück, dass sie auch Tennislehrer Gualtiero nie zufällig begegnet war, der Herrn Iglesias ganz schön ähnlich sah, nur mit Tennisschläger statt Gitarre auf dem Rücken, braun gebrannt, groß und ziemlich schön.

Auch wenn meine Onkel mir erklärt hatten, man dürfe das als Mann nie sagen, dass ein anderer Mann schön ist. Sympathisch ja, tüchtig auch, aber schön nicht, ein Mann sagt so was nicht. So wie ein Mann nicht bügelt, nicht Geschirr spült, keine Gedichte schreibt. Deshalb waren sie auch sehr besorgt gewesen, als ich in der dritten Klasse den Preis für das schönste Gedicht der Schule gewonnen hatte, mit diesem hier, das *Meer* hieß:

Jedes Mal, wenn ich vom Meer abrück,
will ich gleich wieder dorthin zurück.

So lautete das Gedicht, ich schwör's, und wenn das das schönste der Schule war, wer weiß, wie dann die anderen waren.

Aber diese beiden kümmerlichen Verse hatten meine Onkel schon mit Sorgen erfüllt, und Adelmo war zu mir gekommen, um mir zu sagen, dass ich nie mehr Gedichte schreiben solle, weder schöne noch hässliche, sonst würde ich einmal ein Mann, dem andere Männer gefallen. Dann zog er ein fantastisches Klappmesser hervor, das er zwischen seinem Hintern und dem Rollstuhl aufbewahrte, und sagte, dass es meins sei, wenn ich schwöre, keine weiteren Gedichte zu schreiben. Ich nahm das Messer und habe seitdem in meinem Leben keinen einzigen Vers mehr geschrieben. Aber dass der Tennislehrer Gualtiero schön war, sage ich trotzdem, schließlich wussten es sowieso schon alle, und am besten Gualtiero selbst.

Er kam an und warf seinen Pullover auf die Bank, dann drehte er sich um und lächelte seinem Schüler und mir zu. Und wir lächelten zurück, denn er war sympathisch und erzählte uns Geschichten, die wir nicht richtig verstanden, die uns aber trotzdem interessierten, und die Tennisstunden mit ihm wären wunderbar gewesen, wären sie die ganze Zeit so geblieben. Nur dass sie sich bald in das genaue Gegenteil verkehrten, denn kurz darauf kamen die Mütter, um ihren Kindern zuzuschauen, und vor den Frauen war Gualtiero wie ein Werwolf bei Vollmond: Er veränderte sich nicht nur, er wurde wirklich ein anderer.

La donna, che sia l'amante, la madre, l'amica
Non le costa nessuna fatica
Fare tutto in silenzio per meee.

Die Frau, sei sie Geliebte, Mutter oder Freundin,
ja, sie kriegt es mit Leichtigkeit hin,
wortlos alles zu tun für miiich.

Sogar die Stimme war anders, sie nahm einen spanischen Akzent an, wie in Julio Iglesias' Liedern eben. In der Tat fragten einige Mütter ihn, ob er aus Madrid oder Barcelona sei oder ob er aus Südamerika komme, und er starrte sie einen Moment mit bitterem Blick an, bevor er antwortete: »Ikh esprekhe lieber nikht von meiner Vergangen'eit. *Mucho amor, mucho dolor.*«

Und sie entschuldigten sich und wussten nicht, was sie sagen sollten, schimpften sich nur selbst eine Idiotin, diesem wunderschönen und geheimnisvollen Mann eine so dumme Frage gestellt zu haben, der jetzt hier vor ihnen stand, wen kümmerte es da, ob er aus Madrid oder Pamplona oder vom untersten Zipfel Argentiniens kam.

Auch weil Gualtiero in Wirklichkeit aus Levigliani kam, einem kleinen Dorf in unseren Bergen, so abgelegen, dass die Menschen von der Küste, wenn sie jemandem drohen wollten, sagten: *Hör auf, sonst verpasse ich dir einen Arschtritt, dass du in Levigliani landest.*

Aber vielleicht stimmt das gar nicht, vielleicht spreche ich von dem Mann von vorher, dem freundlichen Tennislehrer, der seinem Schüler einfache Bälle und ermutigende Worte zuspielte und mir jedes Mal namentlich dankte, wenn ich ihm die Bälle zurückbrachte. Doch dann kam vom Weg das Geräusch von Absätzen, die in den Kies stachen, ein Tanz langer, weicher Haare und eine sehr gut und sehr knapp bekleidete Frau, die sich neben den weißen Pullover des Tennislehrers setzte, und da wurde der Tennisplatz zu einem Vernichtungslager.

Ach nein, dafür hätte es einen deutschen Akzent gebraucht wie bei den Bösen in den Nazifilmen. Mit den spanisch klingenden Worten des Tennislehrers Gualtiero wurde die Tennisstunde vielmehr zu einem Stierkampf.

Und über Stierkämpfe wusste ich ganz, ganz viel, dank Signora Stella und ihrem Bücherstand, wo ich ein Buch mit einem Umschlag voller Fotos aus Spanien herausgefischt hatte, geschrieben von einem Herrn namens Marino Cassini, mit dem Titel *Stierkämpfe unter der Sonne*. Und auch wenn die Sonne hier von den Pinien des Country Clubs abgehalten wurde, war der Rest haargenau gleich: Die Mütter waren das Publikum, der Tennisplatz war die Arena, der Tennislehrer Gualtiero war der Matador und der Tennisschläger sein rotes Tuch. Und die Rolle des Stiers nahmen, leider, der jeweilige Schüler und ich ein.

Also tschüss leichte Bälle und Ermutigungen, jetzt schoss Gualtiero Raketen longline, die über den roten Sand strichen wie Streichholzköpfchen, wenn sie Feuer fangen, bevor sie sich in die Werbeplakate jenseits des Platzes bohrten.

»Oh, wass isst loss, *amigo*!«, sagte er zu dem von der Wucht des Schlags wie gelähmten Jungen. »Hasst du ihn nikht gesehen? Brauchst du vielleikht Brille?« Er lachte und drehte sich zu der Mutter auf der Bank um, die ebenfalls lachte und sich dabei die Hand vor den Mund hielt.

Dann sank die Hand aufs Brustbein, und die Mutter hielt den Atem an, weil Gualtiero einen weiteren Ball hochwarf und mit einem kehligen Laut einen tödlichen Aufschlag machte, der ihren zu Tode erschrockenen und erstarrten Sohn streifte.

»Amigo, fungsionieren die Beine nikht? Du brauchst nikht Brille, du brauchst Rollestuhl!«

Und wieder Gelächter, während er ihn abhetzte, indem er ihn kurzen Bällen oder Bällen in die Ecken oder in jedem Fall unmöglich zu erwischenden Bällen hinterherlaufen ließ. Und wenn der Junge wirklich keine Luft mehr bekam, sagte er: »Pfui Sssande, du hasst ein Körper wie ein Achtzigjähriger, *hombre*!«, um sich dann der Mutter zuzuwenden und hinzuzufügen: »Und das isst sähr seltesam, wo die Mamá so gut in Form isst.«

Und die Mutter hörte zu lachen auf, um nun zu lächeln, so breit, dass das Lächeln nicht nur auf ihrem Mund war, sondern sich bis zu den Augen und den Haaren ausdehnte, die sie sich ununterbrochen richtete, bis zum Hals und zur Brust und ihrem ganzen Körper, der – wie der Tennislehrer gesagt hatte – so gut in Form war.

Der arme Schüler dagegen lächelte nicht, und ich noch weniger. Er kam beim Herumrennen, ohne je den Ball zu berühren, sondern nur Beleidigungen einzufangen, zwar außer Atem, aber das war nur der erste Teil des Stierkampfs, der vorbereitende, wenn der Matador die *Banderillas* benutzt, kleine, spitze Stäbe, die man in das Tier spießt. Denn der Schüler bezahlte schließlich die Stunden, vielmehr bezahlte seine Mutter sie, die da saß, oder vielleicht sein Vater, der wer weiß wo war, Hauptsache woanders, na, jedenfalls konnte der Matador sich nicht zu sehr in diesen Stier verbeißen. Dafür war eben ich da.

Daher kam gegen Ende der Stunde dann mein Auftritt. Der Tennislehrer änderte seine Taktik und spielte nun langsamere und mittigere, aber extrem angeschnittene Bälle. Die leicht aussahen, aber wie trügerische Schlangen wegschnellten, sobald der Tennisschüler sie berührte, und alle im Netz landeten. Der Tennislehrer lachte, die Mutter lachte, der Junge dagegen drehte sich zu mir um und bat mich um Entschuldigung. Ja, denn wenn alle Bälle da mitten auf dem Platz lagen, legte der Tennislehrer die Banderillas ab, nahm den Degen zur Hand und sagte auf das Netz zeigend zu mir: »Loss, *amigo*, du bisst dran!«

Ich bekreuzigte mich, bückte mich, und in meinen nackten Beinen begann ein Ringen zwischen Losschnellen und Stehenbleiben, zwischen Pflichtbewusstsein und Überlebensinstinkt. Ein Kampf, der mich erst einmal unbeweglich machte, weil niemand gewann, aber am Ende verlor ohnehin immer ich.

»Loss, essnell!«, meinte der Tennislehrer Gualtiero. »Bisst du hier zum Bälle aufesammeln oder nikht?«

Nein!, hätte ich antworten wollen. Denn in Wirklichkeit war ich nur hier, um Mama glücklich zu machen. Ich war ein Heiliger, und die Mission der Heiligen ist es, die anderen glücklich zu machen, alle anderen, wie sollte ich mich da nicht für meine Mama opfern? Ihretwegen war ich hier und versuchte gesellschaftlich aufzusteigen. Aber es war ein langsamer und gefährlicher Aufstieg, der auch über diese Bälle im Netz auf dem Feld des Schülers führte. Ich dachte wieder an sie, an ihren ausdruckslosen Gesichtsausdruck, als der Mann vom Tennisklub zu ihr gesagt hatte, dass ich Mitglied des Country Club werden könne, ja, aber als Balljunge, also biss ich die Zähne fest zusammen und hielt meinen leeren Korb genauso fest, senkte den Kopf wie der Stier vor dem Angriff und dann los, hinein in die Arena.

Und was mir gleich passieren würde, wusste ich schon. Ja, wir wussten es alle. Die Mutter des Jungen lachte nämlich schon nervöser, während Gualtiero ans Ende des Tennisplatzes lief und einen weiteren Korb Bälle hervorholte, den er von Anfang an da aufbewahrt hatte. Er kehrte in die Pose des perfekten Tennisspielers zurück und fing wieder an, dem Tennisschüler zuzuspielen, und ich dazwischen gebückt, um unter diesem Kugelhagel die Bälle aufzusammeln.

Der erste Aufschlag war üblicherweise ein Flugball, der mich bequem überflog, aber schon der zweite wurde zu einem rasanten und tödlichen Gewehrschuss, der nur ganz knapp an der Netzkante und zugleich an meiner Schläfe vorbeiflog. So knapp, dass der Mutter auf der Bank ein erschrockener Schrei entfuhr, aber es war ein Schreck wie auf der Achterbahn, dieses Schaudern, für das man sogar Geld bezahlt und bei dem man nicht erwarten kann, dass es endlich aufhört, das man aber gleichzeitig wieder und wieder spüren möchte.

Und die Frau musste nicht zu lange warten, gerade so lange, bis ich mich wieder gefangen und zwei Bälle in den Korb gelegt hatte, dann richtete ich mich wieder auf, um die anderen aufzusammeln, und der Tennislehrer Gualtiero: »Entschuldige, *amigo*, aber du bisst su langesam, die Sseit isst kosstbar!«

Kostbarer als Menschenleben offensichtlich, denn er ließ eine weitere Rakete los, die so schnell war, dass ich sie gar nicht sah, ich spürte nur die Luftverschiebung nahe an meinem Gesicht und wie mir der Geruch nach verbranntem Plastik in die Nase stieg, um sich mit meinem Schrecken zu vermischen.

»Loss, du Essnecke! Ikh warte nikht gerne«, rief Gualtiero. Dann drehte er sich zu der Mutter um, bohrte seine Augen in ihre: »Ikh nehme *todo y de immediato*.«

Sie senkte kurz den Blick und rutschte auf der Bank herum, als wäre die plötzlich ungemütlich geworden, während Gualtiero mit seinem braun gebrannten, muskulösen Arm ausholte und beim Abfeuern einer weiteren Bombe *Olé* rief. Die genau auf mich zukam, ich schaffte es gerade noch rechtzeitig, mich auf den Boden zu werfen, wobei mein Körbchen umfiel und die beiden eingesammelten Bälle wieder frei herumrollten.

»*Amigo*, wass isst loss, bisst du müde, bisst du eingesslafen? Jetzt wecke ikh dikh auf!«

Er schnappt sich ein neues Projektil aus seinem Körbchen, und vielleicht entfährt der Mutter ein *Ach, Gualtiero, komm schon, es reicht!*, aber das sagt man halt so, wie wenn du etwas geschenkt bekommst und sagst: *Das wäre doch nicht nötig gewesen*, oder wenn du ein Kompliment bekommst und antwortest: *Aber nicht doch*. Was du sagst, hat nichts mit dem zu tun, was du tatsächlich willst.

Und Gualtiero wusste das, tatsächlich schoss er noch einen Ball ab und noch einen, und ich verfolgte sie mit den Augen, wobei ich versuchte, mich immer niedriger als das Netz zu halten, mit diesem verfluchten roten Sand, der am Hemd und an den Knien klebte und den ich abzuklopfen versuchte, aber das hatte keinen Sinn, denn die Tennisstunde war noch nicht vorbei und der Stierkampf auch nicht, der Matador machte weiter und hörte erst bei dem Ball auf, der mich schließlich voll erwischte.

Und es tat auch ein wenig weh, aber nicht deshalb schrie ich. Es war eher die angesammelte Angst und vor allem Wut über diese absurden Tennisstunden, die dem Jungen nichts über Tennis beibrachten und mir nur, wie blöd die Menschen sein können.

Der Tennislehrer Gualtiero, klar, aber auch die Mutter, die *Es reicht, Gualtiero, jetzt reicht es!* sagte und dabei lachte, und all die Leute, die plötzlich mit weißem Polohemd in den Country Club kamen und von *Look* und *Business* und anderem Zeug redeten, das ich nicht einmal in der Schule verstanden hätte, wie dann erst hier, mitten auf dem Tennisplatz niedergestreckt, voll mit rotem Sand und tausend ziellos um mich herumrollenden Bällen.

Und dann war alles vorbei. Der Tennisschüler und ich gingen ins Bretterhäuschen des Country Clubs, seine Mutter verschwand wer weiß wo, und auch Gualtiero kam erst nach einer Weile zurück, mit einem Handtuch um die Schultern und einem um die Hüften.

Er war wieder nett, spendierte mir ein Glas Limonade, und sein Italienisch war ganz normal, während er zu mir sagte, dass ich auch Tennisspielen lernen sollte, so würde ich eines Tages auch Tennislehrer wie er und würde statt Bällen etwas anderes sammeln. Ich antwortete, dass das eine schöne Idee sei, meine Mutter aber leider wolle, dass ich Präsident der Republik werde, Gualtiero lachte ein Lachen voller weißer, perfekter Zähne, und ich bereute, ihm gegenüber meine Mutter erwähnt zu haben, wo er sich doch keine Einzige entgehen ließ.

Dann ging ich ganz dreckig nach Hause, ein mit rotem Sand paniertes Schnitzel, und sie sagte: *Ich würde zu gerne wissen, wie du es schaffst, dich jeden Tag so einzusauen*, und ich antwortete nicht, aber die Wahrheit war, dass ich es für sie tat, dass jeder Nachmittag ein weiterer Schritt zum gesellschaftlichen Aufstieg war. Doch es war ein steiler und staubiger Anstieg, und je besser ich diese Gesellschaft kannte, desto lieber wäre ich ihr ferngeblieben, denn wenn sie hier schon so schlimm war, wie dann erst da oben, wo nur diejenigen hinkommen, die im Dreck und anderen Abscheulichkeiten problemlos vorankommen. Also war es besser, es wie Onkel Arno zu machen, der in seinem Garten blieb und anstelle der Klingel einen Totenkopf gemalt hatte, und der, wenn ihn trotzdem jemand aufsuchte, mit einem Schuss in die Luft antwortete.

Aber ich konnte nicht, ich musste meiner Mama zuliebe weiter aufsteigen, und auch Papa zuliebe, der eines Tages aufwachen würde, und was das dann für eine Überraschung wird, wenn er sieht, wie weit sein Sohn es gebracht hat. Und darüber hinaus konnte ich mich gut mit dem Gedanken bei Laune halten, dass ich, sobald ich Präsident der Republik wäre, als Erstes im ganzen Land das Tennisspielen verbieten würde. Ich würde die Armee losschicken, um die Tennisplätze zu verminen, und die Carabinieri, um Haus für Haus die Tennisschläger zu beschlagnahmen. Tschüss, Tennismatche, tschüss, Tennisstunden, tschüss, Country Club.

Ja, genau so, ich stellte mir die Szene vor und war schon jetzt begeistert. Auch wenn mir dann der Fluch unserer Familie wieder einfiel, das einzige große Hindernis zwischen mir und der Macht. Denn Präsidenten waren alles uralte Leute, die über vierzig waren, und ich lief Gefahr, in dem Alter durchzuknallen, und dann tschüss, Präsidentschaft und tschüss, Anti-Tennis-Regime.

Aber letztlich brauchte es mein Regime gar nicht, denn schon vorher kümmerte sich die Zeit darum. Die das Einzige tat, was die Zeit tun kann: Sie verging, und alles änderte sich. Anfangs hatten immer viele Leute darauf gewartet, auf einem der vier Tennisplätze im Schatten der Bäume zu spielen, dann wurden die Bäume gefällt, um noch zwei weitere Tennisplätze anzulegen, nur dass nach einer Weile keiner mehr hinging. Vielleicht weil es keinen Schatten mehr gab, vielleicht weil eine geschichtliche Epoche zu Ende war, jedenfalls hörten die Leute auf, Tennis oder an der Börse zu spielen, der rote Sand wurde mit Beton übergossen und anstelle des Country Clubs ein großer Parkplatz gebaut, der aber nirgendwo in der Nähe lag, weshalb dort statt Autos nur hingekippter Müll, zerbrochene Flaschen und Spritzen waren.

Und hin und wieder fuhr ich mit dem Fahrrad daran vorbei und verstand zwar nicht, was passiert war, sagte mir aber, dass auch das irgendeinen Sinn haben musste, alles hat immer irgendeinen Sinn, und der ist in der heutigen Welt stark, gerecht und klar. Bis das Morgen kommt und dieser Sinn schlagartig keinen Sinn mehr ergibt, weshalb wir uns einen neuen ausdenken, dann wieder einen neuen und noch einen neuen. Alle da oben im Himmel aufgeschlagen, um dann auf die Erde herunterzufallen und in irgendeine abgelegene Ecke zu rollen. Wie ganze viele Bälle, die irgendjemand aufsammeln wird.

16

Latten im Wald

Die Zeitmaschine

So waren meine Ferien vergangen, tagsüber Bälle beim Tennis einsammeln und abends Teller und Gläser bei der Festa dell'Unità, mal trieb mich Tennislehrer Gualtiero an, mal meine Onkel, und ich schwöre, dass ich rannte, aber es war einfach unmöglich, mit Juni, Juli und August mitzuhalten, die blitzschnell verschwunden waren. Tschüss, Spiele im Sand und Baden im Meer, tschüss, Vorsatz, mehr Zeit mit meinen Altersgenossen zu verbringen: Als der Tennisplatz zumachte und die Festa dell'Unità ihre Zelte abbaute, war der Strand schon leer, keine Sonnenschirme, keine Badenden, nur vereinzelte Möwen und ich, mit käseweißer Haut und dem Gefühl, den Sommer verpasst zu haben.

Aber dem war nicht so, es war noch sehr viel schlimmer. Denn als die Schule wieder losging, fand ich heraus, dass ich außer dem Sommer auch den Zug des Lebens verpasst hatte.

Im ersten Moment bemerkte ich es nicht, ich war zu aufgeregt wegen dieser berühmten Mittelschule, mit der ich jetzt anfing: In der Geschichte meiner Familie war nie jemand bis hierher gekommen, also war ich so schon zum Wissenschaftler des Mancini-Dorfs geworden, ein Gelehrter, den man bei schwierigen Fragen hinzuzog. Zum Beispiel eines Abends bei Oma, als wir, weil der Fernseher wieder funktionierte, beim Essen die Nachrichten schauten und sie dort einen Herrn mit schwarzen

Locken und Polizeimütze interviewten, der Gaddafi hieß und arabisch redete. Onkel Adelmo drehte sich zu mir um und fragte: »Hey, was hat er gesagt?«

»Wer denn?«

»Gaddafi, was hat der gesagt?«

»Hm, keine Ahnung, Onkel, ich spreche doch kein Arabisch.«

Und er: »Das sieht dir mal wieder ähnlich. Wofür gehst du eigentlich zur Schule?«

Ich schwieg, und Mama sagte: »Nun ja, Adelmo, mit der Mittelschule muss er ja erst noch anfangen«, aber als sie mir den Topf mit dem Kartoffelbrei reichte, lag in ihrem Blick so viel Enttäuschung, dass nicht einmal ihr Lächeln das überdecken konnte. Daher erklärte ich einige Tage später, als Gorbatschow in den Nachrichten war und sie mich wieder um Übersetzung baten, dass Russlands Staatsoberhaupt uns zu den Festen der Unità beglückwünschte, die wunderschön seien und wo man so gut esse und trinke, dass er früher oder später mit seiner Familie auch zum Abendessen dort vorbeikommen wolle. Und meine Onkel reckten die linke Faust in die Luft, schlugen mit der anderen vor Glück auf den Tisch und riefen: »Wann immer Sie wollen, Genosse Gorbatschow, seien Sie unser Gast!«

Und auch Mama und Oma waren glücklich, denn Gorbatschow mochten sie zwar vielleicht nicht, aber sie waren in ihren kleinen Gelehrten verliebt, der einfach alles wusste.

Auch wenn ich in Wirklichkeit rein gar nichts wusste. Gerade als die Mittelschule anfing und mich statt einer einzigen Lehrerin viele verschiedene Lehrer erwarteten, die vielleicht weniger wussten als sie, weil jeder von ihnen nur ein einziges Fach unterrichtete. Und außer den neuen Lehrern war da eine ganze Klasse voller neuer Mitschüler, die am ersten Tag herumrannten, durcheinanderriefen und sich ganz aufgeregt mit Schulterklopfen und kleinen Schlägen auf den Hinterkopf begrüßten, und doch schwöre ich, dass ich mir dort ganz allein vorkam. Denn das war gar keine Schule, das war ein Bahnhof, still und leer und verlassen: Der Zug des Lebens war abgefahren, und ich hatte ihn verpasst.

So ist es mit diesem absurden Zug, er fährt, hält an und fährt wieder los, wann es ihm passt, keine Ansagen, keine Fahrpläne. Mag sein, er steht so lange an einer Stelle, dass du schon glaubst, für immer dort zu bleiben, dann pfeift er aus dem Nichts heraus und düst los wie eine Rakete, und im Nu befindest du dich an einem neuen, geheimnisvollen Bahnhof, wo alles anders ist, vor allem du selbst: Als du ins Bett gegangen bist, warst du noch du, beim Aufwachen bist du ein anderer.

Tatsächlich waren fast alle Klassenkameraden noch dieselben wie in der Grundschule, und doch waren sie mir unbekannt. Unbekannte und Fremde, Bewohner einer von seltsamen Menschen bevölkerten Welt, wie die, denen Onkel Aldo begegnete, wenn er mit dem Lastwagen exotische Orte wie Parma, Rimini oder Piacenza besuchte. Verrückte Städte, wo alles verkehrt herum war: Die Sonne ging aus dem Meer auf und verschwand abends hinter den Bergen, die Wassermelone hieß bei ihnen *anguria*, und die Leute konnten sich stundenlang in ihrer Sprache unterhalten, ohne dass du ein Wort verstanden hättest. Haargenau wie hier zwischen den Schulbänken, wo ich zuhörte und federnd mit dem Kopf nickte, aber keine Ahnung hatte, wovon sie da redeten.

Da war etwa Sergio, der plötzlich einen schnurrbartartigen dunklen Schatten auf der Oberlippe hatte, er sprach von Cristina und war sich sicher, dass er sie rumkriegen würde, aber ich verstand nicht, worum er sie kriegen wollte. Dann sagte er, dass sie am Sonntag im Kino eine Gelegenheit zum Fummeln finden müssten, und ich wurde ganz aufgeregt, weil das bestimmt hieß, dass sie versuchten, ohne Ticket reinzukommen, und es war doch unmöglich, den Film zu genießen, wenn man ständig Angst hat, erwischt zu werden.

Gänzlich rätselhaft wurde es aber, als der Graziani kam, sich auf den Stuhl fläzte und sagte, er habe Rückenschmerzen, *weil ich gestern eine beim Fingern entjungfert hab.* Genau so hat er das gesagt, und ich lachte und klatschte und rief *super!* wie alle anderen. Aber was hatte er da gesagt, zu wem war er geworden, wie war ich auf diesem absurden Planeten gelandet, als ich dachte, ich würde zur Schule gehen?

Ich hatte keine Ahnung, und ich fühlte mich genau wie in einem Film, den ich diesen Sommer einmal spätabends gesehen hatte. Er hieß *Die Zeitmaschine* und handelte von einem Wissenschaftler, der Ende des neunzehnten Jahrhunderts eine Maschine baut, die teils nach Dreirad, teils wie Onkel Aramis' Ape aussieht, aber eben eine Zeitmaschine ist. Vor dem Sitz gibt es nämlich einen Hebel, der dich, wenn du ihn nach hinten ziehst, in die Vergangenheit bringt, und wenn du ihn nach vorne drückst, reist du in die Zukunft. Und meiner Meinung nach teilt sich die Welt in zwei Hälften, diejenigen, die beim Besteigen der Zeitmaschine den Hebel nach vorne drücken würden, und diejenigen, die nach hinten ziehen, und dann gibt es noch Menschen wie mich, die ihn vielleicht gar nicht anrühren würden, denn am Ende ist es gut, wie's ist. Aber weil der Wissenschaftler nun mal ein Wissenschaftler ist, ist er zu neugierig, wohin der Fortschritt führt, also drückt er den Hebel nach vorne, und der Kalender erreicht das Jahr 1944, sodass er sich mitten im Zweiten Weltkrieg wiederfindet, genau unter einem deutschen Bombenangriff. Um sich zu retten, drückt er noch mehr nach vorne und springt noch weiter in der Zeit, aber er hat wirklich Pech, denn jetzt landet er in den Sechzigerjahren, und es gibt einen noch schrecklicheren Krieg, bei dem man nicht genau versteht, wer gegen wen kämpft, aber im Moment zählt bloß, dass neben ihm eine Atombombe explodiert, so stark, dass die Erde aufbricht und aus den Spalten eine Art Lava herauskommt, die ihn gleich kaltmacht. Da klammert sich der Wissenschaftler an den Hebel und drückt ihn ziellos ganz weit nach vorne, der Kalender flitzt in null Komma nichts zum 12. Oktober des Jahres 802 701. Und der Wissenschaftler bleibt kurz da auf seinem Dreirad sitzen, aber als er den Mut findet, auszusteigen und eine kleine Runde zu drehen, erwartet ihn eine irre, unbekannte Welt, mit der er nichts mehr zu tun hat, wo alle Menschen blond und schön sind und in einer Sprache reden, die für den Wissenschaftler nur ein Klangbrei ist.

Der Film geht mit lauter Abenteuern in dieser fernen Zukunft weiter und ist wirklich wunderbar, wenn man ihn in Unterhosen auf dem Sofa mit einem Kirscheis in der Hand anschaut. Wenn man dagegen an einem Septembermorgen den Ranzen packt, zur Schule geht und sich mitten im Geschehen befindet, ist das etwas ganz anderes.

Ich hielt mich, wenn ich mich bewegte, an den Schulbänken fest, drehte mich bei jedem Geräusch ruckartig um, meine Hände schwitzten und zitterten so sehr, dass ich sie in den Hosentaschen versteckte. Und dort fand ich meinen Schatz. Den wertvollen Stapel doppelter Bildchen, die ich über den Sommer angesammelt hatte, und heute Morgen war ich zum Tauschen bereit. Denn in der Welt, die ich kannte, wären sie beim Anblick dieses Überflusses schon am Schultor über mich hergefallen und sich bei der Entscheidung, wer als Erstes aussuchen darf, in die Haare geraten, wobei sie aber aufgepasst hätten, die heiligen Bildchen aus dem Dinosaurieralbum nicht mit Blut zu bespritzen.

Wir sammelten alle für unser Album, seit jenem Frühlingstag, an dem ein Mann draußen vor der Schule uns welche geschenkt hatte, den Jungs das mit den Dinosauriern, den Mädchen eins mit Miniponys, und gratis dazu eine Tüte Bildchen zum Loslegen. Unsere Mütter hatten gesagt, wir sollten vorsichtig sein und dem Mann kein Vertrauen schenken, denn oft täten sie Drogen hinter die Bildchen, sodass du vom Ablecken drogenabhängig würdest und deine Tage plötzlich auf dem Spielplatz hinter der Post verbrächtest, wo niemand spielte, sondern nur diese Typen halb liegend auf den Bänken herumhingen, bei Sonne und Regen, die dich mit zittriger Stimme fragten, ob du etwas Kleingeld für ein Brötchen hättest. Sie waren wirklich versessen auf Brötchen, den ganzen Tag dachten sie nur daran, Geld für noch ein Brötchen aufzutreiben. Aber die Leute waren wohl nicht großzügig, denn ich habe nie einen mit Brötchen in der Hand gesehen, und alle waren ganz blass und abgemagert. Obwohl ich sie kaum ansah, wenn ich ganz eilig vorbeilief und nicht den Mut hatte, sie zu fragen, welches wunderbare Sammelalbum sie hierher gebracht hatte.

Aber jetzt hatte es keinen Sinn mehr, das herauszufinden, wie auch die Bildchen in meiner Tasche keinen Sinn mehr hatten. Alles war vorbei, bei diesen neuen Menschen der Zukunft, für die meine Doppelten nichts mehr zählten, und ich war wie Signora Olga, die sich auf die Straße warf und Altpapier aufsammelte im Glauben, es wäre Geld. Meine Tasche war prallvoll mit kleinen Papiervierecken ohne Sinn, geschaffen, um auf eine nutzlose, dumme Welt geklebt zu werden, die meine Mitschüler weggeworfen hatten, auf die Müllkippe der Vergangenheit.

Dieselbe Müllkippe, auf der ich zu landen drohte, wenn ich mir nicht sofort einen Ruck gab.

Ich hatte schon zu viel Zeit verloren, deshalb musste ich es jetzt so machen wie der Wissenschaftler in dem Film, der Zeit mit diesen strohblonden und so ganz anderen Menschen verbringt und nach und nach ihre Sprache und ihr Leben kennenlernt. Er folgt ihnen zwischen die Bäume, wo sie zuckersüße, saftige Früchte sammeln, dann den Fluss entlang, wo sie sich niederlassen, um sie zu essen, und genau so folgte ich meinen Mitschülern in den Flur der Schule, wo sie mit absurden Worten noch absurdere Sachen kommentierten, etwa die Körper der vorbeigehenden Mädchen, wie prall bei einer vorne das T-Shirt war oder bei einer anderen hinten die Hose, um dann in die Toiletten zu gehen und mit Filzstift Pimmel zu malen und noch seltsamere Dinge, die die Muschis dieser Mädchen sein mussten, aber eher aussahen wie Augen mit Augenbrauen drum herum. Augen ohne Pupillen, die mich leer und furchteinflößend anstarrten, neben Sprüchen wie *Cristina, hol ihn mir raus* oder *Laura, ich will dich bumsen*, Nachrichten, die sowieso schon keinen Sinn ergaben, aber noch weniger, wenn man sie für die Mädchen auf den Wänden des Jungenklos hinterließ.

Auch wenn es in die Geheimnisse und den Geruch der Toiletten eingetaucht war, verlief mein Abenteuer aber immerhin besser als das von dem Wissenschaftler mit der Zeitmaschine. Denn der findet irgendwann etwas Schreckliches heraus, nämlich dass in der Zukunft zwar alle schön und glücklich und unbekümmert sind, aber unter der Erde eine andere Bevölkerung lebt, die aus haarigen Muskelprotzen namens Morlocks besteht, und die sind die wahren Herrscher der Welt. Ab und zu lassen sie eine Sirene aufheulen, und dann muss irgendein blonder Erdenmensch zum Eingang ihres Reichs gehen, wo die Morlocks das Gittertor öffnen, ihn packen und auffressen.

Aber das war normal, das war ja ein Film, und da brauchte man nun mal einen Überraschungseffekt, daher muss sich der Wissenschaftler Mut machen, da hinabsteigen und in einem großen Finale sein Leben riskieren. Ich dagegen fühlte mich ruhiger, denn mein Abenteuer spielte zwischen Fluren, Toiletten und den klar umrissenen Räumen des realen Lebens, das nie so unvorhersehbar ist.

Ich schwöre, dass ich das wirklich gedacht habe, ich glaubte echt an diesen Unsinn. Aber vielleicht waren die ganzen Tennisbälle schuld, die ich in jenem Sommer an den Kopf bekommen hatte. Denn eigentlich wissen doch alle, dass Filme zwar übertrieben sein können, bis an die Grenzen menschlichen Vorstellungsvermögens, aber keine Science-Fiction wird je so absurd sein wie die Wirklichkeit.

Und tatsächlich atmete ich am Ende jenes ersten Tages, als sich alle gegenseitig schubsten, um durch das Schultor zu kommen und zu verschwinden, bei dem Gedanken an unser Dorf, das mich stets unverändert erwartete, gerade erst wieder auf. Da hebt der Graziani die Hände, schaut uns an, schaut auch mich an und ruft: »Also, Jungs, wir sehen uns dann heute alle im Lattenwald, ja?!«

So sagte er das, genau so. Und ich wusste nicht, wo dieser Wald war, und noch weniger, was wir da wollten. Ich hörte nur, weit entfernt und doch deutlich vernehmbar, Sirenengeheul in der Luft. Das waren die Morlocks, die den Eingang zu einem fürchterlichen unterirdischen Reich öffneten, und ich musste hinabsteigen, um es gründlich zu erforschen.

Delfine in der Savanne

Aber so sehr zurückgeblieben war ich eigentlich doch nicht, ein bisschen was über Latten wusste ich schon. Meine Onkel und ihre Freunde sprachen ständig davon, sie sagten immer: *Das ist mir latte, Der hat sie nicht mehr alle auf der Latte* oder *Ich hab ne Riesenlatte*, und zu mir, der ich ja noch klein war, sagten sie manchmal: *Das kriegst du nicht auf die Latte* oder *Die Latte hängt zu hoch für dich*, und weil sie mich für einen Milchbubi hielten, nannten sie mich manchmal *Lattemacchiato.* Kurz gesagt war es das Gegenteil eines neuen Wortes, und ich wusste auch, dass es irgendetwas mit Sex zu tun haben konnte. Aber genau das war ja das Problem, dass ich von Sex absolut keine Ahnung hatte: Wie machte man Sex? Und wie bekam man eine Riesenlatte? Und vor allem, wozu?

Fragen, die mir das gesamte Mittagessen über den Kopf verstopft hatten, während Mama und Oma mich tausend Sachen fragten, wie die neue Schule war und die Lehrer und ob ich neue Freunde gefunden hätte. Ich antwortete aufs Geratewohl, aus dem hintersten Winkel meines Gehirns, dann schnappte ich mir das Rad und fuhr los, denn die Antworten, die ich brauchte, waren nur wenige Pedaltritte entfernt, auch wenn ich, je näher ich ihnen kam, desto unsicherer war, ob ich sie wirklich haben wollte.

Sergio hatte mir erklärt, wo das Wäldchen lag, direkt hinter dem Krankenhaus, in dem Papa schlief und wo ich ihm immer unsere Lehrbücher vorlas, die uns ganz viel über alle möglichen Themen lehrten, nur nicht über Sex. Das heißt, einige Andeutungen hatte ich gefunden, in *Das ABC des Hirten*, *Findelkinder: Tips für die Aufzucht und Pflege von Jungvögeln* und vor allem in *Die Rinderzucht* von Enzo Marcolini, aber ich hoffte, dass die Geschichte zwischen menschlichen Wesen etwas anders ablief, als dort beschrieben:

Die Kühe werden zum Stier geführt, wenn sie in der Brunftzeit sind. Diese stellt den günstigsten Zeitpunkt für die Befruchtung dar, zu dem sie das Männchen gerne empfangen … Die Symptome der Brunft sind bestens bekannt: Unrast, häufiges Muhen, Wunsch des Weibchens, die anderen Kühe anzuspringen.

Diese Worte verwirrten mich nur noch mehr, als dass ich dadurch irgendetwas verstanden hätte. Aber das ist normal, solche Sachen lernt man nicht aus Lehrbüchern, dazu hätte ich meinen Papa gebraucht, der sich im Bett aufrichtet und sie mir endlich anständig erklärt. Nur dass Papa regungslos dalag, und genauso regungslos stand ich jetzt vor diesem mit einer Kette verschlossenen Gittertor, an dem die Fahrräder meiner Klassenkameraden lehnten. Ich schaute es an, und es sah aus wie ein riesiger Mund voller kariöser, schiefer Zähne, der mich auslachte.

Auch der Wissenschaftler aus dem Film hatte so dagestanden, vor dem Eingang zur unterirdischen Hölle, wo ihn die Morlocks erwarteten, doch dann hatte er sich Mut gemacht und war hineingegangen. Und ich war vielleicht kein Wissenschaftler und würde auch nie einer werden, denn mit der Mathematik hatte ich mich schon an dem Tag zerstritten, als sie mir vorgestellt wurde, und wir redeten nicht mehr miteinander, aber schließlich machte auch ich eine Zeitreise, und ein Gittertor konnte ich überwinden, also hielt ich die rostigen Stäbe fest, sog den letzten Atem ein, der mir blieb, und dann los, hinein ins Mysterium.

In das immer dichtere Dickicht des Waldes, mit Brombeersträuchern, die sich wie widerborstige Freunde an die Hosen und die Jacke klammerten und zu mir sprachen, wie die Natur und die Tiere zum heiligen Franz. Sie sagten: *Geh nicht, Fabio, geh nicht*, doch ich musste einen verpassten Zug einholen und hatte einen Fluch im Blut, den es zu besiegen galt, also löste ich sie von mir ab und ging weiter. Und dabei befühlte ich meine Tasche, wo immer noch der Stapel doppelter Bildchen war, in der Hoffnung, dass die frische Luft im Wald vielleicht das Gehirn meiner Mitschüler mit Sauerstoff versorgt und sie daran erinnert hatte, was die wirklich wichtigen Dinge im Leben waren.

Aber weit gefehlt, der Sauerstoff hatte nichts genutzt: Ein Stück weiter hörten die Brombeersträucher auf, und die Bäume gaben eine Lichtung frei, die sie kreisförmig umschlossen, und an jedem Baum in diesem Kreis stand einer meiner Mitschüler, das Gesicht zum Stamm, nur eine Handbreit von der Rinde entfernt. Mein letztes Streichholz Hoffnung anzündend, kam mir kurz der Gedanke, dass sie vielleicht auch das Bestimmungsbuch *Bäume und Sträucher* gelesen und sich hier getroffen hatten, um sich dem Studium der mediterranen Vegetation zu widmen. Ich schwör's, dass ich das eine Sekunde lang tatsächlich hoffte. Aber selbst wenn es stimmt, dass die Hoffnung zuletzt stirbt, kommt sie früher oder später dennoch an die Reihe. Und genau jetzt segnete sie das Zeitliche, als ich näher trat, um zu schauen, ob meine Mitschüler wohl Rindenstücke, Blätter oder Beeren untersuchten, sie aber stattdessen alle ihren Pimmel in der Hand hielten. Ich schwör's, jeder klebte an einem Baum und berührte seinen Pimmel. Und sie begrüßten mich ganz ruhig, als wären wir in der Schule, dann sagten sie, ich solle zu meinem Platz gehen. Ich schaute mich um, und es waren noch zwei Bäume frei, eine Platane und ein dunklerer, von dem ich nicht wusste, was das für ein Baum war. Ich ging zu der Platane, stellte mich eine Handbreit vom Stamm entfernt genauso aufrecht hin wie sie und versuchte zu verstehen, was sie an diesem Schauspiel so erregte. Erst nach einer Minute sah ich auf dem Boden diese Blätter: aus Zeitschriften ausgerissene Seiten mit Fotos und manche mit Comics. Ich bückte mich, um sie aufzuheben, aber sie klebten aneinander und waren etwas mitgenommen von der Feuchtigkeit, doch man sah Teile nackter Frauen in seltsamen Posen und Teile nackter Männer, die sich an sie klammerten.

»Sind das eure?«, fragte ich Sergio neben mir, der mir erst nach einer Weile antwortete, wobei seine Stimme, wie auch sein Rücken, zitterte.

»Nein. Die waren schon hier. Die lassen nachts die Großen hier.«

Und ich hätte ihn gerne gefragt, wer die Großen waren und was die hier nachts im Wald machten. Aber Sergio hatte mir schon nur mit Mühe und Atemnot geantwortet, außerdem war es vielleicht besser, nicht zu wissen, was die Großen hier nachts machten, in diesem Wald, wo die Bäume dürr und krumm wuchsen. Und vor allem durfte ich nicht noch mehr Zeit verlieren.

Ich verpasste den Zug, der Fluch kam auf mich zu, also Schluss mit dem Unsinn, Schluss mit seltsamen Gedanken, ich legte diese geheimnisbefleckten Seiten wieder auf den Boden, machte meinen Hosenstall auf und holte ebenfalls den Pimmel hervor.

Und er kam ganz verwirrt und in der feuchten Waldluft verloren heraus und fragte sich, was es für einen Sinn hatte, hier draußen zu sein, wenn er kein Pipi machen musste, und erwartete von mir eine Erklärung, was er tun sollte. Nur dass ich keine Ahnung hatte, im Gegenteil, ich hatte sie in meiner Unterhose gesucht, in der Hoffnung, dass er es wüsste. Also verharrten wir so, schauten uns gegenseitig an, verlegen und benommen in diesem absurden Kreis tief im Wald, im ersten kühlen Lüftchen, das aus dem Nichts heraus den Sommer wegblies: So ist das Leben, man kann sich an nichts gewöhnen, weil alles gleich wieder vorbeigeht, sich in etwas anderes verwandelt.

Aber in diesem anderen konnten sich meine Klassenkameraden sehr gut bewegen, ihrem Baum zugewandt und mit kurzen, gleichbleibenden Armbewegungen, so schnell, dass die Nylonjacken ein stetiges Reibegeräusch machten wie Zikaden oder Grillen, die ja genauso singen, indem sie ihre Beinchen kräftig am Körper reiben. Viele Tiere, die alle zusammen das Gleiche taten, etwas Natürliches, also Normales, und auch ich wollte Teil dieser Normalität sein. Deshalb schielte ich, ohne zu sehr den Kopf zu drehen, zu Sergio hinüber und versuchte nachzuahmen, was er tat.

Wie bei Matheaufgaben, denn wenn es auf der Welt etwas ähnlich Dunkles wie diesen Wald hier gab, dann war es die Mathematik. Nur dass die heutige Aufgabe hunderttausendmal wichtiger war, denn ich weiß zwar, dass sie dir in der Schule erzählen, Mathematik brächte dir logisches Denken bei und wäre im Leben deshalb sehr hilfreich, aber das ist Unsinn. Im Gegenteil, wenn es etwas gibt, was mit dem Leben rein gar nichts zu tun hat, ist es die Mathematik, und wenn man die tausend plötzlich auftauchenden Schlamassel des Schicksals mit ihren strengen Argumentationsketten und ihren allgemeingültigen Schablonen angehen würde, ist das, als befände man sich mitten auf dem Ozean in einem Unwetter und würde sich zu retten versuchen, indem man einen hübschen Mantel aus Zement anzieht und auf einem perfekten Schwimmstil beharrt, während die Wellen einen packen, umwerfen und aus der Welt wirbeln.

Die heutige Aufgabe war dagegen wirklich wichtig, in dieser Aula mit Bäumen anstelle von Schulbänken, Zeitschriften mit nackten Frauen anstelle von Büchern und Pimmeln anstelle von Füllern. Und wenn ich nicht sofort lernte, das gut zu machen, würde mich das Leben gnadenlos durchfallen lassen.

Also beobachtete ich Sergio und bewegte den Arm wie er, in dem Versuch, meine Jacke mit dem gleichen Geräusch rascheln zu lassen, während ich an meinem Pimmel herumzog wie an einem Gummiband. Ich schaute ihn mir an, und es tat mir leid um ihn, der wie ein Regenwurm für den Angelhaken malträtiert wurde und Gefahr lief, dass ihn irgendeine Amsel da oben in den Zweigen wirklich mit einem saftigen Wurm verwechseln und herunterstürzen würde, um ihn mir wegzunehmen, während er bis eben noch unbekümmert und bequem in meiner Unterhose im Warmen gewesen war, mit der einzigen Sorge, ab und an Pipi zu machen.

Aber wenn ich darüber nachdachte, war das ja vielleicht genau das, was die anderen taten: Klar, ich stellte mir die verrücktesten Sachen vor, dabei versuchten sie bloß, gegen einen Baum zu pinkeln. Tatsächlich mischte sich in das Rascheln der Jacken das ein oder andere lustvolle Winseln, genau wie wenn man ganz arg Pipi muss und es dann endlich macht, mit diesem *Ohhh* der Befriedigung, das hier und da aus dem Kreis im Wald aufstieg.

Und ich musste zwar gerade nicht, aber wenn ich ihn weiter in der Hand hielt und mich konzentrierte, bekäme ich bestimmt etwas Pipi heraus. Wie Sergio neben mir, der immer mehr winselte und schließlich die Beine breit machte, den Rücken nach hinten bog und so laut *Oh! Oh!* rief, dass ich mir Sorgen machte. Denn vielleicht hatte ihn ja eine Wespe gestochen oder eine Schlange gebissen, weshalb ich, ohne es zu wollen, »Was ist los?« fragte, und er antwortete mit brüchiger Stimme, wie einer, der gleich losheult und sich gleichzeitig erdrosselt: »Ich komme, o ja, ich komme!«

Und ich stellte mir Sergio da unweit von mir vor, mit offenem Hosenstall, wie er zu pinkeln anfing, sich hin und her warf und mir dabei sagte, dass er käme, und aus vollem Herzen rief ich diesen Satz, der mir selbstverständlich und ganz ernst erschien, den meine Klassenkameraden aber für einen Witz hielten, weshalb sie in lautes Gelächter ausbrachen, denn als Sergio mit dem Pimmel in der Hand zu mir sagte: »Ich komme, o ja, ich komme!«, machte ich einen Satz zur Seite und schrie ihn an: »Nein, bitte komm nicht, bleib, wo du bist!«

Dann machten wir die Reißverschlüsse unserer Hosen endlich wieder zu und verließen diesen fürchterlichen Wald, und sie baten mich tausendmal, meinen Witz zu wiederholen, und lachten und klopften mir auf die Schulter, und ich war glücklich, auch wenn das nach der ganzen Arbeit, die sie mit ihren Händen gerade erledigt hatten, nicht sonderlich hygienisch war. Denn ich hatte zwar nicht verstanden, was an meiner Antwort so komisch gewesen war, und bei mir war nicht einmal ein Tropfen Pipi gekommen, aber niemand hatte es bemerkt, und das war es, was zählte. Der Zug sauste mit Höchstgeschwindigkeit dahin, aber irgendwie hatte ich es geschafft, während der Fahrt aufzuspringen. Ohne Fahrkarte und ohne Sitzplatz, eine Art blinder Passagier des Lebens, aber erst einmal war ich an Bord, und niemand hatte mich entdeckt, also alles gut.

Wobei, eigentlich war überhaupt nichts gut: Ich war ruhig, weil ich meine Klassenkameraden im Lattenwald hereingelegt hatte, aber das war einfach, in einem Waggon, in dem nur Jungs saßen. Das ist, als würde man die unerforschten Flüsse des Amazonasgebiets hinauffahren und sich ruhig fühlen, weil man sich mit Antimückensalbe eingeschmiert hat. Ohne darüber nachzudenken, dass in diesen Flüssen Anakondas leben. Das sind Schlangen in der Größe eines Kleinbusses, und wenn sie dich umarmen, pressen sie dir die Seele raus wie Zahnpasta aus einer Tube. Und es gibt Alligatoren, die dich mit einem einzigen Biss in zwei Teile beißen, und elektrische Aale, die sich diese Alligatoren zum Abendessen brutzeln.

Und genauso waren in meinem Zug eben auch noch die Mädchen.

Die die intelligentesten Lebewesen des Planeten sind. Frauen sind wie Delfine, während Männer höchstens wie Elefanten sind. Aber den echten Elefanten ist das piepegal, sie leben in der Savanne, und dort besteht keine Gefahr, auf einen Delfin zu treffen. Wie bei mir in meinem bisherigen Leben, in dem Mädchen eine nutzlose Welt waren, so weit entfernt wie das Meer von der Savanne. Doch jetzt hatte sich alles verändert, ein schrecklicher Tsunami hatte es mit seinen Wellen bis hierher gebracht, und die Savanne war überschwemmt, tausendjährige Affenbrotbäume, alle überflutet, überflutet auch die unermesslichen und gedankenlosen Ebenen. Und überall Delfine, viele Delfine.

Aber ich hatte es nicht bemerkt, tatsächlich fühlte ich mich leicht, als ich an jenem Nachmittag den Wald verließ, und radelte pfeifend nach Hause.

Doch dann vergingen einige Tage, und wie bei allen dicken Dingern, von denen du nichts weißt und über die du nicht einmal nachgedacht hast, landen sie, sobald du davon erfährst, mit voller Wucht auf dir und machen dich platt.

»Keine findet euch gut«

Seine Klingel machte nicht *dingdong*, sondern spielte eine berühmte Musik, die ich aber nur hörte, wenn ich bei ihm klingelte, also war es vielleicht Mozart oder Beethoven oder einer von denen da, aber für mich war es die Musik des Kleinen Massimo, die Titelmelodie der Samstagnachmittage bei ihm.

Ich hatte ihn vor Kurzem kennengelernt, er war einer meiner neuen Klassenkameraden, sah aber aus wie ein Junge aus der ersten Klasse. Eines Abends im Alter von sechs Jahren war Massimo nämlich aus dem Haus gegangen, um seine kleine Katze reinzuholen, die im Garten war, denn es gab ein Gewitter. Das Kätzchen hieß Mirtillo, und Massimo rief von der Tür: *Mirtillo, komm her, Mirtillo, hierher!*, doch es kam nicht, es blieb im Gras, miaute vor Angst und wurde ganz nass. Da war Massimo zu ihm gerannt, hatte es auf den Arm genommen, und sie wollten schnell wieder nach drinnen, aber noch schneller war der Blitz, der vom Himmel in sie einschlug. Oder vielleicht in Mirtillo, von dem nämlich nicht einmal ein Fetzen übrig blieb, während Massimo kopfüber in der Hecke gelandet war. Er war nicht tot, aber seitdem war er keinen Millimeter mehr gewachsen und hatte auch kein Gramm zugenommen. Er war geblieben, wie er war, nur seitlich etwas schief, eine Schulter etwas höher als die andere, ein kurzes, dürres Bein, ein zur Nase und dem anderen Auge schielendes Auge, als wollte es nachsehen, ob wenigstens das andere noch gut funktionierte.

Kurz, der Tod war an ihm vorbeigeschrammt, mehr noch, er hatte ihn sogar angefahren und schwer gezeichnet, aber der Kleine Massimo war immer noch hier. Und das war ein Glück für ihn, aber auch für mich, der ich ihn erst seit ein paar Tagen kannte, und doch waren wir schon Sitznachbarn und beste Freunde geworden.

Wir hatten viele gemeinsame Interessen wie die Natur, Comics, Horrorfilme und unsere Versuche, Ohrfeigen und Arschtritten derselben anmaßenden Mitschüler aus dem Weg zu gehen. Außerdem fehlte uns beiden der Papa. Das heißt, ich hatte einen, der schlief zwar seit fast zwei Jahren an Maschinen angeschlossen in einem Bett, aber man brauchte bloß ein wenig Geduld, dann würde er zu mir zurückkommen. Seiner dagegen war auf der Autobahn von einem Lastwagen überfahren worden, also gab es da weniger zu hoffen. Aber jedenfalls hatte ich einen besten Freund, und das war schön so, endlich konnte ich mit einem Altersgenossen abhängen, und dass er aussah wie ein Sechsjähriger, war kein Problem.

Das eigentliche Problem war, dass seine Mutter ihn nicht gerne draußen herumlaufen ließ. Denn auf der ganzen Welt machen Mütter sich sowieso schon dauernd Sorgen, aber wenn dein Mann von einem Lastwagen überrollt und dein Sohn im Garten vom Blitz erwischt wird, dann ist es wohl normal, wenn du etwas ängstlich wirst und ihn lieber dauernd zu Hause hast. Gleichzeitig hatte sie aber Angst, dass er zu viel allein war, deshalb hatte sie das Haus in eine Art Spielhölle verwandelt, um andere Kinder anzulocken. Obwohl ich der einzig wahre Freund ihres Sohnes war, gingen deshalb samstagnachmittags auch alle anderen zum Spielen zum Kleinen Massimo.

Mit einem kleinen Billard, einer Tischtennisplatte und sogar einem echten Flipper, ganzen Tabletts voller Panini mit Zahnstocherfähnchen, Gebäck und Krapfen, Coca-Cola, Limo und Brause. So war er zu Hause in Sicherheit, hatte aber viele Mitschüler um sich, aus unserer Klasse und verschiedenen anderen Klassen, und andere, die nicht einmal wussten, dass sie bei ihm zu Hause waren.

Doch an diesem Oktobersamstag komme ich beim Kleinen Massimo an, und sonst ist keiner da.

»Die sind alle bei einem Fest«, sagt er ganz ruhig.

»Wie, bei einem Fest, welches Fest?«

»Bei Katia zu Hause.«

»Wieso denn, hat sie Geburtstag?«

»Nein. Ich glaube nicht.«

»Was ist das denn dann bitte schön für ein Fest?«

Massimo schaut mich einen Moment mit seinem guten Auge an, dann hebt er die Schulter, die er bewegen kann. »Ich habe gehört, dass sie eine Party gibt.«

»Eine Party? Was ist denn eine Party?«

»Ich weiß es nicht, es interessiert mich nicht. Sie werden Musik auflegen, tanzen.«

»*Sie tanzen?*« Es nur auszusprechen schien mir schon absurd, *sie tanzen*. Dass man zu jemandem nach Hause geht und plötzlich zu tanzen anfängt. Nur in manchen stinklangweiligen Filmen tanzten Leute, die leicht bekleideten Frauen im Fernsehen tanzten, aber bestimmt nicht normale Menschen im normalen Leben.

»Aber entschuldige mal, wenn es nicht ihr Geburtstag ist, wieso macht Katia diese Party ausgerechnet heute? Was hat das für einen Sinn, und um wie viel Uhr, und wer tanzt da, und wo und …« Ich warf weiter Fragebröckchen in den Raum, um nur nicht die einzige Frage zu stellen, die wirklich zählte: Warum waren wir nicht eingeladen?

Das konnte nicht wahr sein, es durfte nicht. Der Kleine Massimo hatte sich verhört, vielleicht hatte dieser Blitz da auch seine Ohren durcheinandergebracht, so musste es sein. Ich schaute ihn an und er mich, und das war mit diesem schielenden Auge, das wer weiß wohin zeigte, sowieso schon schwierig, aber noch dazu vollkommen nutzlos, war er doch der Einzige auf der Welt, der noch weniger davon verstand als ich. Also mussten wir wohl oder übel bei Katia anrufen.

Mit zitterndem Finger wählte ich die Nummer, hielt den Hörer zwischen Massimo und mich in die Luft, und jedes Freizeichen klang wie der Pfiff eines Zuges, wenn du ihn auf der großen Wiese des Schicksals schnell vorbeifahren siehst und weißt, dass du ihn nie wieder nehmen wirst.

Massimo dagegen lächelte, ruhig wie immer. Aber im Grunde verstand ich, dass es ihn nicht weiter interessierte: Massimo hatte den Zug des Lebens nicht etwa verpasst, er hatte sich nicht einmal dem Bahnhof genähert. An jenem Abend, als er sechs war, hatte ihn der Blitz in die Hecke geschickt und zugleich auf ein verlassenes, weit entferntes Feld, wo man die Züge weder sah noch hörte, ja nicht einmal auf Gleise stieß. Was sollte ihm daran liegen?

Mir aber lag verdammt viel daran, ich umklammerte den Hörer, so wie das Unbehagen mein Herz umklammert hielt, und jedes Klingeln, das ins Leere ging, war ein immer endgültigerer Abschied von der Reise des Lebens. Mit meinem Fluch als Endstation, vierzig werden, ohne geheiratet zu haben, vielleicht sogar ohne je eine Frau geküsst zu haben, bereit, durchzuknallen und im Irrenhaus zu landen.

Und dann, plötzlich, dieser elektrische Schnalzer aus dem Telefon und Katias Stimme, die »Hallo?« sagt. Vielmehr schreit, im Hintergrund noch mehr Geschrei, Gelächter und voll aufgedrehte Musik.

»Entschuldige, Katia, hallo, ich bin bei Massimo zu Hause, und wir zwei sind hier allein, und …«

»Hallo, wer spricht da?«

»Hier ist Fabio«, sage ich. Und im Abgrund des Schweigens, der darauf folgt, verstehe ich, dass ich hinzufügen muss: »Hier ist Fabio aus deiner Klasse.«

»Ah.«

»Ja, also, und … und ich bin hier bei Massimo, der sagt, die anderen seien alle bei dir, weil du feierst, aber das stimmt gar nicht. Oder?«

Ich frage das zwar, aber wenn du jemanden anrufst, um herauszufinden, ob da gefeiert wird, und du schreiend nachfragen musst, weil auf der anderen Seite der Leitung ein Radau aus Gelächter und Musik auf voller Lautstärke ist, braucht man eigentlich nicht wirklich auf die Antwort zu warten.

Und trotzdem tat es mir weh, sie zu hören, ich schwör's. Denn es war nicht die Stimme von jemandem, der sich entschuldigt, der heimlich etwas Schreckliches getan hat und enttarnt wird, da ist kein Mörder, der nach stundenlangem Verhör zusammenbricht, sich das Gesicht bedeckt und unter Tränen greint: *Es stimmt, genau so ist es, aber ich schwöre, dass ich das nicht wollte, wirklich nicht!* Nein, als sie endlich verstand, was ich sie fragte, antwortete Katia bloß »Ja«, ruhig, als wäre es das Normalste der Welt. Vielmehr fügte sie auch noch hinzu: »Na und?«

»Tja, also Katia, hm, ich weiß nicht, ich dachte, dass wir vielleicht … da ich beim Klingeln heute Mittag in der Schule so schnell los bin, weil ich mit meinem Onkel Pilze sammeln gehen musste und … also, als du alle eingeladen hast, war ich vielleicht schon nicht mehr da, und Massimo auch nicht, vielleicht wussten wir deshalb nichts von deiner Party.«

Das sagte ich, das hoffte ich. Aber auf der anderen Seite des Hörers antwortete Katia, bevor sie auflegte, klar und trocken, so absolut, dass es mir für einen Augenblick schien, als wäre die Stereoanlage kaputtgegangen und die glücklichen Gäste hätten aufgehört zu lachen und zu tanzen:

»Ihr zwei seid nicht eingeladen, weil ihr komisch seid und keine euch gut findet.«

So, Wort für Wort, eiskalt und zugleich brandstiftend ins Telefon gegossen und durch die Kabel geschnellt, hierher in das menschenleere Wohnzimmer voller nutzloser Spiele, um in mich einzuschlagen wie der Blitz, der den Kleinen Massimo gepackt hatte, und mich verdorrt zurückzulassen, ohne dass ich weiter wachsen würde, ohne dass es möglich war, auch nur einen weiteren Zentimeter auf der Straße des Lebens voranzukommen.

Ich konnte nur meinem besten Freund in sein gutes Auge schauen, während das andere hartnäckig auf seine schielende Weise vor sich hin starrte, vielleicht war das ja die krumme Richtung, in die sein Schicksal lief, und leider auch meins.

Weil ihr komisch seid, weil keine euch gut findet.

Es ist alles so einfach zu verstehen, wenn du lieber nichts verstehen würdest.

17

Wolf unter Wölfen

Monate waren vergangen und sogar zwei Jahreszeiten, aber es handelte sich um den Herbst und den Winter, weshalb im Dorf Mancini, wie in der Natur, nicht viel passiert war. Papa schlief immer noch, und Mama und Oma putzten weiter die Häuser im Ort, meine Onkel gingen weiter ihren sonderbaren Geschäften nach und ich teils mit ihnen, teils zur Schule, wo ich zusammen mit dem Kleinen Massimo dem Zug des Lebens nachsah, der mittlerweile schon weit da hinten fuhr.

Aber alles in allem war in den kalten Monaten sonst fast nichts passiert, als ob das Schicksal Winterschlaf gehalten und alles bei sich behalten hätte. Bis heute, dem 21. März, an dem der Frühling anfing und was so lange nicht passiert war, sich gleich alles auf einmal über uns ergießen würde.

***

Gar plötzlich der Tod aus dem Leben uns reißt,
Ob groß, ob klein, hässlich, schön, schwarz oder weiß,
und leicht wie der Taube Flügelschlag
bringt Bruder Tod uns dann ins Grab …

So, aus vollem Halse im Chor gesungen, hüpfte das Lied in der Meerenge der Fensterscheiben hin und her wie ein Ball beim Flipper, der überall abprallt, aber letztlich doch immer im Loch landet. Und das Loch waren meine Ohren und ich der Einzige, der nicht sang, sondern nur den draußen vorbeiziehenden Morgen betrachtete, der noch so dunkel war, dass man ihn auch Nacht nennen konnte. Ich war müde und musste ganz dringend pinkeln.

Ich war zu Hause noch mal gewesen und hatte vor der Abfahrt auf dem Vorplatz der Kirche heimlich noch mal Pipi gemacht, trotzdem musste ich schon wieder. Aber das war nicht meine Schuld, die Indianer waren schuld. Von denen ein Haufen Bücher bei Signora Stella auf dem Markt handelte, und immer, wenn ich eins davon herausfischte, war sie begeistert, weil die Indianer ihrer Meinung nach alles vom Leben verstanden hatten, und genau darum haben wir sie umgebracht. Unter den vielen Dingen, die die Indianer verstanden hatten, gab es auch diesen Trick, um morgens früh aufzuwachen und die Cowboys im Schlaf zu überraschen: Vor dem Schlafengehen tranken sie sehr viel Wasser, damit sie irgendwann vom Pipi geweckt wurden. Und ich musste heute Morgen zwar keine Cowboys angreifen, aber heute stand der Frühlingsanfangsausflug für die Firmlinge auf dem Programm, es ging im Morgengrauen los, und ich hatte Angst bekommen, dass Mama verschlafen und der Wecker nicht funktionieren könnte und ich den Ausflug verpasse, also hatte ich nach dem Abendessen so viel Wasser getrunken, wie in meinen Bauch passte, und noch mehr. Nur dass die Indianer wahrscheinlich extrem entspannte Leute waren und am Abend vor einem Angriff ohne Probleme einschlafen konnten. Ich dagegen hatte mich die ganze Nacht herumgewälzt und war ständig aufs Klo gerannt, beim letzten Mal war ich nicht mal mehr zurück ins Bett gegangen, sondern hatte mich gewaschen und angezogen, und als Mama aufstand, saß ich schon in der Küche und wartete auf sie.

Wie ich auch jetzt dasaß, aber hinten im Fiat Uno von Padre Domenico, mit zusammengepressten Beinen, um das Pipi zurückzuhalten, und zugehaltenen Ohren, um diesen hitzigen Chor nicht eindringen zu lassen, der wie die Cowboys weder Waffenruhe noch Mitleid kannte.

Bruder Tod, Überbringer der Schmerzen
Bruder Tod, wie gewaltig dein Ausmerzen
Bruder Tod, Sensenmann unserer Herzen

Und es wird dieses düstere Lied gewesen sein oder die Kurven, die sich die ersten Berge hochwanden und meinen Magen hin und her schlingern ließen, jedenfalls verwandelte sich meine Angst, diesen Ausflug zu verpassen, bei jeder Kehre immer mehr in die Furcht, dass meine Onkel recht gehabt hatten, als sie sagten, es sei lebensgefährlich, mit Priestern einen Ausflug in die Berge zu machen.

Denn die Berge seien zwar fantastisch und voller Wunder, aber auch voller Gefahren, wenn man nicht mit den richtigen Leuten unterwegs war, und die richtigen Leute waren natürlich sie. Die wussten, wie man überlebte, wenn dich ein Wildschwein oder ein Wolf angriff, wenn dich eine Schlange biss oder ein Kastanienbaum auf dich fiel, wenn ein Unwetter ausbrach oder du in eine Felsspalte stürztest. Mit normalen Leuten einen Ausflug in die Berge zu machen, war nach Meinung meiner Onkel dagegen ein großes Risiko. Mit einem Priester, einer Nonne und ein paar Katecheten in die Berge zu fahren, geradezu Selbstmord.

Mama und Oma hatten mich aber trotzdem losgeschickt, denn es wurde von der Kirche organisiert und ich würde bald gefirmt und sie waren überglücklich, auch wenn sie die Berge sehr fürchteten. Von uns zu Hause waren die Apuanischen Alpen da hinten so nah, dass man an manchen klaren Morgen die Hand ausstrecken und sie streicheln konnte, aber wir waren Menschen des Meeres und schauten uns die Berge eben nur von zu Hause aus an, und schon die Autobahnüberführung hatte eine Höhe, für die man besser eine Sauerstoffflasche benutzte.

Tatsächlich hatten wir auch hier in Padre Domenicos Auto eine große Stahlflasche, so groß, dass sie als Rücksitz diente, aber genau die machte mir mehr Angst als alle Berge der Welt übereinandergestapelt. Denn darin war kein Sauerstoff: Hier wurde gesungen und in die Hände geklatscht, aber wir reisten auf einer großen Gasflasche, an Bord des Fiat Uno von Padre Domenico, der in der Gemeinde besser bekannt war als »die Autobombe«.

Es wäre besser gewesen, wie die anderen in den Kleinbus zu steigen, aber ich war eben so früh angekommen, dass auf dem Vorplatz nur Padre Domenico gewesen war. »Bravo, Fabio!«, hatte er zu mir gesagt, »Frühaufsteher wie ich! Steig ein, wir fahren zusammen!«, und er hatte mir ganz glücklich die Tür dieses Sargs auf vier Rädern aufgemacht. Dann waren die anderen Jugendlichen gekommen, und ich hatte sie durch die Fensterscheiben angeschaut wie ein zum Tode Verurteilter durch die Gitterstäbe, während ihre Mütter sie bis zum Kleinbus geleiteten und dabei einen großen Bogen um den Fiat Uno machten.

In dem der Padre, als er den Rückspiegel richtig einstellte, zu mir sagte: »Also, ein schönes Gebet vor der Abfahrt, auf dass der HERR mit uns fahren möge!«

Und im ersten Moment schien mir das eine gute Sache, den HERRN als Fahrer zu haben. Doch dann fiel mir Herr James Dean ein, dieser Schauspieler von vor langer Zeit, in den Mama verliebt war und von dem sie mir immer erzählte, dass er zwei wunderschöne Augen und ein superschnelles Auto hatte, auf dem GOTT IST MEIN CO-PILOT stand, so wie bei uns jetzt.

Nur dass Gott vielleicht vieles kann, bloß nicht Auto fahren, denn eines Nachts hatte James Dean einen Unfall und ist dabei gestorben. Deshalb war ich, als wir das Gebet beendet hatten und das Auto mit einem Ruck ansprang, kurz davor, aus dem Fenster zu hüpfen, ich schwör's.

Aber dann sah ich die drei Superfrommen von hinten kommen, die zu uns ins Auto stiegen, weshalb ich mich beruhigte: Jetzt musste Gott uns wirklich beschützen, er konnte seinen Lieblingskindern doch nichts Schlimmes zustoßen lassen, die sich des Heils so sicher waren, dass sie ganz fröhlich weiter dieses trauerschwere Lied sangen.

Bruder Tod, der du den Menschen seit jeher frisst
Bruder Tod, der du niemanden je vergisst
Jesus, ich bitt dich, bleib bei mir heute Nacht
Wenn mit dem Dunkel der Tod zu mir wird bracht

Die Superfrommen waren praktisch drei kleine Ordensleute, und wenn man nachmittags am Gemeindehaus vorbeilief, hörte man den Widerhall ihrer Stimmen aus dem Zimmerchen, in dem sie sich zum Beten trafen. Aber auch morgens in der Schule nutzten sie die Pausen, um sich in eine Ecke zu verziehen und weiterzubeten. Weil es ihnen Spaß machte, aber auch weil sie so ausgebucht waren, dass sie keine Minute vergeuden durften: Wenn die Leute aus dem Ort ein Problem hatten, gingen sie zu ihnen und erzählten ihnen davon, die drei studierten den Fall und entschieden, welche Gebete hier angebracht waren und welchem Heiligen man sich anvertrauen sollte oder ob es eine zu ernste Angelegenheit war und man sich direkt an Jesus oder sogar an Gott persönlich wenden sollte, wobei man vielleicht noch bei der Madonna vorbeischaute, damit sie ein gutes Wort bei ihm einlegte.

Am Anfang war es nicht viel, doch dann spielten eines Tages zwei kleine Brüder, dass sie vor dem Haus ihre gebrauchten Comic-Hefte verkauften, und ein Mann überfuhr sie mit seiner Ape. Der Arzt hatte zu ihrer Mutter gesagt, dass die Lage sehr ernst und sie in Gottes Händen seien, also war sie zu den Superfrommen gerannt, und die hatten so intensiv sie konnten losgebetet, die ganze Nacht, ohne zu schlafen. Am nächsten Morgen hatten sie schon einen gerettet, und die Leute sagten: *Los, weiter so, Kinder, ihr schafft das!* Und sie beteten so viel weiter, dass sie ins Schwitzen gerieten, und am Ende waren beide Brüder gerettet. Die Geschichte verbreitete sich überall und kam sogar in die Zeitungen »Il Tirreno« und »La Nazione«, und seitdem rannten die Leute aus der gesamten Versilia zu den kleinen Frommen, wenn sie ein Problem hatten.

Aber auch wenn sie keine Probleme hatten, kamen die Leute, um ihnen zuzuhören, denn sie waren ein faszinierendes Schauspiel. Sie beteten gemeinsam, und ihre Stimmen vereinten sich zu einer einzigen, dann beteten sie abwechselnd und reichten sich Gottes Wort wie einen Staffelstab weiter. Wenn es bei den Jugendspielen einen Wettkampf im Beten gäbe, hätten die Superfrommen mit Sicherheit die Goldmedaille gewonnen. Stattdessen gab es da nur Sprint, Hochsprung und all diese Sportarten, für die man, um gut zu sein, einen athletischen oder wenigstens passablen Körper brauchte, und darin waren die Superfrommen alles andere als super.

Jolanda war die Kräftigste von den dreien, sogar kräftiger als die beiden anderen zusammengenommen, und um die Waage auszugleichen, musste man vielleicht noch Padre Domenicos Auto dazulegen, in dem sie jetzt vorne neben ihm saß und den Horizont verdeckte. Sie trug immer denselben roten Trainingsanzug, und rot waren auch ihre dichten Haare, so dick wie gekräuselte Schnüre, zerdrückt unter der blauen Kappe mit goldenem Kreuz, die alle drei trugen und auf der SUPERFROMME stand, ein exklusives und äußerst kostbares Geschenk des Bischofs von Pisa persönlich.

Der Zweite im Bunde war Manuel, der etwas älter war als wir und tatsächlich schon Schimmel im Gesicht hatte, der ein Bart sein konnte. Aber dieser Schimmel wuchs vielleicht auch in seinem Kopf, denn er lächelte immer vor sich hin und starrte in die Luft, als lachte er über Witze, die nur er hörte. Er bewegte sich ruckartig, und beim Sprechen kämpfte seine Zunge mit den Lippen, und man verstand ihn schlecht. Wenn er die Gebete rezitierte, sagte er in der Tat etwas wie *Vater unffer, der du bifft im Himmel …*, und wenn du das hörtest, war dir zum Lachen zumute, aber du musstest es mit aller Kraft unterdrücken, denn einmal hatte in der Ostermesse ein kleiner Junge gelacht, als Manuel am Altar einen Psalm vorlas, mehr noch, er hatte ihn sogar nachgeäfft, und Manuel hatte es gar nicht bemerkt, aber Gott schon, denn als der kleine Junge nach Hause kam, fand er seine Katze überfahren mitten auf der Straße.

Aber der Superste der Superfrommen war der Dritte im Bunde, und ich kannte ihn gut, weil es nämlich der Kleine Massimo war. Mein bester Freund seit dem ersten Schultag, und wenn es ein Fest gab, ein Gruppenevent oder einen Klassenausflug, waren wir immer zusammen, nämlich allein zu zweit irgendwo anders.

Aber während unsere Klassenkameraden uns nicht beachteten, suchten die Menschen, die die Superfrommen um Hilfe baten, vor allem ihn auf. Denn seine Stimme war fein und schwach wie der letzte Atemzug eines Eichhörnchens, das in einer Pfütze erfriert, doch seine Gebete kamen näher an Gottes Ohr, da er an jenem Tag des Blitzschlags ja schon einen Ausflug ins Jenseits gemacht hatte und dann zu uns zurückgekehrt war.

Ein bisschen wie der Ausflug, den wir heute machten, eng nebeneinander auf der Autobombe sitzend, in der Hoffnung, auch dieses Mal zurückzukehren.

Bruder Tod, der du uns erlöst von dem Bösen,
endlich zum Gericht uns bringst, zu lösen
das Rätsel, ob meine Seele gerettet,
ins Paradies ich komme, selig gebettet

Sie sangen und beteten, beteten und sangen, jede Kurve ein Gebet, jedes Gebet ein Wunsch. Und ich muss sagen, dass die Superfrommen tatsächlich wirkten, sogar mehr, als ich gehofft hatte. Denn mein Wunsch war es gewesen, lebend anzukommen, stattdessen passierte nach einigen Kilometern etwas anderes, was ich überhaupt nicht erwartet hatte, was aber noch hundertmal besser war: Der Kleinbus hinter uns fing an zu hupen, wir hielten an, und dort hinten stieg jemand aus und kam auf uns zu, Jolanda räumte ihren Platz und quetschte sich irgendwie zum Kleinen Massimo, Manuel und mir auf die Gasflasche, die unter diesem Gewicht bestimmt gleich explodierte. Und jetzt zu sterben wäre wirklich verdammt schade gewesen, denn ich schwöre, dass sich auf den Vordersitz gerade, ganz blass, aber lächelnd, der Marienkäfer gesetzt hatte.

Dann gibt es sie also wirklich!, war das Erste, was ich dachte, und für eine Weile auch das Einzige. Ich hatte sie seit Ewigkeiten nicht gesehen, seit jenem Abend in der Kirche, als ich noch in der Grundschule gewesen war und die Männer eine Krippe bauten und unter den Männern auch noch mein Papa war. Dann war er von der Leiter gefallen, und die Welt hatte aufgehört, sich zu drehen, und war in irgendeinem staubigen Winkel stecken geblieben. Und vielleicht schien es mir deshalb, als hätte ich sie nicht vor langer Zeit, sondern geradezu in einem anderen Leben zuletzt gesehen. Und auch der Marienkäfer schien nicht nur gewachsen, sondern ein anderer Mensch zu sein. Das heißt, es war immer noch sie, aber gleichzeitig ein größeres Mädchen, eine Art ältere Schwester ihrer selbst. Wer weiß, ob das auch auf mich zutraf, wenn man mich von außen betrachtete, denn eigentlich fühlte ich mich von innen immer noch genauso, in der beschlagenen Fensterscheibe sah ich dasselbe dumme Gesicht mit lauter Locken, das ich seit dem ersten Tag hatte, an den ich mich erinnern kann.

Während der Marienkäfer zu seiner wunderschönen älteren Schwester geworden war, die nicht mehr das Marienkäferkostüm trug und keine Antennen mit Sprungfedern mehr im Haar. Und wenn es mir bei unserem Kennenlernen schon gefallen hatte, mit ihr zu sprechen, ich aber nicht verstanden hatte, warum, dann war es jetzt so klar, dass sogar ich es verstand, und gleichzeitig verstand ich gar nichts mehr.

Und noch schlimmer wurde es, als ihre Reiseübelkeit ein wenig nachließ, sie sich auf dem Sitz umdrehte und nach hinten schaute, wo ich, unter Jolanda begraben, versuchte, meine Locken zu kämmen, was auch dann schon unmöglich war, wenn meine Hände nicht so zitterten.

»Hallo zusammen, ich bin Martina«, sagte sie. Und sogar ihre Stimme war anders, sicher und voll, wie die der jungen Frau, die bei der Festa dell'Unità zusammen mit Onkel Aramis auf die Bühne stieg, wo sie *Bandiera rossa* und *Sapore di sale* sangen.

Aber noch viel schöner war das Lied des Marienkäfers, als sie aufhörte, für alle zu singen, und nur mich anschaute: »Schön, dich wiederzusehen, Fabio!«

Das hat sie gesagt, ich schwör's. Denn auch sie erinnerte sich an mich, und ich hätte gerne etwas geantwortet oder auch nur gelächelt, aber auf meinem Mund spürte ich eine Art festgefrorenes, schiefes Lächeln, ähnlich dem, das der Schlaganfall Onkel Athos ins Gesicht gemalt hat.

»Geht es dir besser, Martina?«, fragte Padre Domenico sie.

»Ja, Padre, danke. Kommen da noch viele Kurven?«

»Es dauert noch eine halbe Stunde.«

»Also noch eine halbe Stunde Kurven.«

»Nun ja. Schaffst du das?«

»Versuchen wir's. Vielleicht explodiert ja ohnehin in fünf Minuten die Gasflasche, und ich höre auf zu leiden.«

Padre Domenico lachte laut, dann sagte er: »Nein, sie explodiere nicht: Der Herr sei mit uns.«

»Stimmt, außerdem sind da ja auch noch die Superfrommen«, sagte sie und drehte sich wieder um. Und ich schüttelte den Kopf, ich weiß nicht, wieso, vielleicht um ihr zu sagen, dass ich keiner der Superfrommen war. Die sehr, sehr gut im Beten waren, aber gleichzeitig ein Club, in den ich nicht eintreten wollte, jedenfalls nicht vor den Augen des Marienkäfers.

Dann ein Augenblick Stille, die der Kleine Massimo mit einem Vaterunser füllte.

»Oh, sehr gut«, sagte sie. »Betet nur feste, damit hier nicht alles in die Luft fliegt!«

»In Wirklichkeit«, sagte er am Ende, »bitten wir jetzt die Madonna für den Enkel von Signora Ines.«

»Aha, und warum, was ist ihm passiert?«

»Er nimmt Drogen.«

»Ach so, na gut, aber dann hat das ja keine Eile, wenn er heute Drogen nimmt, nimmt er morgen auch noch welche, oder? Wir dagegen sitzen auf einer hochexplosiven Bombe, jede Sekunde könnte unsere letzte sein. Um Ines' Enkel könnt ihr euch kümmern, wenn wir angekommen sind, nicht wahr, Padre?«

Padre Domenico nickte, dann schüttelte er den Kopf, dann

antwortete er, dass zwar keine Gefahr bestünde, ein Gebet mehr aber nie schaden könnte. Drogen würden einem dagegen sehr schaden.

Der Marienkäfer drehte sich wieder zu uns um, und aus irgendeinem Grund zeigte ich auf mich und schüttelte noch einmal den Kopf, vielleicht um ihr erneut zu sagen, dass ich keiner der Superfrommen war oder dass ich keine Drogen nahm. Ich wusste es nicht einmal selbst, umso besser also, dass ich Farben nicht gut sah, denn meine Wangen brannten, die Spitzen meiner Ohren fingen Feuer, und bestimmt wurde ich rot wie eine Ampel.

Aber das war nicht meine Schuld, das lag an dem Marienkäfer, ihr Lächeln und ihre Augen waren ein Netz, das über alles geworfen wurde, das alles fing und an sich zog. Und ich war hier mit den runden Glupschaugen eines Fischs, eingeschnürt in dieses Netz und zwischen den Superfrommen auf den tausend Kurven dieser Straße.

Bis das Auto auf einer Lichtung anhielt, Padre Domenico sagte, dass wir aussteigen könnten, und ich rausschaute ohne die leiseste Ahnung, wo wir waren.

Doch wir waren angekommen, wir waren am Leben, wir waren nicht unterwegs explodiert. Was noch nicht die Lösung für ein glückliches Leben sein mag, aber doch ein guter Ausgangspunkt.

***

Es stimmt wirklich, dass wir im Leben zwar fröhlich oder traurig oder aufgeregt oder müde oder verschwitzt oder alles Mögliche sind, aber nie zufrieden. Im ersten Moment war ich nämlich so glücklich, angekommen zu sein, dass ich kurz davor war, mich auf den Boden zu werfen und ihn zu küssen, wie

Christoph Columbus, als er Amerika entdeckte und kurz vorher noch gedacht hatte, dass er mitten auf dem Ozean sterben würde. Doch nach diesem kurzen Moment der Begeisterung drang gleich ein anderer Wunsch in meinen Kopf ein, um alles zu ruinieren: Es war schön, hier zu sein, ja, aber jetzt wollte ich noch mehr, ich wollte zusammen mit dem Marienkäfer hier sein. Den ganzen Tag mit ihr reden, auch wenn ich nicht wusste, was ich sagen sollte, vielleicht nur, dass es ihr gut stand, so angezogen zu sein, ohne das gepunktete Plastikgehäuse, die künstlichen Beinchen und die Antennen auf dem Kopf. Was keine unwiderstehliche Unterhaltung war, ich weiß, aber immerhin ein Anfang. Doch stattdessen fing rein gar nichts an, denn aus dem Kleinbus stieg Madre Palma und wedelte mit einer Hand, die so groß war wie ein Stoppschild: »Also, die Jungs mit Padre Domenico, die Mädchen mit mir, schnell!«

Und tschüss, Marienkäfer.

In zwei getrennten Gruppen liefen wir den Weg entlang, der zwischen den Bäumen anstieg, wobei wir auf Schlangen und die anderen Gefahren der Berge achtgaben und gleichzeitig Padre Domenico und Signor Giovanni, dem Katechetenpapa eines anderen Jungen, zuhörten, die uns die Geschichte vom heiligen Thomas erzählten. Der ein Jünger von Jesus gewesen war, doch als Jesus auferstanden war, glaubte er es nicht, er dachte, der HERR wäre nur ein ganz normaler Mann, der ihm ähnlich sähe. Da zeigte Jesus ihm die Löcher von den Nägeln in seinen Händen und Füßen und die Wunde von der Lanze in seiner Brust, da glaubte Thomas ganz arg daran und zog in die Welt, um sein Wort zu verbreiten.

Ich hörte allerdings kaum zu, weil mich die vielen Pilze ablenkten, die hier und da im Wald glänzten, so viele, dass ich mich fühlte wie Moses, als er das Rote Meer zerteilte, nur dass ich statt durch Wasser durch ein Meer leuchtender Steinpilze wanderte, die nur ich sah, während wir zu einem Ort aufstiegen, der nie kam. Und als jemand fragte, wie lange es noch dauere, antwortete Padre Domenico: *Hinter der Kurve da*, dann kam die Kurve, und dahinter war nur eine weitere Kurve, und irgendwann, als er wieder *Hinter der Kurve da* sagte, antwortete ich, dass ich nicht mehr daran glaube. Und er: »Ach so? Da haben also auch wir unseren kleinen ungläubigen Thomas.« Und er schaute mich ernst an, aber dann musste er lachen, und ich lachte mit.

Bis zur tausendsten dieser letzten Kurven, die wirklich die letzte war und hinter der sich eine riesige Hochebene auftat, so offen und eben und voller Licht, dass es aussah wie eine Piazza. Aber eine nicht von Menschen, sondern von Gott gebaute Piazza, mit Gras anstelle von Zement und Bäumen ringsum anstelle von Mauern, Amseln und Finken statt Autos und Motorrädern.

Diese so weitläufige große Wiese machte deinen Beinen eine tierische Lust zu rennen, draufloszugaloppieren und zu schreien, bis die Lungen platzten wie zu fest aufgeblasene Luftballons. Doch Padre Domenico und der Katechet hielten uns dazu an, genau das Gegenteil zu tun, also setzten wir uns mit fürchterlicher Anstrengung hin, um zuzuhören.

»Seht einmal, Kinder, Thomas war ein Apostel des HERRN, später ist er sogar heiliggesprochen worden. Und doch hat er es nicht sofort geglaubt, als er den auferstandenen Jesus sah. Um daran zu glauben, musste er die Wunden berühren, seinen Finger hineinlegen, und Jesus war darüber keineswegs froh. Im Gegenteil, er sagt: ›Selig sind, die nicht sehen und doch glauben‹, und wisst ihr, warum? Weil es viel besser ist, aus innerer Überzeugung zu glauben, ohne Beweise nötig zu haben. Wie wir es tun, die wir in der Tat Lieblingskinder Gottes sind, weil wir an ihn glauben, ohne ihn sehen zu können, ohne eine Wunde zu haben, in die wir unseren Finger legen könnten. Wir haben nichts, was wir in die Hand nehmen könnten, und doch schwächt uns das nicht, es macht uns nicht skeptisch, und wir könnten nie Atheisten werden, nicht wahr, Kinder?«

Und wir schüttelten alle den Kopf, jedenfalls dachte ich, es wären alle, doch dann ist diese schwache, leise Stimme zu hören, die meint: »Entschuldigen Sie, Padre«, und sie kommt von einem, der Marcello heißt, mit glatten, blonden Haaren, um die ich ihn ganz arg beneide. »Was sind denn Atheisten?«

»Marcellino, hast du etwa noch nie davon gehört? Atheisten sind Menschen, und diese Menschen glauben, dass es Gott nicht gibt.«

Als der Padre das sagt, bleibt Marcellos Gesicht regungslos und gleichzeitig verzogen wie etwas schlecht Eingefrorenes. »Wie das, Padre, in welchem Sinne gibt es Gott nicht?«

»In keinem Sinne, Marcello, das behaupten nur sie.«

»Ja, aber wie ist ihnen das in den Sinn gekommen? Sind sie verrückt, Padre? Warum sperrt man sie nicht ins Irrenhaus, diese Atheisten?«

»Nun übertreiben wir mal nicht. Ins Irrenhaus ist vielleicht etwas zu viel.«

»Nein, Padre, das ist nicht zu viel! Wenn ich sage, dass ich Julius Cäsar oder Spider-Man bin, stecken sie mich ins Irrenhaus. In meiner Nachbarschaft gab es einen Mann, der sich für ein Pferd hielt, er rannte wiehernd durch die Straßen, bis sie ihn eines schönen Tages abgeholt und ins Irrenhaus gebracht haben. Und ist es nicht schlimmer zu behaupten, dass es Gott gar nicht gibt? Ich habe so was noch nie gehört, nicht einmal darüber nachgedacht habe ich! Das ist absurd, das ist verrückt. Nicht wahr, Padre, nicht wahr?«

»Sicher, Marcello«, mischte sich Giovanni, der Katechet, ein, »aber auf der Welt gibt es nun mal Menschen, die nicht sonderlich spirituell sind, nicht sonderlich sensibel, die so was sagen, weil sie keine Beweise zum Anfassen haben. Im Grunde zeigt sich Gott ja nie, und oft passieren in der Welt so viele schreckliche Sachen, da kann einem schon der Gedanke kommen, dass es Gott vielleicht gar nicht gibt, wenn solche fürchterlichen Dinge geschehen. Oder nicht, Marcello?«

»Nein!«, antwortete er, »nein!«, mit so weit aufgerissenen Augen, dass all sein Entsetzen darin zu sehen war, all seine Angst, während er sich umsah und nichts wiedererkannte. Und wenn sein Gesicht vorher eingefroren war, so schmolz es jetzt und fiel Stück für Stück runter, Nase, Mund, alles schmolz dahin und verschwand im Nichts. »Das heißt, ich habe bisher nie darüber nachgedacht. Aber jetzt schon, hm, ich weiß es nicht mehr. Aber wie ist das möglich, dass es Gott nicht gibt!?«

»Aber nein, Marcello, das ist in der Tat nicht möglich! Klar gibt es Gott, und wie! Genau darüber sprach ich ja gerade, wie schön es ist, wenn du glaubst, ohne zu zweifeln.«

»Aber wir haben keinen Beweis, Padre, keinen einzigen!«

»Umso besser! Gott liefert uns keine greifbaren Beweise, weil er will, dass wir an ihn glauben, ohne unseren Augen oder unseren Händen oder unserem Kopf zu folgen, wir sollen unserem Herzen folgen.«

»Ja, aber auf der Welt gibt es wirklich ganz und gar nichts, was dafür spricht, dass es Gott gibt.«

»Übertreiben wir mal nicht«, versuchte es erneut der Katechet. »Da gibt es doch beispielsweise die Natur, siehst du nicht, was für ein Wunderwerk dieses Naturschauspiel ist, das uns umgibt? Glaubst du nicht, dass es ein wahres Wunder ist? Die Natur ist ein Wunder Gottes, Marcello. Warum existiert die Welt, wer hat dieses Schauspiel erschaffen, wenn nicht Gott?«

»Ich weiß es nicht«, sagte er, wobei er die Augen zu diesem Flämmchen Hoffnung aufhob. »Was sagen diese Herren

Atheisten dazu? Wer hat ihrer Meinung nach die Welt erschaffen?«

»Hm, weißt du, sie wenden sich immer an ihre vergötterte Wissenschaft. Für sie ist alles aus einer Explosion entstanden, die sich Urknall nennt, und …«

»Aber klar doch, der Urknall!«, rief er, wieder verzweifelt. »Das haben sie uns in der Schule beigebracht, das stimmt! O mein Gott, gütiger Gott!«, rief er ihn mit lauter Stimme und schaute nach da oben, immer weiter entfernt, aber niemand antwortete ihm mehr.

Der Padre versuchte hinzuzufügen, dass diese wissenschaftlichen Erklärungen aber nicht alles erklärten, sondern das Wichtigste außen vor bleibe: Wie hat alles angefangen, wer hat gesagt: *Auf die Plätze, fertig, los*, wer hat den Motor in Gang gesetzt?

Aber es nutzte nichts, Marcello hörte nicht mehr zu. Selbst sein Blick driftete ab und schweifte über uns hier im Kreis, dann rutschte er ab, bis er in dem großen Nichts verschwand, das sich schlagartig um ihn ausbreitete.

Da erhob sich der Padre, setzte sich neben Marcello, ließ uns das Vaterunser aufsagen und sagte: »Guten Appetit, Kinder!«, wodurch er im Wald allgemeine Unruhe beim Öffnen der Rucksäcke und Tütchen lostrat, als jeder das belegte Brötchen hervorkramte, das seine Mutter ihm zu Hause geschmiert hatte.

Ich suchte ein Weilchen zwischen lauter Zeug, das bestimmt meine Onkel heimlich hineingesteckt hatten: einen Kompass, eine Packung Streichhölzer, ein Jagdmesser, lang wie ein Schwert. Dann zog ich endlich mein Brötchen hervor, dick und glitzernd in silbriger Alufolie, die ich wie immer abreißen und zusammenknüllen wollte. Nur dass es jetzt anders war als sonst, denn ich war nicht zu Hause, im Gegenteil, als ich dieses von meiner Mama so gut geschmierte und eingewickelte Meisterwerk vorfand, begriff ich, wie weit ich weg war, auf der anderen Seite der Welt, extrem weit weg von ihr.

Etwas Bitteres und Prickelndes fing an, mir den Hals zuzuschnüren, also packte ich die Alufolie mit zwei Fingern an und nahm sie ganz vorsichtig ab, um sie nicht zu zerreißen, als wäre sie wirklich aus Silber. Ich faltete sie zusammen und legte sie in meinen Rucksack, dann schaute ich das nackte Brötchen in meiner Hand an, so schön und gut gemacht, dass ich es nicht essen konnte. Aber ich starb vor Hunger, und Mama würde es nicht gefallen, wenn ihr Sohn tot nach Hause käme, also machte ich den Mund auf und wollte gerade über mein wunderbares Mittagessen herfallen, während die anderen ihres schon zerfleischten.

Alle, außer Riccardo. Der neben mir saß, die Hand noch im Rucksack, und immer langsamer suchte, als rührte er nur die Luft da drinnen um.

Mama hatte zu mir gesagt, dass ich Riccardo immer gut behandeln solle. Ich sollte alle gut behandeln, aber ihn besonders, weil sein Papa mit einer anderen Frau durchgebrannt war und seine Mama viel Wein trank und wenig an Riccardo dachte.

Es war mir am Faschingsdienstag in der Schule aufgefallen, als wir alle verkleidet waren und er nur ein Bettlaken umhatte. Er sagte, er sei ein Gespenst, aber da hätte man ihm wenigstens noch eine Kette in die Hand geben oder ihm zwei Löcher für die Augen ausschneiden können, damit er sich nicht dauernd irgendwo anstieß, und vor allem hätte man ein weißes Bettlaken für ihn raussuchen können, denn ein kariertes Gespenst hatte ich noch nie gesehen. Doch ich sagte nichts, ich ließ ihn blindlings über den Flur irren und gegen Lehr- und Heizkörper stoßen. So wie er jetzt blindlings seine Hand im Rucksack bewegte und aus seinem Blick klar wurde, dass die Lage darin schrecklicher war als hunderttausend karierte und gestreifte Gespenster zusammen: Seine Mama hatte ihn ohne Essen in die Berge geschickt.

Als ich das begriff, fühlte ich mich schlecht, allein und verlassen in einem dichten Dschungel voller Gefahren, wo es nichts und niemanden interessierte, wenn man starb. Und wenn ich mich schon so fühlte, der ich nichts damit zu tun hatte, wer weiß, wie es Riccardo ging mit dieser ins Leere greifenden Hand. Da konnte ich diesmal nicht den Mund halten, das schaffte ich einfach nicht, also bot ich ihm ein Stück von meinem Brötchen an, das sowieso für zwei oder drei Mäuler reichte.

Er antwortete: »Nein, danke, ich habe keinen Hunger«, und versuchte sich an einem Lächeln. Doch bei dem Versuch erstarrte sein Mund plötzlich in einer seltsamen Pose, mit ganz runden Augen und ausgestrecktem Arm, als ob er beim vielen Herumsuchen im Rucksack auf eine Steckdose gestoßen wäre und seine Finger hineingesteckt hätte. Doch es war kein Strom, es war ein noch stärkerer Schlag: Endlich hatte Riccardo sein Brötchen gefunden, seine Mama hatte ihm eins gemacht, sie hatte ihm tatsächlich eins gemacht!

Da war es, in Plastik eingewickelt, er zog es hervor und schwenkte es wie eine Fahne durch die Luft. Dann legte er es sich in den Schoß und packte es aus, es waren zwei Scheiben Toastbrot. Ich war zu neugierig zu sehen, womit es belegt war, roher oder gekochter Schinken oder Mortadella, vielleicht eine Scheiblette und Mayonnaise, Tomatenscheibchen und … und während in meinem Kopf die Liste der Leckereien herunterratterte, die seine Mama auf das Brot gelegt haben könnte, öffnete Riccardo sein Pausenbrot, und da verschwand das Funkeln aus seinen Augen und hinterließ sie erloschen, weiß und vollkommen leer. Leer wie das Pausenbrot, das seine Mutter ihm gemacht hatte: zwei Scheiben Toastbrot, eine auf der anderen, und dazwischen nichts.

Brot und sonst nichts.

Riccardo war wie versteinert, eine Scheibe in der einen Hand, eine in der anderen, und dazwischen dasselbe Nichts, das eben Marcello eingehüllt hatte, als vom ungläubigen Thomas die Rede war und ihm zum ersten Mal in seinem Leben durch den Kopf ging, dass Gott vielleicht gar nicht existierte.

Und auch ich hätte lieber nicht existiert, um Riccardo in diesem schrecklichen und peinlichen Moment alleine, ohne Zuschauer zu lassen. Doch ich existierte, also versuchte ich, mir einen Sinn zu geben, indem ich ihn fragte, ob er etwas Käse oder etwas anderes aus meinem Brötchen dazwischenlegen wolle.

»Nein, danke«, antwortete er nach einer Weile. »Ich mag das Brot so, ohne alles.«

»Ah. Aber ja doch, genau!«, sagte ich. »Brot ist das Beste auf der Welt, das Zeug innen drin ruiniert ja oft den Geschmack. Mir geht es auch so: Wenn ich Erdbeeren mit Sahne esse und dann noch Kakaopulver draufstreue, schmeckt es mir nicht mehr so gut.«

»Ja, eben, stimmt, genau so ist es!«, sagte Riccardo und nickte, und ich nickte ebenfalls, und wir wackelten weiter immer stärker mit unseren Köpfen, in dem Versuch, uns zu betäuben, bis wir vergaßen, dass hier nicht von Erdbeeren mit Sahne die Rede war, sondern von zwei schlabbrigen, blassen Scheiben Toastbrot.

Aber Riccardo erinnerte sich sofort wieder daran, sobald er den ersten Bissen nahm und versuchte, diesen Schwamm hinunterzuschlucken. Er schaute mich an, er schaute mein Brötchen an: »Aber, weißt du was? Die Bergluft macht hungrig, auch wenn ich es nicht so gerne mag, vielleicht ist es doch besser, wenn ich etwas aufs Brot lege.«

»Aber klar doch! Wir brauchen Kraft!« Ich deckte mein

Brötchen auf, das quasi zu einem Tablett voller Zeug wurde. Er nahm eine Scheibe Mortadella, dann noch eine, dann ein Stückchen Pecorino, und so wurde das Ding in seiner Hand schließlich zu einem echten Pausenbrot. Und wir lachten, und wir aßen, und ich war sehr glücklich.

Wegen Riccardo, der etwas Gutes aß, aber auch meinetwegen, der ich gerade eine gute Tat vollbracht hatte. Ja, eine sehr gute. Sogar besser als die Superfrommen, die den ganzen Tag Gebete aufsagten, immer unter sich und weit entfernt von den Menschen und den wahren Problemen, von denjenigen, denen es schlecht ging und die Hilfe brauchten. Sie pfiffen darauf und verbrachten die Zeit damit, den HERRN zu bitten, er möge uns unser tägliches Brot geben. Und währenddessen belegte ich, still und leise, dieses Brot mit Pecorino und Mortadella.

***

Wie alles, was nie zu Ende zu gehen scheint, war die riesige Wiese, auf der wir uns befanden, irgendwann doch zu Ende. An einer Reihe Bäume und einem Holzhäuschen, das mit einer Kette verschlossen war und an dem ein Schild mit verschiedenen Eissorten hing, aber es war alt und verrostet, sodass man sie nicht mehr gut erkennen konnte, auch weil auf jedes Eis ein Pimmel gemalt war. Und hinter den Bäumen und dem Häuschen war eine weitere, sehr viel kleinere Lichtung, mit einer ebenfalls rostigen Schaukel, einer Rutsche, die auf halber Strecke durchgebrochen war, und einem anderen, runden Spielgerät, das ich noch nie gesehen hatte.

Der Kleine Massimo und ich waren bis hierher gelaufen, weil die anderen anfingen, Ball zu spielen, und jedes Mal, wenn die Mannschaften eingeteilt wurden, stritten sie eine halbe Stunde, um uns *nicht* dabei zu haben. Sobald dieser verfluchte und unmöglich mit den Füßen zu treffende Ball auftauchte, war es für uns also würdevoller zu verschwinden.

Nur dass nach einer Weile auch Livio und der Graziani dazukamen, die eigentlich sehr gut spielten und kräftig, wie sie waren, beim Spielen machten, was sie wollten. Aber offenbar war das, was sie wollten, zu gewalttätig gewesen, denn Padre Domenico als Schiedsrichter hatte sie des Spiels verwiesen, und das Ergebnis war das Gleiche, wie wenn man sie in der Schule durchfallen ließ: Die beiden lachten sich eins, und die wirkliche Strafe bekamen wir Kleinen ab, die wir sie am Hals hatten.

Ich auf der Schaukel, Manuel, der mich anzuschubsen versuchte, aber jedes Mal den falschen Zeitpunkt erwischte, sodass ich praktisch stillstand, und der Kleine Massimo unten auf der kaputten Rutsche, wo er die Luft, die Blätter und die Wolken und alle Wunderwerke der Schöpfung betrachtete. Der Graziani und Livio kamen also auf uns zu und begrüßten uns nicht einmal, sie sagten bloß, dass wir uns vom Acker machen sollten.

»Aber wir ffpielen hier gerade!«, meinte Manuel, und sie antworteten nicht, schauten uns aber mit zusammengekniffenen, bösen Augen an, die uns zu packen und wegzuschleudern schienen, bis zu dem dritten Spielgerät, das etwas Seltsames mit vier im Kreis montierten Sitzen auf einer runden Scheibe war, und wenn man sich anschubste, drehte es sich im Kreis. Du schubst an und drehst dich, drehst dich und schubst an, eine Minute lang, schon kam Mamas Brötchen wieder hoch und ließ mich der Schaukel nachtrauern, wo jetzt aber Livio und der Graziani spielten, nämlich, sie mit Fußtritten zu zerstören.

Aber sogar sie hielten inne, als aus dem Dickicht des Waldes dieses immer lauter werdende Geräusch kam, das wie ein kaputter Mixer klang, in dem sich eine Motorsäge mit einer Planierraupe streitet. Stattdessen war es ein hochfrisiertes Mofa, das von wer weiß wo kam, und weil es eine feststehende Regel ist, dass Mofas umso mehr Lärm machen, an je entlegeneren Orten ihre Fahrer wohnen, war dieses hier aus dem tiefsten Wald wirklich die Hölle auf zwei Rädern, ausgespuckt von einem verhexten Auspuff.

Es wurde von zwei Teufeln geritten, die etwas älter waren als wir. Livio und der Graziani gingen zu ihnen hin, und nachdem sie sich einen Augenblick gemustert hatten, plauderten und rauchten sie zusammen und gingen um das Mofa herum, wie Wölfe sich erkennen, wenn sie aufeinandertreffen, und sofort zu einem Rudel werden. Aber man hat noch nie ein Rudel Wölfe gesehen, das seine Zeit damit verbringt, über Auspuffe und Vergaser zu reden, und tatsächlich verging nur eine Minute, bis sie sich zu uns umdrehten und uns anstarrten: drei Lämmer auf einem quietschenden Karussell, das sich drehte und drehte, uns aber leider nirgendwohin brachte.

Sie näherten sich, der Kräftigste schob das Mofa, und seine langen Haare baumelten in einem Pferdeschwanz, sie schauten uns an und lachten, lachten sehr. Und in der Kirche sagte man uns immer, dass wir lächeln sollten, denn ein Lächeln ist schön und ansteckend, und wenn du lächelst, wird die ganze Welt mit dir lächeln. Aber ich glaube, dass sie in der Gemeinde noch nie dieses Lächeln hier gesehen hatten, denn es hatte genau den gegenteiligen Effekt, und wenn es jemand auf den Lippen hat, während er auf dich zukommt, bist du sicher, dass du gleich anfängst zu weinen.

Weil auch Lämmer ihren Instinkt haben, werfe ich mich, ohne nachzudenken, aus dem Karussell. Ich rolle über den Boden und stehe wieder auf, neben dem Kleinen Massimo, der dasselbe getan hat. Manuel dagegen bleibt drauf, er hat einen

Heidenspaß, schubst an und dreht sich und stößt kleine Freudenjuchzer aus.

Ich würde ihm gerne sagen, dass es da nichts mehr zu spielen gibt, er muss absteigen und Schluss, aber der mit den langen Haaren starrt mich ganz böse an und zeigt mit einem Finger auf mich, der so dick ist wie mein Arm und sehr viel behaarter. Sie erreichen das Karussell und fangen an, die leeren Sitze anzuschubsen, sie lassen es schneller drehen, und Manuel lacht und kreischt glücklich, während er die blaue Kappe auf dem Kopf festhält, die der Bischof ihm geschenkt hat.

Und ich schwöre, dass ich gerne irgendetwas täte, ich möchte wirklich, nur was? Auch ich war ja eben noch auf dem Karussell, habe mich aber umgeschaut, und sobald ich die Gefahr kommen sah, bin ich abgehauen. Auf diese Weise überleben die Tiere, auf diese Weise ist der Mensch von der Steinzeit bis heute durchgekommen, eine ewige Flucht im Slalom zwischen Mammuts und Säbelzahntigern, Schwerthieben und Bogenschüssen und Atombomben und eben mörderischen Karussells wie diesem hier. Ist es meine Schuld, wenn Manuel das nicht weiß? Warum soll ich für ihn bezahlen?

Ich weiß es nicht, und es gelingt mir nicht einmal, genauer darüber nachzudenken, denn die Luft ist voll von seinem Gekreische, das im Kreis aufsteigt und immer weniger einem Lachen ähnelt. Seine blaue Kappe fliegt weg und rollt in unsere Richtung, während ein Schuldgefühl meinen Atem aufbläht, sich in die Arme und Beine ausdehnt und mir sagt, dass ich etwas unternehmen müsse. Doch ich tue nichts, während der Kleine Massimo zu schreien versucht, aber seine feine und schiefe Stimme höre mit Mühe und Not gerade mal ich hier neben ihm, ohne zu verstehen, ob er sagt, dass sie aufhören sollen, oder ob er schon angefangen hat, für die Seele des armen Manuel zu beten.

Und ich verstehe genauso wenig, was die Wölfe gerade zueinander gesagt haben, aber ihr Lächeln wird noch messerklingenartiger, als sie aufhören, das Karussell mit den Händen anzuschubsen, das lärmende Mofa anlassen und das Hinterrad anheben, sie drehen den Gashebel voll auf, und es dreht sich superschnell in der Luft.

Im ersten Moment hoffe ich, dass gleich alle auf den Sattel springen und für immer verschwinden, aber dem ist nicht so. Nein, das Gegenteil ist der Fall: Sie senken das durchdrehende Rad an die Drehscheibe des Karussells, der Reifen berührt das Eisen da unten, und schlagartig dreht das Karussell wie verrückt los, wie das Rad eines riesigen, hochfrisierten, vom Teufel gerittenen Mofas.

Stattdessen ist Manuel der Passagier, der im selben Moment aufhört zu existieren. Er ist kein Mensch mehr, er ist ein Lichtstreifen, der sich so schnell dreht und dreht, dass er zu einem Kreis wird, und sein Geschrei steigt wirbelartig bis zum Himmel auf, wo man ihn brüllen hört: *Eff reifft! Eff reifft! Hilfe! Iff biffe euff, Hilfe!*

Aber Hilfe kann er, eher als vom Himmel, nur von uns erwarten. Ich drehe mich zum Kleinen Massimo um, und der ist nicht mehr da, ich sehe nur noch seinen Rücken da unten, der ganz schief schaukelt, während er hinkend wegzurennen versucht, in Richtung der Bäume und der Wiese da drüben, wo die anderen sind und spielen und es einen Schiedsrichter und vielleicht noch irgendwelche Regeln gibt. Ich weiß, dass er natürlich nicht wegläuft, sondern dass er Hilfe holen geht, aber so krumm und hinkend wird er erst in ein paar Wochen ankommen. Wenn ich losliefe, wäre ich deutlich früher da, und vielleicht sollte ich also loslaufen. Ja, das wäre bestimmt das Richtige. Doch es ist zu einfach, zu wissen, was das Richtige ist, wenn das ausreichen würde, wäre die Welt sicher, sauber und sorgenfrei. Das Schwierige ist, das Richtige zu tun. Und in der Tat tue ich es nicht.

Denn der mit den langen Haaren zeigt wieder mit diesem Riesenfinger auf mich, und ich bleibe wie angewurzelt vor dem vom Teufel gerittenen Karussell stehen. Die vier Wölfe lachen und fuchteln, den Himmel verprügelnd, mit den Armen und schreien: *Dreh dich! Dreh dich!*, und genießen Manuels Qual, der mittlerweile nichts mehr sagt, sondern nur noch Geräusche kaputtgehender Sachen von sich gibt. Und als sie von ihm aufschauen, bohren sich ihre Blicke alle in mich.

Aber es sind andere Blicke, und kurz darauf verstehe ich es auch: Sie betrachten mich nicht als das nächste zu reißende Lamm, sie wollen mich nicht packen und mich mit auf dieses höllische Karussell werfen. Nein, zum ersten Mal an jenem Nachmittag und vielleicht in meinem Leben schauen sie mich wie einen von ihnen an, ich schwör's, wie einen, der vor einem leidenden, wehrlosen armen Teufel stehen und das Schauspiel genießen kann, wie einen Wolf unter Wölfen.

Vielleicht etwas dürrer, vielleicht weniger wild, aber das ist nur eine Frage der Zeit, größer zu werden und zu lernen, wie man über die Beute herfällt, wie man ihr in den Hals beißt und sie am Boden hält, bis sie aufhört zu zittern. Denn vielleicht funktioniert es ja so, das Leben rennt irgendwohin, und um hinterherzukommen, darfst du nicht zu viele Skrupel haben, du musst die Zähne zusammenbeißen und geradeaus fahren, ohne dich darum zu scheren, wenn du bei deiner Fahrt etwas überfährst.

Und ich lag schon ziemlich weit zurück. Seit jeher. Vom ersten Tag der Grundschule an bis zu diesem Jahr, mit der Mittelschule und dem Lattenwald und den Samstagnachmittagen ohne Partys. Mehr noch, in letzter Zeit waren noch die Sonntage im Kino dazugekommen: Weil das ein öffentlicher Ort war, konnten auch Massimo und ich hingehen, in die erste Reihe, um die ganze Wucht des Films auf uns wirken zu lassen, und doch fanden wir uns auch dort alleine wieder. Denn alle unsere Mitschüler und Mitschülerinnen saßen stattdessen ganz hinten, pfiffen auf den Film und lebten ganz eigene Gefühle aus, aus erster Hand, mit raschelnden Geräuschen, halblauten Schreien und unterdrückten Lachern, die zu Gewimmer wurden.

Kurz, es war egal, wo und wie, die Geschichte war immer die gleiche: Das Leben ging schnurstracks seines Weges, und wir schauten gerade in die andere Richtung, wenn es vorbeikam. Aber das war nur meine Schuld, der Kleine Massimo war ja durch den Blitz gerechtfertigt, der ihn für immer da festgenagelt hatte, und gute Nacht. Ich dagegen hatte mich selbst hier reingerammt, der Film des Lebens ging weiter, mit tausend Überraschungseffekten, und ich war keine Hauptfigur, nicht einmal ein Komparse, nur ein Zuschauer, der nichts von der Handlung verstand.

Aber jetzt, auf diesem kaputten Spielplatz, war sie da, meine Gelegenheit. Im Film tauchte eine Rolle für mich auf, und ich konnte Teil der Besetzung werden, wo ich bestimmt auch den Marienkäfer wiederfinden würde, der im selben Ort lebte wie ich und den ich trotzdem jahrelang nicht getroffen hatte. Weil ich nie am richtigen Ort war. Und dies hier war endlich der richtige Ort, um Teil des Films zu werden, um mich vor dem Fluch meiner Familie zu retten, um aufzuhören, der zu sein, der ich war: ein Sonderling, den keine gut findet.

Als all diese Dinge mir wie ein Strudel durch den Kopf wirbelten oder wie Manuel auf dem Karussell, hob ich also den Blick zu den vier Wölfen da vor mir und starrte sie an, wie sie mich anstarrten, während sie weiter Gas gaben und *Dreh dich! Dreh dich!* brüllten.

Und ich schwöre, dass ich das nicht beschlossen hatte, ich bemerkte es nicht einmal sofort, zuerst hatte ich nur diese laute Stimme im Ohr, die ich nicht wiedererkannte. Ich musste meine Lippen berühren, um zu begreifen, dass es meine eigene war. Sie schnellte aus meinem aufgerissenen Mund, der größer war als sonst und voller neuer, spitzer Reißzähne, und sie erfüllte die Luft mit einem wilden, boshaften Gebrüll: In den Ohren der Wölfe war es das Geheul eines Raubtiers, das sich dem Rudel anschloss, aber für menschliche Ohren klang es nach zwei Wörtern, viele Male gebrüllt, und jedes Mal boshafter:

Dreh dich! Dreh dich!

So brülle ich, ich brülle mit ihnen, und ich denke an nichts mehr. Ich brülle nur und recke die Hände in die Luft, die nun ganz uns gehört, in diesem wunderbaren Moment, der nie enden wird, denn wir werden für immer brüllen, und das Karussell wird sich bis zur Unendlichkeit weiterdrehen, und sogar die Sonne wird da oben bleiben und uns gehorchen, ohne je unterzugehen.

Doch Manuel nicht, er kann sich nicht mehr festhalten und hebt ab, er fliegt vom Karussell in Richtung der Bäume, dann rollt er über den Boden wie ein schlecht verschlossener Müllsack und hinterlässt eine Spur, die ich nicht sofort erkenne, aber es sind Kleckse von Erbrochenem, auf dem Mund, auf dem Gras, in der reinen Bergluft.

Ein Spritzer Erbrochenes landet auch auf mir, auf dem Ärmel meines T-Shirts. Ich versuche ihn mit Spucke wegzubekommen, ich reibe und spucke, spucke und reibe, aber er geht nicht weg. Ich will weitermachen, bis meine Finger abgenutzt sind, bis ich das T-Schirt mit meinen Handknochen reibe, die hart und rau sind und es schaffen werden, diesen winzigen, aber so tief eingedrungenen Fleck wegzukratzen, tief eingedrungen in den Stoff und alles andere.

Aber ich höre auf, und zwar schlagartig, als die Bäume da hinten zu rauschen beginnen, wie ein Wind, der aufsteigt und alles wegfegt. Nur dass es kein Wind ist, sondern Padre Domenico. Er kommt mit dem Kleinen Massimo im Rücken, die Augen aufgerissen und die Trillerpfeife noch im Mund. Er rennt zu Manuel, kniet sich über ihn, schaut ihn an, dann sieht er zu uns auf. Er bläst in die Trillerpfeife und stellt uns die schwierigste Frage, die man einem menschlichen Wesen in jedem Moment des Lebens, ob schlimm oder schön oder auch normal, nur stellen kann: *Was ist passiert?*

Und ich bringe keine Antwort heraus, ich schaffe es nicht einmal, den Padre anzuschauen. Ich starre zu Boden, mehr noch, ich versuche meine Augen noch darunter zu begraben, wo die Insekten und Würmer wohnen, Würmer wie ich. Eine Stille tritt ein, die vielleicht ein paar Sekunden, vielleicht auch anderthalb Jahre dauert, ich weiß es nicht, dann wird das Schweigen gebrochen. Es ist Manuels Stimme.

»Nifftf, Padre«, sagt er. Er sammelt das Gras aus seinem Mund, hustet. »Nifftf iff paffiert. Iff bin von felbft runtergefallen. Eff ifft meine Fffuld.«

Das sagt er, ich schwör's, ich kann es nicht glauben, aber er sagt es. Und auch Padre Domenico glaubt ihm nicht, das weiß ich, auch wenn ich ihm nicht ins Gesicht sehen kann, denn als meine Augen sich mit Gewalt vom Boden losgerissen haben, sind sie sofort in denen von Manuel gelandet, der uns, dort ausgestreckt, ansieht. Besser gesagt schaut er nur mich an. Und da ist keinerlei Bosheit in seinem Blick, nicht einmal Wut, es ist ein reiner See der Güte, wo die Seele eines Heiligen glänzt. Eines echten Heiligen, nicht so einer wie ich, einer so reinen Seele, dass er vielleicht selbst glaubt, es sei so passiert, wie er gesagt hat, es sei seine Schuld.

Aber so ist es nicht, und wenn Manuel es nicht weiß, dann

weiß ich es für uns beide, mehr noch, für alle hier oben auf diesem heruntergekommenen Spielplatz in den Bergen, wo ich mich auf den Rat meiner Onkel in Acht nehmen sollte, weil sie voller wilder Tiere seien, aber sie hatten sich nicht vorstellen können, dass ihr einziger Enkel das wildeste Tier von allen sein würde.

Auch ich hatte mir das nicht vorstellen können. Im Gegenteil, bis zum Mittagessen hatte ich mich so gut gefühlt, als ich den Notleidenden half und das tägliche Brot der Hungernden mit Mortadella und Pecorino füllte. Stattdessen finde ich mich jetzt hier wieder, als der Padre Manuel beim Aufstehen hilft und wir alle zur großen Wiese da drüben zurückgehen, den teuflischen Lärm des wegdüsenden Mofas im Ohr, während Livio und der Graziani weiter kichern und ich ihnen fernbleiben möchte, es aber gleichzeitig nicht schaffe, hinüber zum Padre, zu Manuel und dem Kleinen Massimo zu gehen, also bleibe ich allein.

Was eigentlich kein Problem sein sollte, mittlerweile bin ich es gewohnt, allein zu sein, ich kenne mich gut damit aus. Doch jetzt ist es nicht mehr so wie vorher, denn bei mir bleibt meine Boshaftigkeit. Ich habe sie gerade kennengelernt, und sie hat mir beigebracht, wie man aufhört, allein und anders zu sein, wie man es macht, den anderen gleich zu sein, wie einfach es ist, genauso widerlich zu sein wie alle anderen.

Wir erreichen den Rest der Gruppe und die Autos, die drei Superfrommen und der Marienkäfer steigen wieder in die Autobombe, aber Manuel tut das Bein weh und er muss es ausstrecken, deshalb ist für mich kein Platz mehr. Also steige ich in den Kleinbus, und ich weiß nicht, ob das eine Erleichterung ist oder ob ich es bedauere, vielleicht beides auf einmal, vielleicht nichts von beidem. Oder das passiert alles gar nicht mir. Ich bin immer noch gepackt von diesem Wirbel des klapprigen, rostigen Karussells, das sich immer schneller dreht und dreht, bis du dich nicht mehr festhalten kannst und es dich ohne Halt in die Luft und ins Nichts ausspuckt. Ein dunkles, beängstigendes Nichts, wie das, was du unter deinen Füßen spürst, wenn du mitten im Meer bist und nicht mehr stehen kannst, wie das, was du zwischen zwei leeren Toastbrotscheiben findest oder am Ende eines Gemeindeausflugs, der so weit aus dem Karussell geschleudert wurde, dass dieser klapprige Kleinbus dich vielleicht nicht mehr zurückbringen kann.

Tatsächlich waren die Straßen bei der Rückfahrt dieselben, unser Ort genauso wie vorher und auch der Vorplatz der Kirche, aber die Normalität endete hier. Denn auf dem Vorplatz wartete nicht meine Mama auf mich, da standen Onkel Aldo und Athos und Aramis und Adelmo. Vielleicht hatte Mama davon erfahren, was ich getan hatte, ich weiß nicht, wie, aber sie hatte es erfahren und wollte mich jetzt nicht mehr sehen. Daran dachte ich und zitterte, während ich als Letzter aus dem Kleinbus stieg, dann sprangen meine Onkel auf mich zu, mit aufgerissenen Augen und zangenartig geöffneten Händen, um mich zu fassen und auf Arten zu bestrafen, die ich mir nicht einmal vorstellen konnte.

»Nein! Lasst mich in Ruhe, ich bitte euch!« Sie packten mich alle gleichzeitig, hoben mich vom Boden hoch und los.

»Verdammt noch mal, Junge, wir warten schon seit einer Stunde auf dich!«

»Ich bitte euch, tut mir nichts, bringt mich nach Hause, bringt mich nach Hause!«

»Von wegen nach Hause. Nichts da, wir bringen dich ins Krankenhaus.«

»Nein! Nicht ins Krankenhaus! Schlagt mich, aber bringt mich zu Mama, sie wird mich pflegen!«

»Auch deine Mama ist im Krankenhaus.«

»Hä? Warum denn, hat sie sich etwas getan? Was ist los, was ist passiert?«

»Ihr nichts, aber dein Papa ist da, er will dich sehen.«

Dritter Teil

Da waren zwei kleine Vögel, die lernten gerade erst Singen.
Woher wussten sie, wie? Niemand hatte es ihnen beigebracht.
Sie lernten es im Traum.

ELEPHANT MICAH

18

Der Tag, an dem alles zurückkommt

»Aua!« Ich hielt mir ein Auge zu, das ein Zweig mir um ein Haar ausgestochen hätte.

Wie eben schon ein anderer Zweig mir eine Locke ausgerissen und die Kante eines Vordachs mir fast den Schädel gespalten hatte. Aber im allgemeinen Trubel hörte mich keiner, und es interessierte auch keinen, nicht einmal mich selbst.

Solche Risiken gibt es halt, wenn etwas so Sensationelles passiert, etwas so Wunderbares, dass ruhig zu bleiben einfach unmöglich und noch dazu absolut unangebracht ist, vielmehr muss man so feiern und kreischen und hüpfen wie wir. Und ich hielt mich hier oben auf Onkel Aramis' Schultern teils an ihm fest, teils reckte ich die Arme zum Himmel, der plötzlich ganz nah war, direkt hinter den Zweigen, so nah, dass ich mir vielleicht gleich den Kopf anstieß, aber das war schon in Ordnung so: Ruhiger konnten wir den Weg zum Krankenhaus nicht zurücklegen, wo mein Papa endlich aufgewacht war und mich erwartete.

Wir gingen zu Fuß, schließlich war es von der Kirche aus nicht weit. Meine Onkel hatten sich darum gestritten, wer mich auf die Schultern nimmt, und am Ende schob Aldo den Rolli von Adelmo, Athos trug meinen Rucksack, und Aramis war es gelungen, mich zu packen. Der ich im ersten Moment allerdings keineswegs lebendiger war als der Rucksack.

Schließlich hatte ich zwei Jahre und drei Monate lang auf

diesen Moment gewartet, jeden Morgen war ich aufgestanden und hatte gespürt, dass dies der richtige Tag sein würde, dann war der Tag vergangen, die Nacht gekommen und ich ins Bett gegangen, und ich hatte mir gesagt, dass es natürlich doch nicht heute gewesen sei, sondern der richtige Tag morgen käme. Und ausgerechnet an diesem scheußlichen Nachmittag, als ich nur wieder von den Bergen runter, aus dem Kleinbus aussteigen und mich mit all meiner Scham und Schuld wegen meiner schrecklichen Tat zu Hause verkriechen wollte, erreichten wir den Vorplatz, und da standen meine Onkel und begrüßten mich stürmisch mit Gekreisch und Gejohle. Sie hoben mich hoch, schüttelten mich durch, und ich wanderte da oben von Hand zu Hand wie ein Pokal, den eine Mannschaft Betrüger gerade gewonnen hat, mitten in einem Stadion voller Zuschauer: die Nonnen und Katecheten, meine Mitschüler und deren Eltern, der Kleine Massimo, der arme Manuel, Padre Domenico und vor allem der Marienkäfer. Und während ich von einem Onkel zum anderen hüpfte, spürte ich alle Blicke auf mir, wie sie mich ansahen, wie sie über mich urteilten, wie sie wussten, was ich getan hatte.

Denn nach Jahren, in denen ich mich angestrengt hatte, gut zu sein und wenn möglich sehr gut, in denen ich daran gearbeitet hatte, ein Heiliger zu werden, und in gewissen Momenten sogar fast Gefahr gelaufen war, ein Engel zu werden, da wachte Papa ausgerechnet jetzt auf, an dem Nachmittag, als ich zum Teufel geworden war. Warum nur? Was hatte das für einen Sinn?

Ich fragte mich das so sehr, und Fragen sind des Glückes Feind Nummer eins. Wie die kleinen, harten Kerne in den Granatapfelsamen, die so süß und saftig sind, dass man gleich eine Million auf einmal verschlingen würde, wenn nicht jeder in sich dieses verfluchte kleine Ding hätte, das zwischen deinen Zähnen knirscht und alles ruiniert.

Und das war nicht gerecht. Es war gerade etwas so Wunderbares passiert, dass ich, wenn man mich gebeten hätte, mir etwas Schöneres auszudenken, die ganze Nacht gegrübelt und dann im Morgengrauen aufgegeben hätte, denn etwas Schöneres als das gab es im ganzen Universum nicht. Und ich wollte nur daran denken, den ganzen zuckersüßen Saft trinken und mich vom Glück voll erwischen lassen, ohne Kerne und sonstige Bitternisse. Also klammerte ich mich an die Schultern meines Onkels und versuchte Zweigen, Dächern und hässlichen Gedanken auszuweichen, ich schaute hoch zum Himmel, und auch wenn ich ihn nicht richtig verstand, dankte ich ihm sehr.

Wie soll man den Himmel auch richtig verstehen? Er ist so riesig und leuchtend, dass er gar nicht vollständig in deine Augen passt, nicht einmal in die der Erwachsenen, wie dann erst in meine, die so viele Dinge erst noch sehen mussten, wenn die Zweige und Vordächer entlang des Weges sie mir nicht auskratzten.

Außerdem, wenn ich kurz aufhörte nachzudenken und mich umsah, verstand ich sofort, warum Papa ausgerechnet heute aufgewacht war. Die Erklärung dafür war überall, auf diesen Zweigen voller Knospen, in den neuen Blumen, die die Gärten ringsum füllten, in der Luft, die dich plötzlich mit tausend Düften besprühte: Heute war der erste Frühlingstag, die Wärme kam zurück, und die Farben kamen zurück und alles Schöne dieser Welt. Also kam auch Papa zurück.

Aber klar, genauso war es, ich lächelte und nickte, und je mehr Onkel Aramis unter mir sprang und sang, desto mehr glaubte ich daran. Denn auch er war heute endlich wieder unter uns.

Und das war vielleicht keine so sensationelle Rückkehr wie die von Papa, aber auch mein Onkel hatte irgendwann letzten Herbst aufgehört zu existieren.

Das passierte jedes Jahr, genau bei Sonnenuntergang am 31. Oktober verabschiedete sich Onkel Aramis in seine Depression. Mittlerweile wussten wir es alle, am besten er selbst; wenn sich das Datum näherte, murmelte er nämlich seufzend Sachen wie *Schade, dass die Vogelmesse in Monsummano erst Ende November ist, wo ich keine Lust haben werde, hinzugehen* oder *Schade, dass das Weihnachtsessen an Weihnachten stattfindet, wenn ich keinen Hunger haben werde.* Denn am frühen Abend des 31. Oktober ging die letzte akzeptable Sonne vor dem Winter unter, und am nächsten Morgen tauchte hinter den Bergen nur ein weißlicher Ball auf, gerade mal dazu gut, die für Allerseelen polierten Gräber zu beleuchten. Und wie die Toten in den Gräbern starb auch Onkel Aramis ein wenig.

Am Vortag bereitete er sich richtig darauf vor, wie einer, der eine lange Reise antreten muss, er verbrachte den Tag in den Gärten seiner Kunden, um vor der Kälte die letzten Dinge in Ordnung zu bringen. Dieses Jahr hatte Mama mich gebeten, ihn zu begleiten, denn letztes Jahr hatte er zu lange gebraucht, die Zitronenbäumchen abzudecken, der Sonnenuntergang hatte ihn weit weg von zu Hause erwischt, und meine anderen Onkel hatten ihn um zehn Uhr abends wiedergefunden, wie er in einem Garten lag, das feuchte, eisige Dunkel anstarrte und wiederholte: *A… Aber d-der W-w-winter, der W-w-winter, w-w-was hat d-der für einen S-Sinn.*

Ich wollte aber nicht mit ihm gehen, denn an dem Tag war Halloween, und die Mutter des Kleinen Massimo hatte ihm eine unglaubliche Neuheit gekauft, die *Projektor* hieß, die Wand seines Zimmers war praktisch zu einem Kino geworden, weshalb wir mit einer Flut Popcorn drei Horrorfilme hintereinander schauen wollten: Eine fantastischere Art, Halloween zu verbringen, gab es nicht, selbst die Kostümparty bei Sergio zu Hause reizte uns nicht so sehr, nicht einmal, wenn dort wirklich nur Horror-Kostüme zugelassen wären, nicht einmal, wenn sie uns eingeladen hätten.

»Das kann ich verstehen, Fabio«, hatte Mama gesagt. »Aber wir sind alle bei der Arbeit, du musst ihn begleiten.«

»Ich will aber nicht!«

»Aber klar willst du. Schließlich ist dein Onkel dann bis zum Frühling nicht mehr er selbst, und er wird dir fehlen, das weißt du.«

Und das war nicht gerecht, das war überhaupt nicht gerecht, aber sehr wahr. Also kam es so, mein Onkel und ich fuhren mit der Ape los, und alle, die uns trafen, nahmen richtig Abschied von ihm. Er antwortete: *Wir s-s-sehen uns im M-Mä-März, m-macht's g-g-gut und z-zieht euch j-ja w-w-warm an*, dann kletterte er mit einer Gartenschere auf die Bäume und pfiff so gut, dass die Buchfinken sich ringsum niederließen, um ihm zuzuhören, und die Amseln brachten ihre Kleinen an, um von ihm zu lernen.

Ich sammelte währenddessen unten die dünnsten Zweige ein, von denen mein Onkel alle abschnitt, bis auf einen, den obersten, der zum Himmel zeigte. Den ließ er stehen, zusammen mit einem Blatt, das oben daran hing. Beim ersten Baum dachte ich, dass er vergessen hätte, ihn abzuschneiden, und machte ihn darauf aufmerksam, aber er lächelte nur. Beim zweiten sagte ich nichts. Beim dritten konnte ich meinen Mund nicht mehr halten.

»Machst du das extra?«

Er schaute zu mir runter und lächelte wieder.

»Das ist eine Art Unterschrift, stimmt's? Du lässt das Blatt da oben, um zu sagen: *Diesen Baum hat Aramis Mancini gestutzt.*«

»Sch-sch-schön, j…jetzt w-wo du's s-sagst, g-g-gefällt es mir. A-aber nein.«

Er kletterte wieder runter und stellte sich neben mich, um das Blatt zu betrachten, das allein da oben in der Luft hing.

»Warum denn dann?«

»An j-jedem B-b-baum lass… jedem B-b-b… j-jedem Baum…«, er schüttelte den Kopf, legte sich eine Hand aufs Herz und stimmte ein Lied an:

An jedem Baum lasse ich ein Blatt stehen,
ein Blatt als Vorbild, sieh heeer.
So wird der Baum es im März ansehen
und hundert neue machen oder tausend oder meeehr.

Ich sah ihn einen Moment lang an, denn vielleicht machte er Witze. Aber der Sonnenuntergang war nah, und die Erde wälzte sich unter Schatten, so lang und so schwarz wie die Gitterstäbe eines Gefängnisses, und mein Onkel war nicht mehr zum Scherzen aufgelegt. Er war ernst und hatte noch viele Bäume zu stutzen, viele Zweige mit einem Blatt da oben zu hinterlassen. Und es scheint absurd, ich weiß, aber der Winter kam und peitschte alle mit Stürmen und Reif und Windhosen, die sogar die Farbe von den Fensterläden kratzten, und doch schwöre ich, dass dieses Blatt standhielt, im Frühling fand man es noch immer da oben, sodass der Baum es nachmachen und sich mit tausend neuen Blättern schmücken konnte.

Und mit den Blättern kehrte das gesamte Leben zurück, auch das von Onkel Aramis, der jetzt sang und den Weg entlanghüpfte. Und vor allem war mein Papa zurückgekehrt.

Der mich jetzt erwartete, aber ich erwartete ihn noch hunderttausendmal mehr, das stand fest. Wie der Herr am Eingang des Krankenhauses, der uns zu so vielen und so eilig ankommen sah, aus seinem Häuschen herauskam und uns standfest mitteilte, dass die Besuchszeit vorbei sei.

Doch er hielt uns nicht auf und verlangsamte nicht einmal unseren Schritt, denn er stand zwar mit den Armen fuchtelnd davor, aber der Luftzug reichte aus, um ihn wegzupusten. Dann ging Onkel Athos noch mal zurück, drückte ihn so fest an sich, dass er den Boden unter den Füßen verlor, und ließ ihn dort so sprachlos und zerzaust zurück, als hätte er versucht, die Tramontana aufzuhalten, wenn sie Lust hat, das Meer zu sehen, und sich mit voller Wucht von den Bergen herabstürzt; und was dieser Nordwind nicht mit sich reißt, zerdrückt er am Boden.

Genau so blies uns unser Wind direkt bis zu der Glastür und hielt erst vor dem Aufzug an. Denn mehr als drei gleichzeitig passten nicht hinein. Also sahen wir uns kurz gegenseitig an, dann nahmen wir die Treppe. Ich immer noch auf Onkel Aramis' Schultern, während Aldo und Athos Adelmo und seinen Rollstuhl schleppten. Das war mühsam, klar, aber wir mussten unbedingt so ankommen, alle zusammen als unwiderstehliche Einheit. Wie der Wind eben, und wie die Familie Mancini.

Und während wir die Treppe hochstiegen, war mein Kopf mit tausend Dingen beschäftigt, die sich in diesen Jahren des Schlafs angesammelt hatten und die Papa jetzt in Ordnung bringen sollte. Es waren viele, und alle dringend, und in der Aufregung auf den Stufen schubsten sie sich gegenseitig, um als Erstes dranzukommen: Die Pedale an meinem Fahrrad quietschten so laut, dass die Hunde auf der Straße Reißaus nahmen. Das Netz über meiner Regenwurmzucht musste ausgewechselt werden, sonst würden sie alle sterben, aufgefressen von den Amseln, und es waren so viele, dass dann auch die Amseln an Verdauungsstörungen sterben würden. Mein Bett wackelte jede Nacht stärker, und mittlerweile kippte es mich auf den Boden, wenn ich mich im Schlaf umdrehte … diese und lauter andere kaputtgegangene Sachen, deren Reparatur anstand.

Papas Wunderhände konnten schnell und von alleine daran arbeiten, während sein Kopf andere, kompliziertere Dinge in Ordnung brächte, die vielleicht nicht aus Eisen oder Holz waren und deshalb vielleicht nicht schadhaft wirkten, aber ebenfalls kaputtgegangen waren.

Zum Beispiel musste er mir beibringen, wie man es macht, dass die anderen einen gut finden, alle anderen, Jungs und Mädchen. Und wie man zu Partys eingeladen wird. Und wie man tanzt, wie man mit Mädchen spricht, was man da sagt. Was die anderen in den letzten Reihen im Kino taten, mit den Mänteln über ihren Beinen, was ich tun musste, wenn ich eines Tages vor einem Mädchen stünde, und was ich tun musste, wenn statt eines Mädchens ein Baum vor mir stand, im Lattenwald. Und wie man es anstellte, in diesen Dingen gut zu sein und in vielen anderen, wie man es überhaupt machte, gut zu sein, wie man es machte, nicht so böse zu sein, wie ich es an diesem Tag in den Bergen gewesen war, ausgerechnet in dem Moment, als Papa die Augen geöffnet hatte und zu mir zurückgekommen war.

Deshalb hoffte ich, als die Treppe zu Ende war und man schon die Tür seines Zimmers sah, dass Papa sich in diesen Jahren im Bett sehr gut ausgeruht hatte, denn ab jetzt würde ich ihn keine Sekunde in Ruhe lassen. Angefangen mit einer so festen Umarmung, dass ich Gefahr laufen würde, mir die Arme zu brechen. Aber macht nichts, jetzt wo Papa wieder da war, würde er mir auch die im Nu wieder in Ordnung bringen.

Daran dachte ich auf den Schultern meines Onkels und nickte mit dem Kopf, dann zog ich ihn ruckartig ein, um unter der Tür durchzukommen, ohne geköpft zu werden, denn jetzt zu sterben, wäre wirklich ungerecht gewesen, wo Papa nur noch einen Schritt entfernt war. Stattdessen betreten wir das Zimmer, und ich bin noch am Leben, und mein Kopf ist noch an seinem Platz. Aber Papa nicht.

In seinem Zimmer war nichts und niemand. An diesem Ort, an dem ich ihn fast jeden Tag besucht hatte, um gemeinsam zu lesen und ihm Sachen zu erzählen und die Sonne draußen vor dem Fenster zu betrachten, die im Lauf der Monate immer an einer anderen Stelle hinter den Bäumen unterging. Die Sonne war noch da, auch die Bäume, aber mein Papa nicht. Sein Bett war leer. Diese schwarze und riesige Leere, die wichtige Dinge hinterlassen, wenn sie verschwinden, eine Leere, die wie das Schweigen in den Ohren ist, wenn du es eigentlich nötig hättest, eine Stimme zu hören, einen Satz, auch nur ein Wort. Es ist ein Schweigen, das dich taub macht, eine Leere, die dich ausfüllt.

Und in einem solchen Moment konnte nur Onkel Athos etwas zum Lachen finden: »Typisch Giorgio!«, sagte er ganz amüsiert. »Er wird rumlaufen und irgendetwas reparieren!«, und weiter ging sein langes, verrücktes Gelächter.

Aber diesmal war es gar nicht so verrückt, im Gegenteil, meiner Meinung nach hatte mein Onkel recht.

»Genau!«, sagte ich, während Aramis mich von seinen Schultern hob und ich mich mit meinen eingeschlafenen Beinen am Nachttisch festhielt. »Er war zwei Jahre lang hier eingeschlossen, jetzt wo er aufgewacht ist, ist er gleich an die frische Luft entwischt!«

Alle nickten, sogar Onkel Aldo, der als Erster das Zimmer verließ und sagte: »Runter nehmen wir aber den Aufzug.« Doch auf dem Gang war ein Pfleger, der uns erklärte, dass Papa nicht nach draußen gegangen sei, sondern sie ihn nur auf eine andere Station verlegt hätten, *angesichts der jüngsten Entwicklungen.*

Genau so hat er das gesagt, »angesichts der jüngsten Entwicklungen«: Es stimmt wirklich, dass es immer eine Ausdrucksweise gibt, die auch die wunderbarsten Dinge ruinieren kann. Aber das machte nichts, die eisigen Worte des Pflegers waren dessen Mund entwichen und im Nu verflogen, hatten sich aufgelöst wie Eiswürfel, die man ins Feuer spuckt.

Außerdem war die neue Station nicht weit, blitzschnell waren wir da und betraten den Gang, der so still und dunkel war, dass wir, obwohl niemand da war, der uns gemahnt hätte, nicht zu schreien und zu rennen, von alleine damit aufhörten.

Zwei Reihen Türen, eine hier, eine dort, ganz viele und alle geschlossen, und die weißen Wände ohne Fotos von Bergen und Blumen, keine Poster von Mamas und Papas mit Kindern und so breitem Lächeln, dass es über den Rahmen hinausragte. Gar nichts, nur weiße Wände und geschlossene Türen und die Räder von Adelmos Rolli, die auf dem Boden quietschten, während wir ziellos den Gang entlangliefen. Und dann, als wir um die Ecke bogen, saß da neben einer weiteren Tür Oma, die auf ihren mit Karten bedeckten Beinen eine Patience legte.

»Fabio!«, sagte sie auf diese kehlige, gepresste Art, die herauskommt, wenn man versucht, leise zu rufen. Sie stand auf, ich rannte zu ihr, und wir umarmten uns so fest, dass nicht einmal die Patiencekarten dazwischen gepasst hätten, die alle zu Boden gefallen waren.

»Papa! Papa!«, sagte ich in die Wolle ihres Pullovers. Ich spürte ihre rauen Haare, die weiche Haut, die beim Nicken auf und ab ging, und hörte dann: »Dein Papa ist hier, Fabio, dein Papa ist hier!«

Und klangen die Worte des Pflegers vorhin wie aus Eis, dann klangen die hier von Oma so fantastisch, dass sie diese wunderbare Wahrheit noch fantastischer werden ließen, auch wenn das ein unmögliches Unterfangen schien, so wie eine Bombe zu bombardieren oder ein Feuer in Brand zu setzen.

Aber offenbar hatte alles Unmögliche der Welt sich hier und heute verabredet, denn während Oma und ich uns umarmten, spürte ich zwei weitere Arme, die mich an den Schultern packten, härter und stärker, und mich in eine Umarmung schlossen, die mir den Atem nahm. Die Lungen standen still, das Herz schlug nicht mehr, jeder Teil von mir hörte auf zu arbeiten und wollte nur so bleiben, reglos und eingeschlossen in die Arme meines Papas.

Meines Papas, der zurückgekommen war, meines Papas, von dem der verrückte Arzt gesagt hatte, dass das unmöglich sei, dass er mittlerweile eine Pflanze geworden sei. Ja, na klar, wenn die Pflanzen so stark wären wie diese Umarmung, hätten sie die menschliche Rasse schon erwürgt, die der Welt dann nicht mehr auf die Nerven gehen könnte. Und einen Augenblick lang stellte ich mir diesen fabelhaften Planeten vor, wo die Wälder herrschten und alles wieder so schön und sauber war wie am Anfang. Und auch wir kehrten jetzt wieder zum Anfang zurück, vor jenes Weihnachten und jenen Sturz von der Leiter im Hause des HERRN, des HERRN, der sich endlich entschlossen hatte, etwas für uns zu tun.

Ja, genau so, und das war gerecht, das war herrlich, das war genau das, was passieren sollte.

Und gleichzeitig war es nicht wahr.

Es war nämlich Mama, die mich von hinten umarmte, nicht Papa. Und vielleicht hatte ich es in einem Winkel meines Gehirns schon kapiert, bevor ich ihre Stimme hörte. Wegen der glatten Arme, ihres Dufts, wegen all der Details, die es, wenn du weißt, wie die Dinge wirklich stehen, einfach machen, zu sagen: *Das hatte ich ja eh schon kapiert*, aber das stimmt ganz und gar nicht, das ist nur, damit du dich ein bisschen weniger dumm fühlst, wenn die Wahrheit dich so aus dem Nichts heraus voll erwischt wie eine Wasserbombe mit eiskaltem Wasser.

Aber Mama war so glücklich, als sie mich umarmte, dass sie auch mich kurz darauf wieder glücklich sein ließ. Auch weil Papa ja ganz nah war, hinter dieser Tür, die ich jetzt aufmachen wollte, um ihn zu begrüßen, um ihm zu sagen, dass wir hier draußen waren, warum genau, wusste ich nicht, aber jedenfalls war Papa aufgewacht und da hinter einer dünnen Schicht Holz, wie sollte ich da nicht zu ihm gehen?

Doch Mama drückte mich noch fester und sagte: »Nein, Fabio, das geht nicht, wir müssen warten, bis sie aufmachen.«

Und auch wenn ich keine Lust hatte zu warten, streichelten die Worte aus ihrem Mund meine Locken und beruhigten meinen Kopf mit wohligen, warmen und guten Gedanken.

Ganz anders als Onkel Aldos Stimme, die krächzte: »Oh, darf man endlich erfahren, was zum Teufel passiert ist?«

Da lösten wir uns voneinander, aber nur ganz wenig. Und Mama erzählte, dass sie heute in Papas Zimmer gewesen war, und weil gerade keine Krankenschwestern da waren, hatte sie die Gelegenheit genutzt, ein wenig sauber zu machen. Das Zimmer war zwar schon sauber, aber sie putzte trotzdem, weil sie im ganzen Ort putzte und es ihr nicht nett vorkam, es nicht auch im Zimmer ihres Mannes zu tun.

»Ich fuhr mit dem Lappen über die Fenster und schaute dabei nach draußen, wo schön die Sonne schien, der Frühling war wirklich zurückgekommen. Das dachte ich und sagte: ›Giorgio, schau mal, der Frühling ist wieder da.‹ Dann drehte ich mich um, und da lag er, mit offenen Augen.«

»Mit offenen Augen? Und sah dich an?«

»Nein, er lag immer noch genauso da wie vorher und sah zur Decke. Aber er hatte die Augen geöffnet. Ich dachte, dass ich mich verguckt hätte, dass ich von der Sonne geblendet wäre, aber es stimmte wirklich. Ich versuchte ihn zu rufen. Dann rannte ich nach draußen, und da war Ines, sie kam mit, und als wir reinkamen, hatte er die Augen wieder geschlossen. Ich hatte Angst, dass ich mich vielleicht getäuscht hatte, doch dann hat er sie erneut aufgemacht. Und Ines hat die anderen Krankenschwestern gerufen, und in kürzester Zeit war alles voller Ärzte, die mir sagten, dass ich rausgehen solle. Dass ich draußen warten solle. Die Zeit verging, und sie sagten nichts, nur dass ich warten solle. Ich fragte, wie lange, und sic sagten, dass sie es nicht wüssten. Ich fragte, ob es mehr als eine Viertelstunde sei, und sie sagten Ja, mehr als eine Viertelstunde bestimmt. Und da, ich bin bescheuert, ich weiß, jedenfalls schaute ich kurz an mir herunter und rannte nach Hause, um mich umzuziehen.«

Tatsächlich war Mama wie immer und doch auch anders. Sie trug ihr schönes Festtagskleid, was seltsam war, weil sie es in diesen Jahren nie angezogen hatte, nicht einmal an Weihnachten. Aber vielleicht war das überhaupt nicht seltsam, denn wenn es in der Geschichte der Welt einen Festtag gab, dann war der genau heute.

»Du hast dich auch frisiert«, sagte ich. Sie nickte, mit gesenktem Blick. »Und parfümiert.«

»Ja, und ich habe Lippenstift aufgetragen und Ohrringe angelegt. Ich bin bescheuert, Fabio, das habe ich ja selbst schon gesagt, sag du das nicht auch noch.«

Ich schaute sie erneut an, dann hörte ich auf, weil ich mich für das schämte, was ich gleich sagen würde: »Du bist nicht bescheuert, Mama, du bist schön.« Und als ich es schaffte, wieder zu ihr aufzusehen, war ihr Mund irgendwo zwischen einem Lächeln und wenn man gleich weinen muss.

»D-d-das ist ein w…w…undersch-sch-schöner M…moment«, sagte Onkel Aramis. Und Athos tat das Gleiche, genauso stotternd wie sein Bruder, weil er so gerührt war.

Aber nicht nur er, wir alle. Also verharrten wir so, reglos und still, die Luft um uns roch nach geschlossenen Fenstern und Desinfektionsmittel und nach Augenblicken, die größer sind als wir. Alle mit kribbelnden Augen, in Erwartung, in heftiger Erwartung.

Und es war egal, dass wir nicht wussten, wann und wie es passieren würde: Es war das Wunderbarste der Welt, so wunderbar, dass der zweite Platz in der Hitliste der war, hier zu sein, alle zusammen, um darauf zu warten.

Doch dann, nach einigen wortlosen Minuten, traten diese leichten, entfernten Schritte in unsere Stille, und anfangs dachte ich, es wäre jemand, der über den Flur lief, dabei kamen sie von der anderen Seite, von hinter der geschlossenen Tür, wo Papa war.

Die Türklinke knarrte, bewegte sich nach unten, die Tür ging auf, und meine Augen öffneten sich so sperrangelweit, dass sie mit meinem Mund wetteiferten. Aber der Wettstreit endete, als sie auf das Weiß eines Kittels trafen, auf einen Arzt, der das Zimmer verließ und die Tür hinter sich sofort wieder schloss.

Ich hatte ihn noch nie gesehen, er war jünger als der andere, trug einen Bart und eine etwas abgedunkelte Brille, mit der er im Dunkel des Flurs bestimmt nichts sehen konnte. Doch mindestens uns hatte er gesehen, denn er grüßte uns mit einem *Guten Abend.*

Die anderen erwiderten *Guten Abend*, während ich mich an Mama drückte und sie leise fragte, ob der hier ein echter Arzt sei oder ein weiterer Irrer aus dem Stockwerk obendrüber. Sie legte mir eine Hand auf die Locken, musterte ihn kurz, dann antwortete sie noch leiser: »Hm, hören wir erst mal, was er sagt.«

»Guten Abend. Zunächst sollte eines klar sein.«

»Genau, Herr Doktor«, meinte Onkel Adelmo. »Hier darf man rauchen, richtig?«

Der Arzt nahm die Brille ab, um ihn besser anschauen zu können, oder vorwurfsvoller. »Ich mache Sie darauf aufmerksam, dass wir uns auf einer Station befinden, auf der keine Patientenbesuche vorgesehen sind, und selbst wenn sie vorgesehen wären, ist es schon spät und wir wären außerhalb der Besuchszeiten.«

»Ja, in Ordnung, aber darf man jetzt rauchen oder nicht?«

Zur Antwort schaute der Arzt ihn lediglich nicht weiter an, sondern wandte sich Mama, Oma und mir zu. Für ihn war damit alles klar, aber Onkel Adelmo rauchte nur deshalb nicht, weil ihm das Feuerzeug runterfiel und meine anderen Onkel es nicht aufhoben, also stieß er statt Rauch eine Ladung halblauter Flüche aus.

»Also«, fing der Arzt wieder von vorne an, »eines sollte sofort klar sein. Denn Sie schauen Filme, und diese Filme wecken wer weiß welche Vorstellungen in Ihnen. Sie zeigen Ihnen absurde Szenen, die es weder im Himmel noch auf Erden gibt, und Sie glauben, was Sie da sehen. Daher erinnere ich Sie zunächst daran, dass wir hier nicht in einem Film sind.«

So sagte er das, und ich konnte es nicht glauben: Fängt der hier, nach allem, was passiert ist, und bei der Million Dinge, die er uns zu erklären hat, wirklich damit an, schlecht über Filme zu sprechen? Filme sind fantastisch, Filme sind wunderbar, ich schaute so viele, dass ich, wären es Kekse, dreihundert Kilo wöge, aber ohne dass mir je der Hunger verging: Was hatten die Filme denn Schlimmes getan? Wenn das Problem darin bestand, dass sie schön waren und voller großartiger Ereignisse, während die Realität oftmals schlimmer war, war das doch nicht ihre Schuld! Wenn überhaupt, musste die Realität sich schämen und mit gesenktem Blick in der Ecke stehen. Außerdem, was sollte dieses Gerede, wo es die Realität heute endlich geschafft hatte, einem großartigen Film zu ähneln?

»Koma ist nicht so, das ist keine Lampe, die angeht und ausgeht, ausgeht und angeht. Das passiert nur in Hollywood, verstehen Sie mich?«

Nein, ich jedenfalls verstand nicht. Und vor allem verstand

ich nicht, warum sie Papa dann statt in dieses Krankenhaus nicht sofort nach Hollywood gebracht hatten, so wäre alles einfacher und schneller abgelaufen. Doch das fragte ich ihn nicht, denn am Ende war es mit etwas Geduld ja auch hier in Italien passiert. Außerdem wirkte dieser Herr im weißen Arztkittel über Cordhosen und Mokassins auf mich immer weniger wie ein echter Doktor, sondern immer mehr wie ein weiterer Irrer, der aus dem Stockwerk obendrüber entwischt war.

»Kurz, die Realität ist sehr viel komplexer. Es ist nicht so, dass Ihr Angehöriger jetzt aufwacht, einen Kaffee trinkt und mit Ihnen eine Runde dreht, verstehen Sie mich?«

Darauf Mama: »Ja, Herr Doktor, klar verstehen wir, aber das wussten wir schon von alleine. Ohne Sie beleidigen zu wollen, aber so blöd sind wir wirklich nicht.«

Das hat sie wirklich gesagt, ich schwör's, und das kam mir komisch vor, denn diese Worte passten nicht zu ihr. Außerdem wusste ich das keineswegs von alleine, ich wusste es erst jetzt, also war ich offenbar wirklich so blöd, wie der Doktor dachte.

»Ich bitte Sie um Verzeihung, Signora, ich wollte Sie nicht beleidigen, aber ich lege Wert darauf, mich hier ganz deutlich auszudrücken.«

»Entschuldigen Sie, Herr Doktor, es ist nur, dass ich dringend wissen will, wie es meinem Mann geht.«

»Klar, aber sicher. Doch es gibt keine einfache Antwort. Es ist noch zu früh, das zu wissen, es sind so viele Faktoren abzuwägen …«, fing der Arzt wieder an, und ich konnte mich noch zurückhalten, aber mir war nach Stöhnen.

Auch wenn ich es ruhig hätte tun können, denn im selben Moment stöhnte Oma so laut, dass sie mich überdeckt hätte. Und dann sagte sie: »Okay, aber jetzt ist Giorgio aufgewacht, das immerhin schon, richtig?«

»Nun, Signora, ja und nein. ›Aufwachen‹ ist ein Begriff, über den wir diskutieren könnten.«

Und Onkel Aldo oder Adelmo oder irgendein anderer meiner Onkel sagte: »So ein Scheiß.« Mama dagegen: »Herr Doktor, ich habe aber gesehen, wie er die Augen aufgemacht hat. Er hat sie für eine ganze Weile offen gehalten. Sie waren offen, und er schaute damit.«

»Sicher, Signora, und das ist äußerst wichtig. Das ist ein unbestreitbares Signal, und ehrlich gesagt hatte ich das nach so langer Zeit nicht mehr erwartet. Er hat die Augen geöffnet, und das ist viel, doch das reicht nicht. Wir können es als Wachkoma definieren, typisch für den vegetativen Zustand.«

Wie, *vegetativ*? Seit zwei Jahren und drei Monaten schlief Papa, und sie sagten, er sei eine Pflanze, aber jetzt hatte er die Augen aufgemacht, verdammt, seit wann macht eine Pflanze die Augen auf? Eine Pflanze hat nicht einmal Augen! Papa dagegen hatte sie aufgemacht und war aufgewacht, war es möglich, dass dieser Herr, der vielleicht ein Arzt war, immer noch nicht daran glaubte? Er hatte zwar etwas gegen Filme, aber er war haargenau wie diese Figur in Science-Fiction-Filmen, die nicht an Außerirdische glaubt, weil sie nie welche gesehen hat, wie der heilige Thomas mit Jesus in der Geschichte, die uns Padre Domenico heute in den Bergen erzählt hatte. Dann kommt irgendwann eine fliegende Untertasse, hält über seinem Haus an und zieht ihn und seine Familie mit einem geheimnisvollen Strahl an Bord, sodass sie sich in einem Raumschiff voller unbekannter Maschinen und blinkender Lichter wiederfinden. Und seine Frau sagt: *Liebster, siehst du, dass es Außerirdische gibt?*, aber er schaut sich mit genau diesem unsympathischen Gesichtsausdruck um und antwortet: *Nun, Liebste, wir haben ihnen noch nicht ins Gesicht gesehen, also erscheint mir deine Schlussfolgerung im Moment übereilt.*

Doch dann kommen die Außerirdischen zum Glück, schießen diesem Besserwisser einen Laserstrahl in den Kopf, und tschüss.

Aber das ist eben ein Film, und Filme sind wunderbar. Das hier ist dagegen kein Film, das hat uns der Arzt ja gleich gesagt, und tatsächlich schauen wir ihn alle weiter ernst an, und das einzige Lächeln ist das festgezurrte auf Onkel Athos' Mund. Der meint: »Also, Herr Doktor, um es kurz zu machen: Unser Giorgio ist aufgewacht und kommt langsam zurück, aber wir müssen noch etwas Geduld haben. Richtig?«

»Nein. Das heißt, wir können es nicht wissen. Die weitere Entwicklung des Patienten ist noch völlig offen. Sie könnte auch eine andere Richtung einschlagen, eine kürzere und weniger erfreuliche. Es mag sein, dass er viele motorische und mentale Fähigkeiten verloren hat und nicht in der Lage sein wird, sie wiederzuerlangen. Ja, angesichts der langen Zeitspanne, die vergangen ist, halte ich das sogar für sehr wahrscheinlich. Sagen wir, dass es heißt abzuwarten, das ja, aber erwarten Sie nicht den Menschen, den Sie gekannt haben, da muss ich Sie leider enttäuschen, denn ich schließe aus, dass der zurückkehren wird.«

Das sagte der Arzt. Und ich frage mich, warum es etwas ganz Schlimmes ist, wenn dir einer aus dem Nichts heraus einen Messerstich versetzt und das dann in den Nachrichten im Fernsehen kommt und die Leute sagen: *Stell dir das mal vor, wie schrecklich, stell dir das doch mal vor.* Dagegen kann einer einfach so zu dir kommen und dir etwas dermaßen Furchtbares sagen, das schlimmer ist als hundert Messerstiche, aber niemand nimmt ihn fest, und er ist sogar noch überzeugt, gewissenhaft, seriös und klar gewesen zu sein. Wie kann man nur so boshaft sein? Wie kann man nur so dumm sein?

Mein Papa war wieder aufgewacht, also war klar, dass er jetzt zurückkam. Wusste der Arzt etwa nicht, dass die Schwalben, ganz ohne Landkarten und ohne Verkehrsschilder lesen zu können, jeden Herbst bis nach Afrika fliegen und dann genau an den Ort zurückkehren, an dem sie im Vorjahr ihr Nest gebaut hatten? Wusste er nicht, dass die Aale aus den Gräben hinter unserem Haus aufbrechen, die Felder überqueren, sich in die Flüsse stürzen und von dort bis tief in den Ozean schwimmen und dass ihre frisch geborenen Jungen hierher zurückkommen, jedes in den Graben, aus dem seine Mutter aufgebrochen ist? Wusste er nicht, dass die Hunde, wenn ihre bösen Herrchen sie aussetzen, oftmals von diesen weit entfernten Orten bis nach Hause finden, obwohl sie den Weg nicht wissen, obwohl sie zu Hause einen so widerlichen Menschen antreffen, der sie nicht einmal erwartet?

Die Natur kann ganz, ganz viele Sachen, aber was ihr am besten gelingt, seit jeher und für alle Zeiten, ist genau das: Weggehen und Wiederkommen. Die Schwalben kommen wieder, die Aale kommen wieder, die Hunde kommen wieder, die Blätter kommen wieder auf die von Onkel Aramis gestutzten Bäume. Wieso sollte sie es dann nicht schaffen, meinen Papa wiederkommen zu lassen?

Ja, so musste es sein, fest biss ich die Zähne im Mund zusammen und ballte die Fäuste in den Taschen, als ich mindestens so fest daran dachte. Aber ich glaube, ich dachte das nicht nur, ich sprach es tatsächlich laut aus: »Die Schwalben kommen zurück, die Aale, die Hunde, die Blätter, und auch mein Papa kommt zurück!« Denn als ich aufschaute, waren alle still und starrten mich an, und ich bekam Angst, dass sie jetzt, statt Papa aus dem Krankenhaus zu entlassen, auch mich hier einsperrten, im Stockwerk obendrüber mit den unechten Ärzten und den anderen Verrückten.

Doch dann fing zum Glück Mama zu reden an: »Also hören Sie mal, seit mehr als zwei Jahren warten wir, und Sie wollen mir sagen, dass sich heute nichts geändert hat? Wir sollen nur weiter warten und sonst nichts?«

Da fing der Arzt wieder mit dem üblichen Geleier an, sodass ich fast aufhörte zuzuhören. Aber das wäre eine Todsünde gewesen, denn auch wenn er schlecht sang, kam aus seinem Mund plötzlich ein wunderschönes Lied: »Nein, das nicht, Signora. Wie Sie und auch wir gesehen haben, hat Ihr Angehöriger die Augen geöffnet. Das ist ein wichtiges Signal, es bedeutet, dass er einen sogenannten Kommunikationskanal eingerichtet hat. Doch jetzt muss man es schaffen, diesen Kanal zu stimulieren, man muss einen Kontakt aufbauen, Giorgio auf eine Weise rufen, die bei ihm dort drüben ankommt. Giorgio ist aufgewacht, aber mitten in einem äußerst dichten Nebel, so dicht, dass er nichts sieht und nicht weiß, wohin er gehen soll. Und wenn es jemanden gibt, der ihm helfen kann, der ihn von der richtigen Seite rufen kann, dann sind das Sie alle.«

Das sagte der Arzt, so wunderbare Sätze, dass sie gar nicht nach ihm klangen, sondern eben nach den Worten eines fantastischen Lieds, das ich mir jedes Mal, wenn ich mich traurig oder entmutigt fühlte, wieder anhören konnte, und schon würde es mir bessergehen. Denn manchmal eiert das Universum zwar, und alles hat seinen Spaß daran, sich gegen dich zu stellen, aber es kann alles in allem kein zu schlimmer Ort sein, wenn darin ein solches Lied erklingt.

Also nickte ich, ich nickte noch stärker, und dann sprach ich aus, was mein Herz hätte platzen lassen, wenn ich es für mich behalten hätte: »Ich rufe ihn immer, meinen Papa, immer! Ich komme zu ihm, und wir lesen ganz viele interessante Bücher zusammen. Seit zwei Jahren und drei Monaten mache ich das so, Herr Doktor, ich schwör's!«

Und er: »Gut, sehr gut. Ab heute könnte das einen Sinn haben.«

Das hat er zu mir gesagt und hat dabei auch noch gelächelt, denn seiner Meinung nach hatte er etwas Schönes gesagt. Mein Lächeln dagegen blieb hängen, eine Mundlähmung, hart und schief wie ein Fossil, etwas, das einmal lebendig und wild gewesen war, aber vor einer Million Jahren. Doch es verging nur ein Augenblick, dann wurde es wieder lebendig. Denn es war zwar vielleicht nicht schön, herauszufinden, dass man so viel Zeit mit etwas Sinnlosem verbracht hatte, aber jetzt hatte es endlich einen Sinn. Jetzt konnte mein Papa mich hören, und ich war bereit, ihn zu rufen, bis ich heiser wäre. Und wenn ich keine Stimme mehr hätte, würde ich zu pfeifen anfangen, und ich würde so weitermachen, bis ich ihn zurückkommen sähe, und ich würde ihm entgegenlaufen, und wir würden uns ganz fest drücken.

Und solange drückte ich Mamas Hand und sie meine, und Oma küsste mich auf die Stirn. Meine Onkel dagegen gaben mir Klapse auf die Locken und die Schultern, was ihre Art war, mich zu umarmen, also zeigte ich ihnen, wie man sich richtig umarmt, wir verharrten alle aneinander gedrückt und sagten nichts mehr, fragten nichts mehr.

Denn was wusste der Arzt schon davon, was wussten wir schon davon, was wissen wir alle im Universum schon davon?

So sind wir, verloren im Nebel, und wir sehen uns um, um zu verstehen, ob es besser ist, hier lang oder da lang zu gehen oder noch eine Weile stehen zu bleiben. Und dabei reden und singen wir, und manchmal pfeifen wir auch, um dich wissen zu lassen, wo wir sind, auch wenn wir es selbst nicht wissen. Aber jedenfalls sind wir hier – und warten auf dich.

19

Dümmer als Computer

»In der Urgeschichte hatte jeder Stamm einen Priester, der extrem wichtig war, weil er Feuer anzünden und es für alle am Brennen halten konnte. Im Alten Ägypten konnte nur eine begrenzte Gruppe Pyramiden bauen und kannte die Geheimnisse, wie man die Mumien der Pharaonen ewig haltbar macht. Auch die Mönche im Mittelalter, die die klassischen Texte lesen und abschreiben konnten, um sie den künftigen Generationen zu überliefern, waren nur wenige und unersetzlich. Und ihr, ihr seid wie diese seltenen und unverzichtbaren Menschen, denn was einst das Feuer, die Bücher und die Pyramiden waren, ist heute der Computer, und ihr seid seine Meister und Wächter. Das heißt, jetzt noch nicht, aber ich verspreche euch, dass ihr es in drei Monaten sein werdet, am Ende meines Kurses.«

Signor Giovannis Stimme schwang sich im Finale in die Höhe und füllte den großen Raum des Jugendzentrums. Wo es mir seltsam vorkam, still zu sitzen, wo doch gleich neben mir ein freier Tischkicker und eine Tischtennisplatte standen. Aber noch seltsamer war es, in nur drei Monaten Computermeister zu werden, vor allem, wenn Signor Giovanni die erste Unterrichtsstunde damit verbrachte, uns die Geschichte der Menschheit zu erzählen.

»In Zukunft werden die Computer immer mächtiger sein und deshalb immer größer und schwieriger zu benutzen, und nur wenige Experten werden in der Lage sein, sie zum Laufen zu bringen. Diese Experten werden zu Hauptfiguren der Weltgeschichte, die die Computer verändern werden wie in der Vergangenheit … beispielsweise das Rad. Ja, das Rad, das, kaum war es da, die Welt revolutionierte, und kein Volk kam mehr ohne aus.«

Da beugte ich mich zum Kleinen Massimo neben mir und sagte halblaut zu ihm: »Bis auf die Indianer.« Aber ganz leise, ich schwör's, was in der Schule niemand bemerkt hätte. Nur dass wir hier nicht in der Schule waren, wir saßen zu sechst vor Signor Giovanni, der kein Lehrer war, aber sehr verliebt in den Klang seiner Stimme, während er die der anderen nicht ertrug. Deshalb hielt er inne und zeigte mit dem Finger auf mich:

»Fabio, was hast du so Wichtiges zu erzählen, dass du nicht bis zum Ende der Stunde warten kannst?«

»Entschuldigung, Giovanni, nichts.«

»Nein, nein, da muss etwas gewesen sein, und ich vermute, etwas Grundlegendes. Also los, sag es allen, wir sind neugierig.«

»Ach nichts, ich sagte nur, die Indianer nicht.«

»Die Indianer was nicht?«

»Du hast gesagt, dass alle Völker das Rad benutzten, aber die Indianer eben nicht. Sie kannten das Rad nicht einmal.«

»Bist du sicher? Nun, das ist verständlich, sie brauchten keins, sie hatten so viele Pferde und bewegten sich damit fort.«

Ich hielt den Mund, und ich schwöre, dass ich mich auch nicht bewegen wollte. Aber offenbar habe ich unwillkürlich mit dem Kopf geschüttelt, denn Giovanni fragt mich: »Nein? Warum nicht?«

»Weil die Indianer auch keine Pferde hatten. In Amerika gab es keine. Erst die Weißen haben sie aus Europa mitgebracht.«

»Aha … aber siehst du, dass du mir recht gibst? Wir haben sie mit Pferden versorgt und heute mit Computern, wir haben ihnen immer den Fortschritt gebracht. Aber jetzt reicht es damit, schließlich seid ihr heute hier und hört mir zu, weil ihr Computermeister werden wollt, also passt auf.«

Und diesmal gelang es mir, den Mund zu halten und mich nicht zu bewegen, nicht einzuwenden, dass der weiße Mann den Indianern in Wirklichkeit nur tödliche Krankheiten gebracht hatte und er die Indianer, die sie überlebten, erschossen hatte. Und wenn ich heute hier war und ihm zuhörte, lag das nur daran, dass Padre Domenico mich darum gebeten hatte.

Ein Monat war vergangen seit jenem Tag oben in den Bergen, als der Padre und ich entdeckt hatten, wie böse ich sein konnte. Und um ihm zu zeigen, dass das ein Unfall war, dass ich auf Meereshöhe hingegen sehr gut war, hätte ich auch Ja gesagt, wenn er mir einen Kurs für Salzsäurevorkoster vorgeschlagen hätte. Wie dann erst bei diesem Unterricht in »BASIC-Programmierung«, wovon ich zwar nicht wusste, was das sein sollte, aber wahrscheinlich alles in allem besser als Salzsäure.

Außerdem war es nicht wichtig, irgendetwas zu lernen, der Padre hatte den Kurs nur eingerichtet, um den Katecheten Giovanni in dieser unglücklichen Zeit beschäftigt zu halten.

Seine Familie hatte nämlich seit vielen Jahren eine Eisdiele, die immer so voll war, dass du dich in die Schlange stellen musstest, wenn du noch überhaupt keine Lust auf Eis hattest, denn wenn du an der Reihe warst, war so viel Zeit vergangen, dass du wahnsinnig gerne eins haben wolltest. Seit ein paar Monaten hatte seine Mutter aber alles Giovanni überlassen, und er hatte sofort ein Projekt umgesetzt, das er schon ewig im Kopf hatte: Die tausend Eissorten waren jetzt alle ohne Zucker.

Nicht mal ein Körnchen – Eis, so bitter wie Gift. Ich hatte gesehen, wie kleine Kinder es probierten und zu weinen anfingen. Und auch ich streckte beim ersten Mal die Zunge noch weiter raus, wobei ich mich im Gesicht des Kleinen Massimo spiegelte, das denselben Ausdruck des Ekels trug. Oder nein, vielmehr geradezu der Angst, des Erschreckens, dass es auf der Welt etwas so Entsetzliches geben konnte. Und dieses erste Mal war auch das letzte Mal gewesen, für uns wie auch für den Rest des Orts. Tatsächlich hatte Giovanni die Redaktionen von »Il Tirreno« und »La Nazione« angerufen, um seine Entscheidung zu verteidigen, dass er die Kinder vor Zucker bewahren wollte, der doch das große Übel des zwanzigsten Jahrhunderts sei, aber als die Artikel erschienen, hatte die Eisdiele schon so gut wie dichtgemacht.

Kein Mund wollte sich seinem neuen Eis nähern, und Giovanni wollte keinen Schritt zurückmachen. Deshalb tschüss, Eisdiele, und nun verbrachte Giovanni die Tage damit, am Meer entlangzuspazieren, Holzstöcke aufzusammeln, die er ins Wasser werfen konnte, und mit sich selbst zu reden, mit einer Grimasse wie der, die du beim Probieren seiner Eissorten bekamst.

Also hatte Padre Domenico ihn gefragt, ob er diesen Computerkurs organisieren könnte. Und ich hatte mich sofort dafür eingeschrieben, um dem Padre zu zeigen, wie gut ich war. Aber im Grunde war es gar kein großes Opfer: Der Kurs fand mittwochs statt, und der Mittwoch war für mich ein nutzloser Tag, weil es einer der Tage war, an denen ich nicht zu meinem Papa konnte.

Ein Monat war seit dem Tag vergangen, an dem er die Augen geöffnet hatte, und schon hatten sie ihm das Beatmungsgerät abgenommen und würden bald anfangen, ihn von der Kanüle zu entwöhnen, die er zum Essen im Hals hatte. *Entwöhnen*, eigentlich ein Wort für Babys, aber tatsächlich war Papa so, wie ein Neugeborenes, das die Welt ringsum ganz neugierig mit offenen Augen anschaute, aber ohne irgendetwas zu verstehen.

Der einzige Moment, in dem seine Augen ruhig und aufmerksam waren, war meiner Meinung nach genau dann, wenn ich ihm die Lehrbücher vorlas. Also war es schade, dass sie ihn von der Klinik in der Nähe unseres Hauses nach Lucca verlegt hatten, an einen Ort, der Aufwachzentrum hieß. Es war sonderbar: Papa kam nach und nach zu uns zurück, und die Ärzte schickten ihn stattdessen weiter von uns weg.

So weit, dass ich auf Mama warten musste, um hinzufahren, die aber dauernd arbeitete, und ich wurde zu Hause fast verrückt, weil mit ihm zu lesen jetzt wirklich fantastisch war. Jetzt, wo er die Augen auf hatte und es mir in bestimmten Momenten wirklich so vorkam, als hörte er mir zu, ich schwör's, dann wurde ich ganz aufgeregt und verstand nicht mehr, was ich da vorlas, meine Stimme wurde nur noch Klang, während ich dachte: *Los, Papa, los, komm her, ich bin hier. Siehst du mich, hörst du mich? Hier bin ich!*

Und am liebsten hätte ich nie aufgehört, aber Mama musste eben arbeiten, und auch die Ärzte rieten, die Reize zu begrenzen, sonst würde Papa sich daran gewöhnen, und es hätte keine Wirkung mehr. Kurz, Mittwoch war einer dieser Tage, die ich notgedrungen freihatte, also konnte ich ihn auch so wegwerfen, beim BASIC-Kurs.

Zusammen mit dem Kleinen Massimo und den anderen beiden Superfrommen, Manuel und Jolanda, die ebenfalls nur deshalb auf eine Stunde Beten verzichtet hatten, um Giovanni nicht vor einem leeren Raum reden zu lassen. Außer uns war da noch ein kleinerer Junge, der aber nicht zählte, weil er Giovannis Sohn war und schon alles über Computer wusste. Während sein Papa sprach, nickte er ganz heftig mit dem Kopf und schaute sich mit einem extrem unsympathischen Lächeln um. Der Arme, ich glaube, es ist unmöglich, sympathisch zu werden, wenn man aufwächst, ohne den Geschmack von Zucker kennenzulernen.

Als Letztes war da noch Signor Bini, ein alter Herr, der sich sehr langweilte, also war er gekommen, um zu sehen, was es mit diesen berühmten Computern eigentlich auf sich hatte. Auch wenn er moderne Sachen scheußlich fand und früher alles besser war, und die einzigen Dinge, die noch besser waren als früher, waren die von noch früher. Und während der Sohn des Lehrers bei jedem Wort nickte, schüttelte Signor Bini so heftig den Kopf, dass ich hinter ihm meine Jacke anließ, weil er beim Kopfschütteln so viel Wind machte.

Doch dann brach, aus dem Nichts heraus, ein anderer, hundertmal stärkerer Wind los, der vielleicht nur mich anblies, aber in kürzester Zeit meinen Tag umwarf. Als sich die Aluminiumtür mit einem Knall öffnete, der Lehrer innehielt und wir uns alle zur Tür drehten, in der das Marienkäfermädchen stand. Das immer so in mein Leben trat: aus dem Nichts heraus, zu spät und alles zerschlagend.

War ich einen Moment vorher noch fast eingeschlafen, zitterte ich jetzt vor Aufregung. Und auch vor Scham, wie schlecht ich angezogen war, in Trainingshosen und diesem fürchterlichen Sweatshirt mit Donald Duck, der tanzte und Kusshände warf. Aber das war nicht meine Schuld: Wer hätte denn damit gerechnet, dass ich den Marienkäfer, der sich nie in der Schule, nie in der Gemeinde und auch sonst nirgends blicken ließ, ausgerechnet heute in diesem absurden Kurs treffen würde?

Doch so war es, und ich konnte auch nicht länger darüber nachdenken. Ich musste den Schaden begrenzen, indem ich mir dieses dumme Gesicht abnahm und Donald Duck unter meiner bis oben geschlossenen Jacke versteckte, auch wenn eine neue, seltsame Hitze von meinem Atem ausging und jedes Fitzelchen meines Körpers in Brand setzte. Und ich fing wirklich an zu schwitzen, als Martina alle grüßte, sich für ihre Verspätung entschuldigte und sich dann neben mich setzte.

»So, nach dieser x-ten Unterbrechung fahren wir also fort. Der Computer kann alles, was wir können, nur besser. Denn er tut es schneller, irrt sich nie und wird nicht müde. Der Computer führt alles aus, was wir ihm zu tun auftragen, doch man muss seine Sprache können, eine neue und äußerst wichtige Sprache, die *Basic* heißt. Und wir müssen uns bei deren Erfindern, Herrn Kemeny und Herrn Kurtz, bedanken. Kemeny und Kurtz: Notiert diese Namen in eure Hefte.«

Wir gehorchten alle, bis auf Signor Bini, der kein Heft hatte und statt zu schreiben murrte: »Woher kommen die beiden denn? Das werden doch keine Deutschen sein, was? Die Deutschen haben schon mehr als genug Schaden angerichtet.«

»Nein, das sind Amerikaner.«

»Ach, dann ist ja gut! Armes Vaterland, in wessen Hände sind wir nur geraten?!«

»Ja, okay, aber schreibt sie auf, Kemeny und Kurtz, beide mit K, verstanden?«

Und Signor Bini: »Na klar, mit K, ein typisch deutscher Buchstabe.«

Giovanni sah ihn nicht weiter an und holte tief Luft. »Apropos K, ihr müsst wissen, dass jeder Computer seine Leistung hat, die man *Speicher* nennt, und die Maßeinheit für diesen Speicher ist genau dieses K. Und eines Tages erklärten die beiden Erfinder von Basic«, und er hob einen Finger und bewegte ihn, als schriebe er in die Luft, »›jeden Morgen wachen wir auf und sind erstaunt über die unendlichen Möglichkeiten, die uns ein einziges K Speicher bietet.‹« Dann sah er uns einen nach dem anderen ganz ernst an. »Und stellt euch einmal vor, Kinder, dass eure Computer zu Hause von diesen K mindestens vier haben!«

Das sagte Giovanni, ganz bewegt, aber meiner Meinung nach hieß das gar nichts Gutes: Es gab viele Filme über Roboter und Computer, die rebellierten und anfingen, die Menschheit zu beherrschen, also war es gefährlich, dass sie so mächtig waren. Auch wenn sie mir in Wirklichkeit, soweit ich das sehen konnte, nicht so schlau vorkamen, wie der Lehrer behauptete.

Der vor etwa zehn Minuten den Computer hier vor uns angeschaltet hatte, während dieser erst jetzt endlich funktionsbereit war. Giovanni fing an, in die Tasten zu hauen und ganz komische Sachen zu schreiben, Nummern und rätselhafte Symbole, gemischt mit kurzen englischen Wörtern. Und Signor Bini kommentierte, dass wir mittlerweile nur noch Fremdwörter benutzten, dass das Italienische aussterbe und die Italiener gleich mit, und *Armes Vaterland, armes Vaterland* …

Aber Giovanni antwortete nicht, er drehte sich mit beseeltem Blick zu uns um: »Also, Kinder, ich garantiere euch, dass ihr in drei Monaten, wenn ihr Basic beherrscht, auch in der Lage sein werdet … *das hier* zu tun!«

Dabei senkte sein Zeigefinger sich auf die Tastatur, und sein Sohn nickte, um zu zeigen, dass er das Wunder schon kannte, das gleich geschehen würde. Aber wir nicht, deshalb schauten wir ganz gespannt, vorgebeugt, um nichts zu verpassen, aber gleichzeitig fluchtbereit, falls der Computer jetzt zerstörerische Strahlen aussenden würde und das Jugendzentrum und die gesamte Kirche einstürzen ließe oder sich vielleicht mit Amerika und Russland verbinden und alle Atomraketen auf einmal zum Abschuss bringen würde, und dann gäbe es keinen Zufluchtsort mehr, weil die ganze Welt unterginge, sobald der Katechet die richtige Taste drückte.

Aber in Wirklichkeit waren es mehrere Tasten, acht, um genau zu sein: Der Lehrer tippte Buchstabe für Buchstabe seinen Namen, und auf dem Bildschirm erschien die Schrift GIOVANNI. Dann drehte er sich wieder zu uns um, und ernst, sehr ernst, drückte er OK, verschränkte die Arme vor der geschwellten Brust, und einige Sekunden später erschien unter seinem Namen wie durch Zauberhand ein weiteres Wort, wiederholt in einer ganzen Spalte, einmal, zweimal, tausendmal …

BELLO
BELLO
BELLO
BELLO
BELLO
BELLO
BELLO
BELLO
BELLO

Und so weiter bis ins Unendliche, oder bis zum Weltuntergang, dem Tag, an dem es den Computern gelingen würde, die atomare Katastrophe auszulösen. Aber im Moment waren sie nur in der Lage zu wiederholen, dass Giovanni schön war, während er mit verschränkten Armen neben dieser Wundermaschine stehen blieb und sein Sohn einen Applaus anstimmte.

Martina dagegen beugte sich zu mir herüber und sagte mit Roboterstimme: »Giovanni – schön … Computer – blind!«

Fast wäre mir ein Lachen herausgerutscht, aber gleichzeitig kamen lauter andere Gefühle hoch, die alle in meiner Brust stecken blieben, weshalb ich von außen betrachtet reglos und ruhig blieb und den Computer und Signor Giovanni beklatschte.

Der ihn schließlich anhielt und den Kleinen Massimo fragte, ob er wissen wolle, was der Computer über ihn dachte. Massimo antwortete: »Lieber nicht«, aber Giovanni schrieb trotzdem MASSIMO, und nach einer Weile erschien auf dem Bildschirm wieder die Spalte voller BELLO BELLO BELLO.

Dasselbe mit mir und dann mit Manuel, der ganz ängstlich war, als der Lehrer seinen Namen schrieb, und dann glücklich auf seinem Stuhl hüpfte, als sich auch für ihn die BELLO-Spalte füllte.

Dann war der Marienkäfer dran, der Katechet wusste nicht, wie sie hieß, und sie sagte es ihm widerwillig. Giovanni schrieb MARTINA, und der Computer dachte einen Augenblick nach, dann wieder BELLO BELLO BELLO.

Da stockte Giovanni, wobei ihm das Lächeln jetzt auf den Lippen zitterte: »Autsch, Kinder, autsch! Da stehen wir vor einem Fehler! Einem Programmierfehler. Wer kann mir sagen, wo der Fehler liegt?«

Sein Sohn meldete sich, doch Giovanni schüttelte den Kopf und sah uns andere an, die über Computer aber nur wussten, dass sie wie das Feuer und das Rad und die Mumien sind. Nur Signor Bini antwortete, dass diese Maschine genau wie die neuen Generationen sei, ohne Romantik, und nicht zwischen Männern und Frauen unterscheiden könne, die sich ja heute alle wie Männer anzogen und keine Hausarbeit mehr machten, aber …

Aber während er so weiterredete, zeigte Giovanni mit dem Finger ausgerechnet auf mich und fragte: »Fabio, na komm, es ist ganz einfach, wo liegt der Fehler?«

»Ich … hm, ich weiß es nicht.«

»Aber sicher, es ist ganz einfach, na los!«

»Hm, vielleicht ist der Fehler BELL-O. Das heißt, also Martina ist BELL-A.«

Als ich das sagte, musste Manuel lachen, und ich schämte mich noch mehr. Es kam mir vor, als hörte ich Martina *Danke* sagen, aber Signor Binis Gebrüll überdeckte alles: »Bravo, Kleiner! 1 zu 0 für den Menschen gegen diese Maschinen, die nicht wissen, was ein Kavalier ist! Bravo, du bist wirklich der Enkel der Mancini-Brüder!«

Und leider glaube ich, dass Signor Bini recht hatte: Ich war genau wie meine Onkel, verflucht wie sie, unbeholfen und dumm und dazu verurteilt, in einer weitestmöglich von den

Frauen entfernten Welt zu leben. Und alle um mich herum, die nicht so farbenblind waren wie wir, sahen nun, wie ich bis über beide Ohren rot wurde.

Währenddessen erklärte Giovanni, nicht die Maschine habe sich vertan, sondern er selbst: im Programm, er hätte dem Computer auftragen sollen, entweder BELLO oder BELLA zu antworten, je nach dem Namen, den er schrieb.

»Ich weiß, Kinder, das kommt euch kompliziert vor, aber es wird auch für euch leicht werden, das garantiere ich euch, nächsten Mittwoch.«

Und damit beendete er die Stunde, sein Sohn rannte zu ihm, um ihm die Hand zu schütteln, und wir standen schnell und erleichtert auf, wie sonntagmorgens in der Kirche, wenn Padre Domenico sagte: *Die Messe ist zu Ende, gehet hin in Frieden*, und ob wir in Frieden gingen, weiß ich nicht, aber ganz sicher gingen wir ganz eilig raus an die frische Luft.

Nur dass ich jetzt nirgendwohin gehen wollte, ich wollte hier bei Martina bleiben und mit ihr sprechen, und ihr hoffentlich einmal irgendetwas Kluges sagen. Aber mein Gehirn war so verzaubert wie Giovannis Computer, und wenn ich sie ansah, konnte ich nur BELLA BELLA BELLA denken.

Da sprach zum Glück sie mich an:

»Habe ich den interessanten Teil verpasst, oder war die ganze Stunde so bescheuert?«

Das fragte sie mich, und keinesfalls mit leiser Stimme. Deshalb drehte ich mich um, um zu sehen, ob Giovanni es gehört hatte, doch der war in eine Diskussion mit Signor Bini verwickelt.

»Nein, die ganze Stunde war so. Aber am Anfang hat er über Mumien geredet.«

»Ah, und was hat er über Mumien gesagt?«

»Dass wir in drei Monaten so werden wie sie. Ach nein, dass wir so werden, wie die, die welche gemacht haben.«

»Gut, immer noch besser, als über Computer zu reden.«

Ich nickte, und mit demselben Nicken antwortete ich dem Kleinen Massimo, der ein halbes Stündchen mit Manuel und Jolanda nach nebenan zum Beten ging. Ich gab ihm sogar einen Klaps auf die Schulter, glücklich, ihn weggehen zu sehen und mit Martina alleine zu bleiben.

Die mich fragte, warum ich in diesen stinklangweiligen Kurs käme.

Um Padre Domenico zu zeigen, dass ich gut bin, hätte ich antworten müssen, aber das war so etwas Dummes, dass nicht einmal ich es schaffte, das auszusprechen. Also zuckte ich mit den Achseln und meinte: »Hm, und du?«

»Ich wurde gezwungen.«

»Von wem?«

»Von meiner Mama. Sie sagt, dass ich zu viel allein bin, also hat sie mich hergeschickt. Dabei wollte ich so gerne den Schlagzeugkurs machen.«

»Schlagzeug?«

»Ja. Das ist echt spitze. Seit gestern mache ich das jetzt auch, weißt du. Mama wollte nicht, sie sagte: *Wozu brauchst du denn ein Schlagzeug?* Doch am Ende hat sie mich hingehen lassen, unter der Bedingung, dass ich auch hierherkäme, was ihrer Meinung nach nützlich ist, weil Computer die Zukunft sind.«

Dasselbe, was Giovanni uns eine Stunde lang erzählt hatte. Auch wenn ich bei all dem Gerede über Mumien und Urmenschen und das Mittelalter nicht ganz verstanden hatte, ob der Computer nun die Zukunft oder die Vergangenheit war, vielleicht beides auf einmal.

»Meine Mama macht sich auch Sorgen, dass ich zu viel allein bin«, sagte ich.

»Ja, aber du gehst morgens wenigstens mit den anderen in die Schule.«

»Klar. Dich dagegen habe ich in der Schule noch nie gesehen.«

»Kein Wunder, ich gehe gar nicht hin!«, sagte Martina, und ich blieb wie versteinert.

Wie das, war es möglich, nicht zur Schule zu gehen? Gab es diese Möglichkeit etwa und niemand hatte mir Bescheid gesagt? Das heißt, meine Onkel schon, die sagten ständig: *Was willst du denn in der Schule, bleib hier bei deinen Onkeln, die wichtigen Dinge des Lebens bringen wir dir bei …* Also war es, wenn ich genauer darüber nachdachte, kein geschickter Zug, zu Hause zu bleiben, und ich ging besser weiter zur Schule.

In die in Wirklichkeit auch Martina ging: »Oh, nicht dass ich nichts lernen würde, dass ich Analphabetin wäre oder so. Ich gehe schon zur Schule, aber bei den Nonnen. In meiner Klasse sind wir nur zu zehnt, und nur Mädchen. Deshalb macht Mama sich Sorgen, sie sagt, ich solle mehr Zeit mit meinen Altersgenossen verbringen, mit Mädchen, aber auch mit Jungs.«

»Ja, aber warum hat sie dich denn dann in diese Schule da gesteckt?«

»Tja, das ist das Schlimmste an der ganzen Geschichte, halt dich gut fest. Dazu hat nicht sie mich gezwungen, ich wollte da hin! Ich kann nicht einmal sagen: *Ach, ich Unglückliche, was habe ich doch für eine böse Mama.* Nein, nein, ich habe das gewollt, ich habe sogar darauf bestanden.«

»Warum das denn!?«

»Hm. Ich schwöre, dass ich das nicht weiß. Die Grundschule habe ich in Lucca besucht, dann sind wir wieder hierher gezogen, und morgens kam ich immer an dieser hohen Hecke voller Blüten vorbei, durch die man nichts sah, aber man hörte wunderschöne Chorgesänge. Ich hörte so oft zu, bis ich sie alle auswendig konnte, und ich dachte, ich wäre ein guter Mensch. Aber ich war gar nicht gut, ich war nur dumm, und am Ende habe ich mich da hinter der Hecke eingemauert.«

Eigentlich wollte ich ihr sagen, dass sie gar nicht dumm war. Obwohl, ein bisschen dumm kam es mir schon vor, sich aus eigener Entscheidung in eine Nonnenschule einsperren zu lassen. Also hielt ich den Mund, während wir aus der Tür gingen, sie und ich, zum Vorplatz der Kirche.

Und leider kam Signor Bini hinter uns her, der aufgehört hatte, über Giovanni und die Moderne zu schimpfen, und nun pfeifend auf sein Rad zulief. Er sah mich an, zwinkerte mir, auf Martina zeigend, zu und klatschte stumm Beifall.

Dann radelte er los und sang dabei aus vollem Halse:

Aprite le finestre, bambine innamorate, è primavera
la prima rosa rossa è già sbocciata
e nascon timide le viole mammole
ormai la prima rondine è tornata,
nel cielo limpido comincia a volteggiar,
e il tempo bello viene ad annunciar.
È primavera, è primavera
aprite le finestre al primo amoooooor.

Ja, macht die Fenster auf, verliebte Mädchen, es ist Frühling,
die erste rote Rose ist schon erblüht,
und schüchtern schaun hervor die lila Veilchen,
die erste Schwalbe ist bereits zurück,
am klaren Himmel zieht sie ihre Kreise,
das schöne Wetter kundzutun auf ihre Weise.
Es ist Frühling, es ist Frühling,
Ja, macht die Fenster auf der ersten Liiiieb'.

Ein Lied von dreißig Sekunden, höchstens einer Minute, aber gleichzeitig eine ewige Folter. Dann bog er endlich um die Ecke der Kirche, und mit ihm verschwand seine Stimme, die in mir eine so heftige Scham hinterließ, dass meine Augen da unten in der Fahrradkette hängen geblieben waren und es nicht schafften, zu Martina zurückzukehren.

Nicht einmal, als sie mich aus dem Nichts heraus fragte: »Kommst du eigentlich am Samstag?«

»Am Samstag? Aber am Samstag ist doch kein Kurs. Der ist mittwochs.«

»Doch nicht zum Kurs, zu Sonias Geburtstag, meine ich.«

Sonia Perini, die in dieselbe Schule ging wie ich, ja mehr noch, die in meiner Klasse war. Aber dass es reicht, in dieselbe Klasse zu gehen, um »Kameraden« zu werden, habe ich nie verstanden: In meiner Klasse gab es Leute, die nicht einmal mit mir redeten, und wenn sie es taten, dann nur, um mich auf den Arm zu nehmen, was hatte es da für einen Sinn, zu sagen, wir seien »Klassenkameraden«? Bekannte, das war's, Klassenbekannte schien mir treffender. Ich wusste nämlich gar nichts davon, dass am Samstag Sonias Geburtstag war, und natürlich war ich auch nicht zu der Geburtstagsfeier eingeladen.

»Nein, ich gehe nie auf Partys«, antwortete ich, und technisch gesehen war das keine Lüge.

»Bravo! Ich auch nicht! Ich sage immer, dass ich da nicht kann oder dass ich mich nicht gut fühle. Aber diese Nervensäge hat mich ausgerechnet im Beisein meiner Mutter eingeladen, und die hat ganz glücklich geantwortet: *Klar kommt sie!* Immer noch wegen dem Gerede, dass ich so mehr Zeit mit meinen Altersgenossen verbringe. Und ich habe zu ihr gesagt, dass ich nicht will, dass ich schwöre, eine Woche, ja, einen Monat lang das Geschirr zu spülen, wenn sie mich nicht hinschickt … aber keine Chance. Sie sagt, dass ich entweder zu der Party gehen muss oder mit ihr, die samstags immer nach Lucca fährt, um ihre Tante zu besuchen. Und die ist vielleicht das Einzige, was noch langweiliger ist als eine Party. Sterbenslangweilig. Aber echt jetzt, ich schwör's dir, letztes Mal saß ich auf dem Sofa und trank Tee und hörte den beiden zu, die über Schmerzen im Bein und Medikamente und deren Wirkungen und Nebenwirkungen redeten, und ich schwöre, dass ich spürte, wie ich sterbe. Ich konnte meine Beine und Hände nicht mehr bewegen, nicht einmal mehr schlucken und atmen. Ich schwör's dir, bestimmt war ich wirklich kurz davor, vor Langeweile zu sterben. Dann ist mir zum Glück die Tasse runtergefallen, und der heiße Tee, den ich mir übergeschüttet habe, hat mich wieder aufgeweckt, sonst würdest du gerade mit einer Toten reden.«

Es tut mir leid wegen des übergeschütteten Tees, Martina, aber ich bin glücklich, dass du nicht tot bist. Dass du im Basic-Kurs bist. Dass wir jetzt hier zusammen vor unseren Rädern stehen und du lebst. Das hätte ich ihr gerne gesagt, alles oder zumindest etwas davon. Aber die schönen Dinge sind wie die hässlichen: Es ist schwer, sie über die Lippen zu bringen, so bleiben sie drinnen und lassen deinen Hals anschwellen, während du nur mittelmäßige Sachen sagst. Das Beste unserer Gespräche bleibt immer in uns verschlossen, um im Dunkeln zu sterben.

Ein Dunkel wie das, das sich plötzlich auf der Kirchenmauer ausbreitete, ein immer größer werdender Schatten, und dazu schwere Schritte in meinem Rücken und tausend Schimpfwörter. Und im ersten Moment dachte ich, es wäre der Teufel, der käme, um mich zu holen, oder der Fluch meiner Familie, der bemerkt hatte, dass ich mit Martina redete, und deshalb angerannt kam, um mich ihr abspenstig zu machen. Denn mit einer Frau durfte ich nicht zusammenkommen und Frauen auch kein Vertrauen schenken, so würde ich ganz allein vierzig werden und durchknallen, wie es bei uns Tradition war.

Ein absurder Gedanke, ich weiß, aber so falsch lag ich damit gar nicht. Denn es war zwar nicht der Fluch, aber fast: Es war Onkel Aldo.

»Himmel, Arsch und Zwirn, kommst du mal in die Gänge? Seit drei Stunden warte ich schon auf dich, wir müssen ins Pinienwäldchen, weil sonst die Sonne untergeht und nicht einmal mehr du die Pilze siehst!«

»Ach, hallo, Onkel … entschuldige, ich unterhalte mich gerade mit … mit einer … mit jemandem.«

»Hallo«, sagte Martina lächelnd zu ihm, »ich bin jemand.«

»Ja, gut, hallo«, nuschelte er und wedelte dabei mit einer Hand durch die Luft, teils als Gruß, teils, als wollte er eine Fliege verscheuchen. Doch dann sah er Martina an, und seine Hand fror ein, nein, mehr noch: gleich mein ganzer Onkel, mit aufgerissenen Augen.

»Guten Abend«, sagte wieder Martina, wobei sie erst ihn ansah, dann mich.

Ich hoffte, dass Onkel Aldo wieder auftauen würde, am besten, um sich umzudrehen, wegzugehen und uns alleine zu lassen. Als er sich wieder zu bewegen anfing, war es aber nur, um stark zu zittern, mit einem Finger auf Martina zu zeigen und sie mit so weit aufgerissenen Augen anzustarren, dass ich sehen konnte, was er in seinem Gehirn hatte: Es war wie wenn man einer Waschmaschine zusieht, die einen Haufen klatschnasses und formloses Zeug umrührt und umrührt. »Aber … aber du … du bist nicht …«, murmelte er, »ich … du bist nicht … aber wie, aber …«

Dann zeigte er nicht mehr auf sie, sondern presste beide Hände an den Kopf, um die letzten Fitzelchen Normalität nicht entwischen zu lassen. Aber ich glaube, es war schon zu spät, und wirklich drehte mein Onkel sich um, floh über den Vorplatz, sprang in seinen Lastwagen, schloss die Wagentür mit einem Schlag und drehte die Autoscheibe ganz hoch, dann ließ er den Motor an und düste los wie eine Rakete.

Der Marienkäfer und ich schauten uns einen Moment schweigend an, dann fragte sie mich, wer das gewesen, was passiert sei.

»Das ist mein Onkel, aber was passiert ist, weiß ich nicht.«

»Ich auch nicht. Aber dein Onkel ist sonderbar.«

»Sehr, sehr sonderbar. Aber heute noch mehr, heute noch sehr viel mehr als sonst.«

»Habe ich irgendwas Schlimmes getan?«

»Du? Überhaupt nicht! Er ist sonderbar. Außerdem trinkt er, er trinkt wie ein Schluckspecht.«

Martina nickte, schaute runter zu ihrem Fahrrad, nahm es und sagte, sie müsse jetzt los. Und ich musste eigentlich auch los. Andererseits hätte ich mit meinem Onkel mitgehen sollen, der ja abgehauen war, also war ich mir nicht mehr so sicher.

»Dann sehen wir uns also am Mittwoch wieder«, sagte sie. »Wenn ich am Samstag bei meiner Tante nicht vor Langeweile sterbe.«

»Gehst du nicht zu Sonias Party?«

»Nein, ich glaube nicht. Ich glaube, die ist noch schlimmer, vielleicht fahre ich lieber nach Lucca.«

Und ich nickte und sagte: »Wie schön, da würde ich am liebsten mitfahren.«

Ich schwöre, dass ich das einfach so gesagt habe, ohne einen Plan dahinter oder so was, ich hatte nicht gehofft, dass der Marienkäfer mich jetzt einladen würde oder wer weiß was. Es ist nur, dass ich samstags nie zu meinem Papa nach Lucca konnte, weil da alle Besitzer der Villen anreisten, in denen Mama arbeitete, und sie dann dort sein musste. Nur deshalb also hatte ich zu Martina gesagt, dass ich auch so gerne am Samstag nach Lucca fahren würde, aus dem einfachsten und zugleich stärksten Grund der Welt: weil ich wirklich sehr gerne dorthin gefahren wäre. Das war alles.

Und mit der gleichen sensationellen Leichtigkeit nahm der Marienkäfer das Fahrrad, setzte sich auf den Sattel und antwortete: »Gut, dann fahren wir am Samstag zusammen hin.«

Ich nickte weder, noch schüttelte ich den Kopf, ich konnte mich überhaupt nicht bewegen.

»Komm schon, Fabio, dann stellst du mir deinen Papa vor!«

»Ja, aber … das heißt, es ist nicht so, dass er dir antwortet, wenn ich ihn dir vorstelle. Er antwortet nicht, er spricht überhaupt nicht. Wahrscheinlich schaut er dich nicht einmal an.«

»Okay, kein Problem, nach deinem Onkel wundert mich nichts mehr.«

»Nein, aber er ist nicht wie mein Onkel, klar? Mein Papa ist gaaaanz anders. Er war mal normal und konnte alles, nur dass er gerade erst wieder aufgewacht ist und alles neu lernen muss, und solange kann er nichts.«

»Verstanden, aber was machst du dann, wenn du ihn besuchen gehst?«

»Ich lese vor. Wenn ich vorlese, hört er mir zu, ich schwör's, also lese ich ihm die ganze Zeit etwas vor. Das tut ihm gut, jetzt sagen das auch die Ärzte, es rüttelt etwas in ihm auf.«

»Sehr schön, und was liest du ihm vor?«

»Lehrbücher. Das sind superspannende Bücher, die uns einen Haufen nützliche Dinge beibringen. Zum Beispiel, wie man Truthähne und Brieftauben züchtet, wie man eine Miniaturlandschaft für elektrische Eisenbahnen baut und …«

Und ich hätte noch lange so weitermachen können, aber Martina unterbrach mich, um zu fragen, ob mein Papa diese Dinge tun könne.

»Nein. Das heißt, früher schon, früher konnte er alles. Und

auch bald wieder, nach und nach wird er so wie früher und kann wieder alles.«

»Ja, das habe ich verstanden, aber jetzt?«

»Jetzt nicht. Jetzt macht er die Augen auf, dreht sich um und schaut dich an. Zweimal hat er sogar gelächelt, einmal geweint. Aber er kann nicht laufen, kann die Hände nicht bewegen, man muss ihm zu trinken und zu essen geben.«

»Aha. Aber dann, entschuldige, Fabio, entschuldige, wenn ich mich einmische, aber schon mich würde es zu Tode langweilen, Truthähne zu züchten oder Landschaften für Modelleisenbahnen zu bauen, wie sehr dann erst ihn, der es nicht mal tun kann.«

»Na ja, aber es ist doch interessant, und eines Tages kann er es wieder tun, wenn er so weitermacht.«

»Ja, eines Tages. Aber jetzt nicht. Jetzt würden ihn meiner Meinung nach andere Sachen mehr interessieren, einfachere Dinge halt, wie man läuft, wie man isst und trinkt und so weiter. Wie auch immer, meiner Meinung nach ist es einfacher, ihn mit so etwas zu bewegen, als mit Modelleisenbahnlandschaften. Sonst ist es wie … hm, wie Signor Giovanni, der uns für Computer begeistern will und uns etwas über Mumien erzählt. Mumien sind schön, das ja, aber im Moment nutzen sie uns nichts, und wenn du mir davon erzählst, dann hältst du mich nicht etwa wach, im Gegenteil, es besteht die Gefahr, dass ich noch fester einschlafe. Bei Giovanni kann ich das verstehen, was soll man schon von jemandem erwarten, der bitteres Eis herstellt? Aber bei dir, also bei dir nicht.«

Ich war sprachlos, stammelte nur noch Wortfetzen: »J… Ja, vielleicht hast du recht, aber … aber die Lehrbücher … also, Lehrbücher, die solche einfachen Dinge erklären, wie … wie eben Essen und Trinken, die gibt es, glaube ich, nicht.«

Und sie: »Okay, wo ist das Problem? Wenn es sie noch nicht

gibt, dann schreibst du sie eben. Das sind Dinge, die du kannst, also kannst du sie auch deinem Papa beibringen!«

Das sagte der Marienkäfer im selben Tonfall, in dem sie vorher von ihrer Tante erzählt hatte, während sie ruhig auf ihrem Fahrrad schaukelte. Denn für sie war es normal, so wahre und tiefgründige Sachen zu sagen, sie war daran gewöhnt. Ich dagegen nicht, ich hatte zum ersten Mal in meinem Leben dieses absurde Gefühl, vor einem Menschen zu stehen, der sehr, sehr viel klüger war als ich. Als ich und alle Leute ringsum, sogar die, die ich nur auf Papier kannte, weil sie meine kostbaren Lehrbücher geschrieben hatten.

Tatsächlich hatte dieses dicke Ding, das sie mir da gerade gesagt hatte, eine Weile gebraucht, ganz in mein Hirn einzudringen. Und da wurde meine Welt erschüttert und fiel als dichter Staub in sich zusammen, und als der verschwunden war, blieb nur noch ich übrig, ein aufrecht zwischen den Trümmern stehender Dummkopf.

Denn seit zwei Jahren und drei Monaten, in denen ich meine Stimme verschliss, um Papa Lehrbücher vorzulesen, war es das Wichtigste, was ich in meinem Leben tat. Und doch war mir diese so einfache und zugleich so richtige Idee nie durch den Kopf gegangen, die Martina da so nebenbei hingeworfen hatte, ohne meinen Papa und das Krankenhaus oder sonst was zu kennen, einfach so, lächelnd, als sie gerade losfahren wollte.

Blitzschnell zogen alle meine Nachmittage im Krankenhaus wieder an mir vorbei, voller Truthähne und Tauben und Modelleisenbahnen, und meine Augen, wie sie von den Seiten aufschauten, um zu sagen: *Hast du das verstanden, Papa? Es reicht eine leere Klorolle, schon können wir einen Minitunnel für die Eisenbahn bauen, weißt du?*, wobei ich dachte, ich könnte ihm meine Erregung übermitteln. Doch Papa wurde nicht von Erregung gepackt, er antwortete nicht einmal. Aber eines hatte er vielleicht trotzdem verstanden, und zwar so richtig: dass sein Sohn ein Idiot war.

Und hier stand ich also, neben der Kirche, mitten in den Trümmern meiner Welt, die Martina mit wenigen Worten gerade zerstört hatte.

Aber sie hatte mir auch erklärt, wie ich sie besser als vorher wiederaufbauen konnte: Ich musste ein Ausgangsthema finden und mein eigenes Lehrbuch für Papa schreiben, Seiten voller einfacher, aber bewegender und grundlegender Dinge, die meinem Papa wirklich etwas nutzten. So konnte er, wenn er die gelernt hatte, zu schwierigeren übergehen, immer weiter, bis zum Paradies der Modelleisenbahnen, der Papptunnel und der Brieftauben. Aber klar doch, es war so richtig, so offensichtlich jetzt, dass ich den Impuls hatte, meinen Papa für all die verlorene Zeit um Entschuldigung zu bitten.

Und ich durfte keine weitere Zeit verlieren, ich musste mich sofort an die Arbeit machen. Aber ganz sofort konnte ich das nicht: Ich stand immer noch stocksteif und unbeweglich da wie eine Statue, ein Denkmal der Dummheit, und eines Tages würden die Nonnen Grablichter um mich herum aufstellen können und den Kindern erklären, dass der heilige Fabio hier geboren sei und dass er so gut und so eifrig gewesen sei, aber leider auch sehr, sehr dumm.

Dann sagte Martina: »Also, dann bis Samstag!«, und fuhr los, sie radelte über den Vorplatz, und ich schaute ihren Haaren nach, die leicht durch die Luft tanzten. Und erst als sie hinter der Kirche verschwunden war, erst als ich ihr nichts mehr sagen konnte, fiel mir auf, dass unsere Verabredung für Samstag unmöglich war, weil ich sie nicht gefragt hatte, um wie viel Uhr wir uns treffen, und auch nicht wo.

Ich rannte ihr hinterher, aber sie war verschwunden. Also

war ich vielleicht nicht einmal eine Statue, ich war ein Computer. Ein langsamer und dämlicher Computer wie der des Katecheten Giovanni, der nur eines konnte: Du schriebst Buchstabe für Buchstabe den Namen FABIO, und ich antwortete erdrutschartig

DUMM
DUMM
DUMM
DUMM
DUMM
DUMM
DUMM
DUMM
DUMM
DUMM
DUMM
DUMM
DUMM
DUMM
DUMM
DUMM
DUMM
DUMM
DUMM
DUMM
DUMM
DUMM
DUMM
DUMM
DUMM
DUMM

20

Zärtlichkeiten eines Flammenwerfers

Ungefähr zehn Minuten lang verharrte ich so, was nicht viel sein mag, aber doch eine Zeitspanne, die man nicht einfach vergeuden sollte, indem man unbeweglich vor einer Kirche herumsteht, ins Nichts starrt und sich einen Dummkopf nennt. Grundsätzlich nicht, aber erst recht nicht jetzt, wo ich tausend superwichtige Dinge zu tun hatte.

Ich musste mich mit Martina treffen, die mich am Samstag erwartete, was fantastisch war, aber vorher musste ich noch herausfinden, wo und um wie viel Uhr, oder sie ewig warten lassen. Und bis dahin musste ich noch meine Welt wieder aufbauen, die ausgerechnet sie dem Erdboden gleichgemacht hatte, und mich für die erste einfache Tätigkeit entscheiden, die ich meinem Papa beibringen wollte.

Vielleicht könnte ich ein kurzes Lehrbuch darüber schreiben, wie man sich das Gesicht wäscht, die Schuhe anzieht oder ein Telefon benutzt. Dann fiel mir wieder ein, dass Papa diesen Monat gelernt hatte zu atmen und sie ihm das Beatmungsgerät abgenommen hatten, und die Ärzte sagten, bald würden sie ihm auch die Sonde abnehmen, durch die er Essen bekam; also war die nützlichste Lektion jetzt eindeutig, wie man isst und am Tisch sitzt.

Ja, genau das, und ich musste mich sofort dranmachen. Vielmehr, fast sofort, denn zuerst hatte ich noch eine schmerzliche Aufgabe, nämlich zu Fuß in unser Dorf zurückzugehen und

Mama, Oma und die anderen Onkel zu informieren, dass Aldo nicht mehr da war.

Er war gekommen, um mich abzuholen, hatte Martina gesehen, und da hatte ihn irgendetwas vollends durchknallen lassen, er war abgehauen und wer weiß wo gelandet, wer weiß, ob er zurückkommen würde oder ob wir bei Tisch nicht nur für Opa Arolando, sondern auch für Onkel Aldo einen leeren Platz decken mussten. Als ich daran dachte, tat es mir wahnsinnig leid, und er fehlte mir schon jetzt ganz arg. So sehr, dass ich superglücklich war und dem HERRN da oben dankte, als ich diese beiden Zangen spürte, die mich packten und fortrissen, auch wenn sie mir fast den Hals brachen. Denn es waren die Hände meines Onkels, der zurückgekommen war.

Er trug mich auf seinen Schultern bis zum Lastwagen, ließ mich auf den Beifahrersitz plumpsen, startete den Motor und zog so stark an seiner Zigarette, dass an der Spitze ein Flämmchen aufflackerte. Dann wandte er sich mir zu, die Augen noch immer ganz weit aufgerissen:

»Wer zum Teufel war das eben, wie heißt die?«

Und ich wollte ihm ihren Namen nicht sagen, ich wollte ihn für mich behalten. Es kam mir vor, als würde ich ihn abnutzen, wenn ich ihn in diesem schmutzigen, stinkigen Lastwagen aussprach. Aber mein Onkel machte mir Angst mit diesen hervorstechenden Augen und ganz ruckartigen, holprigen Bewegungen. Er war nicht mehr er selbst, es war, als hätte ich zum ersten Mal den Fluch unserer Familie vor mir, in seinem Höchstmaß ausgebrochen, während er den Ruin meines armen Onkels besiegelte.

Also verriet ich ihm doch, dass sie Martina hieß.

»Nicht mit Vornamen, mit Nachnamen, meine ich!«

Ich dachte einen Augenblick nach, dann: »Den Nachnamen kenne ich gar nicht.«

»Wie das? Verdammt, du kennst den Nachnamen deiner Verlobten nicht?«

»Sie ist nicht meine Verlobte, sie ist ... sie geht mit mir in den Computerkurs.«

Mit einem Fausthieb gegen den Schalthebel legte mein Onkel den Rückwärtsgang ein, dann wendete er den Lastwagen mit so quietschenden Reifen, dass wir fast umgekippt wären. »Und du weißt nicht, wie sie mit Nachnamen heißt.«

»Nein, Onkel Aldo, ich schwör's.«

»Und auch nicht, wo sie wohnt.«

»Nein!«

Und auch ihre Telefonnummer wusste ich nicht, rein gar nichts. Ich wusste nur, dass der Lastwagen mich durchschüttelte wie ein Karussell, und wenn ich hoffte, sie wiederzusehen, musste ich mich sehr gut am Sitz festhalten.

»In Ordnung«, sagte er, »in Ordnung, in Ordnung. Und ... in Ordnung, in Ordnung.« Fünfmal, obwohl, wenn man ihn so ansah, überhaupt nichts in Ordnung war. Er zündete sich noch eine Zigarette an, da fiel ihm auf, dass er schon eine im Mund hatte. Er stockte kurz, fing dann aber an, beide auf einmal zu rauchen.

»In Ordnung. Aber jetzt hör zu, Kleiner. Hör mir gut zu, denn ich erzähle dir eine Geschichte. Es ist eine Geschichte, die keiner kennt, aber jetzt erzähle ich sie dir. Und mach dich auf was gefasst, denn es ist eine ziemlich romantische Geschichte, verdammte Scheiße.«

Das sagte mein Onkel, und schon eine Geschichte zu hören, die keiner kannte, entfachte in mir eine Erregung, die so brannte wie die beiden Zigaretten zwischen seinen Lippen. Aber dann noch eine romantische Geschichte aus Onkel Aldos Mund, also, das war einfach unglaublich. Wie eine Motorsäge, die plötzlich Geigenmusik macht, wie ein Flammenwerfer, bei dem du auf den Abzug drückst, und er schießt Zärtlichkeiten ab.

Das passte nicht zu ihm. Aber es passte auch nicht zu ihm, am Stopp-Schild anzuhalten, um erst anschließend den Vorplatz der Kirche zu verlassen, und doch hatte er es getan. Zum Glück, denn vor dem Lastwagen kamen der Kleine Massimo und Manuel mit dem Fahrrad vorbei, winkten mir zu und radelten weiter in die Zukunft, die ihnen gerade geschenkt worden war.

»Also, also«, meinte mein Onkel, als er auf die Straße bretterte, »also, von dieser Geschichte weiß keiner was. Und ich weiß nicht einmal, ob ich will, dass du sie kennst, Kleiner, aber ich erzähle sie dir trotzdem. Hör mir gut zu, sei still und unterbrich mich kein einziges Mal, verstanden? Und, hast du das verstanden?«

»Ja, Onkel.«

»Ich hab gesagt, du sollst mich nicht unterbrechen, Herrgott Sakra!«

Er zog an seinen Zigaretten und bog nach rechts ab. »Also. Es war Krieg. Im Krieg warst du noch nicht auf der Welt, also kannst du das nicht verstehen, aber hör zu. Krieg ist falsch, ja, er ist ungerecht und unmenschlich und all der Scheiß, den sie dir in der Schule beibringen, was vielleicht auch stimmen mag, aber wen juckt das schon. Das Wichtige ist, dass Krieg fürchterlich ist. In dem Sinne, dass er einem Furcht einflößt, Angst macht, nichts als Angst. Du bist zu Hause und schläfst, und jede Sekunde kann dir eine Bombe auf den Kopf fallen, und tschüss. Aber wenn du Glück hast, erlebst du den nächsten Morgen, stehst auf, gehst aus dem Haus, und jede Sekunde kann dir jemand einen Gewehrschuss in den Kopf jagen, und noch mal tschüss. Und so weiter jeden Tag und jede Nacht; jeder Atemzug, jeder Herzschlag kann dein letzter sein. Und du weißt das, du weißt es in jeder Sekunde, und es ist nicht so, dass du irgendwann nicht mehr daran denken würdest, nein, du schaffst es lediglich, auch mit diesem fixen Gedanken im Hirn irgendwie weiterzumachen. Stell dir das mal vor, Kleiner, kannst du dir das vorstellen?«

Ich wollte antworten, aber vielleicht würde mein Onkel das als Unterbrechung verstehen, also nickte ich bloß.

»Nein, du warst nicht dabei, also kannst du dir das nicht vorstellen, aber hör zu und glaub mir einfach. Wenn Krieg ist, lebst du, als könntest du jederzeit sterben. Doch dann hast du Glück und stirbst nicht, der Krieg geht zu Ende, und nach der scheußlichsten Zeit, die du dir vorstellen kannst, beginnt die wunderbarste, nämlich wenn der Krieg gerade zu Ende ist. Denn wenn es dir im Krieg so vorkommt, als könntest du jede Sekunde sterben, hast du, kaum ist der Krieg vorbei, das Gefühl, du würdest nie sterben. Dass es gar nicht möglich wäre zu sterben und du, wenn du vom Dach eines Gebäudes springst, einfach vom Boden abprallst und dann ruhig einen Spaziergang zwischen den Feldern machst, bei blauem Himmel, von der Sonne beschienen.«

Wir erreichten die Ampel vor der Strandallee, mein Onkel bog rechts ab und gab dem Lastwagen und seinen Worten wieder Stoff.

»Klar, ringsum ist alles kaputt, und du hast kein Geld, und man muss alles erst wiederaufbauen, aber das ist kein Problem, denn du bist stark, und du bist am Leben und wirst es immer sein, also hast du alles, was du brauchst. Ich zum Beispiel hatte in der Tat Tischlerwerkzeuge und ein Fahrrad, und ich hatte sogar eine Verlobte, verdammt noch mal.«

Das sagte Onkel Aldo, aber ich war sicher, dass ich mich verhört hatte. Denn sein Mund voller Zigaretten konnte doch nicht das Wort *Verlobte* hervorbringen. *Verdammt noch mal* schon, *gottverdammich* auch und einen Haufen anderer Flüche, die in jeder Situation nützlich waren, aber *Verlobte* nicht. Und wenn er es doch gesagt hatte, dann musste etwas anderes damit gemeint sein, etwa so, wie die *Blonden* für ihn Zigaretten waren, oder wie wenn er sagte: *Ich geh mit meinem Freund über die Felder*, und das hieß, dass er sein Gewehr mitnahm.

Doch nein, Onkel Aldos Verlobte war wirklich und wahrhaftig eine Verlobte:

»Sie hieß Virna, was der schönste Name der Welt ist. Er ist kurz und raubt keine Zeit, sagt aber zugleich alles: ›Wie heißt du?‹, ›Ich heiße Virna‹, hörst du, wie schön das klingt? Nur dass sie, als ich sie fragte, wie sie heißt, geantwortet hat: ›Was geht dich das an?‹ Da verstand ich sofort, dass sie die richtige Frau für mich war. Obwohl, nein, wenn ich es doch sofort verstanden hätte! Stattdessen hatte ich es zwar verstanden, wollte aber nicht verstehen, also tschüss.«

Mein Onkel hörte kurz auf zu sprechen, bog erneut rechts ab, warf die beiden Zigaretten aus dem Fenster und zündete sich eine neue an. »Merk dir das, Junge, merk dir das gut, die wichtigen Dinge im Leben kann dir niemand erklären, weil sie so einfach sind, dass du sie sofort von selbst kapierst. Das Problem ist aber, dass du sie nicht kapieren willst. Verstehst du?«

Ich nickte, auch wenn ich es vielleicht nicht so richtig verstanden hatte, während ich im Zigarettenqualm die Augen zusammenkniff, um zu sehen, wohin wir fuhren. Aber vermutlich fuhren wir nirgendwohin, bei jeder Kreuzung bog mein Onkel immer rechts ab, und wir kreisten immer tiefer in jene weit entfernte und unglaubliche Zeit hinein, die um uns herum greifbar wurde.

»Kurz, wenn ich es sofort kapiert hätte, dass Virna die Frau meines Lebens war, wäre die Geschichte eine andere. Sie war sechzehn, ich achtzehn, ihr Vater und meiner waren Freunde, sie hatten den Sitz der Sozialistischen Partei zusammen aufgebaut, stell dir das mal vor, alles wäre wie geschmiert gelaufen. Ist es aber nicht, ich hatte nämlich beschlossen, mit dem Lastwagen wegzufahren, um andere Orte zu sehen, wie die wohl wären. Doch diese Orte waren wie alle Orte auf der Welt, es waren bloß Orte, und ich verlor meinen Platz bei uns im Ort. Ab und zu kam ich zurück und traf Virna auf der Straße, bis ich sie eines Tages zwar wiedersah, sie aber mit Fredo Mariani zusammen war, dem Schwachköpfigsten der Schwachköpfe. Ich schwöre, dass ich kurz davor war, aus dem Lastwagen zu steigen und irgendetwas zu ihnen zu sagen, zu ihm oder zu ihr, hm, ich weiß es nicht. Doch sie waren Mann und Frau und hatten sogar eine Tochter. Und ich fragte mich, wie lange ich eigentlich weg gewesen war, verdammt, und genau wusste ich es nicht, aber offensichtlich war es zu lange gewesen. Und in der Zwischenzeit hatte sie Fredo Mariani geheiratet, den du nicht kennengelernt hast, aber ich garantiere dir, dass es so einen Deppen kein zweites Mal gab, weder damals noch heute. Tatsächlich schickten sie ihn kurz darauf in den Krieg, und er ist innerhalb von drei Tagen gestorben. Aber nicht etwa bei einer heldenhaften Mission, er ist nicht gestorben, um beispielsweise einen Freund zu retten oder ein Kind oder einen Hund. Nein, nein, eines Abends gab es als Essensration eine Suppe mit Brotstückchen drin, und er schlang alles atemlos runter, ein Stückchen Brot landete in seiner Luftröhre, und daran ist Fredo Mariani gestorben, im Krieg, erstickt an einer Suppe. Stell dir das mal vor! Kannst du dir das vorstellen?«

Und ich nickte und konnte mir das tatsächlich gut vorstellen, denn der Rauch im Lastwagen war gerade dabei, auch mich zu ersticken.

»Und Virna blieb allein, allein mit dem kleinen Kind, mitten im Krieg. Also half ich ihr, wo ich konnte. Wenn ich etwas zu essen auftrieb, wenn ich sah, dass bei ihrem Haus ein Dachziegel heruntergefallen war und solche Sachen. Und nach einer Weile meint sie eines Abends zu mir: ›Aldo Mancini, genug jetzt, du machst einen Haufen Sachen bei mir zu Hause, jetzt machen wir Liebe.‹ Und ich sagte, dass ich die Sachen an ihrem Haus bestimmt nicht deshalb machen würde, ich machte sie gerne. Und sie: ›Ich weiß. Aber machst du Liebe etwa nicht so gerne?‹ Ich antwortete, doch, schon, also haben wir Liebe gemacht. Und zwar wirklich gut, Kleiner, weißt du.«

Das sagte er zu mir, und ich schämte mich ein wenig, das aus dem Mund meines Onkels zu hören. Von dem ich angenommen hatte, dass er an Liebe nicht einmal denken konnte, und stattdessen fand ich jetzt heraus, dass er sogar welche gemacht hatte, und zwar gut.

»Und in der Tat ist auch die Liebe etwas, also, auch die Liebe kannst du nicht verstehen, wenn du im Krieg noch nicht auf der Welt warst. Man sagt, dass man im Krieg zu sterben und zu töten lernt, und das mag auch stimmen, aber vor allem lernt man, Liebe zu machen. Das ist wirklich etwas anderes, Liebe machen im Krieg. Es ist wie ein Glas Wasser zu trinken: Du weißt, dass ich Wasser scheußlich finde und nie welches trinke, aber ein Glas Wasser in der Wüste zu trinken, wenn man gleich verdurstet, muss wunderbar sein. Und genauso ist es, umgeben von Bomben und Tod Liebe zu machen. Das ist etwas hunderttausendmal Stärkeres, du klammerst dich so richtig daran. Das ist kein Vergleich mit der Liebe, die du heute machst, umgeben von Langeweile.«

Ein Augenblick Stille, eine weitere Kurve nach rechts, dann: »Apropos, Kleiner, du hast doch schon mal Liebe gemacht, oder?«

»Ich, nein!«, antwortete ich schlagartig, vielmehr schrie ich es aus irgendeinem Grund förmlich.

»Nein? Wie alt bist du denn bitte schön?«

»Zwölf.«

»Ah, na gut, mit zwölf ist es okay, das noch nicht gemacht zu haben. Und bei dir erst recht, wenn du nicht einmal den Nachnamen deiner Verlobten kennst.«

»Das ist nicht meine Verlobte!«

»In Ordnung, egal. Wir dagegen machten Liebe, im großen Stil, und als der Krieg zu Ende war, machten wir damit weiter. Aber immer heimlich, denn sie war noch nicht lange Witwe und hatte eine kleine Tochter, und mir war es recht so. Jedenfalls war der Krieg zu Ende, es war Mai, und die Abende waren warm und duftend, also ließ Virna eines Abends die Kleine bei ihrer Mutter und schlug vor, dass wir uns auf den Feldern treffen und dort Liebe machen. Und an jene Nacht erinnere ich mich so genau, als wäre es jetzt, glaub mir. Mehr noch, besser als an jetzt, wo alles langweilig und schäbig ist und ich mich nicht einmal daran erinnere, was ich heute zum Mittagessen hatte. Damals stand da dieser schöne, gesunde Weizen, den ich nie mehr so hochgewachsen gesehen habe, ich ging hinein, und es kratzte mich an den Armen, aber das war etwas Schönes, eine Liebkosung der Natur, und ich ging mitten aufs Feld, wo es eine freie Stelle gab, die meine Brüder und ich freigehauen hatten, um vorbeiziehende Stare zu jagen. Und in Kürze würde auch Virna kommen, und wir würden einander in den Armen liegen. Es war zunehmender Mond, und ich erinnere mich, wie ich gerade zwischen den Weizenähren hindurch den Mond anschaute und dachte, dass es Mai war und wir in Kürze Liebe machen würden, und auch im Juni und im Juli und in allen anderen Monaten wollte ich weitermachen, hier auf dem Feld oder drinnen, wenn es kalt war, oder wo es sich halt ergab. Virna hatte zwar schon eine Tochter, und das war ein schöner Schlamassel, denn damals war das ein Schlamassel, aber vielleicht konnten wir irgendwo anders hingehen, wo uns niemand kannte und alle glauben würden, das Kind wäre von mir, denn wenn sie bei mir groß würde, wäre sie aufgeweckt und patent, und niemand könnte sich vorstellen, dass sie die Tochter von Fredo Mariani war. Darüber dachte ich dort im Weizenfeld nach und betrachtete den Mond und machte eine Liste der Orte, wo wir hinziehen könnten, und dabei atmete ich ganz leise, denn ich wollte die Nacht gut hören, ich wollte das Rascheln der beiseitegeschobenen Pflanzen hören, wenn Virna kam. Meine Ohren waren gespitzt und meine Arme bereit, sie zu drücken, ich hatte ein Lächeln auf den Lippen, das ich nicht einmal hätte abnehmen können, wenn ich gewollt hätte, und ich wollte überhaupt nicht. Doch dann hörte ich nicht etwa den Weizen rascheln, sondern eine Mine explodieren. Ein kurzes, aber grelles Licht da hinten auf dem Feld. Und tschüss, Virna.«

Das sagte mein Onkel. Dann zündete er sich noch eine Zigarette an, zog ordentlich daran, und erst als er Rauch ausstieß, ohne weiterzureden, verstand ich, dass die Geschichte damit zu Ende war.

»Aber wie, aber … aber was ist passiert?«

»Ich hab's dir doch gesagt, eine Mine. Die Deutschen hatten die Gegend vermint. Wir hatten alle rausgeholt, aber offensichtlich war noch eine übrig geblieben, und die hat gereicht.«

»Aber, was ist passiert, sie …«

»Sie ist gestorben, Kleiner. Was passiert, wenn man auf eine Mine tritt? Man stirbt. Im Krieg, aber auch, wenn der Krieg zu Ende ist. Die Mine weiß ja nicht, dass der Krieg aus ist, sie weiß nur, dass sie explodieren muss, wenn du drauftrittst. Und tschüss, Virna«, sagte mein Onkel, aber die letzten Worte kamen ganz holprig heraus. Und danach blieb er eine ganze Weile still. Viele Rechtskurven lang, während wir wieder an der Kirche vorbeifuhren und bis zur Strandallee, auf unserer verrauchten Rundfahrt, ich und dieser unbekannte Herr, der einmal Onkel Aldo geheißen hatte.

Dann bog er plötzlich nach links ab, wir nahmen den Weg nach Hause, bis zu der kleinen Gasse, die ganz uns gehörte, mit dem Mancini-Ortsschild. Und als ich dachte, die Geschichte wäre wirklich zu Ende, hält mein Onkel den Lastwagen vor meinem Haus an, schaut mir fest in die Augen und meint: »Und du kennst zwar den Nachnamen deiner Freundin Martina nicht, aber der Nachname ihrer Mutter ist Mariani, wie von diesem bescheuerten Fredo. Denn das Mädchen ist Virnas Enkelin, und verdammte Scheiße, sie ist ihr wie aus dem Gesicht geschnitten.«

Erst jetzt, als mein Onkel das sagt, verstehe ich alles, ich schwör's. Ich hatte schon wieder vergessen, wie die Geschichte angefangen hatte, wie er beim Anblick von Martina ganz blass geworden und abgehauen war, doch jetzt kam mir alles wieder in den Sinn, wie ein Peitschenhieb ins Gehirn.

»Haargenau wie ihre Oma, Kleiner. Von der ich kein Foto habe, weil das damals nicht üblich war, also dachte ich mit den Jahren, dass ich mich nicht mehr so genau erinnere, wie Virna aussah. Aber das stimmt nicht, sie war genau so, genau wie deine Freundin. Kaum habe ich sie gesehen, schon war es, als hätte ich sie wieder vor mir. Logisch, sie ist ihre Enkelin. Und du bist mein Enkel, und in diesen Dingen kann ich dir nichts beibringen, tut mir leid, denn nach der Geschichte mit der Mine habe ich nie wieder eine Frau angefasst, ich schwör's, ich konnte einfach nicht. Ich weiß nicht einmal, ob Frauen immer noch so sind, und es interessiert mich auch nicht. Aber eines weiß ich, und das sage ich dir, Kleiner: Pass auf, denn irgendwo läuft bestimmt auch der Enkel von Fredo Mariani herum. Mehr noch, davon wird es viele geben, denn die Welt ist voller

Schwachköpfe. Also Augen auf und lass dich nicht übers Ohr hauen. Klar?«

Und mit offenen, ja weit aufgerissenen Augen sah ich meinen ganz neuen Onkel an und nickte. Es war zwar nicht wirklich klar, aber das war schon in Ordnung so. Nichts auf der Welt war klar, nichts war einfach. Nur die Explosion einer Mine, ohne Drumherumgerede, eine Stichflamme in den Himmel, und nichts ist mehr da.

»In Ordnung«, sagte Onkel Aldo und bedeutete mir mit der Hand auszusteigen. »Und jetzt geh, los, ich muss weinen.«

21

Der Donner winkt dir

Die Urmenschen beispielsweise aßen mit den Händen, aber das war in Ordnung, denn sie hatten noch kein Feuer, also war das Essen immer kalt und man machte sich kaum dreckig, und auch wenn man sich dreckig machte, fiel das keinem auf. Dann wurden wir weniger behaart und sauberer, und wir haben das Besteck erfunden. Das vielleicht im ersten Moment eine seltsame Neuerung war, aber heute nicht mehr, im Gegenteil, wenn man heute ohne Besteck isst, gucken die Menschen um einen herum irritiert und drücken ihre Missli… Mussbilli… Miss-bi-lli-gung aus.

Ich hörte kurz zu lesen auf und hustete künstlich, weil ich mich schämte, mich bei dem Wort verlesen zu haben. Aber in Wirklichkeit schämte ich mich die ganze Zeit, denn vor mir hatte ich wie üblich meinen Papa, aber heute saß auch noch der Marienkäfer neben mir. Der mir aufmerksam zuhörte, und meine Stimme kam mir dumm und zitternd vor, wie wenn man sich auf einer Aufnahme hört und sagt: *Nein, das bin doch nicht ich. Das kann ich gar nicht sein, oder?*

Und außer meiner Stimme war da noch das, was ich vorlas, hatte ich es doch selbst geschrieben und wusste, dass es kein Meisterwerk war. Aber schließlich hatte mir Martina selbst geraten, Papa die einfachsten Dinge zu erklären, diejenigen, die er jetzt brauchte, um wieder loszulegen, also konnte ich zwischen den Themen wählen, wie man isst und wie man aufs Klo geht.

Ich hatte mich nur deshalb fürs Essen entschieden, weil man, um aufs Klos zu gehen, vorher etwas gegessen haben muss, und da habe ich Glück gehabt, denn sonst würde ich jetzt hier sitzen und ihr erzählen, wie man die Klobrille hochklappt und wie man Klopapier benutzt.

Also war es eigentlich immer noch besser, etwas über Menschen vorzulesen, die mit den Händen essen.

Es gibt viele seltsame Arten Besteck, aber die wirklich nützlichen Besteckteile sind nur drei: Messer, Gabel und Löffel. Sie sind einfach zu erkennen und zu benutzen, weil sie wie kleinere Modelle von Schwert, Heugabel und Schaufel aussehen und auch mehr oder weniger auf die gleiche Weise benutzt werden. In China dagegen ist das nicht so, da sind die Menschen komisch und benutzen zwei Holzstäbchen, die ganz unbequem sind und nichts anderem ähneln, und wer weiß, wie sie auf die Idee gekommen sind, wo man doch noch nie einen Bauern auf einem Feld gesehen hat, der versucht, mit einem Stock Erde zu schippen oder einen Baum zu stutzen. Aber was sie in China tun, braucht uns jetzt erst einmal nicht zu kümmern, zuallererst musst du aus dem Bett steigen und nach Hause kommen. Um nach China zu reisen, ist noch Zeit, und wenn du nicht hinfährst, ist das auch kein großer Verlust, weil die Chinesen mit ihren Stäbchen sowieso schreckliche Sachen essen wie beispielsweise Quallen und Ameisen.

Als ich das sagte, lachte Martina und machte *bäh*. Ich schaute sie aus dem Augenwinkel an, lächelte ebenfalls und las weiter.

Es gibt Speisen, die einfacher zu essen sind, und mit denen können wir anfangen, zum Beispiel Kartoffelbrei, der sehr lecker ist und für den ein Löffel ausreicht. Dann kann man sich nach und nach bis an die schwierigsten Speisen herantasten, nämlich Vögel und andere Wildtiere, mit wenig Fleisch, das an einer Million kleiner, krummer Knochen hängt. Und man mag sagen, na gut, das ist doch sehr speziell, wann sollte dir denn so etwas vorgesetzt werden? Aber im Dorf Mancini bekommst du so etwas häufig vorgesetzt. Ob Tauben oder Ringeltauben, Drosseln oder Amseln, ob Hasen oder Wildschweine oder auch Dachse, Stachelschweine, Igel, Möwen …

»Möwen?«, fragte Martina. Sie hielt sich den Mund zu, weil sie nicht unterbrechen wollte, aber nun war es ihr schon herausgerutscht.

»Ja, aber nur einmal«, antwortete ich. »Außerdem wusste ich nicht, dass es Möwen waren. Onkel Aldo hat es uns erst hinterher gesagt.«

»Und wie waren die?«

»Geht so. Etwas zäh, und sehr salzig.«

»Aber wie hat er die aufgetrieben, ist er ans Meer gefahren und hat auf sie geschossen?«

»Nein, sonst hätte man ihn gesehen oder gehört.«

»Und wie hat er es dann angestellt?«

Ich sah Martina in die Augen und war kurz davor, es ihr zu erzählen. Aber für einen kurzen Moment sah ich vor mir, wie Onkel Aldo die Möwen gefangen hatte, derselbe Mensch, der als junger Mann ihre Oma Virna so sehr geliebt hatte und dann keine einzige Frau mehr wollte und allein geblieben ist. Den Preis für diese Einsamkeit hatte er selbst bezahlt, es hatten aber auch die Möwen und alle Vögel und Wildtiere der ganzen Provinz dafür blechen müssen. Deshalb: »Meiner Meinung nach ist es besser, wenn ich es dir nicht sage, weißt du.«

Und Martina sofort: »Nein, nein, du hast recht, besser nicht.«

Und wir schauten wieder zu Papa, der seinen üblichen Gesichtsausdruck hatte, das heißt keinen, aber die Augen waren offen und auf uns gerichtet. Ich übersprang drei Zeilen voll mit anderen Tieren, die bei uns im Dorf auf dem Tisch besonders gern gesehen sind, und fing wieder an zu lesen.

Und wenn ich las, hielt Papa seine Augen noch offener. Wirklich, das war nicht nur mein Eindruck, manchmal bewegte er sogar ganz leicht den Kopf, als wollte er nicken. Und ich weiß, dass irgendein verrückter Arzt sagen würde, das seien unwillkürliche Bewegungen, aber dem war nicht so, dem konnte nicht so sein, es durfte nicht. Vielmehr war es etwas Großes und Wichtiges und Wunderbares, denn manchmal sind die wunderbaren Dinge es leid, in der Welt der Fantasie herumzusitzen und vor sich hin zu altern, also springt eines auf, nimmt irgendeinen zufälligen Tag deines Lebens her und stürzt sich hinein.

In der Tat war an jenem Tag ja bereits etwas Schönes passiert: Ich hatte es geschafft, mich mit Martina zu treffen, obwohl ich nicht wusste, um wie viel Uhr und wo wir verabredet waren. Na ja, bestimmt war es erst nach dem Mittagessen, weil vorher Schule war, und der Treffpunkt musste vor der Kirche sein, wo wir miteinander geredet hatten, oder vielleicht auch vor meinem Haus, auch wenn Martina nicht wusste, wo ich wohnte, aber der Ort war klein, und das Dorf Mancini kannten alle, im Guten wie im Schlechten (vor allem im Schlechten). Klar hätte sie mich auch bei sich zu Hause erwarten können, aber ich wusste nicht, wo das war und Mama auch nicht, und als ich Onkel Aldo fragte, sagte er, seine Virna hätte in einem abgelegenen Landhaus gewohnt, das aber vor einer Weile abgerissen worden war, und jetzt sei da eine Autowerkstatt, zu der ich ja nie hingehen solle, weil der Besitzer ein Gauner sei. Aber ich war zu jung für ein Auto, das zur Reparatur musste, und ihm kamen zu viele Tränen, weshalb unser Gespräch da endete.

Kurz und gut, weil ich mich nicht für einen der beiden möglichen Treffpunkte entscheiden konnte, war ich auf mein Fahrrad gesprungen und immer im Kreis gefahren, von zu Hause zur Kirche und wieder von der Kirche nach Hause, ohne anzuhalten. Man brauchte knapp fünf Minuten: Wenn Martina und ihre Mutter ankamen, ob nun hier oder dort, würden sie mich so in kürzester Zeit ruhig zur Verabredung kommen sehen. Ja, perfekt, ich hielt den Lenker fest und nickte vor mich hin, Kirche – Zuhause, Zuhause – Kirche, entschlossen, wenn nötig, bis nachts weiterzufahren, gegen den Wind anradelnd und gegen die Angst, dass Martina vielleicht einfach ohne mich losgefahren war, weil wir keine genaue Uhrzeit und keinen Treffpunkt ausgemacht hatten, und tschüss.

Daher lächelte ich ganz breit, als ich zum zehnten oder elften Mal bei der Kirche ankam und sie da vor dem Auto stand und mir zuwinkte. Ich war verschwitzt und außer Atem, aber auf der Autofahrt erholte ich mich wieder. Ich saß hinten und beantwortete die Fragen ihrer Mutter, was ich so mochte und was nicht, während die Orte draußen vorbeizogen und die Autoscheiben streiften, bis sie zu Lucca wurden.

Wir hielten vor der Klinik, und ich wollte mich gerade verabschieden. Doch Martina sagte etwas zu ihrer Mutter, und die antwortete: »Nein, so war das nicht ausgemacht, Tante Enrica erwartet dich doch!« Martina sagte, wenn sie mit mir ginge, würde sie aber Zeit mit einem Altersgenossen verbringen, sogar mit einem Jungen, und da stieg ich aus dem Auto, weil es mir unschön vorkam zuzuhören, es war besser, draußen zu warten und zu hoffen. Und es funktionierte, denn kurz darauf standen Martina und ich am Straßenrand und sahen dem wegfahrenden Auto ihrer Mutter nach, und jetzt waren wir hier bei meinem Papa, der hoffentlich zu mir zurückkam.

Und ein Möwenbraten klang vielleicht nicht besonders verlockend, aber das war ja erst das erste Kapitel des Lehrbuchs, das ich für ihn schrieb, und schon fürs nächste würde ich mir etwas Besseres ausdenken. Und nach vielen Kapiteln würde

Papa früher oder später zurückkommen, und bis dahin schrieb ich ein richtiges Lehrbuch, wie die, die ich immer bei Signora Stella kaufte, und ich würde ein allseits anerkannter Experte. Ja, ein Experte, ein großer Experte. Wer weiß, wann, wer weiß, worin.

Das Messer ist etwas schwieriger zu benutzen, aber am Anfang können wir dir alles in kleine Stückchen schneiden. Da ist nichts Schlimmes dabei, Mama hat das auch für mich gemacht, bis ich …

Da fiel mir wieder ein, dass Martina zuhörte, ich hustete und wandelte diese Information auf Anhieb ab.

… Mama machte das auch für mich, als ich ganz klein war, aber jetzt kann ich Fleisch und alles andere selbst schneiden, und ich tue es gerne auch für dich. Mit der Gabel dagegen ist es nur schwierig, wenn du Spaghetti essen willst, die immer wegflutschen wie Aale, aber sie sind wichtig, weil Spaghetti mit Muscheln dein Lieblingsessen ist. Und Spaghetti kann man nicht klein schneiden, weil meine Onkel sonst rumbrüllen und dich beschimpfen, als hättest du einen von ihnen in Stücke geschnitten. Vor allem Onkel Adelmo nimmt das übel. Er ist nicht böse, aber er ärgert sich über viele Sachen, die gar nichts mit ihm zu tun haben. Wenn du zum Beispiel rohen Schinken isst und das Fett drum herum abmachst, brüllt er gleich: »Was machst du denn da?« Und du antwortest, dass du das Fett abmachst, weil es dir nicht schmeckt, und er: »Aber das Fett ist das Beste am Schinken!« Und du sagst: »Für mich nicht, mir schmeckt es nicht!«, und er beendet das Gespräch immer, indem er sagt: »Euch täte ein bisschen Krieg gut, ein bisschen Krieg würde euch beibringen, wie die Welt sich dreht.« Aber du kannst beruhigt sein, Papa, denn jetzt ist kein Krieg, und wenn du willst, mache ich dir das Fett vom Schinken ab, dann wird zwar Onkel Adelmo auf mich sauer, aber mir ist das egal. Mir reicht es, wenn du zurückkommst, Papa.

Als ich das sagte, fing es in meinem Hals zu kribbeln an, und ich hätte selbst dann nicht mehr weiterlesen können, wenn ich noch mehr geschrieben hätte. Ich klappte das Heft zu, und das Zimmer füllte sich mit einem so großen Schweigen, dass es gegen die Fenster drückte. Dasselbe Schweigen kam aus Papas aufgerissenen Augen, der mich jetzt ausdruckslos anstarrte und nicht einmal mehr mit dem Kopf nickte. Ich nickte für ihn, aber das war nicht dasselbe.

Dann bat ich Martina unwillkürlich um Entschuldigung.

»Hä? Aber wofür denn?«

»Ach, nichts. Na ja, es tut mir leid, dass es so ist, wie es ist. Ich kann ihn dir nicht einmal richtig vorstellen, das heißt, mehr als dich anschauen kann er nicht. Aber das ist ja schon viel, wenn ich an letzten Monat denke, ist das schon ganz arg viel. Aber ich schwöre, dass er früher eine Million Dinge gemacht hat, er baute und reparierte alles, als Papa noch auf den Beinen war, war ringsum nie irgendetwas kaputt. Rohre, Steckdosen, Pflanzen, zu streichende oder erst noch zu bauende Wände. Er konnte alles. Bei uns zu Hause ist nie irgendein Elektriker, Maurer oder sonst ein Handwerker vorbeigekommen. Mehr noch, ich wusste nicht einmal, dass es so was gibt. Das heißt, es war zwar Papas Beruf und auch der meiner Onkel, aber bei uns kam das nie vor, also hatte ich nie genauer darüber nachgedacht. Dann war ich eines Tages beim Kleinen Massimo, und seine Mutter war ganz verzweifelt, weil sie kein Wasser hatten, sie griff zum Telefonhörer und sagte: ›Sie müssten das sofort in Ordnung bringen, wäre es Ihnen noch heute im Laufe des Tages möglich?‹ Mir kam das komisch vor, und ich fragte Massimo, warum seine Mutter seinen Vater am Telefon siezte. Er antwortete, dass sie nicht mit seinem Vater spreche, der sei nämlich tot, sondern mit dem Klempner. Ich schwöre, dass ich zwar wusste, dass es Klempner gibt, also, das war ja genau der Beruf meines Vaters, und doch hatte ich es nicht wirklich verstanden, dass die Leute, wenn bei ihnen etwas kaputtgeht, andere Leute anrufen müssen, weil sie nicht in der Lage sind, es selbst zu reparieren. Mein Papa dagegen reparierte alles, ich schwör's dir, das war unglaublich, er konnte tausend Dinge, nein, zweitausend, nein …«

»Ist gut, Fabio, ich hab's kapiert! Ich hab's verstanden, und es ist okay. Ist doch gut so, wie es gerade ist. Dein Papa bewegt sich nicht, weil er nicht kann, aber immerhin hast du ihn hier vor dir. Und nach und nach wird er wieder so wie früher, und auch wenn man es von außen nicht sieht, ist ihm das sehr wichtig, und er kämpft innerlich, zu dir zurückzukommen. Mein Papa dagegen, hm, wer weiß, wo der ist, und wer weiß, wer er ist. Bestimmt kann er laufen, ja sogar rennen, wenn's darauf ankommt. Aber zu mir ist er nie gekommen. Und das ist schon okay so, ja, wen kümmert's, mir geht es gut mit Mama, und uns fehlt nichts. Aber dein Papa ist jedenfalls hier bei dir, und vielleicht kann er nicht viel machen, aber er hat die Augen auf und schaut dich an, und er hört dir zu, sogar wenn du von Ameisen und gebratenen Möwen sprichst. Und früher oder später kommt er mit dir nach Hause und bringt alles wieder in Ordnung, was kaputt ist. Aber schick ihn an dem Tag bitte auch kurz zu mir, denn immer, wenn ich dusche, setze ich die Küche gleich mit unter Wasser.«

»Klar!«, sagte ich. Vielmehr schrie ich es förmlich, auch wenn ich nicht weiß, mit welcher Luft, nachdem ich ihr atemlos zugehört hatte. »Ich schicke ihn dann wirklich zu dir, er wird sowieso gerne kommen. Du brauchst ihn nicht zu bezahlen, und du musst ihm das mit der Dusche nicht einmal sagen. Es reicht, ihn auf einen Kaffee einzuladen, und noch bevor der Kaffee fertig ist, hat er schon gespürt, dass irgendetwas im Haus nicht funktioniert. Nur eine Minute, schon macht er seltsame Sachen mit seltsamen Werkzeugen, und noch eine Minute später funktioniert alles wieder. Ja, ja, sobald Papa zurückkommt, schicke ich ihn zu dir, Martina, ich schwör's. Du brauchst nur Kaffee zu machen, und wenn du mich einlädst, komme ich auch mit!«

Martina nickte, dann dachte sie kurz darüber nach: »Gut. Aber dann muss er erst die Espressokanne reparieren, die ist nämlich auch kaputt.«

Und sie sah mich an, wobei ihre Lippen zitterten wie weit entfernte Dinge auf der Straße, wenn im Sommer die Sonne ganz stark brennt. Und vielleicht hat sie angefangen oder ich oder vielleicht wir beide zusammen, jedenfalls brachen wir kurz darauf in Lachen aus. Warum, wusste ich nicht, und ich glaube, Martina auch nicht, aber es war schön so, wie es war. Es ist zu einfach, aus einem bestimmten Grund zu lachen, wenn dich jemand kitzelt oder einen guten Witz erzählt. Viel schöner ist es so zu lachen, weil es einfach aus dir herauskommt, wie ein Niesen, das den Staub aus der Nase pustet, ein Lachen, das die Bitterkeit aus dem Herzen schüttelt.

Und wir lachten laut, sehr laut, so laut, dass eine Krankenschwester hereinkam, den Finger auf den Mund legte und sagte, wir sollten leise sein. Und dass die Besuchszeit zu Ende sei. Wir baten um Entschuldigung, schauten uns gegenseitig an und hielten uns den Mund zu, weil noch etwas Lachen übrig war.

Ich drehte mich zu Papa um, und vielleicht hoffte ich mit einem verrückten Zipfelchen meines Hirns, dass er ebenfalls lachen würde. Dem war nicht so, aber es war trotzdem okay. Wir standen auf, ich sah nach, ob der Schlauch im Mund gut saß und der Nachttisch nah genug am Bett stand, auch wenn Papa ihn nicht benutzen konnte. Denn, hm, man weiß ja nie, manchmal dachte ich, dass es vielleicht so war wie mit den Spielsachen in diesem berühmten Märchen, die nachts, wenn alles schlief, anfingen sich zu bewegen und durchs Haus liefen und ein Eigenleben führten, von dem niemand wusste. Und Papa war zwar kein Spielzeug, das stimmt, aber vielleicht konnte auch das hier ein Märchen sein, also warf ich immer ein Auge auf den Nachttisch.

Obwohl Martina da war, beugte ich mich dann über ihn, gab ihm einen Kuss auf die Wange und sagte »bis morgen«.

Wir gingen zur Tür und hielten an, um uns noch einmal zu verabschieden, ich sagte »Tschüss, Papa« und sie »Tschüss, Papa von Fabio«, und wir winkten in seine Richtung. Dann ging Martina raus, weil sie weniger an Krankenhäuser gewöhnt war und nicht wusste, dass wenn eine Krankenschwester dich zum Gehen auffordert, du zwar Ja antwortest, dir aber noch fünf Minuten Zeit lassen kannst.

Tatsächlich blieb ich noch eine weitere Sekunde in der Tür stehen, weil es mir von hier aus so vorkam, als hätte ich den Nachttisch vielleicht zu nah ans Bett gerückt, und falls er sich nachts mal umdrehte, würde er dagegenstoßen. Ich schaute genauer hin, und der Nachttisch stand, wo er immer stand, unbeweglich wie Papa, und alles war normal. Und dann, ich wollte gerade gehen, war auf einen Schlag im ganzen Universum nichts mehr normal.

Denn Papas Arm hatte sich bewegt. Kein zufälliger Ruck, kein Zittern wie bei einem elektrischen Schlag: Nein, nein, Papa hob den Arm, vom Ellenbogen an, und während er mich ansah, wedelte er mit der Hand ein paarmal hin und her, genauso wie wir ihm gewinkt hatten.

Papa hatte sich bewegt, er hatte sich wirklich bewegt, und ich blieb wie angewurzelt in der Tür stehen.

Martina kam zurück und sah mich an. Ich dagegen sah ihn an, und als es mir gelang, winkte auch ich ihm noch mal zu, doch es passierte nichts weiter.

Er blieb so, die Augen auf mich gerichtet, aber regungslos. Also hatte ich es mir vielleicht nur eingebildet, oder es war ein unwillkürlicher, zufälliger Reflex gewesen, oder eine andere dieser tiefgefrorenen Erklärungen, die dic Ärzte auf Anhieb parat haben.

Doch eine Sekunde später schmolzen all diese Erklärungen dahin, kaum hatte Papa den Arm gehoben und mir ein weiteres Mal zugewinkt. So deutlich, dass Martina ein Schreckensschrei entfuhr.

Wir winkten ihm erneut zu, beide zusammen, und wieder für eine Weile nichts. Die übliche Minute, dann hob Papa den Arm und verabschiedete sich von uns. Und noch einmal und noch einmal, jedes Mal mit dieser Minute dazwischen, als wäre der Ort, von dem aus er uns grüßte, so weit entfernt, dass es etwas dauerte, um anzukommen. Wie wenn man tief in der Nacht einen Blitz sieht, die Spannung in der Luft spürt und weiß, dass bald darauf der Donnerschlag bei dir ankommen wird. So passierte es jedes Mal, wenn wir Papa winkten und nach einer Weile er zurückwinkte.

Ich wedelte mit der Hand und lächelte, lächelte ganz breit, und vielleicht lächelte mir auch mein Papa jetzt endlich zu. Aber ich konnte es nicht gut sehen, weil meine Augen sich, ohne mich um Erlaubnis zu bitten, mit Tränen gefüllt hatten. Doch ich schämte mich nicht, denn Martina ging es genauso, und wir weinten und lachten und fuchtelten mit den Armen, um meinem Papa dort drüben zuzuwinken.

Denn manche Dinge bringen dich zum Lachen und andere zum Weinen, und wieder andere sind so gigantisch, dass sie alles umwälzen, und du fliegst mit ihnen davon und lachst und weinst gleichzeitig und wedelst aufs Geratewohl mit deinen Händen durch die Luft voller Blitze und Donner, Donner und Blitze, in den Armen eines Unwetters, das sich Glück nennt.

22

Die Menschen aus der Macchia

Wenn es etwas wirklich Unmögliches auf der Welt gibt, dann, dass manche Leute glauben, es gäbe Dinge der Unmöglichkeit. Und doch gibt es solche Leute, ja, es sind gar nicht mal so wenige, und das wiederum heißt, dass auf der Welt wirklich alles möglich ist, und wie die es schaffen, das nicht zu bemerken, weiß ich nicht.

Ich weiß nur, dass sie ihre Meinung sofort ändern würden, wenn sie an jenen Maitagen bei uns vorbeigeschaut hätten, in denen praktisch nur noch Unmögliches geschah.

In Lucca, wo seit dem Samstagnachmittag, an dem Papa mir zugewinkt hatte, ein Monat vergangen war und er jetzt beide Hände bewegte, um Dinge zu greifen und zu betrachten, um deine Hände zu drücken oder seinen Oberkörper hochzuziehen und seine Beine zu berühren, die noch nicht aufwachen wollten. Aber auch hier, an diesem bereits sommerlich wirkenden Sonntagnachmittag vor goldenen Papptabletts, groß wie Parkplätze und mit einer irrsinnigen Auswahl an Gebäck, umgeben von Musik, Tanz und lachenden Jungen und Mädchen meines Alters.

Und an diesem Punkt müssten sich auch die größten Skeptiker der Tatsache ergeben, dass einfach alles möglich ist, denn heute waren der Kleine Massimo und ich und sogar Manuel und Jolanda hier, offiziell eingeladen zu einer richtigen Geburtstagsparty.

Mehr noch, zur größten Party von allen, bei Beatrice zu Hause, der Reichsten der Schule und vielleicht des gesamten Orts, ihr Vater war nämlich Signor Marconi vom Bestattungsunternehmen Marconi, und wenn du starbst, war zwar nicht klar, ob du ins Paradies oder in die Hölle kamst, aber ganz sicher brachte er dich dorthin.

Tatsächlich war die Villa riesig und wirkte von außen wie ein Hotel, der Garten war ein Park mit frisch geschnittenem, saftigem Rasen, und außer den Tabletts mit Gebäck und Schnittchen glitzerte da ein Swimmingpool, der sehr viel größer war, als der, den ich vor langer Zeit von Onkel Arnos Garten aus gesehen hatte, im Garten des reichen Jungen, der außerdem noch ein Pony hatte. Und hier sah ich zwar kein Pony, aber der Park war so weitläufig, dass durchaus irgendwo eins herumlaufen konnte, zusammen mit ein paar Elefanten, Giraffen und einer kompletten Safari.

Weil so viel Platz zur Verfügung stand, hatte Beatrices Mutter am vorigen Sonntag, dem Tag der Firmung, die gesamte Kirche mit einem *Wir sehen uns nächsten Sonntag wieder, ich bitte euch, Kinder, kommt alle zum Geburtstag meiner Tochter!* verabschiedet. Und wir hatten geklatscht, hatten es aber erst gar nicht richtig kapiert. Dann sagte der Kleine Massimo: »Wisst ihr was, ich glaube, wir sind zu einer Party eingeladen«, da dachte ich über die Worte der Frau nach, gab ihm recht und wurde ganz aufgeregt.

Auch wenn sonntags Mama und ich immer zu Papa fuhren und es wunderschön war, dort zu dritt zusammen zu sein, wie damals, als wir noch zu Hause waren, weshalb ich Samstagabend zu ihr sagte, dass ich die Party vielleicht lieber ausfallen lassen und mit ihr nach Lucca fahren würde. Sie schnippelte gerade Karotten, und vielleicht zeigte sie nur deshalb mit dem Messer auf mich, als sie sich ruckartig umdrehte und antwortete: »Fabio, ich sage es nur dies eine Mal und wiederhole es nicht. Du gehst morgen zusammen mit deinen Freunden zu dem Fest deiner Freundin, Schluss, aus.«

»Aber das ist nicht meine Freundin, ich weiß nicht einmal …«

»Schluss, aus.«

»Aber Papa.«

»Schluss, aus.«

»Aber ich habe ihm eine neue Seite mit ganz wichtigen Dingen geschrieben, ich muss sie ihm vorlesen.«

»Schluss, aus!«, diesmal mit so ernstem Blick, dass sie das Gespräch vielleicht wirklich mit einem Messerstich beenden würde, also beharrte ich nicht weiter darauf.

Mama schnippelte wieder weiter Karotten, aber nach einer Weile meinte sie: »Wir können es höchstens so machen, dass du mir die Seite mitgibst, die du geschrieben hast, und ich lese sie ihm vor.«

Ich schrie *Jaaa!* und rannte in mein Zimmer, um das Blatt zu holen. Ich brachte es ihr und fragte, ob sie das lesen könne oder ob es zu unleserlich geschrieben sei. Sie warf einen Blick darauf und nickte.

»Bist du sicher? Schau's dir genau an, verstehst du auch wirklich alles? Das ist nämlich wichtig, weißt du, Papa hört dir wirklich zu, es tut ihm richtig gut.«

Da warf sie die Karotte ins Waschbecken, legte zum Glück auch das Messer beiseite, streifte sich die Hände kräftig an ihrer Schürze ab und legte das Blatt unters Licht, sie holte Luft und las laut vor, wobei sie erst noch hier und da über ein Wort stolperte, dann aber immer flüssiger las, immer mehr reinkam.

DIE KLEIDUNG

Das ist ein wichtiges Thema, denn wenn man unterwegs ist, muss man sich unbedingt etwas anziehen, aber viele Anziehsachen sind dämlich oder un-

bequem, also wer weiß, wie unbequem sie dann erst für dich sein werden, der du lange keine getragen hast.

Vor allem Schuhe sind der Gipfel der Unbequemlichkeit, entweder zu weit oder zu eng, zu hart oder zu weich, und wenn du sie gerade richtig eingelaufen hast, ist dein Fuß gewachsen, und du brauchst schon wieder neue. Aber für dich ist das kein Problem, dein Fuß wächst ja nicht mehr, und außerdem kannst du meiner Meinung nach noch eine Weile ruhig in Schlappen herumlaufen, die richtig bequem sind, die die Leute aber nicht so elegant finden, weshalb niemand damit herumläuft. Außer meine Onkel und deren Freunde, die du dir aber nie zum Vorbild nehmen darfst. Doch in diesem Fall haben sie recht, denn man sollte immer Schlappen tragen, zu Hause und draußen und auch auf Hochzeiten. Ich glaube, wenn die ganze Welt Schlappen trüge, wären wir entspannter und glücklicher, und es gäbe keine Streitereien und Kriege. Stattdessen haben die Leute es unbequem und sind nervös, daher herrscht dauernd irgendwo Krieg.

Mich zum Beispiel siehst du ja oft mit dem Donald-Duck-Sweatshirt, auf dem Donald Duck auch noch schlecht gezeichnet ist, ich weiß, aber das ist einfach superbequem, es fühlt sich an, als hätte ich eine Wolke an, die mich umarmt. Samstags kann ich das aber nicht anziehen, weil ich mit Martina komme, also suche ich andere Pullis aus, die vielleicht etwas hübscher, aber sehr viel unbequemer sind. Und die Großen machen das genauso, nur noch schlimmer, weil sie absurde Sachen anziehen wie etwa Jacketts und vor allem Krawatten, von denen ich anfangs dachte, sie wären dazu da, die Brust warm zu halten, aber was sollte so ein schmaler Stoffstreifen schon warm halten. Und sie sind auch wirklich nicht dafür gemacht, sie sind einfach zu nichts da, es ist nur ein Knoten um den Hals, der dich ein bisschen würgt, und doch laufen die Männer umso öfter damit herum, je wichtiger sie sind, und treffen wichtige Entscheidungen für uns alle, während nur wenig Blut in ihrem Gehirn ankommt.

Aber mach du dir keine Sorgen wegen der Krawatten, du hast nie in deinem Leben welche getragen, also brauchst du jetzt nicht damit anzufangen. Und auch nicht wegen des Jacketts. Außerdem, warum solltest du dich darum bemühen, elegant zu sein, Papa? Du hast ja schon Mama, die dich ganz arg lieb hat und der du so ja schon sehr gut gefällst, im Schlafanzug im Bett. Wie dann erst, wenn du aufstehst und mit uns nach Hause kommst.

Und da hörte Mama auf zu lesen. Es waren noch ein paar Zeilen übrig, und ich dachte, dass am Ende vielleicht meine Hand müde gewesen wäre und ich zu unleserlich geschrieben hätte. Doch dann wandte sie sich wieder den Karotten zu, nahm das Messer in die Hand, schnippelte aber nicht weiter, sondern stand nur so da, mit gesenktem Blick, und sagte so schief und gepresst *Sehr gut* zu mir, dass selbst ich begriff, warum Mama nicht weiterlesen konnte.

Aber heute schon, heute war sie in Lucca bei Papa und erzählte ihm vielleicht genau in diesem Moment von Anziehsachen und Schlappen, und ich konnte ruhig hier auf der Party sein.

Das heißt, ruhig nicht, ich war das Gegenteil von ruhig. Ich war eine brodelnde Gefühlssuppe, und unter dem Zeug, das in meiner Brühe schwamm, kamen dunkle Angstbröckchen und zähe Schreckensstückchen hoch, mitten auf diesem Fest, das mein erstes und zugleich das gigantischste der Geschichte war: Wie einer, der noch nie ein Gewehr in der Hand gehalten hat und plötzlich als Soldat im Weltkrieg kämpft.

Tatsächlich war es wie im Schützengraben, für mich und die drei Superfrommen, die genauso verloren waren wie ich. Massimo im weißen Hemd, das ihm seine Mutter aufgezwungen hatte, Jolanda und Manuel wie immer im Trainingsanzug. Zum Glück war nur Manuel mit seiner blauen Kappe mit der goldenen Aufschrift SUPERFROMME aufgekreuzt, und wir hatten ihn gerade noch rechtzeitig dazu gebracht, sie abzusetzen. Jetzt standen wir hier herum, nahe bei den Tabletts, aber abgerückt von allem, auf der einen Seite das Meer an Gebäck, auf der anderen die Wellen der Jugendlichen, die tanzten, lachten und sich umarmten. Und weiter weg, noch hinter dem Swimmingpool, am Ende des Parks, fing auf der anderen Seite des Zauns ein Dickicht an, das die anderen einfach »Wald« nannten, das aber kein beliebiger Wald war, sondern die Macchia del Nuti.

Ich kannte sie gut, denn wenn meine Onkel nicht gerade in der Bar La Gazzella saßen, verbrachten sie ihre gesamte Zeit dort, in Stellung auf wunderbaren Jägersitzen, die wie Baumhäuser oben in die Zweige gebaut und voller Patronenhülsen und Grappa und Wein waren. Und während meine Onkel und ihre Freunde da oben auf die armen Zugvögel warteten, waren unten auf dem Boden geheimnisvolle Hüttchen, die andere Männer mit anderen Leidenschaften gebaut hatten, um sich darin mit Frauen zu verkriechen, die wohl eher nicht ihre Ehefrauen waren, sonst hätten sie sich ja einfach zu Hause hinlegen können statt hier, umgeben von Brombeersträuchern und Brennnesseln und der Gefahr, Zecken abzubekommen, oder auch – wie es schon einige Male passiert war – aus Versehen einen Gewehrschuss.

Und ich fragte mich, wie das passieren konnte, welche Bewegungen und welche Geräusche sie machten, dass ein Jäger oben in den Bäumen sie mit Tieren verwechseln konnte. Hielten sie sie für Hasen, für Wildschweine, oder hatten sie so große Lust zu schießen, dass schon ein zitternder Strauch reichte, um den Abzug zu drücken? Hm, ich hatte keine Ahnung, das Einzige, was ich wusste, war, dass ich nicht jetzt darüber nachdenken konnte, denn jetzt waren wir im Krieg, und nur das Überleben zählte.

Wir mussten uns retten und möglichst mit jemandem reden, uns am besten sogar amüsieren. Aber das schien mir ein unmögliches Unterfangen, die anderen tanzten und lachten so anders und so weit da hinten, und bestimmt würden wir die ganze Zeit hier bleiben, ihnen dabei zusehen, und das war's.

Doch dann kam endlich der Marienkäfer.

Wie immer zu spät, während alle anderen schon eine Weile hier waren, wie berühmte Sänger, die zum Konzert kommen, wann es ihnen passt. Die siehst du bestimmt nicht schon vorher auf der Bühne die Scheinwerfer einstellen oder den Boden fegen. Nein, nein, das Publikum ist schon da und wartet seit einer Stunde auf sie, aber sie haben keine Eile und auch keine Angst, irgendetwas zu verpassen: Schließlich fängt die Show erst an, wenn sie da sind.

Nur dass die Sänger das wissen, sie kommen an, recken die Hände in die Luft und holen sich ihren Applaus. Nicht so Martina, die kam mit gesenktem Kopf auf uns zugerannt und sagte ständig: *'tschuldigung, 'tschuldigung, 'tschuldigung, ich hab noch Mama geholfen, tut mir echt leid.* Sie warf ihr Päckchen auf den Gabentisch, auf einen Berg an noch auszupackenden Geschenken, der unsere schon verschlungen hatte, und dann war sie endlich hier.

»'tschuldigung, 'tschuldigung, 'tschuldigung. Seid ihr noch am Leben? Was ist so passiert, was habt ihr bis jetzt gemacht?«

Wir sahen uns kurz an, dann antwortete der Kleine Massimo mit seinem sechsjährigen Stimmchen: »Wir sind angekommen und haben uns hierher gestellt.« Was als Zusammenfassung unserer bisherigen Party eher nüchtern, aber gleichzeitig vollständig war.

»Ja, aber etwas Gebäck haben wir auch gegessen«, sagte ich, womit ich die Lage nur noch verschlimmerte, wenn das möglich war.

»Okay, ich dachte, es wäre schlimmer«, meinte Martina, wobei sie sich umsah. »Ich bin eh nur gekommen, weil meine Mutter mich gezwungen hat. Und ihr?«

Wir nickten alle, außer Manuel, der nur ein wenig lachte.

»Also«, fuhr sie fort, »verdammt, wie ist es nur möglich, dass unsere Eltern denken, das hier wäre gut für uns? Wie soll uns das guttun?«

»Na ja«, seufzte der Kleine Massimo und sah dabei in die Ferne, in die verschiedenen Richtungen seiner schielenden Augen. »Es wäre schön, wenn es sich um eines dieser Dinge handeln würde, die uns heute sinnlos erscheinen, die wir aber eines Tages begreifen. Oder wenn unsere Eltern einfach böse wären und Spaß daran hätten, uns leiden zu lassen. Aber es ist noch viel schlimmer. Sie haben uns gezwungen herzukommen, weil sie wirklich glauben, es täte uns gut, an diesem Ort hier herumzustehen, mit dem wir nichts zu tun haben. Und das ist hundertmal schlimmer, weil das bedeutet, dass wir in den Händen sehr dummer Leute sind.«

Das sagte der Kleine Massimo mit seiner Kleinkindstimme, die zugleich so weise war, und die einzig mögliche Antwort war ein langes Schweigen, einige vom Tablett stibitzte Teigwaren und dann ein weiteres Schweigen, so riesig, dass es all unsere Aufmerksamkeit auf sich zog, wie ein Walfisch, der langsam an dir vorbeizieht, während du versuchst, den Horizont zu betrachten.

Doch dann gelangte hinten von der Veranda eine Stimme bis zu uns, spitz wie eine Harpune, durchbohrte den Walfisch und rüttelte alles auf: »Martina! Da bist du ja! Marti!« Es war Beatrice, die Hausherrin, die ihr zuwinkte, allerdings, ohne sich von der Veranda wegzubewegen. »Na, komm schon her! Na los, was machst du denn da?«

Auch wenn sie es nicht gesagt hatte, war aus ihrem Tonfall das Ende der Frage so klar, dass es mir vorkam, als hätte ich es gehört: »Was machst du denn da *bei denen*?«

Schlagartig drehten sich alle zu Martina um, die mit ihrer

Hand wedelte, lächelte und antwortete: »Hallo, meine Hübsche! Klar komme ich!«

Und ich war enttäuscht, auch wenn es im Grunde ganz normal war. Martina ging da hin, weil das richtig war, weil dort ihr Platz war, im Herzen der Party, und meiner hier unten, trotzdem hatte ich einen so bitteren Geschmack im Mund, dass nicht einmal alle Teigwaren dieser riesigen Tabletts ihn vertreiben konnten.

Doch dann schaut Martina mich an, schaut uns an, und meint: »Los, kommt, gehen wir!«

»Hä? Wohin?«, fragt Jolanda.

»Dahin, zu denen da. Wir sind auf einer Party, also lasst uns so richtig leiden!«

Einen Moment lang blieben wir regungslos, als wüssten wir noch nicht einmal den Weg dorthin, ins Herz der Party. Dann lief Martina los, ich hinter ihr her und die anderen auch, im Gänsemarsch auf ihren Spuren, wie auf einem verminten Feld, wie das, auf dem ihre Oma gestorben war, Onkel Aldos Verlobte, in jener Mainacht vor vielen Jahren. Und auch heute war Mai, und mag sein, dass seit dem Krieg massig Zeit vergangen war, aber die Zeit ist nur zu einem gut: Buch zu führen, während alles früher oder später wiederkommt.

Beim Gehen wichen wir Tanzenden, Hopsenden und anderen Wildgewordenen aus. Und dabei sagte ich: »Dass das klar ist, ich tanze nicht«, und Massimo: »Und ich schließe mich keinen sinnlosen Gesprächen an.« So kamen wir unter der blumengeschmückten Veranda an, und genau unter dem großen Eingangstor stand Beatrice, umringt von ihren intimsten und coolsten Freunden: den Einzigen, die sie wirklich eingeladen hätte, wenn ihre Mutter es vorigen Sonntag nicht übertrieben hätte.

Sie stieß einen kleinen Schrei aus und umarmte Martina, die sie ebenfalls kurz drückte, dann sah sie uns an, nickte uns zu, wovon ich zwar nicht wusste, was das heißen sollte, aber im Zweifel erwiderte ich ihr Nicken. Und während sie bis eben geredet und gelacht hatten, starrten jetzt alle nur uns an, sie still, wir still, bis auf Manuel, der sich beschwerte, dass es hier kein Gebäck gab.

»Sehr schönes Kleid«, sagte Martina. Und Beatrice antwortete: »Findest du? Danke!«, und während sie an sich herunterschaute, strich sie ihr ärmelloses Kleid glatt, das mich mit seinen stark aufgeplusterten Schultern an Schneewittchen erinnerte.

Aber nicht nur mich, denn der Kleine Massimo zeigte darauf und sprach es sogar aus: »Dein Kleid sieht so ähnlich aus wie das von Schneewittchen.«

»Ah, danke«, antwortete sie trocken.

»Sogar ziemlich ähnlich, weißt du.«

»Ich hab's verstanden. Finde ich zwar nicht, aber danke.«

»Wie, du findest das nicht? Ich dachte, du wärst als Schneewittchen verkleidet, bist du sicher, dass du nicht verkleidet bist?«

»Ja. Ich bin ganz sicher«, antwortete Beatrice, dann wandte sie sich ab.

Sergio aus meiner Klasse und zwei eingeladene Jungs, die ein paar Jahre älter sein mochten als wir, schüttelten den Kopf und sagten zu ihr, dass das Kleid wunderschön sei und auch sie wunderschön. Beatrice antwortete: *Aber nicht doch*, und sie: *Aber ja doch*, und vielleicht hätten sie für immer so weitergemacht. Doch irgendwann schlang Beatrice da unter dem Eingangstor fröstelnd die nackten Arme um sich selbst, und sie fragten, ob ihr kalt sei.

Sie antwortete: »Ja, es zieht etwas«, da sprangen die drei auf und wetteiferten darum, den Rollladen des Tors herunterzulassen. Aber sie hatten nicht mit Manuel gerechnet, der beim Sprechen und Kapieren vielleicht nicht der Schnellste war, aber immer der Erste, der anderen half. In der Tat stürzte er sich auf die Schnur des Rollladens und kam vor allen anderen an, sogar noch bevor Beatrice, die darunter stand, beiseitetreten konnte. Er nuschelte: »*Iff* kümmere *miff* drum!«, und ließ den tonnenschweren Holzrolladen wie eine Guillotine auf das Haupt der Gefeierten herunterfallen. Ein so trockener Schlag, dass ihn vielleicht sogar ihr Vater vom Bestattungsunternehmen Marconi gehört hatte und dachte, es gäbe Arbeit für ihn.

Und Beatrice verschwand. Das heißt, ich verlor sie einen Moment aus den Augen, dann fand ich sie auf dem Boden wieder, niedergestreckt wie Schneewittchen, nachdem sie den vergifteten Apfel gegessen hat. Aber auch halb ohnmächtig gab es in ihr jenen Instinkt der besseren Gesellschaft, der ihr befahl, sich wieder zu fassen, sofort wieder aufzustehen und sich die Frisur und das Kleid zu richten. Sergio half ihr dabei, er hielt sie in den Armen und fragte, ob es ihr gut gehe, und sie nickte, aber nur schwach. Die anderen beiden dagegen, die mit leeren Händen dastanden, aber unbedingt etwas tun wollten, packten Manuel, brüllten ihn an: »Was machst du denn da, du Spast!«, und zogen ihn am Kragen seines Trainingsanzugs.

Er bat um Entschuldigung, aber es nutzte nichts, Massimo und Jolanda sagten: »Lasst ihn«, und Martina schrie: »Hört auf damit, ihr Idioten!«, aber auch das nutzte nichts, nichts nutzte etwas. Also sprang auch ich in dieses Getümmel nutzloser Dinge. Ich schwöre, dass ich das nicht beschlossen hatte, vielmehr wusste ich gar nichts davon, ich hörte nur diesen ohrenbetäubenden Schrei, und kurz darauf begriff ich, dass ich geschrien hatte:

»Lasst ihn in Ruhe, ihr Arschlöcher! Legt euch mit mir an, wenn ihr den Mut dazu habt!«

Ein wunderbarer Satz, wirklich filmreif, und tatsächlich hielten alle inne und drehten sich zu mir um. Nur dass es in Filmen anders ist, da sind irgendwelche anmaßenden Typen, die einen wehrlosen armen Teufel schlecht behandeln, dann trifft sie dieser Satz, sie drehen sich um und verstehen, dass sie Pech gehabt haben, denn in dem Moment kommt Stallone oder Schwarzenegger oder sonst ein Muskelprotz vorbei, und die Typen können nur hoffen, dass am Ende des Tages noch irgendein Knochen heil geblieben ist. Jetzt dagegen, hier auf dem Fest, drehen die beiden sich um, und vor ihnen stehe ich, der ich ihnen nicht einmal mit all meinen hochstehenden Haaren bis zur Brust reiche, und meine Beine sind dünner als ihre Handgelenke. Daher denken sie im ersten Moment, als sie mein *Legt euch mit mir an, wenn ihr den Mut dazu habt!* hören, dass sie sich verhört hätten, aber dann wird schnell klar, dass sie den Mut haben, und wie, und sie legen sich so richtig mit mir an.

Ja, schlimmer noch, sie können sich seelenruhig mit mir anlegen, ohne Manuel loszulassen. Vielmehr heben sie uns beide hoch und schleppen uns mitten durch die Gäste, die mittlerweile wie ein Publikum aus Sadisten zusammengekommen sind, Richtung Park, zu den Tabletts mit dem Gebäck, noch ein paar Schritte weiter, dann ist klar, dass sie uns zum Swimmingpool bringen werden.

In einem Sturm aus Gelächter und Beifall, dazwischen Martina, die schreit, dass sie uns in Ruhe lassen sollen. Sie klammert sich an die Arme desjenigen, der mich festhält, doch dann höre ich sie nicht mehr, ich höre und spüre nichts mehr, nur Luft um mich herum, während ich fliege, ohne zu wissen, wo oben und wo unten ist. Das dauert einen Moment, dann ändert sich alles, und schlagartig weiß ich, wo das Wasser ist: Das Wasser ist um meinen Körper, während ich untergehe.

Hier kann man nicht stehen, unter den Füßen ist nur noch

mehr Wasser, und eine seltsame Kraft, die mich nach unten zu ziehen scheint. Aber dem ist nicht so, das ist nur ein Moment, dann breite ich meine Arme aus und komme wieder hoch. Denn wenn ich etwas gut kann, dann schwimmen. Das hat mir mein Papa beigebracht, an jenem Tag, als er mich mit dem Ruderboot raus aufs offene Meer genommen und mich wie diese beiden gepackt und so weggeschleudert hat, ins Meer, wo man nicht mehr stehen kann. Wo du am Anfang Angst hast und zappelst und Wasser schluckst, schreist und verzweifelst, aber nur, weil du noch Luft hast, weil dein Herz schlägt, weil du dich eben über Wasser hältst und noch am Leben bist.

Aber vielleicht hat Manuel keinen so tollen Papa, denn er schreit und schluckt Wasser und verschwindet unter der Wasseroberfläche. Also schwimme ich zu ihm, packe ihn am Trainingsanzug und ziehe ihn bis zum Schwimmbeckenrand, wo er langsam wieder zu atmen anfängt.

Wir bleiben hier festgeklammert, pitschnass und lächerlich, mit so lautem Gelächter um uns, dass meine Schultern einfrieren. Doch dann steige ich aus dem Wasser, und zusammen mit der kalten Luft spüre ich Martinas warme Augen, die so schön und begeistert auf mir ruhen.

Denn wieder hat jemand Manuel schlecht behandelt, aber diesmal bin ich kein Wolf geworden, ich habe nicht mal schweigend zugeschaut, ich habe ihn verteidigt und sogar gerettet. Also bin ich zwar nass und eine Schulter tut mir weh, und in der Schule werden sie jahrelang von dieser Szene reden, aber mit uns reden sie ohnehin nie, also was soll's. Wichtig ist nur, wie Martina mich jetzt ansieht und wie Manuel mir zulächelt, und alles ist gut, wie es ist.

Und es ist noch eine weitere Minute lang gut. Dann landet, lauter als das Gelächter, als die Frotzeleien und die Musik, die noch läuft, stärker als der kalte Wind auf meiner Haut und die vorhersehbare Handlung großer Filme, dieses neuartige und ganz andere Gebrüll auf mir, aus dem Dickicht des Waldes hinter dem Zaun.

Vielmehr ist der Zaun an einer Stelle umgefallen, und von dort kommen uns vier Männer mit Gewehren in der Hand entgegen, die den Film dieses Tages in eine Horrorgeschichte verwandeln. Denn als sie näher kommen, erkenne ich sie, und nicht einmal ich, der ich doch an alles glaube, traue meinen Augen, als ich Onkel Aldo, Onkel Athos und ihre Freunde Mars, Uranus und Gino anstarre.

»Hey, haltet gefälligst die Klappe!«, brüllt Aldo mit seiner kratzigen Stimme. »Ihr verjagt ja alle Vögel, ihr geht mir echt auf den Sack!« Und obwohl er außer Atem ist, schickt er noch eine endlose Reihe Flüche hinterher.

Einen Augenblick lang bleiben die Geburtstagsgäste regungslos, außer mir, der ich ganz leise zur Seite gleite, bis ich mich hinter Jolandas riesigem Rücken versteckt habe. Und außer Beatrice, die mit einem Eisbeutel auf dem Kopf von der Veranda kommt:

»Wer seid ihr? Das hier ist ein Privatgrundstück.«

Und Uranus: »Eigentum ist Diebstahl!«

In der Partyluft Worte ohne Sinn, nur ein rauer, nach Wein stinkender Klang.

»Und das ist auch eine Privatparty, und niemand hat euch eingeladen!«

»Eure Party geht uns wirklich am Arsch vorbei«, sagt Onkel Aldo. »Wir kümmern uns um unsere eigenen Angelegenheiten, in der Macchia del Nuti, die allen gehört. Gerade kam ein Schwarm Stare vorbei, und mit eurem Lärm habt ihr sie vertrieben, hört endlich auf damit!«

Sie tragen Tarnfarben, Patronengürtel, Gewehre im Arm und auf dem Kopf absurde Hüte, die mit Zweigen und Blättern bedeckt sind. Und vor diesen schönen und supereleganten Jugendlichen kommen sie mir noch sonderbarer vor als sonst, fast unmöglich, in diesem so akkuraten und sauberen Park. Aber es ist halt nichts unmöglich, und meine Onkel und ihre Freunde stehen genau da, um es laut in die Welt hinauszuschreien. Denn so sind sie, so ist ihr Fluch, sie sind vierzig geworden, ohne zu heiraten, und dann tschüss. Aber vielleicht wollten sie das gar nicht, vielleicht haben sie, als sie in meinem Alter waren, auch darum gekämpft, nicht so zu enden, nur dass sie es nicht geschafft haben, vielleicht ja wegen irgendeines Onkels, der plötzlich auftauchte und ihr Leben durcheinanderbrachte.

Aber bestimmt hatten sie keine so riesige Freundin wie Jolanda, hinter deren Rücken ich mich bis zum Tag des Jüngsten Gerichts verstecken kann, oder wenigstens bis meine Onkel aufhören, die Party zu stören, und in die Macchia zurückgehen, um sich mit der Natur anzulegen.

Nur dass ich außer Jolanda auch noch einen nicht gerade superschlauen Freund namens Manuel habe, der da pitschnass am Beckenrand sitzt. Und aus dem Nichts heraus ruft er mich ganz aufgeregt und mit lauter Stimme: »Fabio! Hey, Fabio! Kann ich ein Gewehr au*ff*probieren? Frag*ff*t du deine Onkel, ob ich darf?«

Das ruft er, und was soll ich da machen, ich bleibe still und unbeweglich und hoffe, dass die Welt ihren Lauf verfehlt und weit von hier wegrollt.

Stattdessen kommt nach Manuels Stimme die noch schiefere von Onkel Athos bei mir an, der mich sieht und in meine Richtung läuft: »Hey, Kleiner, was machst du denn hier? Aldo, schau mal, wer hier ist, unser Junge!«

»Hä? Wie, unser Junge, wo denn?«

Jolanda dreht sich um, rückt etwas zur Seite, und ich bleibe so zusammengekauert vor ihren Augen und denen aller anderen. Ich spüre sie auf mir, jedes einzelne, während sich meine tief ins Gras bohren, auf der Suche nach einer Stelle, um mich einzugraben.

»Junge, was machst du denn hier? Gibst du dich etwa mit diesen Leuten hier ab?«

Ich würde gerne sagen, nein, niemals, nur heute. Und ihretwegen wird das auch nie mehr vorkommen. Stattdessen antworte ich nicht, wie ich auch Beatrice nicht antworten will, die mich sofort mit ausgestrecktem Zeigefinger ruft.

»Hör zu, du da«, weil sie meinen Namen nicht kennt, vielmehr weil ich für sie keinen Namen habe, wie streunende Katzen, die man nicht streicheln sollte, weil man sich sonst irgendwelche Krankheiten einfängt. »Sind diese Herren gekommen, um dich abzuholen? Kennst du sie?«

Ich sehe sie an, sehe meine Onkel mit den Zweigen und Blättern auf dem Kopf an, die wackeln, als sie ganz überzeugt nicken, dann sehe ich niemanden mehr an und antworte bloß *Nein*.

»Oh, aber natürlich!«, sagt Onkel Athos. Er nähert sich und nimmt seine Kappe ab, weil er denkt, dass ich ihn so gut getarnt vielleicht nicht erkannt habe: »Hey, Kleiner, wir sind's!«

»Da haben wir's«, sagt Beatrice zu ihm. »Lügner seid ihr auch noch, hier kennt euch niemand, verschwindet!«

Aber meine Onkel antworten ihr nicht, weil sie so gekränkt sind, dass sie nicht mehr sprechen können, sie können mich bloß anstarren.

Also antwortet Mars: »Von wegen, wir kennen hier keinen. Der da ist ihr Enkel. Mehr noch, sie sind praktisch seine Väter. Sag's ihnen, Junge, los, ist doch wahr, oder nicht?«

Die Menge der Gäste ringsum fängt an, untereinander zu tuscheln, Worte, die ich nicht verstehe, aber bestimmt lauter hässliches Zeugs. Und ich bin hier, nass und zitternd unter den Augen und den Kommentaren des Universums.

Aber das ist nicht gerecht, das hat keinen Sinn: Im Leben kann man nur einen Papa haben, und maximal zwei Opas. Das ist eine bekannte Tatsache, das ist das Erste, was man in der Schule lernt. Also ist es nicht so, dass ich mir das aussuchen könnte, ich kann ja wohl nicht die Regeln ändern, auf deren Grundlage Familien entstehen, sonst zerfällt noch die Familie und mit ihr die Gesellschaft und die ganze Welt. Ich kann nur mit der Wahrheit antworten, also suche ich tief in der Brust nach etwas Atem und nutze den, um zu sagen: »Nein, das ist nicht wahr, ihr seid nicht meine Väter, ihr seid nicht einmal meine Großväter.«

Das sage ich, und als ich darüber nachgedacht hatte, war es mir wahr, einfach und offiziell erschienen, es jetzt aus meinem Mund zu hören, hat dagegen einen erschreckenden Klang, der mir im Hals wehtut.

Doch ihnen tut es noch mehr weh, denn Onkel Aldos Gesicht verzieht sich zu einer verlorenen Grimasse, Athos' Mund verliert zum ersten Mal in so vielen Jahren sein festgezurrtes Lächeln und bleibt voller Bitterkeit offen stehen, während er sich die freie Hand ohne Gewehr aufs Herz hält.

Und im Park herrscht eine ohrenbetäubende Stille, die Signor Mars zu verscheuchen sucht, indem er das Thema wechselt: »Und du«, sagt er, auf Beatrice zeigend, »du bist wirklich unsympathisch, Schneewittchen!«

»Ich bin nicht Schneewittchen!«

»Nein? Warum bist du dann als Schneewittchen verkleidet?«

»Genau!«, ist die Stimme des Kleinen Massimo zu hören, unsichtbar mitten in der Menge. »Das habe ich ihr auch gesagt, Signore, aber sie verneint hartnäckig!«

»Es reicht!«, meint Beatrice. »Verschwindet! Auch du, und

du!«, womit Massimo und ich gemeint sind. »Ich wollte euch nicht hier bei mir zu Hause haben, ich kenne euch gar nicht! Meine Mama war es, die alle eingeladen und meine Party ruiniert hat!«

Massimo nickt, er sagt: »Wir wollten auch gar nicht kommen, unsere Mütter haben uns hergeschickt.«

Also hatte vielleicht Martina recht: Papas und Mamas sind immer schuld. Tatsächlich kommen sie gerade jetzt schnellen Schrittes aus der Villa, bereit, die Lage noch zu verschlimmern.

Es sind Beatrices Eltern und noch ein paar Erwachsene. Und während bei den Jugendlichen alle eingeladen waren, sieht man sofort, dass bei den Erwachsenen dagegen eine strenge Auswahl getroffen wurde, elegant mit Jackett und Krawatte, die Damen in so schönen Kleidern, dass sie aussehen wie teure Gardinen, die von den Fenstern abgenommen und umgewickelt wurden. In der Hand haben sie Gläser mit einer farbigen Flüssigkeit drin, die ich noch nie getrunken, an der ich bei meinen Onkeln aber oft geschnuppert habe, und ich weiß, dass es dir dabei in der Nase brennt und weiter hoch, bis es dir die Gedanken im Hirn in Brand setzt. Und das ist jetzt wirklich das Letzte, was es braucht.

Neben Beatrices Papa kommt der Besitzer der örtlichen Apotheke. Die anderen kenne ich nicht, aber meine Onkel zeigen auf einen ohne Haare und sagen: »Nanu, da ist ja sogar der Stadtrat!«, und sie verbeugen sich vor ihm, aber nicht im Ernst.

Signor Marconi geht sofort zu seiner Tochter, nimmt sie fest in den Arm und spricht besänftigend auf sie ein, während er meine Onkel, Mars, Uranus und Gino ganz böse ansieht. Er fragt sie, was sie wollen und wie sie eingedrungen sind.

»Wenn überhaupt, ist hier die Frage, wie ihr in die Macchia del Nuti eingedrungen seid!«

»Das ist mein Eigentum, die Macchia beginnt da hinter dem Zaun.«

»Klar, weil du dir ein Stück geklaut hast und dir diesen schönen Garten draus gemacht hast! Und wie du das gemacht hast, ist jetzt ja klar!« Onkel Aldo zeigt auf den, den er Stadtrat genannt hat, und der erwidert, dass er sich bloß in Acht nehmen solle.

»Ich nehme mich nie in Acht, vor nichts!«, meint mein Onkel, und ich will still bleiben und am liebsten in einem Loch in der Erde verschwinden, sonst würde ich diesen Herren sagen, dass *sie* sich in Acht nehmen sollen, weil das wirklich stimmt.

»Papa, die ruinieren hier gerade meinen besonderen Tag, schick sie weg, schick sie endlich weg!«

»Hey!«, meint Onkel Aldo, bestimmt mit bösem Gesicht, auch wenn ich das jetzt nicht sehen kann, ich schäme mich zu sehr und schaue krampfhaft auf den Swimmingpool, wobei ich wieder an die gute alte Zeit von vor fünf Minuten denke, als sie mich da hineingeworfen haben. »Uns verscheucht keiner, wenn überhaupt, dann gehen wir von selbst. Aber ihr müsst mit diesem Radau aufhören!«

»Was denn für ein Radau?«

»Dieser Radau hier! Die Musik, das Geschrei und alles.«

»Das ist doch normal, das ist ein Fest.«

»Das ist überhaupt nicht normal, schließlich fliegen die Vögel weg. Die Natur ist heilig, ihr müsst sie respektieren! Sonst hauen die Vögel ab, und wir geben keinen einzigen Schuss ab!«

Und sei es, dass sie diese Rede über die Natur überzeugt hat, sei es, dass mein Onkel beim Reden mit dem Gewehr herumfuchtelt, jedenfalls widerspricht niemand. Vielleicht hört es ja jetzt so auf, und meine Onkel und ihre Freunde drehen wieder um, laufen zum Zaun zurück, den sie umgeworfen haben und den sie irgendwie wieder in Ordnung bringen, und dann verschwinden sie zusammen mit den Vögeln und den restlichen Wildtieren im Dickicht des Waldes.

Das hoffe ich jedenfalls, ich hoffe es ganz stark. Aber noch stärker ist dieses neuerliche Gebrüll, das auf meine Hoffnungen springt und sie gnadenlos niedertrampelt. Denn auch das kommt aus dem Wald, und ich schaue nach dahinten, und statt meine Onkel weggehen zu sehen, sehe ich weitere ankommen.

Es sind Adelmo im Rolli und Aramis, der ihn schiebt. Jetzt sind wir also komplett. Mehr noch, heute hat das Schicksal wirklich beschlossen zu übertreiben, denn Onkel Adelmo bei der Jagd ist eine totale Neuerung: Mit seinem Rollstuhl kann er sich nicht auf Schotter wagen, also muss er zu Hause bleiben und erst seine ohne ihn losziehenden Brüder beschimpfen, dann alleine vor sich hin fluchen und dann ganz finster und traurig seine Beine anschauen. Jetzt dagegen ist er hier und kommt mit dem Gewehr in der Hand und aufgerissenen Augen auf mich zu, auf dieses Vögelchen ohne Zufluchtsort, in Erwartung des Schusses, der mich aus der Welt reißen wird.

Aber mein Onkel schießt gar nicht auf mich, er hebt das Gewehr mit beiden Händen hoch und wedelt damit herum, und er ruft mich mit einer Stimme, die ich fast nicht wiedererkenne. Denn ich schwöre, dass sie glücklich klingt, glücklich und süß, was aus seinem Mund so absurd ist, dass ich im ersten Moment denke, es wäre jemand anderes, einer, der ihm vom Gesicht her sehr ähnelt, aber vom Charakter wirklich überhaupt nicht.

»Fabio, Fabietto, schau mal, wo ich bin! Ich bin mit meinen Brüdern auf der Jagd, Scheiße noch eins!« Eine Hand lässt das Gewehr los, um den Rollstuhl zu berühren, die breite, weiche Armlehne zu streicheln. Und da fällt mir auf, dass es nicht der übliche ist. »Sag deinem Papa, dass er große Klasse ist! Und dass er sofort nach Hause kommen soll, weil ich ihm einen Kuss geben will! Einen Kuss auf den Mund gebe ich ihm, ich warne euch, Jungs, regt euch nicht auf, sobald ich ihn sehe, gebe ich ihm einen Kuss auf den Mund, verdammt noch mal!«

Ich schaue ihn an, schaue den neuen Rolli an, und wie alle wirklich gigantischen Dinge des Lebens verstehe ich es im ersten Moment gar nicht. Nein, denn es ist zu groß und braucht Platz, deshalb sammelt es erst in Ruhe alles auf, was ich im Kopf habe, und wirft es ins Nichts, dann nimmt es Anlauf und springt, reißt mich mit und bringt mich weg.

Und tatsächlich bin ich nicht mehr hier. Die Party ist nicht mehr da, die Villa nicht und auch nicht der Swimmingpool, alle Gäste verschwinden, und der Wind, der die Kleider auf meiner Haut zu Eis werden ließ, erstirbt.

Es gibt nicht einmal mehr diesen Maientag, denn ich rolle gegen die Strömung den Fluss der Zeit hinauf und bin schlagartig an einem Dezembernachmittag vor drei Jahren, als es fast Abend und fast Weihnachten war. Und ich schwöre, dass ich mich bis eben überhaupt nicht daran erinnerte, aber jetzt existiert nur noch er.

Er und ich, der ich zwei alte Crossräder ohne Reifen anstarre, draußen vor Papas Werkstatt, in der Hoffnung, dass er daraus ein neues Crossrad ganz für mich allein baut, ein Supermodell, das von alleine alle Gräben überwindet, bei Sprüngen fast so, als flöge man. Ich gehe rein, und in der Werkstatt ist nur wenig Licht, aber es reicht, um zu erkennen, dass Papa sich über etwas beugt, was kein Fahrrad ist. Das sieht man sofort, und nach einer Weile sieht man auch, dass es ein Rolli ist. Vollständig von ihm gebaut, indem er Stück für Stück zusammenschweißt, strapazierfähig und gleichzeitig federleicht, tarnfarben und mit vier gleichen Rädern, die der Crossräder da draußen eben. Und weiche Armlehnen mit Getränkehalter für Wasser oder wahrscheinlicher für Wein und ein großer Plastikbehälter unter dem Sitz, von dem Papa mir bedeutet, dass er nützlich ist, wenn man dringend pinkeln muss. Schließlich schreibt er auf diesen fantastischen Rolli mit einem Pinsel dessen Namen:

4X4 SUPER-SPECIAL FÜR ADELMO MANCINI

Er löst den Pinsel und den Blick vom Metall, sieht mich an und lächelt: »Weihnachtsgeschenk«, sagt er. Und mir bleibt die Luft weg, weil ich mir vorstelle, wie glücklich Onkel Adelmo sein wird, wenn er diese wunderbare Überraschung bekommt, wo mir ja schon gleich die Tränen kommen, wer weiß, wie es dann erst für ihn sein wird, wo er doch ständig murrt, dass er mit seinem Rolli auf den befestigten Wegen bleiben müsse, »und auf befestigten Wegen passiert nie irgendwas Interessantes«.

Doch jetzt wird sich alles ändern, dank dieses super-speziellen Rollis von meinem Papa, dank dieser genialen Erfindung, einer so sensationellen Überraschung, dass wir an Weihnachten aufpassen müssen, weil Onkel Adelmo vielleicht vor Rührung der Schlag trifft, wenn er das sieht.

Nur dass bis Weihnachten noch zwei Tage fehlen, und morgen Abend wird es in der Kirche den großen Krippenwettbewerb geben. Und um den Wasserfall vom Himmel in Gang zu bringen, wird Papa oben auf die Leiter steigen, und ich, als Engel verkleidet und da oben aufgehängt, werde ihn sehen, und dann werde ich ihn nicht mehr sehen, und ich werde ihn auf dem Boden wiederfinden, reglos und erloschen. Und ab da wird nichts mehr Sinn haben, nichts auf der Welt, schon gar nicht der Rolli für Onkel Adelmo, für immer eingepackt und im Dunkel der Werkstatt wie auch meines verworrenen Kopfes versteckt.

Das heißt, für immer bis heute, als meine Onkel wer weiß was in Papas Werkstatt gesucht haben, jedenfalls den Rolli dort fanden, sodass Onkel Adelmo sein Glück wiedergefunden hat.

Und er wirft sich wie wild hin und her, sodass Aramis hinter ihm lacht und ihm zuruft, er solle langsamer machen, sonst kippe er um.

»Einen Kuss auf den Mund gebe ich deinem Papa! Einen Kuss auf den Mund, sobald ich ihn sehe! Das ist was für Schwuchteln? Was juckt mich das, ich gebe ihm trotzdem einen!«

Und er fängt wieder an, mit dem Gewehr herumzuwedeln und in die Luft zu zielen, während meine anderen Onkel klatschen und *Bravo!* rufen. Denn das Geburtstagsfest existiert nicht mehr, es existiert nur dieses plötzliche und grenzenlose Glück, und all das Zeug hier im Park, das mich so beklommen gemacht hat, ist jetzt nur noch dumm und künstlich, plattgemacht von der Bravour, dem Genius und dem Wunder meines Papas.

Deshalb kommt mir die klagende Stimme von Beatrice so absurd vor, die nicht bemerkt hat, dass sie nicht mehr existiert, und hartnäckig weiter ihren Papa anquengelt: »Schick sie weg, Papa, ich bitte dich, schick sie sofort weg!«

Und er, ganz ernst, wobei er sich den Knoten der Krawatte etwas lockert: »Meine Herren, jetzt bin ich es wirklich leid, verlassen Sie sofort meinen Grund und Boden!«

Da bemerken Onkel Aramis und Onkel Adelmo ihn und die Gäste, der Rolli hält an, Adelmo mustert Signor Marconi und begrüßt ihn dann auf seine Weise: »Wer zum Teufel bist du denn?«

»Ich bin der Hausherr, und Sie sind keine willkommenen Gäste.«

»Ach!«, meint mein Onkel, »ich hab verstanden, wer du bist, der Bestattungs-Marconi!«, und mit der Hand fasst er sich fest zwischen die Beine. »Was ist denn passiert, warum haben sie den Totengräber gerufen?«

»Ich bin kein Totengräber, und das hier ist mein Haus, und Sie dürfen hier nicht rein.«

»Von wegen, du Totengräber, mit diesem Juwel hier komme ich ab heute überall hin!«, und er streichelt erneut die Armlehne des Rollis. »Jetzt, wo mich meine Beine nicht mehr aufhalten, glaubst du etwa, du könntest mich aufhalten?«

Signor Marconi presst die Zähne zusammen und seine Tochter im Arm an sich, und an seiner Stelle antwortet einer seiner eleganten Freunde: »Klar werden wir Sie aufhalten, dank einer Kleinigkeit, die sich Strafgesetzbuch nennt. Sagt Ihnen das nichts?«

»Und wer bist du?«, fragt Onkel Aldo, »noch ein Totengräber?«

»Nein, ich bin der Anwalt Balestri. Und ich rate Ihnen, sofort zu verschwinden, im Namen des Gesetzes.«

Das sagt er, ganz ernst und mit vor Wichtigtuerei angeschwollenem Hals. Und für einen Moment herrscht nur Schweigen, das schwer in den Ohren und in der Luft liegt, und kurz scheint es mir so schwer, dass meine Onkel und ihre Freunde nicht nur gehen müssen, sondern geradezu fliehen. Und ich mit ihnen, bevor das Gesetz zusammen mit der Polizei kommt und uns alle ins Gefängnis bringt.

Ich kann nicht wissen, ob sie getroffen oder erschreckt oder sonst was sind, denn nachdem ich gesagt habe, dass ich nicht ihr Sohn und auch nicht ihr Enkel sei, schaffe ich es nicht, ihnen in die Augen zu sehen. Aber das ist gar nicht nötig: Es vergeht nur eine Sekunde, dann kommt dieses schallende Gelächter von ihnen allen bei mir an, so unkontrollierbar, dass der einzig dafür Ausgestattete Onkel Adelmo mit diesem Behälter unter dem Sitz ist, während die anderen Gefahr laufen, zu lachen, bis sie sich einpinkeln.

Und wirklich spricht dann Adelmo, als er es schafft, die Worte zwischen den Lachanfällen einzuschieben: »Das Gesetz? Hast du das wirklich gesagt, du Anwalt, das Gesetz? Wen juckt schon das Gesetz!«, und weiteres Gelächter.

»Gut so, lachen Sie nur weiter, solange Sie noch können, aber bald werden Sie weinen müssen. Das Gesetz ist heilig.«

Und sie lachen noch mehr, schauen sich gegenseitig an und wiederholen: *Das Gesetz ist heilig!*, wie die Pointe eines mordsmäßigen Witzes, und sie klopfen sich tausendmal auf die Schultern. Und ich bedauere sehr, dass sie nicht auch mir ein wenig auf die Schulter klopfen.

»Klar ist das Gesetz heilig«, sagt schließlich Onkel Aldo, »es ist heilig, ja, für euch: Es lässt euch machen, was euch gefällt! Da ist ein Wald, der allen gehört, und alle können dort auf die Jagd gehen, spazieren gehen, Liebe machen. Aber ihr wollt ihn für euch allein haben, ihr nehmt euch ein Stück davon und behauptet, dass es eurer sei, und ihr könnt das tun, weil das Gesetz euch recht gibt. Ihr nehmt euch die Pflanzen und rodet sie, tschüss, Grün, tschüss, Nester, tschüss alles Übrige, das Gesetz lässt euch machen, und es lässt euch sogar einen Zaun ringsum errichten, um den Rest der Welt auszusperren. Dann fangt ihr an, Radau zu machen und bei Musik auf voller Lautstärke herumzuschreien, und das Gesetz lässt euch auch das machen. Wenn aber wir ein Stückchen Zaun umtreten und einen Schritt hier hinein tun, auf diese Wiese, die einmal allen gehört hat, dann kommt das Gesetz gleich zu eurer Verteidigung angerannt und sagt: *Nein, das ist illegal!*, und am Ende geht es noch so aus, dass bei all diesen Scheußlichkeiten wir die Gesetzlosen sind!«

»Das ist klar!«, meint der Anwalt. »Sie bewegen sich weit außerhalb des Gesetzes: Jagdausübung in einer Sperrzone, Missbrauch von Feuerwaffen, Hausfriedensbruch … Die Liste ist unendlich!«

»Die Liste ist ein Scheißdreck«, erwidert Adelmo, immer noch mit diesem Lächeln auf den Lippen, das heute geboren wurde, um nie mehr zu sterben. »Klar gefällt euch das Gesetz, ihr habt es so gemacht, wie ihr es wollt, und es gibt euch immer recht. Uns dagegen reißt es immer den Arsch auf, was soll es für uns also für einen Sinn haben, das Gesetz zu befolgen? Für uns ist es besser, zu tun, was uns passt. Und das Gesetz bringt uns zum Lachen, und wir überlassen es ganz euch, die ihr uns noch mehr zum Lachen bringt. Ein Totengräber, ein Anwalt, ein Apotheker, ein Stadtrat … wie schön ihr seid, so reich, so elegant. Ja, ja, wenn es etwas noch Lächerlicheres als das Gesetz gibt, dann seid ihr das!«

»Also lächerlich sind ja wohl Sie!«, explodiert da Signor Marconi, mit einem Schrei, auf den hin sich alle umdrehen. Er hat die Augen aufgerissen und spricht, als würde er kotzen, ohne diesen Schwall an Grässlichkeiten aufhalten zu können, der von innen kommt und unbedingt raus will: »Sie kommen in mein Haus und nennen mich lächerlich, *Sie*? Mit diesem Hut mit Blättern drauf und diesen bescheuerten Tarnklamotten und diesem absurden Rollstuhl, den Sie unterm Hintern haben?«

»Gewiss«, mischt sich der Anwalt ein, »was zudem sicher kein zugelassenes Modell ist, also dürften Sie damit auch nicht herumfahren.«

Das sagen sie, ich schwör's. Und der Stadtrat und der Apotheker nicken. Und das Publikum der Geburtstagsgäste gibt ihnen recht, auch wenn sie fast nichts verstanden haben.

Meine Onkel und ihre Freunde dagegen antworten zwar nicht sofort, aber gleich werden sie zwangsläufig irgendetwas sagen, und es wird noch eine Weile so weitergehen. Doch das sind Gespräche, die ich mir nur vorstellen kann, ohne sie noch zu hören: Zu laut schreien die Gedanken in meinem Kopf.

Denn ich glaube zwar an alles und weiß, dass in der Welt alles möglich ist, aber ich kann einfach nicht glauben, dass es Menschen gibt, die schlecht von diesem Rolli sprechen können. Menschen, die nicht in der Lage sind, dieses von meinem Papa geschaffene Wunderwerk zu verstehen, wie fantastisch und genial es ist und wie viel Glück es bringt, so viel, dass man es geradezu in der Luft knistern spürt. Aber sie spüren es nicht, sie könnten ein solches Wunder nie vollbringen, ja, sie wissen nicht einmal, an wen sie sich wenden könnten, um darum zu bitten. Und wenn sie schließlich jemanden finden, dann macht der es zwar für sie, das schon, aber für Geld, ohne die Leidenschaft, die mein Papa hineingelegt hat, als er schweißte und malte und sich dabei Onkel Adelmo vorstellte, der nach vielen Jahren mit dem Gewehr in der Hand in die Macchia del Nuti zurückkehren würde, und die Rührung vor diesem inneren Bild floss ganz in seine Arbeit ein, die dadurch zu etwas Besonderem, Magischem wurde, bis zum letzten Pinselstrich, bis zur letzten, fest angezogenen Schraube.

Aber diese Leute verstehen das nicht, sie können es nicht verstehen, denn sie tun nichts selbst, sie bestellen, mehr nicht. Sie beschließen Dinge und befehlen sie dann den anderen. Auch die Kriege stellen sie wegen irgendwelcher eigener Interessen auf die Beine, doch in den Kampf schicken sie dann meinen Opa Dino. Der am Ende zu Oma Mariuccia zurückgekommen ist, aber wenn er nicht zurückgekommen wäre, hätten sie ihm ein schönes Denkmal für die Gefallenen gesetzt, und sie hätten entschieden, wie es aussehen und wo es stehen soll, und bei der Einweihung wären sie dort mit Trikolore-Schärpe um die Brust erschienen, um zu reden, reden, reden. Denn etwas anderes können sie nicht, und ihre Hände wissen sie nicht zu benutzen. Sie können nur für andere entscheiden und festlegen, was legal ist und was nicht, was normal ist und was komisch, wer gesund ist und wer verrückt. Und vor etwas Genialem und Neuartigem wie diesem Rolli können sie nur bemerken, dass er von der Normalität abweicht, also ist er nicht in Ordnung. Sie werden das auch über das Rad gesagt haben, als einer meiner verrückten Vorfahren es in seiner Höhle erfunden hat, sie werden das auch über den Menschen gesagt haben, der als Erster die Samen der Pflanzen sammelte und sie in die Erde steckte, um welche anzubauen. Denn damals war das sonderbar, es war absurd, aber alles ist anfangs sonderbar, und tatsächlich entstehen neue und schöne Ideen immer in den Köpfen sonderbarer Leute. Daher kommen die großen Erfindungen und auch die großen Geschichten.

Während man die Geschichten der Herrschenden nie kennt, die sind voller schlimmer Dinge, die sie getan haben, um dorthin zu gelangen, wo sie jetzt sind, also wird besser nicht daran erinnert. Und in unseren wunderschönen Geschichten kommen sie nicht vor, oder doch, aber als unsympathische Nebenfiguren, die nur wütend machen. Und sie bemerken es nicht einmal, nein, sie denken, sie würden respektiert, weil sie bezahlen, aber sie wissen nicht, wie viel Abscheu sie bei denjenigen hervorrufen, die ihnen das Essen machen und servieren, bei denjenigen, die ihr Auto waschen und ihre Hecken stutzen, bei allen Menschen, die nicht elegant sind und mit ihren Händen alles machen können, außer einen Knoten in diesen riesigen Unsinn, den man Krawatte nennt.

Mag sein, vielleicht sind meine Onkel verrückt und ihre Freunde auch und vielleicht auch mein Papa. Aber noch verrückter als alle bin ich, der ich mir deswegen auch noch Sorgen mache.

So ist es, das ist unser Fluch, aber wenn der Fluch bedeutet, so sonderbar zu sein, wie wir sind, na, dann mögen die Verfluchten hochleben. Mehr noch, ich kann es gar nicht erwarten, vierzig zu werden, um es durch und durch zu sein. Auch wenn es mir gelänge, mich zu verloben und zu heiraten, hoffe ich, eine zu finden, die mindestens so verrückt ist wie ich, und mit ihr noch verrücktere Kinder zu machen, wenn das heißt, Menschen wie meinen Papa in die Welt zu setzen, der in der Lage ist, Wunderwerke zu bauen wie diesen Rolli, und wie meine Onkel, die ihn nur zu sehen brauchen und ihn auf Anhieb verstehen und alles Glück der Welt empfinden.

Also mögen wir verflucht sein, ja, verflucht fürs Leben, verflucht und weit weg von solchen Festen, die ich nun, danke für die einmalige Einladung, einmal erlebt habe und nie mehr besuchen werde. Ich gehe schnurstracks in mein Dorf zurück zusammen mit meinen Onkeln, die aber auch meine Großväter und sogar meine Väter sind, auch Mars und Uranus und Gino, alle zusammen. Sie sind alle in mir drin, ihre Leben und ihre Geschichten, also bin ich voller Wunder. Und jetzt gehe ich, mit ihnen zusammen, und ihr da, bleibt ruhig auf dem Fest, esst und trinkt und tanzt, und vor allem schert euch zum Teufel!

Ja, all das riss mir das Hirn fort und das Fleisch und das Blut, wie eine Lawine aus Gedanken und Gefühlen gleichzeitig. Und ich weiß nicht, an welchem Punkt es zu Worten wurde, die, statt in mir drin zu bleiben, raus an die Luft schnellten. Doch es ist passiert, ich schaue mich um und erkenne es an den aufgerissenen Augen, den offenen Mündern, dann an den Sprüngen und dem Gebrüll meiner Onkel, die zu mir kommen und mich umarmen, während Mars und Uranus und Gino feiern, indem sie Gewehrschüsse in den Himmel abfeuern und immer wieder *Wie taff der Kleine ist, wie verdammt taff!* rufen.

Sie packen mich und drücken mich, und wir ziehen so ab, ohne uns umzuschauen, ich schiebe Onkel Adelmos Rolli und schmelze dahin, als ich spüre, wie mühelos und schnell er dahinschnurrt.

Aber wir sind nicht allein, uns folgen der Kleine Massimo, Manuel und Jolanda, und auch Martina. Mehr noch, sie kommt sogar zu mir, und ich schwöre, dass sie mich kurz ansieht, mich dann umarmt und mir einen Kuss gibt. Der vielleicht für meine Wange gedacht war, aber auf meinem Mundwinkel landet. Na also, ich bin dreizehn und habe gerade ein Mädchen auf den Mund geküsst, ich dachte, ich wäre zurückgeblieben, dabei liege ich fast vorne, auch wenn es schwierig ist, das zu sagen, weil ich keine Ahnung habe, wohin wir gehen. Aber das ist schon in Ordnung so.

Ich schaue sie kurz an, aber ich schäme mich und richte meinen Blick wieder auf den Wald, während Onkel Aldo lächelt und mir zunickt und wir alle zusammen schnurstracks in die richtige Richtung gehen. Die das Loch im Zaun ist, ins Dickicht der Macchia, von wo sie gekommen sind und wohin wir jetzt alle zurückgehen. Und obwohl wir schreien und schießen, kommen die Vögel trotzdem, um uns zu begrüßen, während wir in unsere Welt zurückkehren und das Fest hinter uns lassen, das sofort aufhört zu existieren.

Nein, einen Moment bleibt es noch da, aber nur einen: Lang genug, um die Gäste begreifen zu lassen, dass sie dem Sonderbarsten und Außergewöhnlichsten beiwohnen, das sie je gesehen haben, der schönsten Geschichte, die sie je hören werden.

Während wir unter Gesang und Umarmungen und Schüssen und Gezwitscher ins Dickicht des Waldes zurückgehen und ganz in dieses fantastische, dichte, sensationelle Wunder eintauchen.

23

Wer bringt den Vögeln ihre Lieder bei

Es ist der 28. August, die Sonne brät die Vögel im Flug, und mein Papa kommt nach Hause.

Nur für ein Wochenende, aber heute kommt er mit uns nach Hause.

Drei Monate sind seit jenem Samstag vergangen, an dem er mir zugewinkt hat, und jeden Tag lernt er etwas. Erst hat er essen und trinken gelernt, dann sich anzuziehen und sich zu kämmen und vieles mehr. So viele Sachen, dass ich mich anstrengen musste, jedes Mal etwas Neues zu schreiben, was ich ihm beibringen konnte. Dann war zum Glück die Schule zu Ende und ließ mir Zeit für die wichtigen Dinge, sonst hätte ich das gar nicht geschafft. Und währenddessen hat Papa die Füße seines Nachttischs in Ordnung gebracht, dann das Kopfende seines Bettes, das quietschte, die Fensterangeln und die beiden Steckdosen, die noch nie in ihrem Leben funktioniert hatten. Und jeden Tag, wenn die Pfleger ihn zur Reha bringen, halten ihn Leute auf, um ihn um eine Reparatur zu bitten, Verwandte anderer Patienten bringen Sachen von zu Hause mit, Mixer, Fernbedienungen, Transistorradios, so viele, dass die Ärzte dem Ganzen einen Riegel vorgeschoben haben, weil sein Zimmer zu einer Art Werkstatt geworden war.

Na gut, die Ärzte übertreiben immer, aber als wir ihn heute Morgen alle zusammen abholen kamen, passte er unter einem Berg auseinandergenommener Dinge, die darauf warteten, wieder zu funktionieren, wirklich kaum noch in sein Bett. Aber die Sachen werden noch etwas länger warten müssen, denn ab heute und das ganze Wochenende über wird Papa nicht da sein, er kommt mit uns nach Hause.

Er hat sich selbst hochgezogen, ist bis zum Rand des Bettes gerutscht und von da auf den Rolli, denn seine Beine sind noch nicht zurückgekommen. Und auch seine Stimme nicht, die Ärzte haben gesagt, dass er vielleicht für immer stumm bleibt, und ich habe ihnen erklärt, dass das kein Problem ist, weil Papa schon vorher nicht gerade eine Quasselstrippe war. Doch dann habe ich eine neue Seite vollgeschrieben, auf der ich ihm beibringe, wie man spricht: Das Geheimnis ist, die Luft einzuatmen und sie dann aus dem Mund statt aus der Nase wieder rauszulassen, und dabei bewegt man die Lippen und die Zunge, um sie in Klang zu verwandeln, besser gesagt viele Klänge, die zusammengenommen zu Wörtern und Gesprächen und auch Liedern werden. Was, wenn man genauer darüber nachdenkt, echt der Wahnsinn ist, und während ich es für Papa aufschrieb, war auch ich erstaunt, dass das passieren konnte, also versuchte ich zwischen einer Zeile und der nächsten A, A, A zu sagen, dann B, B, B, zufällige Einzellaute, dann Lautpaare und schließlich hintereinander aufgereihte Laute, und auch das mit dem Sprechen ist eine dieser Unmöglichkeiten, die aber doch passieren. Ja, es passiert ganz, ganz oft, es passiert jeden Tag, und es passiert uns allen, und mein Papa hat vergessen, wie es geht, also bringe ich es ihm jetzt neu bei, aber die Menschen lernen es als ganz kleine Kinder, auch ohne dass ihnen das jemand beibringt, es reicht, geboren zu werden.

Wie die frisch geschlüpften Vögelchen, die Onkel Aramis aus den Nestern holt, er zieht sie auf und gibt ihnen eine Art Kleienfutter auf einem Stöckchen zu essen, und sie öffnen irgendwann den Schnabel und singen los, singen ihre wunderschönen Lieder. Doch woher kommen diese Lieder? Wer hat sie erfunden, wer hat sie ihnen beigebracht? Ich weiß es nicht, und die Vögel auch nicht, aber sie kennen sie und singen sie so gut, und sie benutzen sie, um die Weibchen verliebt zu machen und um sich zu unterhalten. Genauer gesagt, singen Buchfinken verschiedene Lieder, je nachdem, wo sie leben, reden auf eine Weise, die von Ort zu Ort wechselt, die Buchfinken sprechen also Dialekt.

Auch das etwas Unmögliches, und doch passiert es, das steht im *Neuesten praktischen Jagdlexikon*, das ich Anfang des Sommers auf dem Markt gekauft habe. Ich kaufe weiterhin ein Lehrbuch pro Woche, vor allem, um Signora Stella zu begrüßen und nachzusehen, ob sie noch auf dem Markt und nicht auf Hawaii ist, denn eigentlich lese ich die Bücher kaum mehr. Ich habe jetzt weniger Zeit, und ich lerne auch so ganz viel, indem ich meinem Papa helfe, der zurückkommt, indem ich die Seiten meines eigenen Lehrbuchs für ihn schreibe.

Außerdem schreibe ich einen Haufen Postkarten an Martina, einen Tag ja, einen Tag nein, und an dem Tag, an dem ich keine schreibe, schreibt sie mir. Das geht so seit Juni, und ich weiß, dass es bescheuert ist, Postkarten aus deinem Ort an jemanden zu schreiben, der selbst dort wohnt, aber Martina verbringt den Sommer oben in den Bergen im Trentino, zusammen mit ihrer Mutter, von der ich nicht genau verstanden habe, was für eine Arbeit sie in einem Hotel da oben macht. Sie schickt mir Postkarten voller Wälder und Holzhäuschen und spitzer Berge mit Sonne dahinter, und sie schreibt, ich solle ihr unsere mit dem Meer, den Möwen und den Sonnenschirmen schicken, so vergisst sie nicht, wie der Sommer bei uns ist.

Aber bald kommt sie zurück, und sie hat mir das Versprechen abgenommen, dass wir an dem Tag sofort baden gehen, egal, ob es vielleicht regnet oder ein Wind geht oder das Meer so aufgewühlt ist, dass es den Strand verschlingt, wir gehen trotzdem hin und springen zusammen rein. Und ich habe Ja geantwortet, weil mir die Idee sehr gut gefällt und das aufgewühlte Meer mir keine Angst macht. Denn ich kann schwimmen, das ist, was ich in meinem Leben am besten kann, und ich habe es nicht aus den Lehrbüchern und auch nicht in der Schule gelernt. Es war mein Papa, der mich eines Nachmittags weit raus aufs Meer gebracht hat, wo man nicht mehr stehen kann, mich in dieses unendliche Blau geschmissen hat, wo ich mich ganz allein durch Strampeln und Herumfuchteln über Wasser gehalten habe, ich habe überlebt, und ich habe Tag für Tag weiter überlebt.

Und wenn ich an die wichtigen Dinge denke, die ich in diesen Monaten gelernt habe, habe ich sie im Grunde alle so gelernt: Ich bin zufällig eingetaucht und habe es allein und für ihn getan. Es ist komisch: Du wartest immer darauf, dass dir jemand hilft, etwas zu lernen, dabei lernst du so viel, wenn du es bist, der jemand anderem hilft.

Daran denke ich jetzt wieder, hier im Auto, mit Mama am Steuer, Papa auf dem Beifahrersitz und Oma und mir hinten und dem Lastwagen mit meinen Onkeln da vorne, die uns die Bahn freimachen. Athos natürlich wieder auf der Ladefläche, die ganze Zeit seit Lucca schaut er uns an, winkt uns zu und hebt lachend die Hände zum Himmel. Und auch Papa schaut ihn an und lächelt, er schaut aus dem Fenster und lächelt, er schaut mich an, und wir lächeln beide.

Leicht bitter ist nur, dass Papa erstaunt lächelt, wie vor etwas sehr Schönem, aber Neuem. Denn zusammen mit den Beinen, die sich nicht bewegen, und dem Atem, der nicht zur Stimme wird, schafft er es auch noch nicht, sich an uns zu erinnern.

Das habe ich Anfang Juni kapiert, und das war kein schöner

Tag. Jedes Mal, wenn ich zu ihm kam, begrüßte er mich freudiger, er umarmte mich sogar, aber wenn ich ihm von der Schule oder sogar von dem Spezial-Rolli erzählte, den er für Onkel Adelmo gebaut hatte, sah ich, dass er mir kaum folgen konnte. Denn für ihn war ich ein freundlicher, netter Junge, der ihn besuchen kam und ihm nützliche Dinge vorlas, aber als ich ihm gesagt habe, dass ich sein Sohn bin, hat er so gelächelt, wie er jetzt im Auto lächelt, freudig überrascht. Was meiner Meinung nach zu wenig ist. Wie einer, der denkt, er hätte nichts zu essen, und dem du sagst, dass du ihm Grillhähnchen und Kartoffeln beim Schnellimbiss gekauft hast, und er lächelt, klar, denn Grillhähnchen mit Kartoffeln sind echt lecker, aber einen Sohn und eine Frau und eine riesige Familie zu haben, die auf dich warten, sollte halt doch mehr sein.

Die Ärzte sagen aber, dass das normal ist. So sind sie, die schönen Dinge sind für sie alle unmöglich, die schlimmen dagegen normal. Doch nach und nach kam es auch mir immer weniger schlimm vor, dass Papa sich nicht an uns erinnert. Das ist nur eines der vielen Stücke Leben, die er unterwegs verloren hat, er sammelt sie eines nach dem anderen wieder ein, und bald wird er bei mir ankommen.

Und bestimmt tut es ihm jetzt gut, seine Orte wiederzusehen, die Straßen voller Häuser, in denen Bäder und Rohre dank seines Einsatzes funktionieren. Sie fließen da draußen vor den Fensterscheiben vorbei, immer näher an unserem Zuhause, aber immer langsamer, bis wir wirklich anhalten.

Denn es ist der 28. August, und für die Familie Mancini ist das der Tag, an dem Giorgio nach Hause kommt, aber für den Rest des Orts ist es das Fest des heiligen Hermes. Mit großem Jahrmarkt, zu dem die Leute aus der ganzen Provinz kommen, die Innenstadt füllt sich, und auf den Straßen gibt es Stau. Onkel Athos springt von der Ladefläche und kommt zu uns, um uns zu sagen, dass es da vorne einen Auffahrunfall gegeben habe und man nicht mehr durchkomme.

Und das ist ein Problem, weil im Auto eine Affenhitze herrscht und Papa schwitzt. Wir schwitzen alle, aber er darf nicht. Außerdem ist Mittagessenszeit, und zu Hause kochen wir gleich sein Lieblingsessen, Spaghetti mit Muscheln, die meine Onkel gestern erst im Meer fischen waren, mit einer dafür vorgesehenen Harke, die ein Netz am Ende hat und die du gut in den Sand rammen musst, im Wasser nahe am Ufer, und dann ziehst du sie hinter dir her. So sammelst du eines nach dem anderen diese Tierchen auf, die winzig sind, aber einen riesigen Geschmack entfalten.

Um Pasta damit zu machen, braucht man mindestens ein paar Kilo, nur dass meine Onkel überdreht waren von der Nachricht, dass Papa nach Hause kommt, und am Strand war Onkel Adelmo überglücklich, weil er mit seinem neuen Spezial-Rolli endlich bis ans Wasser ranfahren konnte, also trieb er sie an, indem er rief: *Na los, mit mehr Schwung, gebt euch einen Ruck, sonst komme ich und zeig euch, wie man das macht!* Und während sie stießen und harkten, erzählte er ihnen bestimmt eine weitere Geschichte, wie er im Rollstuhl gelandet war, eine wunderbare Geschichte, in der Muschelfischen vorkam. Und sie hörten zu und zogen weiter, immer weiter bis Sonnenuntergang, und jetzt haben wir zu Hause eine so große Anzahl Muscheln, dass wir uns bis Weihnachten daran überfressen können.

Also kann ich auch Martina, wenn sie zurückkommt, ein paar abgeben oder sie sogar zu uns zum Mittagessen einladen. Schließlich weiß sie mittlerweile sowieso, wie meine Familie ist, bei diesem berüchtigten Fest in der Nähe der Macchia del Nuti hat sie sie nur zu gut kennengelernt, und am Ende hat sie mir trotzdem einen Kuss gegeben. Einen Kuss auf den Mund, oder fast. Und auch wenn sie mir danach keinen mehr gegeben hat, auch wenn sie jetzt in den Bergen ist, gibt sie mir nach ihrer Rückkehr bestimmt wieder welche. Also, das scheint mir richtig so, auch wenn ich es nicht sicher weiß. Ich weiß nicht mal, was wir eigentlich sind, ein Paar, Freunde, Brieffreunde, hmm. Aber bald kommt sie zurück, und wir werden sehen, was passiert, so wie bald die dritte Klasse der Mittelschule anfängt und ich auch dort sehen werde, was passiert. Du brauchst nur auf deine Sachen zu warten, dann finden sie dich und kommen bei dir an.

Das sagte Papa immer: *Deinen Fisch, Fabio, den fängt dir keiner weg.*

Aber jetzt können wir ausnahmsweise nicht warten, die Straße ist versperrt, und Papa schwitzt, und die Spaghetti müssen gekocht und gegessen werden. Also fahren wir den Lastwagen und das Auto an die Seite und steigen aus, und ohne zu diskutieren, ohne darüber zu sprechen und eine Entscheidung zu treffen, laufen wir einfach los: Der Menschenfluss, der zum Jahrmarkt strömt, teilt sich in zwei Hälften und lässt uns durch, als wir in die entgegengesetzte und nur unsere Richtung laufen: nach Hause.

Zu Fuß, schließlich ist es nicht mehr weit. Papas Rolli schiebe ich, Mama läuft neben uns und Oma auf der anderen Seite, dann Aldo und Athos und Aramis, der Adelmo auf seinem Spezial-Rolli schiebt, während dieser Papa mit Augen voller Liebe anschaut.

Und vielleicht schaut uns auch diese Menge Unbekannter an, während sie sich vor uns öffnet, sie schaut uns ganz neugierig an, aber ich schäme mich überhaupt nicht. Im Gegenteil, ich verstehe sie: Wann wird ihnen noch einmal so ein Schauspiel geboten?

Und unser Schauspiel geht noch ein paar Minuten weiter, lange Straßen, auf denen immer weniger Verkehr ist, bis zu einer kleinen Gasse, auf der nur wir sind, eine klitzekleine Einbahnstraße und gleichzeitig die wichtigste der Welt, mit einem handbeschriebenen Holzschild:

WILLKOMMEN IM DORF MANCINI
BETRETEN VERBOTEN

Und Papa kann noch nicht lesen, aber ich lege ihm trotzdem eine Hand auf die Schulter und sage ihm, dass er sich keine Sorgen zu machen braucht, weil er einer von uns ist, und wir dürfen das Dorf betreten. Es ist unser Dorf, da ist unser Haus, und heute sind wir endlich zu Hause.

Er dreht sich zu mir um, hebt die Augen und lächelt mir zu. Aber es ist ein schönes Lächeln, schöner als vorhin, und ich erwidere es umso herzlicher, während er sich wieder diesen Dingen zuwendet, die für ihn ganz neu sind, auch wenn es seit Ewigkeiten dieselben sind.

Aber nein, das stimmt gar nicht: Nur einen Augenblick später steht vor uns etwas Unglaubliches, das uns alle von den Socken haut. Denn mitten auf der Straße erwartet uns, zusammen mit seinem Hund Sturm, Onkel Arno, ich schwör's. Es ist das erste Mal, dass ich ihn so sehe, außerhalb seines Gartens, ohne Mais und ohne Pflanzen um sich, was mir äußerst seltsam vorkommt. Wie eine Schnecke ohne Schneckenhaus, wie ein Wildschwein im Weltall. Und doch steht er da und winkt, und auch wir winken ihm zu, sogar meine anderen Onkel umarmen ihn, nachdem sie gesehen haben, dass er kein Gewehr umhängen hat. Er sagt: »Wenn es noch Platz gibt, esse ich mit euch. Aber nur heute.« Und Mama antwortet, das sei fantastisch, und Oma auch, und klar gebe es noch Platz, und wenn es doch keinen geben sollte, setzen sie ihn auf Opa Arolandos Platz, der immer leer ist und der ihm seinen gerne überlasse.

Oma rennt nach Hause, um die Spaghetti zu kochen, während meine Onkel alle das große Brett holen gehen, das dann auf zwei Holzstümpfe in den Garten gelegt und zu einem riesigen Tisch wird. Mama und ich dagegen schieben Papa auf die andere Straßenseite, auf den Rasen vor unserem Haus, unter das Vordach neben seiner Werkstatt, die da bereitsteht für ihn und seine Wunderwerke.

Mama setzt sich neben ihn, und ich würde auch gerne, kann aber nicht, weil ich solche Hummeln im Hintern habe, zu tun, was ich gleich tun werde, das Einzige, was mein Papa jetzt braucht. Der hier bei uns ist, er ist zurückgekommen, und gleichzeitig ist es, als wäre er gerade erst geboren. Und geboren werden ist wunderschön, es ist der Anfang dieses unmäßigen Abenteuers, das sich Leben nennt, und unter den tausend Unmöglichkeiten, die mir in diesen Jahren passiert sind, ist das Leben wirklich das Unmöglichste von allen.

Und wer weiß, was uns im Weiteren noch alles erwarten wird, ich weiß es nicht und niemand weiß das, aber wir wissen, was wir hinter uns haben, was wir Tag für Tag gemacht haben, was letztlich die große Geschichte ist, wie wir bis hierher gekommen sind. Und jeden Morgen stehen wir auf und machen einen weiteren Schritt, und unsere Geschichte ist der Zauber, der diesen dummen, kleinen Schritt in etwas Riesiges verwandelt: in unsere Richtung. Wohin die uns führt, ist keineswegs klar, aber wir gehen weiter, und diesen Zauber hinter dir siehst du zwar nicht, aber er schiebt dich, haargenau wie der unter deinen Füßen mitten im Meer, wenn du im ersten Moment denkst, dass du untergehst, es dann aber nicht tust, weil etwas Unsichtbares dich über Wasser hält, atemlos, aber am Leben, mit aufgerissenen Augen den Horizont anstarrend.

Das ist es also, was mein Papa jetzt wirklich braucht. Deshalb befehle ich meinen Beinen, sich zu beugen, und ich setze mich neben ihn und Mama und nehme seine Hand in meine, unter dem Vordach unseres Hauses und unter dem irre hohen, maßlosen Himmel, der auf uns herabblickt. Ich fische in meiner Hosentasche und ziehe ein kleines Papierviereck hervor, ich falte es auf, und es wird ein Blatt, die Seite, die ich heute Morgen für ihn geschrieben habe.

Momentan ist es erst eine, aber ich werde viele weitere für diese Lektion brauchen, die mir erst heute in den Sinn gekommen ist, die aber die wichtigste der Welt ist. Denn es ist zwar nützlich zu wissen, wie man isst und trinkt und läuft, das schon, aber du gehst nirgendwohin, wenn du nicht weißt, woher du kommst und wo du bist und wer die Leute da um dich herum sind, die dich so lieb haben. Also fangen wir beim Anfang an, und ich schwöre, dass ich es ihm Tag für Tag in Gänze erzählen werde, bis zu diesem fantastischen Nachmittag: unser sensationelles Abenteuer.

Weil Papa es nicht kennt, und die Leute könnten ihm erzählen, es sei nur ein Märchen, dabei ist es genau so passiert. Und es geht immer noch weiter, von hier unter dem Vordach bis zu … bis zu, hmm, das weiß ich auch nicht, aber ich habe zu große Lust, es zu sehen. Während ich die Seite auf meinen Beinen glatt streiche und meine Lungen mit unserer heimischen Luft fülle, die nach krumm gewachsenen, aber immer noch kräftigen Pflanzen riecht, eine über der anderen, sie schmeckt nach Salz und Öl mit Knoblauch, das auf der anderen Straßenseite anbrät, und ich fange an, unsere Geschichte zu erzählen.

Jedenfalls das, was ich davon weiß, was vielleicht nicht viel ist, aber alles, was ich habe.

Wie es angefangen hat, weiß niemand. Vielleicht hat einer unserer Vorfahren das Grab eines Pharaos entweiht, vielleicht hat er eine Hexe ge-

ärgert oder das heilige Tier eines rachsüchtigen Gottes umgelegt, sicher ist nur, dass auf unserer Familie seitdem ein schrecklicher Fluch lastet.

Das ist schlimm, ist aber so, es war das Erste, was ich in der Schule gelernt habe.

Ach nein, als Erstes lernte ich gleich beim Betreten der Klasse, dass es auf der Welt noch andere Kinder in meinem Alter gab und dass die nur drei oder vier Großeltern pro Kopf hatten. Ich dagegen um die zehn.

Denn mein Opa mütterlicherseits hatte einen Haufen alleinstehender Brüder, die nie geheiratet, ja, nicht mal einer Frau die Hand geschüttelt hatten, sodass aus dieser riesigen Familie nur ich hervorgegangen war, und daher war ich der Enkel von allen …

Anmerkungen der Übersetzerin

Die in Kapitel 7 erwähnte Telenovela *Auch die Reichen weinen* trägt den spanischen Originaltitel *Los ricos también lloran* (Mexiko 1979) und wurde zwar auf Italienisch, nicht aber auf Deutsch ausgestrahlt.

Die im Roman zitierten Lehrbücher gibt es auf Italienisch wirklich. Sie wurden allerdings, soweit sich das herausfinden ließ, nicht ins Deutsche übertragen. Deshalb wurden die Titel wie auch die zitierten Passagen frei übersetzt. Nur bei dem in Kapitel 16 erwähnten Lehrbuch *Findelkinder: Tips für die Aufzucht und Pflege von Jungvögeln* ist die Originalversion deutsch (von Otto von Frisch, Stuttgart 1968).

Inhalt